현대시의 구조와 정신

신익호

박문사

머리말
현대시의 구조와 정신

이 책에 실린 내용은 지난 몇년 동안 학술지에 발표한 논문과 최근에 써 놓은 평론을 모아 정리한 것이다. 논문은 크게 형태 구조와 정신사적 관점에서 접근한 것으로 분류할 수 있다. 형태 구조 면에서는 오장환·이용악·김수영·박용래 등의 시를 병렬 반복과 시문법적 관점에서, 정희성의 시를 패러디 형태 구조의 관점에서 각각 분석하였다. 정신사적 연구로는 오장환 시에 나타난 기독교의식, 현대시에 나타난 성서의 '탕자의 비유' 모티프, 시제인 「자화상」을 통한 시인들의 자아인식의 시적 형상화 과정, 충남·대전 시인들의 시 속에 나타난 선비정신 등 다양한 관점에서 분석하였다. 그리고 평론으로는 현대 생태시의 현황과 유형, 무속의 가치관과 현대시와의 관계 등에 초점을 맞추어 접근하였다.

욕심이 앞선 나머지 이렇게 책으로 엮어 놓았지만 미숙한 부분이 너무 많이 눈에 띄인다. 그렇지만 이런 과정을 통해 많은 동학들로부터 질책을 받으며 부족한 점을 계속 보완함으로써 내 자신 학문의 열정에 대한 척도로 삼고자 한다. 이 책이 나오기까지 교정을 맡아준 안현심 선생에게 고마움을 느끼며, 어려운 여건 속에서도 흔쾌히 이 책을 출간해 준 제이엔씨 윤석현 사장님께 감사를 드린다.

2010. 12.
저자 씀

목　차
현대시의 구조와 정신

현대시의 구조와 정신

오장환 시의 반복 형태 구조 연구

1 ▮ 서론 ▮

시에서 반복은 시 형식을 단순화·규격화할 소지가 있으나 적절히 활용하면 리듬의 균형을 조절할 뿐만 아니라 전체 구성상 질서화를 실현함으로써 의미 생성이나 미묘한 정서 상태를 반영하는 데 효율적이다. 일반적으로 반복은 특정한 의미를 강조하려는 면이 강하지만 때로는 다양한 미적 효과를 가져와 산문과 구별되는 질서화의 실현으로 나타난다. 특히 감각적 이미지를 바탕으로 한 간결한 시 형태에서 이런 반복기법은 일정한 어휘나 이미지, 행과 행, 연과 연 등의 간극을 넓혀 여백과 휴지 기능을 극대화시킨다.

우리말은 통사적 차원에서 첨가어라는 특성상 용언의 어간과 어미, 체언과 조사의 활용을 통해 문장의 구성 성분을 이루므로 대구·병렬·나열·점층 등에서 반복 성질을 드러낸다. 이런 반복 형태는 기본형이나 그 변형 형태로써 크게 동일어휘반복, 동일어구반복, 동일문장반복[1]으로 나누어 수식부, 서술부, 행, 연 등에 나타난다.

　　동일어휘반복은 동일한 단어를 연속적으로 두 번 이상 반복하는 표현 기법으로 의미의 최소 단위가 간단한 어휘이므로 반복하기가 쉬워 그 빈도수가 높이 나타난다. 이 형태의 응용형은 동일한 어휘를 연속적으로 반복하지 않고 그 사이에 일정한 어휘를 삽입시켜 건너 반복하는 형태와 동일한 어휘를 부분적으로 수정하여 연속적으로 반복하는 형태가 있다.

　　동일어구반복형은 동일한 어구를 연속적으로 반복하는 것으로 그렇게 흔치 않다. 그것은 단어나 문장이 독립적 의미 단위로 쉽게 받아들여질 수 있는 것에 반해, 어구 반복은 그렇지 못하기에 일반적으로 응용 형태로 존재한다. 이 형태는 연속적으로 반복되지만 어구의 일부 형태를 약간 변형시키거나, 혹은 그 형태를 유지하며 비연속적으로 반복하는 것이다.

　　동일문장반복은 하나의 문장이 연속적으로 2회 이상 반복되는 경우지만 대체로 2회로 반복 횟수가 제한된다. 이런 유형은 시 작품의 시작과 끝, 중간 부분에 주로 쓰인다. 이 문장반복의 응용형은 반복하는 문장을 부분적으로 변형시킨 것으로서 어휘나 어구에 비해 규모가 커 다양성을 지닐 수 있어 널리 사용된다.

　　시행을 경계단위로 한 질서의식은 행을 이루는 구성인자들의 운율에 바탕을 둔다. 행은 띄어쓰기의 통사적 단위인 어절과 관습적인 띄어읽기의 음보인 율각에 의해 결정되며 정서적 내용을 운율적으로 표현하는 운율 조성의 기본적인 실현 형태이다. 연은 시에서 가장 큰 운율의 단위로 어절, 율격, 압운의 형태에 따라 배열된 시행의 집단이다. 이 연은 각각 별개로 응집력을 조성하고, 이러한 응집력을 통해 연 간의 경계를 강조하고, 이러한 강조가 반복됨으로써 텍스트 전체의 구조를 형성하게 되는 것이다.[2] 우리 시에서 연은 크기나 수가 정형화되어 있지 않아 개인에

---

1) 김진우, 『시와 언어』, 한국문화사, 1998, 277~282쪽 참조.
2) 이승복, 『우리 시의 운율체계와 기능』, 보고사, 1995, 82쪽.

따라 연 단위 간의 경계는 변화의 폭이 크다.

오장환은 1930년대 중반부터 해방기에 걸쳐 활발히 활동한 시인으로 모더니즘 경향에서 시적 출발을 하여 점차 리얼리즘 문학으로 변모 양상을 나타낸다. 그는 모더니즘의 기교 편중적 한계를 극복하고 현실적 내용을 담아내려고 노력함으로써 시의 미학적 구조와 현실인식의 양면성을 아우르려 했음을 알 수 있다. 지금까지 그에 대한 연구는 크게, ① 전기적 자료를 바탕으로 시대 상황, 문단 상황에 대응한 시인의 의식 변모 양상을 추적한 정신사적 연구, ② 보들레르를 중심으로 한 불란서 상징주의와 영미 시의 모더니즘, 후기시에 미친 에세닌의 영향 등의 관점에서 본 비교문학적 연구, ③ 시어·운율·담화 구조 등 시 전체에 대한 구조적 접근의 형식·구조 연구로 요약할 수 있다.

따라서 본고에서는 이 중 형식 구조적 관점에서 그의 시에 나타나는 문장 반복의 변형 유형을 중심으로 살펴보고자 한다. 그의 시에서 반복은 동일어휘보다 동일어구나 동일문장이 주류를 이루는데, 그 중에서도 동일문장 반복이 다양하게 변형되어 나타난다. 이런 반복의 응용 형태는 단조로운 문장 반복을 부분적으로 변형시킨 것으로서 다양한 운율 기법과 어울려 그의 시의 특징적인 장식이 되고 있다.

2 ▌ 반복 형태 구조 유형 ▌

1) 'A + A'형 : 무한 반복 제한의 종결 효과 강조

순환구조의 수미쌍관형은 첫 연과 마지막 연이 똑같이 대칭을 이루며 반복됨으로써 시 내용을 열고 닫으며 중간 부분을 아우르는 이원적 구조 형태를 이룬다. 동일 시행의 반복 형태가 시상의 모티브 제시에 그치지 않고 의미나 정서의 핵을 이루듯이[3] 동일한 구문이나 문장이 시의 처음과 끝에 반복되더라도 그 의미는 다르다고 할 수 있다. 그것은 연의 의미가 독립된 것이 아니라 상호작용하며 관련을 맺음으로써 중심 내용을 형성하면서 구조적 완결성에 기여하기 때문이다. 수미쌍관형은 율격 단위 간의 등가성과 반복성을 형성하여 연의 무한한 반복 가능성을 제한하며 종결효과 강조에 중점을 둔다.

> 가도, 가도 붉은 산이다.
> 가도 가도 고향뿐이다.
> 이따금 솔 나무숲이 있으나
> 그것은
> 내 나이같이 어리고나.
> 가도 가도 붉은 산이다.
> 가도 가도 고향뿐이다.

− 「붉은 산」 전문 −

이 시는 전체적으로 동일한 구문이 나열되는 반복과 병렬의 단조로운 형태로서 화자가 반어적으로 식민지의 조국 현실을 묘사하고 있다. 1·2행은 두 개의 문장이 의미상으로 대조되어 대응 관계를 이루고, 다시 6·7행과 수미쌍관식으로 반복 형태를 취하고 있다. 이런 반복 구조는 1·2·6·7행이 각각 2음보 형태이지만, 3·4·5행은 3음보 형태로 나타난다. 특히 '그것은'은 전체 구성상 중간에 위치하여 전반부와 후반부의 균형을 이루고, 3행의 내용을 포함하는 지시어로서 5행과 결합하여 3음보의 반복 형태를 취한다. 이렇게 '그것은'을 2음보의 독립 행으로 처리한 것은 3행

---

3) 조창환, 『한국 현대시의 운율론적 연구』, 일지사, 1986, 83쪽.

을 다시 강조하기 위해 시간적 간격을 둠으로써 같은 3음보라도 더 더딘 심리적 효과를 자아낸다.

이 시는 간결한 시행과 2·3음보의 반복 구조로 수미쌍관식의 병렬 반복 부분이 객관적 상황이라면, 3·4·5행은 화자의 슬픈 마음을 주관적으로 정서화하여 자연 현상에 비유하였다. 이 심화된 정조는 개인적 차원에 머물지 않고 보편적인 민족 정서로 확대되는데, 주로 3음보의(1음보 〈이따금, 그것은〉 + 2음보) 짧고 긴 동적 율격을 통해 불안정한 정서를 표출하였다. 화자를 통한 '~고나'의 감탄형 종결어미의 독백어조는 한층 비극적 인식 상황을 표현하는 데 주요 인자로 작용하고 있다.

이 '붉은 산'은 일제의 삼림 수탈과 해방 후 벌목으로 인한 조국강토의 헐벗은 모습으로 생명력이 상실된 부정적 현실 공간이다. 일제하 식민지 상태에서 황폐화된 조국 현실과 해방 직후 무분별한 벌목으로 인해 초래된 현실 상황이다. 어머니 품과 같이 포근한 안식처로 자리 잡아야 할 고향은 이제 피폐해질 대로 피폐해져 암담한 절망만이 있을 뿐이다. 이런 피폐상은 고향뿐만 아니라 화자의 발길이 닿는 모든 곳에 나타난다.

'가도, 가도~산이다'라는 진술은 단순히 그런 피폐한 현실의 공간적 범위만이 아니라, 그러한 현실을 낳는 역사 과정에 대한 인식까지를 포함하고 있다.[4] '가도'의 반복은 경쾌한 운율 효과를 지니면서 '가다'라는 의미를 확대 심화시킨다. '도'의 접미사 사용은 시인의 세계관 및 역사관을 강조해주는데, '가봐야 제자리'라는 절망적인 현실의 순환성과 '그래도 가야만 한다'라는 현실의 불가피성을 담고 있다.[5] 동일한 구문이지만 1행에서 '가도' 다음에 쉼표를 사용한 것은 가는 길이 순탄치 않고 가보았자 똑같은 광경이 펼쳐지리라는 자조적인 의미를 지닌다.

---

4) 오성호, 「붉은 산」, 『대표시』, 실천문학사, 2000, 111쪽.
5) 정끝별, 『패러디 시학』, 문학세계사, 1997, 297쪽.

그러나 이런 황폐화된 절망 속에서도 가끔 나타나는 푸르른 '솔나무 숲'은 화자의 어린 나이처럼 미래지향적인 희망과 생명력의 가능성을 지니고 있다. '붉은 산'으로 대변되는 현실은 힘든 상황이지만 '고향뿐'이라는 한정조사의 의미 작용처럼 고향은 단지 절망만이 아니라 현실을 변화시키고 극복해야 할 역동적인 시공간으로 자리 잡는다. 따라서 마지막 2행은 서두의 반복이지만 쉼표를 생략함으로써 '붉은 산'과 '솔나무 숲'이라는 역동적 대립의 매개 과정을 거친 현실 인식의 전환을 암시한다.

그의 고향은 단지 유토피아적인 공간이 아니다. 그곳은 구체적인 삶의 생생한 현장체험에서 비롯되는 장소이다.[6] 그러나 현재는 돌아가고 싶은 그리움의 공간이 아니라 자의식의 심층에 내재하는 비극적 공간으로서 단지 시적 화자의 회상에 머물 뿐이다. 이 고향은 이미 지지적 고향의 의미를 넘어서 사회적 의미로 확장된다.[7] 그것은 일제 치하의 삶이라는 시대적 제약이 시적 자아의식을 가로막고 있기 때문이다.

> 내가 부르는 노래
> 어데 선가 그대도 듣는다면은
> 나와 함께 노래하리라.
> "아 우리는 얼마나
> 기다렸는가……"하고
>
> 유리창 밖으론
> 함박눈이 펑 펑 쏟아지는데
> 한겨울
> 나는 아무 데도 못가고
> 부질없는 노래만 불러왔구나.

---

6) 박은미, 「오장환시에 나타난 에로스적 상상력 연구」, 『한국시학 연구』 8호, 한국시학회, 2003, 95쪽.
7) 이명찬, 『1930년대 한국시의 근대성』, 소명출판사, 2000, 235쪽.

그리움도 맛없어라
사무침도 더디어라

언제인가 언제인가
안타까운 기약조차 버리고
한동안 쉴 수 있는 사랑마저 미루고
저마다 어둠 속에 앞서던 사람

이제와선 함께 간다.
함께 간다.
어디선가 그대가 헤매인대도
그 길은 나도 헤매이는 길

내가 부르는 노래
어데선가 그대가 듣는다면은
나와 함께 노래하리라.
"아 우리는 얼마나
기다렸는가……"하고

- 「초봄의 노래」 전문 -

서두부터 '노래'가 주요지배소로 등장하며 1연 + (2연 + 3연) + (4연 + 5연) + 6연으로 A + B + C + A의 수미雙관식 형태 구조이다. 이런 수미雙관은 시를 안정적으로 끝내는 효과가 있다. 첫 구절은 마지막에 반복하여 전개된 내용과 시상을 수습하기 때문이다. 호흡을 익숙하게 함으로써 율격을 정돈하는 기능도 수행한다.[8] 2연, 4연은 각각 현재시제인 3연, 5연의 원인이 된다. 2연은 3연의 감정 원인, 4연은 5연의 의지를 갖는 동기

---

8) 심재휘, 「박용래 시연구」, 『현대문학이론연구』 23집, 현대문학이론학회, 2004, 263쪽.

원인이 되고 있다. 1연과 6연의 각 2행째('그대도 듣는다면은', '그대가 듣는다면은')에서 '~도' '~가'의 음운 차이 효과는 1연에서 '그대'의 불확실성이 6연에서 확실성으로 나타난다. 1연이 지금까지의 기다림을 강조했다면, 6연은 이제 기다림의 끝이 오고 그대와 함께 노래 부를 시기가 왔음을 암시한다. '듣는다면은'의 '~은'은 기다림과 화자의 지친 심경을 반영한다. '~고' 음운과 말줄임표, ' ~하리라' 서술형은 희망과 포부를 굳게 다짐하는 자세이다.

또한 3연의 대구, 4·5연 내에서 A + A(언제인가 언제인가, 함께 간다 함께 간다), A + B + A'(헤매인데도 … 헤매이는 길)의 반복어휘 형태는 수미쌍관식 연 반복에 덧붙여져 리듬감 형성에 도움이 되고 있다. 연속, 교차 반복 형태는 시간의 지속 관계에 따라 운율 조성에 영향을 미친다. 연속 반복은 반복 음조의 반복 주기를 짧게 하고 교차 반복은 사이 뜬 시간만큼 반복 음조의 반복 주기를 더디게 한다.[9] 연속 반복은 어구나 시행이 길면 맥이 빠지고 율조의 굴곡이 약하므로 짧을 때 운율적 효과가 크다. '언제인가'의 반복은 그 시기를 기억할 수 없을 정도의 안타까운 기약임을 나타내면서 어려운 현실에 직접 참여하는 앞선 자들을 회상한다. '함께 간다'의 반복은 시적 자아 의지를 표현하는데, 행을 바꿈으로써 그 의미를 더 강조하는 것이다.

전체 시상은 임을 떠나 보낸 화자의 슬픔을 표출하면서 부재하는 임을 그리워하는 마음이 시·공간을 초월해 그와 함께 행복한 노래를 부르고 싶다는 간절한 열망으로 나타난다. 이 시에서 주체와 대상은 2·4연에 나타나듯이 과거에는 대립 관계에 놓여 있어 '부질없는 노래'를 부르는 '나'와 어둠 속에 앞서던 '그대'는 대립적인 긴장 상태이다. '유리창'을 매개

---

9) 김기종, 『시 운율론』, 한국문화사, 1999, 322쪽.

로 화자와 임의 위치, 상황이 대립된 상태이다. 화자가 인식하고 있는 현실은 '유리창' 밖의 현실과 너무 대조적이므로 '부질없는 노래'만 부르고 있다. 이 상황은 '한겨울', '아무 데도 못가고' '어둠 속' '헤매인대도' 등의 시어에서 암시되듯이 겨울이 물러가지 않는 어둔 이미지와 결합되어 절망적인 상황이다. 화자는 현실에 동참하지 못하는 방관자적 태도에서 괴로움을 갖기에 사무침이 더딜 수밖에 없는 절망 상태이다. '~도'(3연)는 아무 것도 없음을 강조하지만 반어적으로 '사무침'과 '그리움'이 더 강렬하다는 것을 내포한다.

그러나 점차 주체가 부르는 '노래'는 미래의 '봄'을 기다리는 희망으로서 대상인 '그대'와 화합을 이루고자 한다. 그것은 점차 화자의 '그리움'과 '사무침'으로 승화되고 '헤매이는 길'을 함께 갈 정도로 주체와 객체가 합일을 이룬다. 기다림과 희망을 통한 임과의 해후는 시대적 상황으로는 해방의 기쁨을 암시한다고 볼 수 있다. 이런 희망적인 이미지는 대체로 음성적 자질인 각운 '~고/나/라/다' 등 양성모음에서 엿볼 수 있다.

2) 'A + A''형 : 정서 환기와 의미 구조 강조

고정된 틀 안에서 반복되는 변형 형태는 비교·대조 관계를 유지하며 나열이나 전후 대칭을 이루면서 발전적인 전개 양상을 보인다. 실제로 리듬이나 음악이 형성되는 것은 동일한 형태를 단순히 동일하게 반복하는 데서가 아니라 차이와 변주가 발생하는 데서부터라고 할 수 있다.[10] 따라서 변형 반복 형태에 의해 파생되는 정서 환기와 의미 구조 해명이 무엇보다 중요하다.

---

10) 이경수, 『한국현대시와 반복의 미학』, 월인, 2005, 151쪽.

나의 노래가 끝나는 날은
내 가슴에 아름다운 꽃이 피리라.

새로운 묘에는
옛 흙이 향그러

단 한 번
나는 울지도 않았다.

새야 새 중에도 종다리야
화살같이 날아가거라

나의 슬픔은
오직 님을 향하여

나의 과녁은
오직 님을 향하여

단 한 번/
기꺼운 적도/ 없었더란다.//

슬피 바래는/ 마음만이/
그를 좇아//
내 노래는/ 벗과 함께/ 느끼었노라.//

나의 노래가/ 끝나는 날은/
내 무덤에/ 아름다운/ 꽃이 피리라.//

― 「나의 노래」 전문 ―

　이 시는 6연까지 2·3음보가 불규칙하게 혼합 반복되고, 7연부터는 3음보가 중심이지만 음보의 배열 형태가 다양하다. 한 음보도 3~5음절 중심으로 우리 전통 시가의 율격을 지탱하고 있다. 그리고 1·9연의 변주된 수미쌍관식 진술문 형태에 5·6연의 구문 반복, 3·7연의 변형 반복으로 대칭 구조를 띠고 있다. 서술형 어미인 '~리라'(1·9연)는 화자의 의지를, '~노라'(8연)는 화자의 태도를, '~다'(3·7연)는 단정적 확신을 각각 나타내어 청자와의 소통 관계에서 화자의 입장을 적극적으로 반영함으로써 점차 보편적 차원으로 인식된다. 이런 화법형 종결어미는 궁극적으로 미래 지향적 희망에 대한 공동체적 정서를 공유하는 데 주기능으로 작용한다. 각 연의 종결어미인 '라/러/다/라/(여/여)/다/라/라' 등 양성모음으로 끝나는 각운은 밝고 경쾌한 느낌을 자아낸다. 그리고 수미쌍관의 첫 행인 '나의 노래가 끝나는 날은'은 'ㄴ'음과 양성모음 반복으로 부드럽고 밝은 분위기를 띠면서 '노래', '꽃'의 어휘와 조화를 이루고 있다.

이 시의 구조는 1 + 2 + 3 + (4 + 5 + 6) + 7 + 8 + 9연의 A + B + C + D + C' + E + A' 형태로 크게 3개(1~3연, 4~6연, 7~9연)의 덩어리로 묶을 수 있다. 화자는 1~3연에서 '죽음'을 '꽃'으로 비유하면서 그 죽음을 숙명적이면서도 숭고하게 받아들여 울지 않았다고 고백한다. '나의 노래가 끝나는 날'은 죽음과 같은 상황으로 '무덤(묘)'과 동격을 이룬다. 그런데 이런 종말적 상황인데도 그 '무덤'에는 흙이 향기롭고 아름다운 꽃이 피어 울지도 않았다는 역설적 상황이다. 1~3, 9연은 죽음 이후의 저승, 혹은 미래의 세계로 현실의 비극적·절망적 상황과는 달리 희망과 재생의 시·공간이다. 현실세계는 과거·현재 시제로 '임'과 이별한 부정적 공간이라면 죽음 이후의 세계는 미래 시제로 꽃피는 긍정적 공간이다. 이처럼 시제 변화의 혼용은 사랑하는 '임'을 떠나보낸 슬픔을 표출하지 않고 내적으로 인내하며 승화시킴으로써 죽음이 소멸이 아닌 희망으로 인식되는 모습이다.

화자의 바람을 중심으로 한 미래와 현재의 역전적 대비가 긴장을 유발한다면, 미래와 현재에 대한 완결적 과거 시제로의 제시와 미래 시제를 사용한 의지적 진술문의 수미쌍관적 제시는 정서의 균형과 완결감 있는 구조를 형성하는 동시에 자아의 미래에 대한 의지를 부각시킨다.[11] 이 실존적 현실상황은 당대의 죽음과 같은 식민지 시대이다. '무덤'은 그런 시대에 처한 내면적 자의식으로 무력감과 상실감의 표상이다. 이런 절망적 상황으로부터 벗어나려는 감정이 수미쌍관식 연에 반복되어 나타난다. 이처럼 화자는 현재의 비극적 삶의 극복을 죽음이라는 제의 공간을 거쳐 부활된 삶을 꿈꾸고 있다.[12]

그의 시에는 '노래'(「노래」 「나의 노래」 「초봄의 노래」 「밤의 노래」 「구름과 눈물의 노래」 「절정의 노래」 등)라는 제목이 많은데, 이것은 미래에 대한 희망과 확신을 심어 주는 긍정적 세계관의 발로이다. 이 '노래' 부름은 현실에서 이상을 향하는 매개체로서 절망으로부터 벗어나려는 화자의 의지이며 가슴 아픈 절규로서 '종다리' '화살' '슬픔' '과녁' 등 임을 향하는 목표물로 표출된다. 그래서 화자는 4~6연에서 이 죽음을 초월하려는 공간을 지향하기에 자아를 '종다리'로 대체하여 '화살'처럼 날아가라고 한다. 이 지향 공간은 '임'이 있는 곳으로 결국 화자는 '죽음'을 숙명적으로 수용하므로 '무덤'에 '꽃'이 피어나기를 간구한다. 서두의 '내 가슴' 대신 '무덤'으로 바꾸어 긍정적 태도를 취한다.

이 '임'은 포괄적으로 식민지 시대의 '조국'으로 상징화될 수 있다. '단 한 번 기꺼운 적'도 없이 '슬피 바래는 마음'만으로 좇았다는 화자의 진솔한 고백은 어둠과 절망 속에서도 희망을 잃지 않겠다는 자기반성과 강렬한 의지를 나타낸다. '슬피 바래는 마음'으로서 '노래'는 무덤 속에 피어난 '꽃'과 같다. 따라서 '무덤'이 현실·죽음이라면, '꽃'은 현재에서 미래로, 죽음에서 생명을, 울음에서 노래로 의미가 변용된다.

11) 김경숙, 「오장환 시 연구」, 이화여대 석사학위논문, 1992, 59쪽.
12) 이상옥, 「오장환 시 연구」, 홍익대 박사학위논문, 1993, 120쪽.

너는 보았느냐
마차밭에 채어 죽은 마차꾼을,
그리고
장안 한복판에
馬肉을 싣고 가는 마차말같이
人肉을 싣고 가는 폭력단을

한 나라의 집결된 의사(意.思)
인민의 입
신문이 있다.
그리고
아 끝까지 베지 못한 인육의 마부는
성낸 말들을 이곳으로 몰아넣느냐.
너는 보았느냐
타성의 뒷발질밖에
아무런 재주도 없는
이 마차말조차 제어하지 못하는 늙은 마부를 ……

- 「너는 보았느냐」 전문 -

화자는 서두에 결과적 상황을 도치법으로 먼저 제시하고 그 상황의 전개 과정을 비유적 표현을 통해 자세히 보여준다. '너는 보았느냐'의 질문은 청자를 현상적으로 드러내는 청자 지향성 형태인데, 이 '너'는 독자와 동격으로 거리감을 없애고 친근감과 호소력을 주려는 의도적 장치이다. 2연의 현재진행형이 역사적 현실 상황을 생생하게 보여준다면, 1·3연의 과거 시제 반복 구조는 질문을 던진 후 답하는 형태로서 깨우침을 통한 역사적 진리 구현의 필연성을 명제화한 것이다. 정치 지도자에게는 비판과 풍자를, 인민들에게는 역사적 현실에 대한 깨우침을 꾀하는 것이다.

1연에서 '마육'과 '마차말', '인육'과 '폭력단'의 관계는 직유에 의한 병렬적 대응 관계이다. 이 '마육'과 '인육'은 인민들을, '마차말'과 '폭력단'은 정치 지도자를 알레고리화한 것이다. 이 때 '인육을 싣고 가는 폭력단'에서 '인육'과 '폭력단'의 관계는 피해자와 가해자의 적대관계의 이미지를 연상할 수 있지만, '마육을 싣고 가는 마차말'에서 '마육'과 '마차말'의 관계는 적대감이 없이 인접성에 따른 친근감을 느낄 수 있다. 그것은 '마차말'을 부리는 '마부'의 간접적 연상작용의 효과에 기인하기 때문이다.

3연에서는 '인육'과 '폭력단'의 관계가 '말'과 '마부'의 관계로 치환되는데 이런 변용과정은 2연의 '인육의 마부'로 은유화되어 집약된다. '동물명'과 '말하다'라는 중의적 의미를 내포하고 있는 '말'은 '인육(사람)'과 '마육(동물)'을 결합시키는 은유적 연결고리이다. 따라서 '인민'으로 알레고리화된 '성난 말들'의 이 '말'은 '집결된 의사' '인민의 입' '신문'처럼 민중 여론의 힘을 내포한다.

'인민'과 '지도자'의 알레고리인 '마차말'과 '마부'의 관계는 피지배와 지배의 입장에서 '성낸 말'과 '늙은 마부'로 비유된다. 이 '늙은 마부'는 '성낸 말'을 제어하거나 베지 못하는 무능력 때문에 결국 말에 차여 죽게 된다. '마차'가 국가와 같은 집단체제라면, '마차말'은 그 체제를 지탱해 온 역사의 수레바퀴라 할 수 있다. 이처럼 정치 지도자는 인민을 위해 봉사하며 받들어야 하는데 오히려 지배자로 군림하며 마음대로 부릴 때 역사의 심판을 피할 수 없다는 것이다.

3) 'A + A' + A'형 : 단조로움 극복과 다양성 효과 강조

반복구조를 형성한다는 것은 일상어의 결합 위에 반복적 속성을 부가하여 일상에의 확정적 의미를 불확정적 의미로 변질·승화시키는 데 기여한다는 것이다.[13] 작품 속에서 내재적 반복성을 형성함으로써 일상어의 결합을 시적 구조로 변화시켜 의미를 확대시킨다.

　단순반복이 기본 구문이 똑같이 혹은 유사하게 반복되는 형태라면, 변형반복은 시 형태가 단순반복을 바탕으로 다양하게 변주되는 경우이다. 단순반복은 기본 구문의 반복이 규칙적이어서 변화가 거의 없지만, 변형반복은 일부 변화를 줌으로써 단조로움을 극복하여 다양성의 효과를 가져온다.

　　나는 보았다
　철마다 강기슭에서
　큰물이 갈 때에……

　　아 모든 것은 이냥 떠내려가는가
　시뻘건 물 위에 썩은 용구새
　그 위에 날았다 다시 앉고
　날았다는 다시 앉는 참새떼.

　　어쩌면 나의 설움은
　이처럼 여럿이
　함께 외치고 싶은가.

　　나는 자랐다.
　메마른 강기슭에
　나날이 울어예는 여울가에서

　　꿈 아시
　아슬하게 높이는
　흰 구름.

---

13) 이승복, 앞의 책, 81쪽.

　　　아 모든 것은 이냥 흘러만 가는가
　　내 노래에 젖은 내 마음
　　내 입성에 배인 내 몸매
　　다만 소리 없는 흰나비로
　　자취 없이 춤추며 사라질 것인가

　　　꽃비늘 어지러이 흘러가는
　　여울가에서
　　온통 숨차게 흔들리는 가슴속

　　　그러나 이것은, 어데로서 오는 두려움인가
　　아니,
　　어디에서 복받치는 노여움인가.

　　　나는 보았다.
　　철마다 강기슭에서
　　큰물이 갈 때에……

　　　　　　　　　　　　　　－「장마철」전문 －

　　이 시는 1·9연이 수미쌍관식의 반복, 4·6연은 각각 1·2연의 변형 반복으로 각 연이 A + B + C + A' + D + B' + E + F + A 구조이다. 전체 구조는 중첩과 반복 형태로 매 연이 3행 중심이다. 1·9연은 시·공간성(철, 강기슭)과 상황(큰물)의 차원에서 등가적이지만, 4연에서는 시구를 대체하여 A + A' + A라는 통사 패턴의 일탈 효과를 보여줌으로써 단조로운 반복 형태를 극복하고 있다.

　　이 통사 패턴의 연 구조는 단정적 어조의 서술형과 도치법을 취함으로써 황폐한 현장성을 강조하는 효과를 나타낸다. 이런 일종의 변형 형태는 2·6연의 '아 모든 것은 이냥 떠내려가는가'와 '아 모든 것은 이냥 흘러만 가는가'처럼 물 흐르듯이 자신의 삶에 대한 회의와 두려움을 반영한다. 이 비극적 인식은 슬픈 노랫가락이 되고 사라지는 '흰나비'로 환치된다.

2연에서 A + A' 형태인 '날았다 다시 앉고/ 날았다는 다시 앉는 참새떼', 6·8연에서 '내 노래에 젖은 내 마음/ 내 입성에 배인 내 몸매'와 '어데로서 오는 두려움인가/ 어디에서 복받치는 노여움인가' 등의 대구 반복은 의미 강조와 경쾌한 호흡률, 다양한 음향률을 조성하고 있다.14) 반복법이 동일한 시어 반복에 의해 그 의미가 강조되지만, 대구는 대칭 관계에 있는 두 시어가 모두 강조되면서 의미의 폭이 넓어지고 어세가 강화되며 대칭 관계의 음이 다른 시어와 동일한 음이 동시에 반복되어 다양한 음향률을 나타낸다. 이 동일한 어구나 문장 반복, 대구 반복은 공포감이나 불안감 같은 극단적인 감정 표출에 효과적인 작용을 하고 있다. 그리고 '~ㄴ가'의 영탄법 종결어미 반복은 화자가 경험했던 여름철 장마를 떠올리며 자신의 존재성과 감정에 대한 강한 인식을 표출한다. 이 A + A' + A 형태의 연 구조는 화자의 눈에 비친 황폐한 고향 모습을 다양한 이미지 형상을 통해 보여주기 위한 기법으로 독자에게 현장감을 느끼게 한다.

서두부터 장마철에 대한 화자의 회상이 점차 현재화된 상황으로 바뀌어 '시뻘건 물'이 모든 것을 휩쓸어 가는 상황이다. 이런 슬픈 정서는 개인적 차원을 떠나 강기슭 마을 전체로 확산되는데, 4연(A')의 변형 형태는 화자가 강기슭에서 장마가 모든 것을 앗아가는 것을 보고 자랐음을 상기시켜 준다. 이처럼 화자에게 고향은 모두 황폐화된 슬픈 추억으로 남아 있다. 그는 이런 황폐화된 모습을 보면서 자신의 설움을 그들과 함께 외

---

14) 단적인 예로 "내 노래에 젖은 내 마음/ 내 입성에 배인 내 몸매"의 대구에서 '노래 – 입성' '젖은 – 배인' '마음 – 몸매'의 시어 대조로 의미와 어세가 강조되고, '4/2/3/ 4/2/3'의 반복 음수율에 따른 호흡의 경쾌함, 앞의 대립된 시어와 '내 – 내' '에 – 에' '내 – 내' 같은 동일음의 시어들이 반복되어 다양한 음향률을 보인다. (김기종, 앞의 책, 356쪽 참조.)

치고 싶었던 것이다. 그러면서도 가슴 가득 꿈꾸며 자랐던 것은 '흰 구름'이었지만 다시 장맛비에 사라질 것을 보며 아쉬움과 안타까움을 느낀다.

8연에서 격정적인 화자의 목소리는 점층적인 반복리듬을 통해 의미 강화와 어조의 상승효과를 가져온다. '강기슭'과 '여울가'에서 확장된 화자의 설움이 7·8연에서 점차적으로 확대되어 '두려움'이나 '노여움'으로 표출된다. 이런 극한 감정에 다다랐던 화자는 다시 마지막 연에서 1연을 반복함으로써 점차 심리적 안정감을 갖는다. 즉 1단락에서 자신이 처한 현실을 바라보며 안타까워하다 2단락에서 과거의 삶을 회상하며 노여움과 두려움을 느끼지만 현실에 무기력한 모습을 자각하는 '현재 – 과거 – 현재'라는 시간 변화의 구조이다.

〈도표 1〉

단 락	연	구 조	내 용
1	1	A	장마철에 휩쓸려 떠내려가는 것과 용구새 위에 앉아 있는 참새떼를 보며 화자가 처한 현실의 암담함.
	2	B	
	3	C	
2	4	A'	물이 흘러가도 지켜만 보고 있어야 하는 자신의 모습을 보며 두려움과 노여움을 느끼는 감정 표현.
	5	D	
	6	B'	
	7	E	
	8	F	
3	9	A	1·2단락의 상황, 감정을 마무리하는 귀결 구조.

　　성(城)돌에 앉아
　우리 다만
　구름과 눈물의 노래를 불러보려나.

　　산으로 산으로 따라 오르며
　초막들 죄그만 죄그만 속에

그 속에 네 집이 있고
네 집에서 문을 나서면 바로 성 앞이었다.

　어디메인가
이제쯤은
너 홀로 단소 부는 곳……

　어둠 속 성(城)줄기를 따라 내리며
오로지 마음속에 여며두는 것
시꺼먼 두루마기 쓸쓸한 옷깃을 펄럭거리며
박쥐와 같이
다만 박쥐와 같이 날아보리라.

　성(城)돌에 앉아
우리 다만
구름과 눈물을 노래하려나

　산마루 축대를 쌓고
띄엄띄엄 닦아놓은
새 거리에는
병든 말이 서서 잠잔다.

　눈 감고 귀 기울이면 무엇이 들려올까
들컹거리고 돌아가는 쇠바퀴소리
하염없이 돌아가는 폐마(廢馬)의 발굽 소리뿐.

　城돌에 앉아
우리 다만
페가수스와 눈물의 노래를 불러보려나.

　　　　　　　　－「구름과 눈물의 노래」 전문－

이 시의 기본구조는 A + A' + A의 변형으로 A + A' + A" 형태이지만 반복 과정에서 약간씩 어휘 변화를 주어 화자의 단조로운 행위를 극복해준다. 1·5·8연에 나타나는 변형 형태는 1연에서 노래 부르고자 하는 심경, 5연에서 노래하고자, 8연에서 노래 부르고자 하는 대상이 그리스 신화에 나오는 날개 달린 天馬 '페가수스'처럼 구체화된다. 즉 A는 자조적인 비애감 토로, A'는 똑같은 형태에서 '노래를 불러 보려냐'가 '노래하려냐'로 바뀌어 어두운 분위기만 강조, A'는 노래 부르고 있지만 신화 속의 날개 달린 말처럼 불가능하게 느껴지는 암담한 현실을 나타낸다.

화자는 역사의 유물인 '성돌에 앉아' 성 위의 구름·산, 구름 아래인 초막·새거리·병든 말을 향해 시선을 이동시킨다. 그러면서 과거의 거리를 회상하며 병든 거리를 바라보고 '박쥐'처럼 날아보겠다는 의지를 표현한다. '구름'과 '눈물'은 동일한 계열체로 허무함과 슬픔을 뜻한다. 2연에서는 A + A 형태('산으로 산으로' '죄그만 죄그만'), A + B + A('박쥐와 같이/ 다만 박쥐와 같이') 형태인 어휘 반복, 2~4행의 말 이어가기식 언어 유희 속에서 '죄그만 속－네 집－성'으로 확장되는 점층 효과를 나타낸다. 이 점층 효과는 시의 지배적인 이미지와 정서·의미 강화에 작용하고 있다. 동일한 구문이 행에 확장적으로 반복되면서 어휘나 정보량이 첨가됨으로써 의미가 강화되기 때문에 화자의 어조 역시 점차적으로 상승한다. 이러한 점층 구조가 여러 번 반복되면서 이어질 때 운율을 자각하게 되는 것은 말할 것도 없고, 한 번만으로 끝나는 경우일지라도 우리는 상승적 내지는 운율감을 얻게 된다.15) 첨가적 반복으로 리듬이 형성되면서 시적 분위기나 화자의 격한 감정이 더 강화되는 것이다.

화자가 처한 현실은 '병든 말이 서서 잠자는 거리이며, '눈감고 귀' 기울

---

15) 강홍기, 『현대시 운율 구조론』, 태학사, 1999, 146쪽.

이면 '쇠바퀴 소리'와 '폐마의 발굽소리'만이 들리는 어둡고 절망적인 상황이다. 그는 이런 절망적인 상황을 벗어나기 위해 '산마루 축대'와 '새거리'를 허물고 '홀로 단소 부는 곳'에 나와 '페가수스'와 '눈물의 노래'를 부르고자 한다. 이런 모습은 부자유한 현실 속에서 이상을 추구하려는 나약한 몸부림이라 할 수 있다.

산과 초막이 있는 '네 집'은 '성'과 대립되는 자연공간으로 현실에 안주하려는 유폐된 자아이며, '박쥐'는 어둔 동굴 속에 몸을 숨기듯이 자유롭지 못한 내적 자아이고, '병든 말'은 현실에 적극적으로 대응하지 못하는 현실자아이다. '城'은 견고한 이미지로 주권이나 주체성을 뜻한다. 그러나 집 앞을 나서면 바로 '城'인데도 그곳으로 들어가지 못하고 홀로 단소를 부는 것은 주권·주체성을 지니지 못하는 나약한 모습이다.

〈도표 2〉

단락	연	구조	내용
1	1	A	암울한 현실에서 이상 추구.
	2	B	
	3	C	
	4	D	
2	5	A'	새 길을 닦아 놓았지만 병든 말이 잠자고 돌아가는 폐마의 발굽소리만 들림.
	6	E	
	7	F	
3	8	A	날개 달린 신화 속의 말을 생각하며 눈물의 노래를 부름.

1단락에서는 현실 극복 의지를 나타내려 하지만 그것은 염원으로만 머물고, 2단락에서는 자신의 무기력한 모습을 인지하고, 3단락에서는 신화 속의 말을 기다리는 심정으로 슬픈 노래만 부를 뿐이다.

4) 'A + B → A' + B''형 : 상호 융화와 상승 효과 강조

전후대칭형은 비슷한 구문이 나열되어 있다는 점에서 나열형과 유사하다. 뚜렷하게 전반부와 후반부로 나눠져 있다. 이 유형은 서로 대조되는 A-B/A'-B' 형태로 반복되면서 한 편의 시를 구성하는데, 두 부분의 내용이 상호 충돌·융화 상승하여 서로 아우르며 화답하는 관계를 형성한다.

　양아 어린 양아
조이를 주마.
어째서 너마저
울안에 사는지

　양아 어린 양아
보드라운 네 털
구름과 같구나.
잔디도 없는
쓸쓸한 목책 안에서
　양아 어린 양아
너는 무엇을 생각하느냐.

　양아 어린 양아
조이를 주마.
보낼 곳 없이
그냥 그리움에 내어친 사연

　양아 어린 양아
샘물같이 맑은 눈
<u>포도알 모양 초롱초롱한 눈으로</u>
나 좀 보아라
가냘픈 목책에 기대어 서서

양아 어린 양아
나마저 무엇을 생각하느냐

— 「양(羊)」 전문 —

이 형태는 나열형 중 단순 반복의 전후대칭형으로 A + B → A' + B' 구조이다. 지나친 단순반복이 직정적 호소력과 인상적 감정 표현에 효과적이지만 때로는 정형의 틀에 얽매여 도식화되기도 한다. 그런데 이런 단조로운 형태에 변형을 가한 이 전후대칭형은 유사한 구문이 나열되어 있다는 점에서 나열형과 유사하지만 전반부와 후반부가 나눠져 있다는 점에서 다르다. 이 두 부분은 '나/너'의 병렬 관계 축으로 1연과 3연, 2연과 4연이 서로 대비되고 있다. 일반적으로 나열형은 끝없이 나열되는 느낌을 주지만, 대칭형은 서로 화답하며 아우르는 느낌을 주므로 의미 전개 과정에서 서로 감싸 안아 시작과 마무리 역할을 한다.

'양'은 유순하고 연약한 동물이다. 이런 이미지는 전체적으로 'ㅇ' 음의 반복으로 뒷받침되고 있다. 유향자음(ㄴ,ㄹ,ㅇ)을 끝소리로 하는 시어는 (4연 3행) 음들의 음상 특징에 의하여 부드럽고 명랑하게 경쾌한 운율을 조성하는 동시에 동적인 음조의 파동을 준다.[16] 그런데 자유롭게 초원을 누벼야 할 '양'이 울 안에 갇혀 있는 것은 존재의 부자유성을 의미한다. 화자는 울 안에 갇혀 사는 '양'이 아무 저항도 없이 어떤 생각을 하고 있는지 모른다며 안타까움과 연민의 정을 보낸다. 이런 '양'의 부자유와 무기력함은 자신의 처지와 동격화되므로 매 연마다 '양아 어린 양아'를 반복하여 부르며 대화하듯 시상을 전개시킨다.

1연은 울안의 '양'에게 먹이를 던져주며 왜 울안에 갇혀 사는지 묻고

---

16) 김기종, 앞의 책, 155쪽.

있지만, 이것은 화자 자신에게 던지는 질문이다. '너마저'는 자신이 처한 현실을 어떻게 받아들이냐며 일말의 기대를 가졌던 것에 대한 절망을 나타낸다. 2연은 부드럽고 나약한 '양'이 잔디도 없는 척박한 환경에서 어떻게 살며 무슨 생각을 하는지 질문을 던진다. 3·4연은 그리운 사연을 '양'에게 물으며 자신을 바라볼 것을 요구하지만 사실은 화자 자신을 향한 독백이며 질문이라 할 수 있다.

〈도표 1〉

단 락	연	구 조	내 용
1	1	A	울안에 갇혀 사는 양
	2	B	양이 처한 상황과 의지
2	3	A'	양에게 자신의 그리운 사연 견줌
	4	B'	시적 화자의 상황과 처지

　　나는 노래한다. 어머니의 품에서……
　　황토산이 사방으로 가리운
　　죄그만 동리.
　　한동안 시달려 강줄기마저 메마른 고장

　　머리 숙이나이다. 땀 흘리는 사람들이여!
　　그래도
　　무연하게 넓은 들에는
　　온갖 곡식이 맺히어 스사로 무겁고
　　산고랑에까지
　　목확대래는 따스하게 꽃피지 아니했는가!

　　칠십 가차운 어머니
　　이곳에 혼자 사시며
　　돌아오기 힘드는 아들들을 기다려
　　구부렁구부렁 농사를 지신다.

아 그간
우리네 살림은 흩어져
내 발 디딜 옛 마을조차 없건만
나는 돌아왔다.
어머니의 품으로…… 고향에 오듯이

그러면 나는 무엇을 노래할 거냐
어머니의 품에서……
그러면 나는 무엇을 노래할 거냐
동리 사람들 틈에서……

논에는 허수아비
들에는 새 보는 사람
그러면 이네들은
온 일 년의 피와 땀을 무엇으로 지키려는가,

풍년이여!
다락같이 올라가는 쌀값이여!
이것이 무엇이냐
다만 한 사발의 막걸리…… 한 자리의 풍장과 춤으로
모든 것은 보채는 여울물처럼 잦아들 것인가.

나는 노래한다. 어머니의 품에서……
황토산이 사방으로 둘러싼
팍팍한 동리.
눈 가린 마차말이 그저 앞으로 달리듯
이곳에는
농사에 바쁜 사람들,

아 그간
우리네 살림은 쫓기어
내 발 디딜 옛 마을조차 없건만

나는 돌아왔다.

$-$ 「어머니의 품에서」전문 $-$

이 시는 A + B → A' + B'구조에서 많이 변형된 형태이다. 1·4연과 8·9연이 A + B → A' + B' 구조이지만 1연과 4연 사이, 5연과 9연 사이에 다른 형태의 연이 삽입된, 즉 A~B → A' + B' 구조이다. 4연(B)과 9연(B') 은 큰 변화가 없지만 1연(A)과 8연(A')은 많은 차이가 있다. 8연이 일부 내용의 첨가로 기본 형태를 일탈함으로써 변화의 폭을 극대화시켰다. 이 것은 어린 시절 낯익은 '고향'을 어른이 되어 다시 돌아올 때 느끼는 정서 와 일맥상통한다. 떠나기 전 '고향'은 온갖 곡식과 아름다운 꽃이 뒤섞인 풍요로운 모습이었으나 돌아온 '고향'은 황폐화된 모습이다. 문장 말미에 종결어미를 사용하지 않고 말줄임표를 사용한 것은 이렇게 변해버린 '고 향'의 현실을 비극적으로 인식하고자 하는 태도이다. 5연의 병렬적 대응 관계와 6연의 '는(은)' 조사 반복은 반복과 병행의 형태구조에 걸맞게 리듬 감을 부여한다.

어머니가 살고 있는 '고향'은 '황토산'에 둘러싸인 '죄그만 동리'로서 강 줄기마저 메마른 가난한 곳이다. 가족은 흩어져 뿔뿔이 떠나갔지만 노쇠 한 어머니는 '구부렁'하게 허리가 휜 채 농사를 지으며 자식을 기다리고 있다. 이 '동리'는 서로가 단절된 곳이 아니라 더불어 살아가는 공동체적 삶의 공간이다. 이러한 '동리'가 황폐화된 공간으로 자리잡는 것은 '황토 산'으로 가리울 수밖에 없는 외부의 억압적인 상황에 기인한다. '황토산' 이 외부의 억압으로부터 '동리'를 보호하려는, 즉 고유한 전통과 주체성을 지키려는 보호막 구실을 하지만 한편으로는 자연의 생명체가 황폐화된 이미지로 당대의 시대상황을 느낄 수 있다.

5연에서 '그러면'은 화자가 고향에 돌아와 새로운 각오와 다짐을 마련하기 위한 계기를 부여한다. 과연 자신은 '어머니의 품'과 '동리 사람들의 틈'에서 무엇을 노래할 거냐고 반문하면서 귀향 목적을 강조한다. 이 '노래'는 그의 시에 빈도수가 많은 어휘로서 작품에 전경화되는 주요 지배소로 작용하면서 집단공동체나 민족정서를 내포하는 동질성으로 확대된다. 이처럼 그의 정신적 편력은 고향을 떠나 이상향의 공간으로 항구와 도시를 찾았으나 여기에 안주하지 못하고 다시 고향을 찾는 과정을 보여준다. 그는 고향에 관련된 시편에 거의 어머니에 대한 그리움이나 회상을 담고 있는데, 이 어머니는 고향과 같이 그림자의 원천이면서 생의 근원으로서 일체의 고통과 절망을 감싸주며 위로와 평안을 주는 존재이다. 이런 단면은 이 작품에서 '어머니 품에서'가 5번이나 반복되고 있는 점에서 엿볼 수 있다.

특히 수미쌍관식의 1·8연에서 '가리운' → '둘러싼', '죄그만' → '팍팍한'의 어휘 대체는 상징적 의미를 갖는다. '가리운'이 외부 세력에 대한 보호와 소극적인 저항의 태도라면, '둘러싼'은 보다 강하게 단결하는 일치감을 나타낸다. '죄그만'이 다정다감한 모습이라면, '팍팍한'은 지친 삶 속에서도 외부의 억압에 굴종하지 않고 시련을 견뎌내는 강인함이 스며 있다. 이런 '동리'의 모습에는 어떤 적대감이나 분노가 아닌 화합과 협동하는 순박한 인간애가 나타난다.

3 ▨ 결론 ▨

일반적으로 시에 나타나는 반복 기법은 반복된 어휘나 구문을 강조하는 효과를 지니지만 그보다는 시 전체의 구조 속에서 다른 어구나 문장과 비교 대조됨으로써 파생하는 다양한 정서 환기에 중점을 둔다. 시에서 어휘나 구문 반복은 시인의 취향에 따라 다르게 나타나지만 오장환 시에서는 동일문장반복이 다양하게 변형된 유형으로 나타나는 것을 볼 수 있다. 본고에서 다룬 문장반복의 변형 유형을 정리하면,

　(1) A + A형은 순환구조의 수미쌍관식 구조로서 첫 연과 마지막 연이 똑같이 대칭을 이루며 반복됨으로써 시 내용을 열고 닫으며 중간을 아우르는 이원적 구조 형태이다. 이 유형은 율격 단위 간의 등가성과 반복성을 형성하여 연의 무한한 반복 가능성을 제한하며 종결 효과 강조에 중점을 둔다.「붉은 산」은 전체적으로 동일한 구문이 나열되는 반복과 병렬의 단조로운 형태로서 화자가 반어적으로 조국 현실의 비극적 상황을 묘사하였다.「초봄의 노래」는 '노래'가 주요 지배소로 등장해 임을 떠나 보낸 화자의 슬픔을 표출하면서 부재하는 임을 그리워하는 마음이 시·공간을 초월해 그와 함께 행복한 노래를 부르고 싶다는 간절한 열망으로 나타난다.

　(2) A + A'형은 고정된 틀 안에서 반복되는 변형 형태로서 비교·대조 관계를 유지하며 나열이나 전후 대칭을 이루면서 발전적인 전개 양상을 보인다. 오늘날과 같은 자유시 시대에 이런 변형 반복 형태가 미적 구조를 뒷받침할 수 있기 위해서는 고도의 기능적 훈련과 세심한 창작 과정을 통해 정서 환기와 의미 구조 해명에 관심을 가져야 한다.「나의 노래」는 변주된 수미쌍관식 진술문 형태에 구문 반복과 변형 반복이 대칭을 이루고 다양한 화법형 종결어미가 미래지향적 희망에 대한 공동체적 정서 공유에 주기능으로 작용하고 있다.「너는 보았느냐」는 서두에 결과적 상황을 도치법으로 제시하고 상황의 전개 과정을 비유적으로 표현하여 정치 지도자에게는 비판과 풍자를, 인민들에게는 역사적 현실에 대한 깨우침을 꾀하고 있다.

　(3) A + A' + A형은 단순 반복을 바탕으로 다양하게 변주되는 변형 반복

형태로서 단순 반복에 일부 변화를 줌으로써 단조로움을 극복하여 다양성의 효과를 가져온다. 「장마철」은 단정적 어조의 서술형과 도치법을 바탕으로 동일한 어구나 문장반복, 대구반복을 취하여 공포감이나 불안감 같은 극단적인 감정 표출의 효과를 나타내고 있다. 화자의 눈에 비친 황폐한 고향 모습을 다양한 이미지 형상을 통해 보여주기 위한 기법으로서 독자에게 현장감을 느끼게 한다. 「구름과 눈물의 노래」는 반복 과정에서 약간의 어휘 변화를 주어 화자의 단조로운 행위를 극복해주지만 자조적인 비애감과 어두운 분위기만 강조하여 암담한 현실을 나타낸다.

(4) A + B → A' + B'형은 전후대칭 구조로서 비슷한 구문이 나열되어 있다는 점에서 나열형과 유사하나 전반부와 후반부로 나눠진다. 이 유형은 대조되는 A-B/ A-B'형태로 반복되면서 두 부분의 내용이 상호 충돌, 융화하면서 서로 아우르며 화답하는 관계를 형성한다. 「양」은 자유롭게 초원을 누벼야 하지만 울안에 갇혀 있음으로써 존재의 부자유성을 뜻한다. 이런 '양'의 부자유와 무기력함은 화자의 처지와 동일하므로 안타까움과 연민의 정을 보낸다. 「어머니 품에서」는 황폐화된 고향 모습을 통해 시대의 비극적 상황을 인식하고 있다.

2 이용악 시의 반복 형태 구조 연구

1 ▮ 서론 ▮

우리는 일상적 삶 속에서 어떤 사실을 강조하기 위해 말이나 구절, 어절을 되풀이하여 강한 의미를 부여한다. 또한 상대방을 설득하거나 자신의 내면적인 감정 상태를 표현하기 위해 반복법을 사용하기도 한다. 따라서 시에서도 음운 패턴이나 음절수에 의한 반복이 단순히 시의 외적 구성의 통일을 위한 차별화에 그치지 않고 시를 구성하는 각 단위의 내적 통일에 중점을 둔다. 순수한 음성적 요인에 의해 드러나는 외형적 운율, 또한 시의 여러 요소들이 우리의 내면 의식을 율동적으로 자극하면서 인식되는 의미율 등이다. 이러한 의미율이 현저하게 나타나는 경우는 같은 내용의 시어가 반복되었을 때이다.[1]

반복 구조를 형성한다는 것은 일상어의 결합 위에 반복적 속성을 부가하여 일상어의 확정적 의미를 불확정의 의미로 변질 혹은 승화시키는 데

---

[1] 강홍기, 「현대시 운율구조론」, 태학사, 1991, 49쪽.

기여한다는 것이다.[2] 율격 양식에 의한 내재적 반복성이 형성되어 일상어의 결합을 시적 구조로 변화시켜 그 의미망을 확장한다는 뜻이다. 반복은 운율성을 만드는 기본 조건인데, 이 운율 현상은 동일한 음이나 또는 음량의 동일한 시간적 간격을 통해 반복하는 데서 나타난다. 음의 고저, 장단, 강약 등 소리의 성질을 이룬 패턴이 반복되면 율격이 형성되고 어떤 특정한 형태소 자체가 반복되면 압운이 형성된다. 즉 율격 간의 등가적 단위가 시간의 선조성에 따라 수평적으로 반복 진행되는 자체가 모든 리듬의 원리이며 율동적 쾌감을 조성하는 기능을 가진다.

일반적으로 반복 유형에는 음의 고저·장단·강약 등 동일 패턴의 음성 구조와 동일 음운의 반복, 그리고 단어·구절·행·연의 반복이 있다. 이 반복은 단어 혹은 형태소의 전체 또는 일부가 반복되어 이루어지는 것으로써 그 구성 방식에 따라 몇 가지로 나누어 볼 수 있다. 즉 단어나 형태소 전체가 반복되는 전체 반복, 독립성 있는 단어 또는 형태소의 일부만이 반복되는 부분 반복, 반복될 때 음상이 교체되는 類音 반복 등이 있다.

해방 후 '조선문학가동맹'에서 활동한 이용악은 1930, 40년대 10년 동안(『분수령』, 『낡은 집』, 『오랑캐꽃』, 『이용악집』) 4권의 시집을 남겼다. 그는 절실한 개인적 체험 속에서 북방 정서를 바탕으로 유랑민들의 비극적 삶을 민족 현실의 당면 문제로 생생히 증언하였다. 북방은 그가 태어난 삶의 터전이지만 아름다운 추억보다 추위와 가난, 죽음이 자리잡은 황폐화된 공간이다. 그는 이 피폐화된 공간에서 당대의 비극적 상황을 자신의 실존적 문제로 받아들여 구체화시켰다. 따라서 그의 시에는 피폐화된 농촌 현실과 이농, 비참한 유이민의 삶, 가난과 굶주림 등 절망적인 세계 인식

---

2) 이승복, 「우리시의 운율 체계와 기능」, 보고사, 1995, 81쪽.

이 식민지 민중의 삶을 통해 객관적으로 생생하게 나타난다. 그는 주지적 모더니스트로서 언어의 세련미와 풍부한 감성을 바탕으로 서사적 구도 속에서 서정성을 탁월하게 묘사했다. 특히 그의 작품은 형식적 기교 면에서 다양한 반복법을 활용하여 암울한 민족 현실을 구체적인 경험을 바탕으로 잘 형상화시켰다. 따라서 본고에서는 이런 반복법이 단어, 조사, 구절, 행연(문장) 등에 어떻게 나타나는지 언어학적 관점에서 그의 작품을 구체적으로 분석하고자 한다.

2 반복 형태 구조

1) 단어 반복

이용악 시에서 흔히 나타나는 단어나 조사 반복은 단순한 언어 유희의 차원이 아니라 하나의 유기적인 통일체로의 의미의 시적 기능과 작용에 이바지한다. 언어 유희는 먼저 논제와 술사가 형성되고, 다시 그 술사가 논제의 위치로 체언화되어 거기에 따른 술사가 따라오는 연속 작용을 동반한다. 언어 유희는 리듬 반복을 통한 청각 현상이나 단어의 연속 놀이 등을 연상하나, 시에서 리듬은 단순한 말장난의 차원을 떠나 유기적인 통일체로서 완결한 구조물에 작용하는 것이다.

일반적으로 단어란, ① 최소 자립 형식이며, ② 분립성 및 자립성을 지니고 있으며, ③ 단어의 앞뒤에 순간적 휴지를 이루는 운율적·초분절적 규정이 있다.3) 즉 언어 단위로서 더 이상 작은 단위로 분할할 수 없는

---

3) 이철수, 『국어형태학』, 인하대출판부, 1994, 58쪽.

최소 자립어이고 문장에서 전위가 가능한 구성 요소이다. 따라서 단어라
는 등가어의 반복은 간혹 단조롭고 지루한 느낌을 주지만 제재와 이미지
의 동일성을 반복·강조하면서 행이나 연 구분의 등장성을 부각시키며
경계 표지의 구실도 한다. 이런 단어의 반복은 이용악 시에서 명사·형용
사·동사 등에 나타난다.

> 북쪽은 고향
> 그 북쪽은 女人이 팔려간 나라
> 머언 山脈에 바람이 얼어 붙을 때
> 다시 풀릴 때
> 시름 많은 북쪽 하늘에
> 마음은 눈감을 줄 모르다

─ 「북쪽」 전문 ─

이 시에서 반복적인 형태는 '북쪽'이라는 단어와 '-ㄹ 때'라는 동일 형태
의 조건절에 나타나 있다. 이러한 반복은 이 시를 간결하고도 투명하게
객관화시키는 데에 효과를 부여한다. '북쪽'은 고향이며 "女人이 팔려간
나라"로서 애매성을 갖는다. 즉 2행의 '그'라는 관형사가 1행의 '북쪽'을
강조한 것인지, 혹은 고향인 '북쪽'에서 바라본 다른 북쪽 지방인지 해석
자의 관점에 따라 함축적인 의미를 지닌다. 이런 현상은 같은 단어를 다
른 의미로 반복시켜 정서의 고조화와 경이감을 불러 일으킨다. 전자의
관점에서 본다면 '북쪽'은 그의 고향이고, 후자의 관점에서 본다면 이 '북
쪽'은 그의 고향의 변방 지대인 만주나 아라사 땅으로 많은 유이민(流移民)
들이 흘러들어간 곳이다. 후자의 의미로 보면, 이 시는 1~4행까지 대립
구조로서 북쪽 고향에 대한 객관적 정황이 나타난다. 1행과 2행의 '북쪽'
은 고향과 타향이고, 3행과 4행도 '바람'이라는 논제에 "얼어붙을 때"와

"풀릴 때"의 술사가 대립된 형태이다. 5 · 6행은 객관적 정황에 대한 시적 화자의 심적 태도이다.

일반적으로 그의 작품에서 '고향4)은 행복한 공간이 아니다. 이 '북쪽'은 개인적 고향의 표상으로 나타나지만 「제비같은 少女야」「전라도 가시내」에서 작부처럼 가난으로 인해 여인들이 "팔려간 나라"로서 역사적 · 사회적 인식이 가미된 공간이라 할 수 있다. '머언'이 '먼'에 비해 音長差에 따른 장음적 음운 효과가 여운을 남기며 산맥에 대한 원거리의 직선적 묘사보다 겹겹이 둘러 있는 산맥의 상태로 느껴져 심리적 휴지 효과를 가져온다. 즉 '고향은 심리적으로 멀리 있다는 圖上的 효과5)를 자아낸다. 그의 '고향은 단순한 향수 대상이 아니라 그가 처한 현실적 상황을 총체적으로 가늠하게 하는 예민한 시적 감응체로 기능한다.6) 따라서 식민지 시대의 궁핍상과 고통받는 삶이 뒤따르는 현실 인식 행위가 요구된다. 이런 고향 상실의 아픔은 "바람이 얼어"붙고 "시름 많은" 상태로 표상되어 마음은 고통을 수반한다. 이는 고통스런 현실에 대한 자아의 자기 동일성 (self-identity) 인식이다.7)

전반부의 과거 시제에서 후반부의 현재 시제로의 변화는 순환 반복되는 계절의 변화와 맞물려 시간의 흐름과 비극적 상황이 지속되고, 이러한 상태에 처해 있는 화자의 마음도 지속되어 지금의 '시름' 상태에 이른다. 이 '마음'은 인간 내면의 주관적 체험을 드러내는 것으로서 연민과 그리움8)의 감정이다. 그렇지만 시적 화자는 내면 체험의 고백이나 개인적 감

---

4) 그의 많은 시(「아이야 돌다리 위로 가자」,「길손의 봄」,「막차 갈 때마다」등)에서 '북쪽'은 그의 고향과 관련된다.
5) 김창섭,「「국화 옆에서」의 언어 분석」,『문학과 언어의 만남』, 신구문화사, 1996, 716쪽.
6) 윤영천,「민족시의 전진과 좌절」,『이용악 시전집』, 창작과비평사, 1988, 226쪽.
7) 박경수,『한국 현대시의 정체성 탐구』, 국학자료원, 2000, 193쪽.
8) 이은봉,『한국 현대시의 현실 인식』, 국학자료원, 1993, 204쪽.

상을 표출하지 않고 비극적 현실을 직시하려는 냉정한 시선이 깔려 있다.
산맥과 싸늘한 바람의 추위가 북방 지대의 정서를 환기하지만 그 배경에
는 비극적인 시대 상황이 자리잡는다. 얼고 풀리는 상반된 상황은 '고향'
에 대한 그리움과 현실 상황을 거부하려는 내면적 감정의 표출이다. 이것
은 자신이 극복해야 하는 주관적 체험이 아니라 단지 인식해야 하는 객관
적 현실의 문제이다.

　　　들창을 <u>열면</u> 물구지떡 <u>내</u>음새 <u>내달</u>았다
　　　쌍바라지 <u>열어</u>제치면
　　　<u>썩달</u>나무 <u>썩</u>는 냄새 유달리 향그러<u>웠다</u>

　　　<u>뒷산에두</u> 봊나무
　　　<u>앞산두</u> 군데군데 봊나무

　　　주인장은 매사냥을 다니다가
　　　바위틈에서 죽었다는 주막집에서
　　　오래오래 옛말처럼 살고 싶었다

　　　　　　　　　　　　　　　- 「두메산골 1」 전문 -

　이 시는 다양한 유사음 및 동일음의 병치와 단어 반복으로 경쾌한 율격
효과를 자아낸다. 1연에서 유사음의 호응 관계는 '열'('열면'과 '열어제치면'),
'내'('내음새'와 '내달았다'), '썩'('썩달나무'와 '썩는'), 2연에서 동궤 의미 반복이 '-산
두'('뒷산에두'와 '앞산두'), 3연에서 '주'('죽었다'와 '주막집') 등에 나타나 있다. 그
리고 1연에서 '냄새(내음새)'를 중심 지배소의 축으로 하여 '들창'과 '쌍바라
지', '물구지떡'과 '썩달나무', '내달았다'와 '향그러웠다', 2연에서 '봊나무'
를 중심축으로 '뒷산'과 '앞산' 등이 각각 음성적 대응 관계를 이루고, '군데
군데'와 '오래오래' 등의 시·공간의 의미를 내포한 첩어 반복이 나타나

있다. 이런 동일 및 유사한 음성과 단어의 대응 관계는 드러나지 않는 형태적 구속을 내재적으로 형성하여 시의 연 가름의 효과를 부여한다. 이런 점에서 볼 때, 그의 시는 낭송에 적합한 특징을 지닌다고 할 수 있다. 그는 시를 쓰는 데 책상에 앉아서 쓰지 않고 걸으면서 썼다고 한다. 길을 걸으면서 낭송을 해보고 고치고 하는 과정을 통해 거의 완성하고 나서야 글로 옮겼다고 한다.9)

1·2연에서는 밀폐, 내밀한 공간을 후각·시각적으로 묘사하였다. 1연은 '들창'으로 인해 실내 공간을, 2연은 '산'을 중심으로 화자와 '꽃나무'가 동일시되는 자연 공간을, 3연은 '주막집'을 중심으로 인간과 자연이 합일되는 실외 공간을 묘사하였다. 흔히 '창'은 밀폐된 공간에서 새로운 세계를 접할 수 있는 매개체 역할을 한다. 시적 화자가 '들창'을 열면 외부와 소통되어 '물구지떡 내음새'가 물씬 스며든다. '내달았다'는 순간적으로 엄습해 오는 역동적 이미지로 시적 화자의 유년기 체험을 문득 불러 일으킨다. '쌍바라지'는 '들창'보다 더 큰 문이고, '열어제치면'은 '열면'보다 힘주어 문을 여는 동작이므로 외부를 향한 강력한 몸짓이라 할 수 있다. "썩달나무 썩는 냄새"는 반복되는 동일음 '썩'의 어감에서 썩는 냄새가 독하고 진하게 느껴진다. 그런데 여기에 걸리는 "유달리 향그러웠다"는 '유달리'라는 부사어가 다시 사용되어 냄새의 농도가 더 강렬함을 나타내고, 그 냄새가 오히려 '향그러웠다'라는 부조화로 시적 긴장감을 자아낸다. '내달았다'가 냄새의 엄습 속에 수동적으로 놓이게 된 '나'의 상태를 드러내고 있는 데 반해서 "유달리 향그러웠다"는 냄새에 대한 나의 가치 부여가 들어 있다.10) 이 향기롭고 진한 냄새를 맡기 위해 문을 여는 행위도 강력히 행해지고 있다.

---

9) 윤여탁·오성호 편, 『한국현대 리얼리즘 시인론』, 태학사, 1990, 204쪽 재인용.
10) 황인교, 「이용악 시의 언술 분석」, 이화여대 박사학위논문, 1991, 50쪽.

화자가 향기로운 냄새를 접할 수 있는 이 외적 공간은 '앞산'과 '뒷산'이 벽처럼 둘러싸인 밀폐된 곳이다. 무성한 '꽃나무'는 이런 밀폐된 공간을 구축하는 중심 매체이다. 이 밀폐된 공간은 향그러운 냄새에 의해 구축된 것으로서 시적 화자에게 자족감을 주는 안락한 곳이다. 따라서 화자는 인위적으로 차단된 방안의 공간에서 창문을 통해 내달아오는 향기로운 냄새를 접함으로써 새로운 외적 공간에서 인간 존재 의식과 합일되는 것이다.

시적 화자가 현재 처해 있는 공간은 '주막집'인데, 이곳은 '바위틈'과 같이 밀폐되고 좁은 공간이다. '바위틈'과 '주막집' 공간은 '-에서'에 걸리므로 동격 의미이다. 주인장은 '바위틈'에서 죽었지만 화자는 '주막집'에서 살고 싶어한다. 그런데 '옛말'은 현시점에서 볼 때 시간의 흐름이 차단된 지난날의 말이다. 그런데도 '옛말'이 소통될 수 있는 곳은 현 시간의 흐름에서 벗어난 '두메산골'이다. '옛말'의 내용은 화자가 시간을 초월해 갈망하는 이곳에서의 삶이다. 이곳은 죽음과도 같이 안락한 휴식 공간으로서 인간 본연의 욕구라 할 수 있다. '바위틈'에서 죽었다는 주인장의 얘기는 지금 이곳에서 살고 싶어하는 화자의 욕구와 겹쳐져 동일화된다. 따라서 화자가 생사 경계의 시간을 초월한 이곳에서 '옛말'처럼, 즉 주인장처럼 살고 싶다는 것이다.

다음 작품들은 동일한 단어를 약간 변형시켜 점층 구조를 취함으로써 단조로운 반복 리듬을 극복한 예이다. 일반적으로 점층 구조는 한 현상에서 다른 현상으로 발전해 가는 양상으로 낮은 데서 높은 데, 가벼운 데에서 무거운 데, 얕은 데에서 깊은 데로 이어지는 수사법의 기교이다. 따라서 내용을 단계적으로 쌓아 가는 가운데 표현 방법상 반복법·열거법 형태를 취하여 어조가 상승하기에 운율적 기능 면에서 경쾌한 리듬 효과를 자아낸다. 점층법은 시에서 시구를 반복할 때 단지 반복 차원에서 끝

나지 않고 의미상 관련이 있는 다른 시어나 시구를 병렬적으로 사용하기
도 한다. 이처럼 점층법은 열거법처럼 시어나 시구 등의 배열 방법은 같
으나 열거법에 비해 개념의 폭을 점차 확대해 간다. 열거법은 같거나 비
슷한 시어나 시구가 동일한 자격으로 배열된다.

우리집도 아니고
일가집도 아닌 집
고향은 더욱 아닌 곳에서
아버지의 寢床없는 최후 最後의 밤은
풀버렛소리 가득차 있었다

露領을 다니면서까지
애써 자래운 아들과 딸에게
한마디 남겨 두는 말도 없었고
아무을 灣의 파선도
설룽한 니코리스크의 밤도 완전히 잊으셨다
목침을 반듯이 벤채

다시 뜨시잖는 두 눈에
피지 못한 꿈의 꽃봉오리가 깔앉고
얼음장에 누우신 듯 손발은 식어갈 뿐
입술은 심장의 영원한 停止를 가르쳤다
때늦은 醫員이 아모 말 없이 돌아간 뒤
이웃 늙은이 손으로
눈빛 미명은 고요히
낯을 덮었다

우리는 머리맡에 엎디어
있는 대로의 울음을 다아 울었고
아버지의 寢床없는 최후 最後의 밤은

풀버렛소리 가득차 있었다

- 「풀버렛소리 가득차 있었다」 전문 -

　먼 이국 땅에서 외롭게 죽어간 아버지의 싸늘한 주검이 자식인 시적 화자의 눈을 통해 냉정하면서도 객관적으로 형상화되었다. 유이민의 참담한 실상이 서정적인 버렛소리와 대조를 이루며 점층적인 반복으로 시적 리듬이 고조되어 더욱 비장미를 느끼게 한다. "우리집－일가집－고향" 등은 혈연이나 지연 관계를 맺는 공동체적 주거 공간이다. 그런데 이런 주거 공간이 아닌 이방 지대에서 아버지가 죽음을 맞이한다는 것은 공동체적 삶의 부재로 비극적 상황이다. '아니다'라는 형용사를 약간 변형시켜 반복함으로써 이방 지대를 강조하는 효과를 나타내었다. 이 연속적 속도감의 리듬은 음성적 질감이 감정의 동요를 환기시키는 데에 충분한 기능을 담당한다. 아버지가 죽어서까지 드러누울 곳이 없는 "침상없는 최후"는 유이민의 비참한 실상을 단적으로 드러낸다.

　문화적 관습에 따르면 인간은 죽음을 집안에서 맞이하는 것이 보편적 현상이다. 누구나 생전의 고생은 접어두고라도 죽은 후에는 집안에 편히 모셔질 수 있는 것인데, 아버지에게는 그런 공간도 존재하지 않는다. 특히 "아버지의 침상없는 최후 最後의 밤은/ 풀버렛소리 가득차 있었다"는 수미쌍관식 시행 반복은 시신이 놓인 현장의 처참한 분위기가 현실로 생생하게 느껴진다. '최후 最後'의 이중 반복이 주는 위기감, 외부와 차단된 듯한 그날밤의 정황이 '풀버렛소리'와 어우러져 비통한 분위기를 자아낸다. 담담하면서도 냉정한 어조와 과거 시제의 서술 형태는 침통한 내용과 상반되어 부조화의 긴장 속에서 주제를 효과적으로 나타내었다. 이런 시행 반복은 화자의 슬픔을 극대화시키고 주제 의식을 강조하며 매 연의 구체적인 상황과 이미지를 집약시키는 효과를 가져온다.

아버지는 어느 한 곳에 정착하지 못하는 유랑민으로 '노령'이나 '우라지오'를 다니는 밀수꾼(「우리의 거리」)으로서 가정을 이끌어가는 가장이다. 그가 아버지의 죽음을 여러 작품(「너는 피를 토하는 슬픈 동무였다」「달 있는 제사」「다리 우에서」)에서 언급하는 것은 어린 그에게 큰 충격으로 자리 잡고 있다는 증거이다. 이 家長 상실은 개체적 죽음이 아니라 궁극적으로 가족이 해체되는 당대의 비극적 상황이다. 따라서 개인의 고초 속에서 민족 전체의 고통을 발견하고 민족의 고통이 그 시대의 보편적인 현상임을 확인하면서 심화된다.11) 이용악의 작품 속에는 추상적인 애국심의 표현이나 국가와 민족에 대한 직접적 언급이 없다. 어디까지나 망국민·유랑민으로서의 자기 자신의 실존적 현실, 거기에 따르는 고통, 부끄러움, 고독을 통하여 민족적 운명을 언급한다.12) 그가 아버지의 죽음을 현재의 순간처럼 효과적으로 묘사할 수 있었던 것은 그의 개인사가 가난과 노동, 유랑의 세월로 점철되었음에 기인한다. 이러한 인식은 그의 구체적인 삶과 사회에 대한 정당한 평가와 객관적 묘사가 어우러져 당대 민족사의 문제로 확산되는 효과를 가져온다.

2연에서 아버지와 자식간의 침묵은 언어 소통의 단절에서 야기된다. 이러한 언어 부재의 단절은 '풀버렛소리' 가득한 소리 과잉과 병치되어 대응 관계를 이룬다. 의사 소통의 단절은 혈연에 따른 공동체의 공간 상실을 의미한다. 타국 땅에서 최후 순간을 맞이하는 아버지는 자녀들과의 의사 소통도 단절된 채 기억조차 잊어버리는 고립된 존재로 남는다. 단지 남은 몫은 낯선 공간에서 표류하는 가족들의 불안정한 삶이다.

4연에서 우리의 울음은 끝났지만 '풀버렛소리'는 주위에 가득히 울려 퍼지고 있다. 유사 의미인 '있는 대로' 관형어와 '다아' 부사어가 '울음'의

---

11) 이숭원, 『20세기 한국 시인론』, 국학자료원, 1997, 219쪽.
12) 김종철, 「庸岳－그 민중시의 내면적 진실」, 『창작과비평』, 1998년 가을호, 154쪽.

상태를 반복하여 수식함으로써 슬픈 감정을 고조시킨다. 인간의 울음이 자연물의 소리와 어우러지는 부조화 상태이다. 이것은 개체적 삶이 자리 한 내부 공간의 부재에 따른 것으로 그것을 회복하기 위한 적극적인 몸짓 이다. 즉 공동체적 삶을 회복하기 위한 몸부림이다.

'풀버렛소리'는 아버지의 죽음과는 무관한 비감정적 행위로서 인간의 울음을 덮어버린다. 이 소리는 낯선 공간에서 공동체 삶이 뿌리 내리지 못하는 거대한 장애 요소이다. 혈연과 지연에 바탕을 둔 공동체 삶이 개 체적 삶의 바탕에서 시작되는데, 주위에 가득한 '풀버렛소리'는 공동체 삶의 기반을 무너뜨리는 인자 요소이다. 즉 개체적인 아버지의 죽음이 공동체적 삶의 상실로 확대된다. 이것은 시적 화자의 언술이 개체가 아닌 "우리－일가－고향"으로 확대되는 보편적 발화의 목소리에서 확인할 수 있다. 따라서 화자의 주관적 감정이 철저히 배제되고 모든 상황이 객관화 되어 관찰 대상이 된다. 독자는 일정한 거리를 유지한 채 주관적 감정에 휘말리지 않고 낯선 땅에서 죽어가는 한 가장과 그에 따른 가족의 슬픔까 지도 관찰의 대상으로 바라본다.

> 달빛 밟고 머나먼 길 <u>오시리</u>
> 두 손 합쳐 세 번 절하면 돌아<u>오시리</u>
> 어머닌 <u>우시어</u>
> 밤내 <u>우시어</u>
> 하이얀 박꽃 속에 이슬이 두어 방울

> － 「달있는 제사」 전문 －

1·2행에서 '오시리', '돌아오시리'와 3·4행에서 '우시어', '밤내 우시어' 등의 서술어가 반복되어 점층적인 효과를 불러 일으킨다. 1·2행에서는 주어가 생략되어 있으므로 주체가 누구인지 명확히 나타나지 않지만 1행

에서 막연히 오리라는 기대가 2행에서 "세 번 절하면"의 조건절이 가미될 때 돌아오리라는 확신을 갖게 된다. 2행은 술어 형태의 조건절('-하면)과 술어('-오시리)로만 구성된 주절로 되어 있어 1행의 문장에 주어 없는 조건절이 첨가된 형태이다. 3행은 주어와 술어를 갖춘 문장으로 종속절 형태를 취하고 있는데, 이것으로 보아 2행에서 생략된 종속절의 주어가 '어머니'임을 알 수 있다. 3행에서는 주체인 어머니가 우신다는 막연한 상태에서 4행의 "밤내 우시는" 감정의 상태로 고조된다. 이 한적인 울음은 5행에서 '박꽃 속'의 '이슬 방울'로 맺힌다.

1·2행은 주어가 생략되어 술어로만 구성되어 있으므로 돌아오는 행위자의 주체뿐 아니라 절하는 행위의 주체도 누구인지 모른다. 그러나 3·4행에서 나타나듯이 어머니가 "밤내 우신다"는 정보를 통해 절하는 주체가 어머니이고, 오실 주체는 어머니가 간곡히 기다리는 대상이라고 추측할 수 있다. 이러한 모습은 정화수를 떠놓고 합장하며 간곡히 기원하는 우리 어머니 상으로 전이되기 때문에 우리에게 매우 친숙한 상상력을 불러일으킨다. 5행은 부사구("하이얀 박꽃 속에"), 주어('이슬이'), 명사구('두어 방울)로 구성되어 있지만 '맺히다'라는 술어가 생략되었음을 추측할 수 있다.

일반적으로 제사는 산 자와 죽은 자가 만나는 관습적인 의례이다. 이 의례는 이승과 저승의 가교 역할을 해 준다. 만남이란 존재 간에 주체로서 서로 인정할 때 가능하다. 따라서 주체가 실제로 현실에 존재하지 않더라도 제사 의례를 통해 영적인 만남이 가능하다. 이 시에서도 1·2행에서 돌아오는 주체는 저승에서 이승을 향하고, 3·4행에서 우는 주체는 이승에서 저승을 향하고, 5행에서는 이승과 저승이 합일되는 공간에서 주체 간의 만남이 이루어진다. 이 때 저승에서 이승을 향해 올 수 있는 것은 '달빛'을 통해 가능하다. 이 '달빛'은 이승과 저승을 이어 주는 가교 역할의 길이라 할 수 있다. 제례 의식에서 이승에 있는 주체는 '절(拜)'이라

는 통과 의례로써 저승과의 소통이 가능하다. 죽은 자는 이 소통 의식을
통해 만남의 장소로 올 수 있다.

　그런데 어머니의 울음은 이런 의례 행위를 동반하여 더 간절히 열망하
는 내면의 몸짓이다. 밤내 이어지는 어머니의 울음은 '달빛'과 유사하게
이승과 저승의 아득한 거리를 채우는 액체인 것이다.[13] 이 달빛 속에 채
워진 '하이얀 박꽃'에는 어머니의 울음이 '이슬'로 맺혀 이승과 저승의 만
남이 이루어진다.

　'이슬'은 액체의 속성으로 영롱한 빛이 투명하게 나타나므로 어머니의
울음도 '달빛'이 결합된 물질이다. 그리고 오래 가지 못하고 곧 사라지기
때문에 순간적인 만남으로 끝난다. 이처럼 간결하면서도 함축적인 시어
를 통한 반복적 리듬 효과는 제례 행위를 통해 이루어지는 만남의 장을
아름답게 묘사하는 데에 기여한다. 이것은 단지 객관화된 어머니의 운명
적 삶을 묘사하는 데 끝나지 않고 다시 시적 화자가 어머니를 회상하며
만나려는 상황으로 박꽃 속의 '이슬방울'로 존재한다. 이 간결하면서도
견고한 사물성은 슬픈 감정을 통제하는 기능을 담당한다. 정갈한 언어
선택과 절제된 표현의 사물성은 일찍 지아비를 잃은 어머니의 비애, 어린
자식과의 곤궁한 삶 속에서도 때에 찌들지 않은 어머니의 청초한 모습이
시각화되어 나타난다. 그렇지만 언어 세련미와 형식적 아름다움을 강조
하는 후기시의 이러한 경향은 초기시에 나타나는 민족적 현실의 탁월한
리얼리티가 퇴색한 감이 없지 않다.

2) 조사 반복

　조사는 문에서 한 성분이 다른 성분에 대한 문법적 관계를 나타내는

─────────────────

13) 황인교, 앞의 논문, 72쪽.

것이다.14) 이 문법적 관계는 둘 이상의 성분 사이에서 그 개체가 각각 일정한 위치를 가지면서 상호 관계를 맺는 기능을 담당한다. 조사는 다른 품사처럼 독립적으로 쓸 수 없고 단지 다른 품사에 붙어 문법적 관계와 뜻을 나타낸다. 주로 자립성이 있는 명사류 단어에 붙어서 문법적 관계를 나타내거나 뜻을 더해 주는 기능을 한다. 조사는 체언의 중요한 문법적 범주로서, 조사가 체언 뒤에서 자유롭게 환치 가능하다는 공통적 성질로 해서 조사라는 한 범주로 묶기는 했으나, 이 가운데는 매우 성질이 다른 이질적 형태군이 포함되어 있어 논의와 논쟁을 거듭해 왔다.15) 이 조사는 그 성질에 따라 체언의 격을 포함하는 격조사, 어휘적 의미를 가미시키는 기능 담당의 특수조사(보조사)로 나눌 수 있다. 격조사가 체언으로 하여금 일정한 자격을 갖게 하는 통사적 기능을 지닌다면 보조사는 형태적·어휘적 기능을 겸한 어휘 요소라 할 수 있다.

> 풀쪽을 樹木을 땅을
> 바윗덩어리를 무르녹이는 열기가 쏟아져도
> 오즉 네만 냉정한 듯 차게 흐르는
> 江아
> 天痴의 江아
>
> 국제 철교를 넘나드는 武裝列車가
> 너의 흐름을 타고 하늘을 깰 듯 고동이 높을 때
> 언덕에 자리잡은 砲臺가 호령을 내려
> 너의 흐름에 선지피를 흘릴 때
> 너는 憔燥에
> 너는 恐怖에
> 너는 부질없는 전율밖에

---

14) 성광수, 『국어 조사에 대한 연구』, 형설출판사, 1980, 2쪽.
15) 이철수, 앞의 책, 136쪽.

가져본 다른 動作이 없고
너의 꿈은 꿈을 이어 흐른다

네가 흘러온
흘러온 山峽에 무슨 자랑이 있었드냐
흘러가는 바다에 무슨 영광이 있으랴
이 은혜롭지 못한 꿈의 饗宴을
傳統을 이어 남기려는가
江아
天痴의 강아

너를 건너
키 넘는 풀속을 들쥐처럼 기어
색다른 국경을 넘고저 숨어 다니는 무리
맥풀린 백성의 사투리의 鄕閭를 아는가
더욱 돌아오는 실망을
墓標를 걸머진 듯한 이 실망을 아느냐

江岸에 무수한 해골이 딩굴러도
해마다 季節마다 더해도
오즉 너의 꿈만 아름다운 듯 고집하는
江아
天痴의 江아

− 「天痴의 江아」 전문 −

　이 시에서는 조사 반복을 중심으로 단어 반복, 시행 반복이 각각 나타
난다. 조사의 종류로는 목적격 '을(를)', 부사격 '에', 특수조사 '마다' 등이
고, 동사 반복은 '흘러(가는)온', 시행 반복은 "江아 / 天痴의 江아" 등이다.
1연에는 목적격 조사('-을')가 종적·횡적으로 혼합하여 자연물을 열거하
고, 2연에는 행위나 이유를 의미하는 부사격 조사('에')가 횡적으로 반복되

며 심리적 불안 상태를, 마지막 연에는 특수조사('마다')가 횡적으로 반복되며 시간의 흐름을 나타낸다.

조사 반복이 운율 조성의 수단으로 되는 것은 동일 음질을 가진 조사가 규칙적으로 반복되는 데 있다. 같은 성격의 조사를 여러 번 반복하면 개별적 시어들의 의미가 강조되고 운율과 어세에 굴곡을 가져와 훨씬 리듬감이 살아난다. 그리고 흐름새를 더디게 하여 사색하는 시간을 갖게 함으로써 시의 정서적 효과를 깊게 불러일으킨다. 같은 음절을 가진 조사가 횡적으로 동일한 위치에 놓이면 일정한 간격 속에서 규칙적으로 반복되어 동음절 동위 반복률을 조성한다. 동일한 조사가 한 시행 안에 배열될 때 반복되는 간격이 좁고 파동이 잦게 주어지면서 그 음향적인 율동의 기복이 뚜렷하게 나타난다.

그러나 조사가 종적으로 놓일 때 한 시행 안에 나타나는 횡적인 반복보다 간격이 넓어지게 되어 반복되는 음향의 파동도 그 진폭이 넓게 주어진다. 2연에서 서로 다른 음질을 가진 '는', '에' 조사가 제각기 동일한 위치에서 종적으로 교차 반복됨으로써 음향율을 규칙적으로 만든다. 따라서 각자 동일한 위치에서 반복되는 음향에 의해 파동과 굴곡의 조화를 이룬다.

이 시는 '강'의 이미지가 환기하는 자연의 질서와 '강'을 경계로 펼쳐지는 인간의 질서가 날카롭게 대조되어 나타난다.[16] 그리고 의인화된 '강'을 호칭하는 돈호법은 주기적으로 주의를 환기시키는 역할을 한다. 1연에서는 목적격 조사('을')를 바탕으로 유사한 사물들이 동일 시행 내에서 차례로 열거되어 전체적으로 지속감을, 개체적으로는 분리감을 유발하면서 우리 의식에 등간격의 자극으로 와 닿는다.[17] '강'은 거대한 '열기' 앞에서 초연하게 흘러만 간다. 이 '열기'는 견고한 물질인 '풀쪽' '수목' '땅' '바윗덩

---

16) 박경수, 앞의 책, 198쪽.
17) 강홍기, 앞의 책, 74쪽.

이'까지도 용해시킬 수 있는 거대한 힘을 지닌다. 이런 단단한 자연 물질은 생명체가 뿌리내릴 수 있는 기반인데도, 이것들이 용해되는 것은 생명체와 삶의 기반이 무너지는 상황이다. 다만 차가운 강물만이 이 뜨거운 '열기'의 횡포를 제압할 수 있는데도 방관한 채 냉정하게 흘러가니 천치일 수밖에 없다. 이것은 표면적으로 초월적인 태도로서 방관자의 도피를 합리화시킬 수 있을 것 같지만, 이런 폭력 앞에서 살아 남기 위한 생존의 방법인지도 모른다.

2연에서 이런 횡포의 열기가 국제 철교를 넘나드는 '무장열차'와 언덕에 자리잡은 '포대'를 통해 약탈을 자행하고 '선지피'를 흘리게 하는 살인을 저지를 때 '강'은 '초조' '공포' '전율'에 휩싸인 채 무기력한 모습만 보여준다. 어떤 적극적인 행동도 취해보지 못하고 태평스럽게 유유히 흐르며 단지 소극적인 꿈을 통해 현실의 극한 상황을 벗어나려 한다. 이런 '강'의 무기력함은 조사 '는'과 '에'가 교차적으로 반복되기 때문에 동일한 조사가 계속 이어지는 경우에 비해 반복되는 음향의 파동과 진폭의 간격이 넓게 주어짐으로써 '강'의 무기력함이 극대화되는 효과를 낳는다. 부사격 조사 '에'는 동등한 자격으로 체언을 열거하는 역할을 한다.

3연에서 산협을 흘러오고 바다를 흘러가는 강물의 속성은 시·공간을 초월해 역사의 현장에서 지속적으로 존재한다. '흘러온' '흘러가는' 동사 반복은 이런 지속성을 나타낸다. 유유히 흐르는 '강'은 영원한 지속성을 가지므로 시작과 끝이 없고 과거·현재·미래의 뚜렷한 구분도 없이 동일 시간 개념으로 나타난다. 이 '강'은 세속적인 시간의 차원을 떠나 현재로 존재하는 영원 자체이며 긍정과 부정, 유한과 무한의 상대적인 면이 함께 화해의 장으로 나타난다.

그런데 '강'이 취한 '꿈'은 생존을 위한 자기 합리화의 변호일지라도 사회적·윤리적 가치에 적용된 '자랑'과 '영광'에 비해 볼 때 부끄러움과 도

피일 수밖에 없다. 아무리 '강'의 속성이 시·공간을 초월할지라도 현실 상황과 무관한 존재일 수는 없다. 그러므로 '강'이 갖는 "꿈의 향연"은 현실의 극한 상황을 망각한 채 자기 꿈에만 빠져 있으므로 공적 가치관에서 볼 때 은혜롭지 못한 것이다. 전통이란 사회적 인간 관계에서 하나의 규범으로서 자리잡는데, 이러한 개인사적 "꿈의 향연"은 존재의 사회성 결여로 정당한 가치를 부여받을 수 없다. "이 은혜롭지 못한 꿈의 향연을/ 전통을 이어 남기려는가"는 그렇게 무관심하게 살아가는가에 대한 연민이며 회의적인 질문이다.

4연은 시적 화자와 '강'과의 대화 속에서 억압받는 백성의 삶이 구체적으로 나타난다. 그들은 제 나라 땅인데도 떳떳하지 못하게 '들쥐'처럼 숨어 다녀야 하고 삶의 희망을 잃은 채 자포자기 상태로 살아갈 수밖에 없다.

5연에서 특수조사 '마다'는 개체 하나하나를 전체적으로 이를 때 사용하는데, 여기서는 시간의 지속성을 나타낸다. 그 횡포는 "해마다 계절마다" 시간이 흐를수록 더해져 '들쥐'처럼 불안 속에서 숨어 살거나 "무수한 해골"이 뒹굴지라도 오로지 '강'은 민족의 수난에 무관심한 채 침묵으로 일관한다. 이런 절망적인 현실 앞에 맞서 파멸을 맞기보다 지속적인 꿈으로 현실을 지탱할 수 있다니 '강'은 '천치'일 수밖에 없다. 따라서 '아는가'라는 물음은 이런 무지함을 일깨워주는 화자의 목소리로서 '강'은 물론 모든 청자를 향한 항변이다. 그렇지만 이 '강'이 고통받는 백성의 삶과 구체적으로 연결될 때 '천치'가 되지만 큰 세계인 바다를 지향해 가듯이 '무장열차' '포대' '해골' 앞에 맞서기에 꿈을 갖는 존재이다. 이런 점에서 그의 시는 비통하나 절망하지 않고, 분노에 어려 있으나 증오하지 않는 사랑과 믿음의 목소리가 배어 있는 까닭에[18] 건강한 리얼리즘을 형성한다. 따라서 이 작품은 '강'에 대한 분노 어린 표현을 통해 그 시대의 비극

적 상황을 비판하며 유랑민의 떠돌이 삶을 통해 민족공동체의 파멸 과정
을 나타내었다.

> ─ 긴 세월을 오랑캐와의 싸흠에 살았다는 우리의 머언 조상들이 너를
> 불러 '오랑캐꽃'이라 했으니 어찌보면 너의 뒷모양이 머리태를 드리인
> 오랑캐의 뒷머리와도 같은 까닭이라 전한다─
>
> 아낙도 우두머리도 돌볼 새 없이 <u>갔단다</u>
> 도래샘도 띳집도 버리고 강건너로 쫓겨<u>갔단다</u>
> 고려 장군님 무지 무지 처들어와
> 오랑캐는 가랑잎처럼 굴러<u>갔단다</u>
>
> 구름이 모여 골짝 골짝을 구름이 흘러
> 백년이 몇 백년이 뒤를 이어 흘러갔나
>
> 너는 오랑캐의 피 한 방울 받지 않았건만
> <u>오랑캐꽃</u>
> 너는 돌가마도 털메투리도 모르는 <u>오랑캐꽃</u>
> 두 팔로 햇빛을 막아줄께
> 울어보렴 목놓아 울어나 보렴 <u>오랑캐꽃</u>

─ 「오랑캐꽃」 전문 ─

이 시는 '오랑캐꽃'을 의인화해 직접 '오랑캐꽃'에게 말하는 화법을 취함
으로써 오랑캐의 이미지 속에 서사성이 압축되어 나타난다. 서두부터 이
야기 구조를 취해 '오랑캐꽃'에 대한 역사적 유래와 명칭에 대한 줄거리가
소개된다. 이 유래담은, ① 우리 조상이 오랑캐와 싸움을 계속했다. ②

---

18) 윤지관, 「영혼의 노래와 기교의 시─이용악론」, 『세계의 문학』, 1988년 가을호,
230쪽.

오랑캐꽃의 모양은 오랑캐의 뒷 머리태와 흡사하다. ③ 그래서 꽃 이름을 '오랑캐꽃'이라 명명했다는 내용이다.

이 서두 부분의 사족은 독자들이 작품을 이해하는 데 필요한 정보로 시인이 의도적으로 삽입했다고 볼 수 있다. 본래 '오랑캐'라는 명칭은 만주 변방 지역에 거주하는 여진족을 경멸하는 뜻으로 명명한 것인데, 그들의 근거지인 만주가 이웃 부족국가에 의해 정복되자 그들은 삶의 터전을 잃고 두만강 연안으로 피난하여 살다 고려시대 윤관 장군에 의해 정벌되어 추방당한다.

1연은 "n_1도 + n_2도 + n_3도 + n_4도~갔단다"의 반복 형태로서 시적 언술 속에 타자의 말을 인용하는 방법으로 타당성을 부여한다. 화자는 일정한 거리를 유지한 채 관찰하고 전달하는 자의 역할로써 역사적 사실의 객관성을 부여한다. 3연도 "n_1도 + n_2도~오랑캐꽃"의 반복 형태 구조이다. 이처럼 1・3연에서 특수조사 '도'가 반복적으로 쓰였는데 전부 목적격 조사 대신 사용되었다. 대개 '도', '을', '에' 등의 조사는 동격의 의미로 쓰인다. 특수조사 '도'는 둘 이상의 사물이나 개념을 동시에 열거할 때 사용하며, '역시', '또한' 등의 의미를 갖는다. 이 시에서 '도'는 오랑캐의 가족과 그들의 의식주에 관련된 문화적 생활을 소개하는 데 사용되었다. 가장으로서 가족뿐만 아니라 생활 도구를 전부 버리고 쫓겨가는 비극적 상황이다. 이 '도'의 열거는 공동체의 삶이 파괴되고 삶의 기반이 상실되는 상황을 구체적으로 보여준다.

1연은 한때 고려에 종속되어 살다 대규모 토벌로 인해 졸지에 삶의 터전을 잃은 여진족의 슬픈 역사이다. '아낙'도 '우두머리'도 돌볼 새 없이 빈손으로 쫓겨간 오랑캐 남정네들은 고려 정벌군 앞에 대항할 수 없는 무기력한 존재이다. 이들은 원시생활(도래샘, 띳집, 돌가마, 털메투리)을 영위하는 야만인으로서 오랫동안 주변의 천대와 멸시를 받아온 백성들이다. 이들은 다름 아닌 일제시대에 문화가 말살되고 변방으로 쫓겨가는 우리 민족의 시적 표상이다. '무지무지'와 '가랑잎'의 시어는 고려 군사의 용맹성과 오랑캐의 무력감을 잘 대비시켜 준다. 우리 민족의 입장에서 고구려 영토를 회복하기에 통쾌한 일이나, 시적 화자는 오랑캐의 운명에 대해 연민의 정을 느끼며 제3자적 시점에서 남의 이야기를 전하듯 과거 회상 시제로써 담담히 서술하고 있다.

2연은 1연과 3연을 과거와 현재의 시점에서 시적 상상력을 대칭시켜 주는 중심으로 장구한 역사의 흐름 속에서도 헤어나오지 못하는 민중의 고통을 나타낸다. "백년 몇 백년"의 흐름은 오랜 시간의 경과이므로 과거의 '오랑캐'와 현재의 '오랑캐꽃'을 연결시켜 주는 개념이다.

3연에서는 오랫동안 수탈당하고 고통받는 오랑캐의 슬픈 운명이 '오랑캐꽃'에 전이된다. 어둠 속에서 혼자 목놓아 울어야 하는 '오랑캐꽃'의 애처로움과 한이 나타난다. 우리 민족의 운명과 연결되는 현재적 '오랑캐꽃'의 이미지는 과거 역사적 사건과 연결되기 때문에 역사 의식이 생성되는 기반이 된다. 이 '오랑캐꽃'은 오랑캐의 피 한 방울도 받지 않았으면서 '오랑캐꽃'이라고 명명된 것처럼, 우리 민족은 남을 침략하지 않았으면서도 오히려 일제 침략에 수탈당하고 모진 고통을 받고 있다. 1연의 '오랑캐'가 북방의 오랑캐라면, 3연의 '오랑캐꽃'은 우리 민족의 운명과 관련된 이미지이다. 전자가 적대적인 대립 관계라면, 후자는 일방적으로 당하기만 하는 슬픈 운명이다. 이것은 여진족이 쫓겨간 것처럼 일제에 의해 쫓겨가는 우리 민족의 현실적 아이러니 상황이다. 쫓는 자로서의 '고려 장군님'이 쫓기는 자로서의 우리 민족으로 전락했다. 이것은 '몇 백년'의 시간이 흐르면서 상황이 뒤바뀌는 역사적 무상함이다. 이처럼 시적 화자는 '오랑캐꽃'에서 우리 민족의 몰락상을 보면서 "목놓아 울어나 보라"고 슬픈 감정을 토로한다. 이 '오랑캐꽃'은 '피'의 혈연 관계도 없고, '돌가마'

'털메투리'의 문화적 관습도 모르는 현재적 개인의 존재 양상이다. 공동체적 삶이나 과거와 단절된 자아 의식은 뿌리가 없기 때문에 고립된 존재로밖에 머물 수 없어 울음을 토할 수밖에 없는 것이다. 이런 소극적 감정 해소의 태도는 미래의 전망이나 행동 지향적인 의식의 상실에서 야기된다.

> 바람소리도 호개도 인전 무섭지 않다만
> 어드운 등불 밑 안개처럼 자욱한 시름을 달게 마시련다만
> 어디서 흉참한 기별이 뛰어들 것만 같애
> 두터운 벽도 이웃도 못미더운 북간도 술막
> …… 중략 ……
> 네 두만강을 건너왔다는 석달 전이면
> 단풍이 물들어 <u>천리</u> <u>천리</u> 또 <u>천리</u> 산마다 불탔을 겐데
> 그래도 외로워서 슬퍼서 초마폭으로 얼굴을 가렸더냐
> 도 낮 도 밤을 두루미처럼 울어 울어
> 불술기 구름 속을 달리는 양 유리창이 흐리더냐
> …… 중략 ……
> 이윽고 얼음길이 밝으면
> 나는 눈포래 휘감아치는
> 벌판에 우줄우줄 나설 게다
> 노래도 없이 사라질 게다
> 자욱도 없이 사라질 게다

― 「전라도 가시내」 부분 ―

이 작품은 어느 북간도 술막에서 화자인 함경도 사내와 팔려온 전라도 가시내의 만남을 통해 나라 잃은 민족의 설움을 형상화했다. 이들이 두만강을 건너 거칠고 험난한 이국 땅에서 떠돌 수밖에 없는 것은 궁핍한 현실 때문이다. 현재까지 이르는 소녀의 삶과 화자의 삶이 계기적인 시간의 흐름에 따라 긴밀한 유대감 속에서 겹쳐진다. 이처럼 소녀에 대한 화

자의 객관화 시점은 소녀인 객체를 통해 자아를 인식하며, 더 나아가 세상에 시선을 확대시켜 시대 상황을 정확하게 인식하고 재현하는 보편성을 확보하게 된다. 이런 개인적 경험이 보편적인 시대 문제로 확장되어 현실에 대한 정당성을 확보할 때 전형화가 이루어진다.

시적 화자는 서두에서 보여주듯이 온갖 세파에 시달려 단련되었기에 두려움을 느끼지 않을 것 같지만, 자의식 상태에서 "자욱한 시름"처럼 불안과 강박관념에 사로잡혀 있다. 이런 심리 상태는 반복되는 조사 '도'에 의해 뒷받침되는데, 횡적으로 동일한 위치에서 일정 간격을 두고 반복되어 잦은 파동을 동반하여 효과를 나타낸다. 이러한 불안한 시름은 "두터운 벽도 이웃도" 믿을 수 없게 만드는 절박한 시대 상황에 따른 것이다. 이 때 "때아닌 봄"을 부르는 것은 그녀의 애수와 나의 시름, 불안 등을 함께 위로받고자 하기 때문이다. '얼룩조개', '단풍', '분행댕기'로 형상화된 그녀의 과거적 삶은 순수한 자연의 모습으로 재구성되어 현재의 실상과 큰 대조를 이룬다. 이런 과거의 삶에 반해 그녀의 현재 비극성은 동일 음운 반복("천리 천리 또 천리", "두 낮 두 밤을 두루미처럼", "올 듯 올 듯 울지 않는")에 따른 리듬감에 의해 시상 전체에 한적 비장미를 더해 준다.

마지막 연은 그가 처한 현재 상황이 매우 절박하더라도 결코 절망하거나 좌절하지 않고 현실을 직시하며 굳게 일어서겠다는 다짐이다. 그는 역사의 진보에 대한 확고한 믿음 속에서 고통스런 현재의 삶을 극복하려는 치열한 현실인식을 지닌다. 그렇기 때문에 눈보라가 몰아치는 현실 속으로 "우줄우줄" 힘없이 떠날 수밖에 없는 것이다.

3) 구절 및 문장 반복

시에서 반복은 단어보다 어느 정도 변형이 가능한 구절이나 행, 연에서 큰 의의를 지닌다. 더구나 연 반복형은 율격 단위에 있어서 행 내의 질서를 전제하므로 행태(行態)의 질서나 구조를 형성시키는 데 기여한다. 이처럼 행을 경계 단위로 한 질서 의식은 한 행을 이루는 구성 요소들에 바탕을 둔다. 행 안의 구성 요소는 어절과 율각이 기본 단위이다. 어절이 띄어쓰기에 의한 통사적 개념이라면, 율각은 띄어읽기에 의한 관습적·시간적 개념이다.

시행은 완결된 시상의 최소 단위인데, 한 편의 시는 이런 시행의 질서라 할 수 있다. 시행은 일정한 리듬의 단락을 표현할 뿐만 아니라 행간의 연결과 구분을 함으로써 기본 의미 구조의 단락을 만든다. 동일 시행의 반복 구조는 전체 시상의 모티프 제시뿐만 아니라 시행의 의미나 정서의 핵을 이룬다.

특히 시의 수미雙관식 구조는 연의 무한 반복 연장을 제한시키며 環狀 형태로 만들어 회전 전이시키는 기능을 담당한다. 천체 운행이나 사계절의 변화, 생명체의 혈액 순환 등 끊임없는 순환 운동은 천체나 생명체를 움직이는 자연 법칙이다. 이 순환 법칙은 무한 지향의 자연 운동으로 조물주의 섭리이고 자연의 조화이다. 인간은 이런 순환 리듬의 자연 속에서 일찍부터 길들여져 이 순환 반복률에 자연히 친숙해졌고, 따라서 인간이 창조한 예술 작품 속에서 순환율은 무한지향의 생명성을 부여하는 한 방법으로 사용되어 왔다. 시에서 수미雙관식 구조, 연장체 형식의 후렴이나 연 등은 자연 변화에 따른 우주적 상상력의 이미지 구성 과정에서 이런 순환율의 리듬을 보여주는 단적인 예이다.

> 아무렇게 겪어온 세월일지라도 혹은 무방하여라 <u>숨맥혀라 숨맥혀라</u>
> 잔바람
> 불어오거나 구름 한 포기 흘러가는 게 아니라 어디서 <u>누가 우느냐</u>
> <u>누가 목 메어 우느냐</u> 너도 너도 너도 <u>피 터진 발꿈치</u> 피 터진 발꿈치로

　　다시 한 번 힘 모두어 땅을 차자 그러나 서울이어 거리마다 골목마다
이마에
　　팔을 얹는 어진 사람들

　　눈보라여 비바람이여 성낸 물결이어 이제 휩쓸어오는가 불이어 불길
이어 노한 청춘과 함께 이제 어깨를 일으키는가

　　우리 조그마한 고향 하나와 우리 조그마한 인민의 나라와 오래인 세월
너무나 서러웁던 동무들 차마 그리워 우리 다만 앞을 향하여 뉘우침
아예 없어라

－ 「거리에서」 전문 －

　　시에서 단순 반복 형태는 정서적 표현을 단조로운 정형의 틀에 도식화
하려는 단점이 있지만 직정적 호소력으로 감정 표출하는 데에는 효과를
나타낸다. 그런데 이 작품에서는 다양한 반복 형태를 구사하여 단일한
주제 의식 표출에 긴장감을 더해주고 감정의 격렬성을 환기시켜 준다.
단어, 조사, 어미, 구절 등의 다양한 반복은 시적 모티프의 이미지와 상징
음에 강조 효과를 부여하여 전체적인 시상 전개에 큰 도움을 준다.
　　이 시에서 구절 반복은 "숨맥혀라" "피터진 발꿈치" "불(길)이어" "우리
조그마한 ～와" 등과 같이 매 연에 나타나고 있다. 1연 말미의 "누가 우느
냐"가 2연 서두에 "누가 목메어 우느냐"로 반복되어 전 행 구절의 의미를
강조하고, 2연에서 '～도' '～마다', 3연에서 '～이어(이여)', 4연에서는 서두에
동일한 통사 구조가 병렬 형태로 반복되어 경쾌한 리듬을 형성한다.
　　첫 연에서 "아무렇게 겪어온 세월"의 상황이란 제대로 의미 있게 살아
오지 못한 화자의 삶으로, 그 이유는 "숨맥혀라" "누가 우느냐"처럼 그
시대 상황이 억압적이라는 것에서 기인하는데, 계속되는 서술부가 이러
한 상황을 강조한다. 시적 화자가 실제 겪어온 순간 순간은 숨막히는 것

으로 "어디서 누가 우는" 부정적 상황이다.

2연에서는 우는 행위의 주체와 부정적 현실 공간에 처한 개인의 모습이 나타난다. 이 주체들은 혼신의 힘으로 "힘 모두어 땅을 차자"고 적극적인 행동 의지를 나타내지만, '그러나' 역접 접속사 뒤의 '어진 사람들' 모습처럼 소극적인 양상으로 반전된다. 단지 목메어 토해내는 '울음'만이 힘이 되어 강력한 의지를 반영한다. 이러한 구체적 행위는 삶의 공간인 '땅'에서 일어나야 하는데 이 구체적 공간인 서울 거리와 골목에서는 사람들이 울음을 통해서만 울분을 해소하려 하고, 이 거리에는 어진 경지에 이른 위장된 사람들의 무기력한 모습만 존재한다. 피가 터지도록 발을 구르는 행위와 이마에 팔을 얹는 모습은 똑같은 상황에 처해 있는 주체자의 이원화된 의식 양상이다.

그러나 후반부 연에서는 능동적인 화자의 의지가 자연현상의 역동적인 변화를 통해 적극적으로 나타난다. '눈보라' '비바람' '성난 물결'의 파괴적 속성은 노한 불길의 청춘으로 팽창하여 거대한 힘과 역동성을 수반한다. '이제'는 이러한 적극적 감정의 소용돌이가 자아인식의 계기와 행동의 방향성을 결정짓는 현시점이다.

이런 동일 통사 구조의 어휘 반복은, 1) a + a, 2) a + a', 3) a + b + a, 4) a + a + b + a, 5) a + b → b' + a'형 등으로 나눌 수 있다. a + a형은 연속 반복 형태이고, a + a'형은 반복되는 부분이 의미는 동일하나 a'부분이 a를 풀어쓰거나 강조하기 위해 점층적인 표현을 하였다. a + b + a형은 교차 반복 형태이고, a + a + b + a형은 a + a형과 a + b + a형을 혼합시킨 형태이다. 그리고 a + b → b' + a'형은 전반부(a + b) 어휘를 강조하기 위해 약간 변형시킨 반복 형태이다. 이 연속 반복 형태는 반복 음조의 주기를 짧게 하고, 교차 반복 형태는 사이 뜬 시간만큼 반복 음조의 반복 주기를 더디게 한다.

(1) a + a형

이 반복 형태는 다른 반복 형태에 비해 절대다수를 차지하므로 그의
작품 도처에 나타난다.

① 부두에 호젓 선 나는 멧비둘기 아니건만
　　<u>날고 싶어</u> <u>날고 싶어</u>
　　　　a　　　　　a

　　　　　　　　　　　　　　　　－「우라지오 가까운 항구에서」－

② 줄기줄기 차거운 비 쏟아져내릴 것을
　　<u>네거리는 싫여</u> <u>네거리는 싫여</u>
　　　　　a　　　　　　a
　　히 히 몰래 웃으며 뒷길로 가자

　　　　　　　　　　　　　　　　　　　－「뒷길로 가자」－

③ <u>눈감고 모란을 보는 것이요</u>
　　　　　　　a
　　<u>눈감고</u>
　　<u>모란을 보는 것이요</u>
　　　　　　a

　　　　　　　　　　　　　　　　　　　　　－「집」－

④ 지난밤
　　회파람은 돌배꽃 피는 洞里가 그리워
　　<u>北으로</u> <u>北으로</u> 갔다
　　　　a　　　a

　　　　　　　　　　　　　　　　　　　－「길손의 봄」－

⑤ 당콩 너울은 <u>하늘로</u> <u>하늘로</u> 기어올라도
　　　　　　　　　a　　　a
　　고향아

여름이 안타깝다 무너진 돌담
　　　　　　　－「고향아 꽃은 피지 못했다」－

①은 시적 화자가 새의 비상을 통해 무한 세계를 갈망하는 모습이다. 이런 갈망은 인간 차원의 한계를 뛰어넘는 시도이다. ②는 '네거리'로 표현된 외부 세계를 거부하고 자아의 내면공간인 '뒷길'에 침잠하는 모습이다. 검은 하늘에서 "차거운 비 쏟아져내릴 것"처럼 불안과 절망감에 사로잡힌 자의식 상태에서 "히 히 몰래 웃으며 뒷길로" 가는 것은 피해의식과 무력감에 따른 자조 섞인 태도이다. 이 웃음은 부끄러움과 거부의 몸짓이 담겨 있는 반어적 표현이다. ③은 궁핍한 생활로 현실이 고달프고 고통이 뒤따르지만 잠시나마 "눈감고 모란을 보는" 행위로서 아름다운 대상을 연상시킨다. '눈감다'라는 행위는 현실을 초월하기 위해 내면적 상상력으로 극복하는 의식 작용이다.

④는 의인화된 '회파람'이 귀향을 지난밤의 일로 처리함으로써 오늘이 와도 고향에 돌아가지 못하는 화자의 외롭고 힘든 생활을 부각시킨다. 이 '北'은 고향이라는 실제의 지리적 공간뿐만 아니라 자의식 속에서 그리움으로 자리잡는 심리적 공간이다. ⑤는 유랑하다 그리움 때문에 고향에 되돌아 왔지만, 이곳은 안식처가 되지 못해 다시 떠나가는 슬픈 상황이다. 폐허화된 고향이 사물의 감각적 묘사를 통해 잘 나타난다.

(2) a + a'형

① 오늘도 행길을 동무들의 행렬이 지나는데
　　뒤이어 뒤를 이어 물결치는
　　　　a　　　a'
　　어깨와 어깨에 빛 빛 찬란한데
　　　　　　　　　　－「우리의 거리」－

② 돌아 돌아 물곬 따라가면 강에 이른대
　　영 넘어 여러 영 넘어가면 읍이 보인대
　　　　a　　　　　a'

　　　　　　　　　　　　　　　　　　　　　－「두메산골 2」－

③ 말 아닌 말로
　　病室의 전설을 주받는
　　흰 壁과
　　　a
　　하아얀
　　하얀
　　壁
　　a'

　　　　　　　　　　　　　　　　　　　　　－「病」－

④ 쌓여 쌓여서 훈훈히 썩은 나뭇잎들을 헤치며
　　　a　　a'
　　저리 환하게 열린 곳을 뜻함은
　　세월이 끝나던 날
　　오히려 높디 높았을 나의 하늘이 남아 있기 때문에
　　　　　　　a　　　a'

　　　　　　　　　　　　　　　　　　　　　－「벌판을 가는 것」－

⑤ 대회는 끝났다 줄기찬 빗발이어 빗발치는 생명이라
　　　　　　　　　　　a　　　　a'

　　　　　　　　　　　　　　　　　　　　　－「빗발 속에서」－

⑥ 돼지굴 같은 방 등잔불은
　　밤마다 밤새도록 꺼지고 싶지 않었지
　　　a　　a'

　　　　　　　　　　　　　　　　　　　　　－「고향아 꽃은 피지 못했다」－

①②③은 반복되는 뒷부분(a')이 앞부분(a)을 풀어 반복한 형태이다. ①은 '행길'과 '행렬'의 동음반복, "뒤이어 뒤를 이어", "어깨와 어깨"의 유사한 구절의 중첩, '빛 빛'의 단어반복, "지나는데"와 "찬란한데"의 어미반복 등 계속되는 반복 형태는 '거리' 모습을 시각적으로 드러내는 데 효과적인 역할을 한다. '거리'라는 공간은 움직임과 서로 통하는 속성을 지니는데, 주체는 이런 속성을 동무들의 발걸음에서 인식한다. ②는 시간을 초월해 두메산골에서 안주하고 싶어하는 인간의 욕구를 나타내는데, 이곳은 "돌아돌아" "영 넘어 여러 영 넘어" 다다르는 멀고도 험난한 공간이다.

③은 동일음운의 형태를 약간 변화시킨 것으로, '흰 벽'='하얀 벽'은 같은 의미이나 '흰벽'='하아얀', '하얀 벽'으로 동음질 동위 반복률 형태로서 연속 반복 음운보다 그 간격이 넓어져 음향 파동에 따른 진폭이 넓다. '벽'이란 단어에 수식어가 반복됨으로써 의미 환기에 촉진제 역할을 한다. 이 시는 개인적인 병상체험을 시적 대상으로 하였는데, '흰 벽' 즉 방안이 질병을 상징한다면, 방 밖인 외부 공간은 건강을 상징한다. ④⑤⑥은 ①②③에 비해 연속 반복 형태이지만 간단한 단어이면서 전반부(a)가 짧아 반복 간격이 좁기 때문에 리듬감이 경쾌하고 점층적인 의미 효과를 낳는다.

(3) a + b + a형

① 욕된 나날이 정녕 숨가쁜
   곱새는 등곱새는
    a   b a
   엎디어 이마를 적실 샘물도 없어

                                                  - 「해가 솟으면」 -

② 배추밭 이랑을 노오란 배추밭 이랑을
     a   b   a

숨가쁘게 마구 웃으며 달리는 것은
어디서 네가 나즉히 부르기 때문에

― 「꽃가루 속에」 ―

③ 몇천년 지난 뒤 깨어났음이뇨
<u>나의 밑</u> <u>다시</u> <u>나의 밑</u> 잠자는 혼을 밟고
   a   b   a
새로히 어깨를 일으키는 것
나요
불길이요

― 「벌판을 가는 것」 ―

④ 기름진 밭고랑을 가져 못 본
部落民 사이엔
<u>지난해처럼</u> <u>또 또</u> <u>그 전해처럼</u>
   a   b   a
소름끼친 對話가 오도도오 떤다

― 「晩秋」 ―

⑤ 胡人의 <u>말몰이 고함</u>
        a
<u>높낮어 지나는</u> <u>말몰이 고함</u>
     b   a
뼈자린 채쭉소리
젖가슴을 감어 치는가

― 「제비같은 소녀야」 ―

⑥ 너는 해바래기처럼 웃지 않아도 좋다
배고프지 나의 사람아
<u>엎디어라</u> <u>어서 무릎에</u> <u>엎디어라</u>
   a   b   a

― 「장마개인 날」 ―

①②③④에서 b부분은 반복되는 a에 비해 음절수가 짧으므로 음량 시간도 짧다. ①은 보기 흉하게 구부러진 '곱사등'처럼 욕된 나날을 살아가는 화자의 부끄러운 삶을 나타낸다. 그의 삶은 제대로 성장하지 못해 구부러진 등처럼 외적 억압에 묶여 불안과 고통의 연속이다. 삶의 조건도 "엎디어 이마를 적실 샘물"조차 허용되지 않을 만큼 극한 상황이다. ②에서 '배추밭 이랑'을 달리는 것은 네가 나를 부르고 내가 너를 부르고 싶기 때문에 가능하다. '배추밭 이랑'은 '꽃가루'를 갖고 있는 공간인데, 이 '꽃가루'가 흩어지는 것은 이런 공간을 통해 퍼지는 부름의 소리와 같다. 서로가 어느 곳에 떨어져 있더라도 조용하게 퍼지는 부름의 소리는 만남의 장을 만들 수 있다.

③은 자신을 '불길'과 동일시함으로써 사회와 단절된 의식을 지양하고 절망과 죽음을 극복하려 한다. 그 '불길'은 몇 천년 뒤 자의식의 심층에 잠자는 혼을 밟고 "새로이 어깨를 일으키듯이" 삶의 역동적 힘을 촉발시킬 수 있는 활력소이다. ④는 기름진 전답을 가져보지 못한 농민들이 가을에 추수를 하지만 기쁨을 느끼지 못하고 해마다 궁핍함 때문에 고통을 겪게 된다. 이들이 주고받는 "소름끼친 대화"란 결실기 한 해에 대한 근심 걱정이다. 이들은 "기름진 밭고랑"을 가져보지 못했기에 매년 해가 바뀌어도 슬픔을 떨쳐버릴 수 없다.

⑤는 어느 소작농의 딸인 어린 소녀가 타국으로 팔려와 작부 생활로 연명해 가는 비참한 삶이다. 그녀의 젖가슴을 감어치는 '뼈자린 채쭉'은 만주 유이민들에게 가해지는 가혹한 수탈이며 유린된 소녀의 순결성이다. ⑥은 삶의 절실한 체험을 통해 우수 어린 생활모습을 담담히 그려내었다.

(4) a + a + b + a형

① 열두 고개 타박타박 당나귀는 돌아오는가
　　<u>방울소리</u> <u>방울소리</u> <u>말방울소리</u> <u>방울소리</u>
　　　　a　　　　a　　　　　b　　　　a

　　　　　　　　　　　　　　　　　　　　　－「두메산골 4」－

② 바늘 끝으로 쏙 찔렀자
　　솟아나올 한 방울 붉은 피도 없을 것 같은
　　<u>얼굴</u> <u>얼굴</u> <u>희머얼건</u> <u>얼굴뿐</u>
　　　a　　　a　　　b　　　a

　　　　　　　　　　　　　　　　　　　　　－「港口」－

③ 너와 나와 너와 나와
　　마음속 월계는 함빡 피어
　　<u>꽃이팔</u> <u>꽃이팔</u> <u>캄캄한 강물을 저어간 꽃이팔</u>
　　　a　　　a　　　　　b　　　　　a

　　　　　　　　　　　　　　　　　　　　　－「월계는 피어」－

　　이 작품들은 b를 제외한 동일한 단어반복 형태이지만 ③은 ①②에 비
해 b부분의 어휘가 길어 많은 음량을 필요로 하므로 리듬이 유장하다.
①은 끊임없이 울리며 다가오는 '말방울소리'를 감각적으로 환기시킴으로
써 동물의 존재를 자각하게 한다. ②는 거친 파도와 싸우며 험난한 뱃길
을 헤쳐온 선원의 얼굴 모습을 통해 자신의 삶을 돌아보는 계기를 갖는다.
바늘로 찔러도 피 한 방울 나오지 않을 선원들의 비정한 얼굴은 거친
망망대해를 헤쳐온 강인함을 나타낸다. ③에서 '월계꽃'의 붉은 색은 피의
열정이나 생명력을 상징한다. 이들은 "캄캄한 강물을 저어가듯이" 마음
속에 암울한 현실을 극복하고자 하는 뜨거운 열정이 가득 차 있다.

(5) a + b → b' + a'형

① <u>냇물이</u> <u>맑으면</u> <u>맑은</u> <u>물밑</u>엔
　　　a　　b　→ b'　　a'
　조약돌도 디려다 보이리라

- - - - - - - - - -

　<u>구름이</u> <u>희면</u> <u>흰</u> <u>구름은</u>
　　a　　　b →b'　　a'

　　　　　　　　　　　　　－ 「아이야 돌다리 위로 가자」 －

　이런 반복 유형은 이 작품에서만 유일하게 나타나는데, 다른 반복 유형
에 비해 반복 음조의 주기가 짧아 가장 경쾌한 리듬 효과를 지닌다. 특히
낭독시 b'부분은 짧은 음량이기에 호흡이 긴박하고 강한 어조를 동반한
다. 이외 다양한 반복 형태[19]를 그의 작품에서 엿볼 수 있다. 그리고 부분
적인 시행 반복은 「너는 피를 토하는 슬픈 동무였다」「검은 구름이 모여

---

19) 기타 반복 형태로;
　　(1) <u>동궤 의미 반복 형태</u>
　　　① <u>하얀</u> 것도 <u>붉은</u> 것도　　　　　　　－ 「고향아 꽃은 피지 못했다」 －
　　　② 술도 아닌 차도 아닌　　　　　　　　　　　　　　－ 「길」 －
　　　③ <u>멧돌방아</u> 그늘도 <u>토담</u> 그늘도
　　　　　온 길 갈 길 죄다 잊어버리고　　　　　　　－ 「두메산골 2」 －
　　　④ <u>가도</u> <u>오도</u> 못할 우라지오　　　　　－ 우라지오 가까운 항구에서」 －
　　(2) 병치 반복 형태
　　　① 허깨비의 집이올시다 캄캄한 방이올시다　　　－ 「밤이면 밤마다」 －
　　　② 노래도 없이 사라질게다
　　　　　자욱도 없이 사라질게다　　　　　　　　　－ 「전라도 가시내」 －
　　　③ 먹었느냐고 묻지 말라
　　　　　굶었느냐곤 더욱 묻지 말고　　　　　　　　－ 「나를 만나거든」 －
　　　④ 버들방천에도 가고 싶지 않고
　　　　　물방앗간도 보고 싶지 않고　　　　　－ 「고향아 꽃은 피지 못했다」 －
　　　⑤ 마을이 떨다
　　　　　이밤이 떨다　　　　　　　　　　　　　　　－ 「도망하는 밤」 －

든다」「등불이 보고싶다」 등에서 나타난다.

> 눈이 오는가 북쪽엔
> 함박눈 쏟아져 내리는가
>
> 험한 벼랑을 굽이굽이 돌아간
> 백무선 철길 우에
> 느릿느릿 밤새어 달리는
> 화물차의 검은 지붕에
>
> 연달린 산과 산 사이
> 너를 남기고 온
> 작은 마을에도 복된 눈 내리는가
> 잉크병 얼어드는 이러한 밤에
> 어쩌자고 잠을 깨어
> 그리운 곳 차마 그리운 곳
>
> 눈이 오는가 북쪽엔
> 함박눈 쏟아져 내리는가

- 「그리움」 전문 -

　시에서 연(문장) 반복은 전반적인 운율 구조의 유기적인 통일과 음조의 균제화를 강화한다. 특히 수미雙관식의 연 반복은 시 전체를 하나의 큰 리듬의 단위로 한정짓는 역할을 하며 그 속에 내재한 소주기의 결합된 효과와 함께, 시가 끝난 곳에서 비로소 영원한 리듬, 영원한 의미의 실현이 이룩되는 심리적 배경을 보여준다.[20] 따라서 수미雙관식의 지배적 음조가 중간에 있는 연들의 음조를 유기적으로 조화시킴으로써 음조의 결

---

20) 조창환, 『한국현대시의 운율론적 연구』, 일지사, 1986, 84쪽.

속을 돋우는 무한 운율의 압축된 표현 형식이다. 이 시는 4연을 제외한 모든 연이 통사적으로 균형과 안정감이 있어 문장의 결속력을 지니고, 마지막 연은 고조된 감정을 순화시키는 기능적 역할을 한다.

화자는 눈 오는 겨울날 잠 못 이룬 채 겨울이면 온통 눈으로 뒤덮이는 고향을 생각하며 달려가고픈 충동에 젖어 있는 모습이다. 그는 고향에 대한 그리움을 나타내기 위해 고향을 직선적으로 묘사하기보다 고향 가는 노정을 '철길' '화물차' '산'을 통해 생생하게 묘사함으로써 풍부한 연상 작용을 불러일으킨다. 이 '철길' '화물차' '산'을 수식하는 의태어('굽이굽이' '느릿느릿')와 수식어는 고향 가는 길의 멀고도 험한 노정을 암시한다. 그렇지만 노정의 어려움에도 불구하고 고향은 그리움의 공간이기에 애써('돌아간' '달리는) 찾아가고픈 심정이다. 이 고향은 '북쪽'이라는 원거리 공간에서 점차 안정감과 포근함을 주는 산속의 '작은 마을'로 귀착된다. 산과 산 사이에 위치해 있는 이 '작은 마을'은 마치 어머니의 품과 같이 안락함과 보호성을 동반한다. 이러한 공간에서 가장 확실한 그리움의 대상은 실재이건 허구이건 '너'로 귀착된다.

그런데 이런 고향에 대립되는 '이곳'은 화자가 현재 처한 이방 지대로서 그의 불안정한 심리 상태가 나타난다. 4연의 시상은 이러한 심리 상태에 걸맞게 비약이 심하고 문장의 통사구조가 불안정하게 구성된 형태이다. '이곳'에 관한 언술은 토막토막 끊어진 형태로 되어 있어 "그리운 곳 차마 그리운 곳"에 이르면 통사적 기능을 상실한 명사 반복과 부사가 결합된 비문법성을 보인다.[21] 이러한 비문장 형태의 어구 나열에서 명사로 표현된 "그리운 곳"은 동일한 의미를 지닌 '작은 마을', '북쪽'이 구체적인 수식어를 통해 설정된 것과 좋은 대조를 이룬다. 화자가 처해 있는 상황은

---

21) 황인교, 앞의 논문, 44쪽.

"잉크병 얼어드는 밤", "어쩌자고 잠을 깨어"처럼 매서운 추위와 어둠, 불면에 시달리는 힘든 상태이다. 그는 이런 상태를 표현하기 위해 단순 형식으로 감정을 있는 그대로 진술하게 드러내는 내적 고백 형태를 취하였다. 특히 '에(엔)'의 처소격, '내리는가'의 술어 반복은 동적 형태의 리듬 구조로서 그리움의 정서를 지속과 순환의 의미로 재구성하는 효과를 나타낸다.

> 핏발이 섰다 집마다 지붕 위 저리 산마다 산머리 위에 헐벗고 굶주린 사람들의 핏발이 섰다
> 누구를 위한 철도냐 누구를 위해 동트는 새벽이었냐 멈춰라 어둠을 뚫고 불을 뿜으며 달려온 우리의 기관차 이제 또한 우리를 좀먹는 놈들의 창고와
> 창고 사이에만 늘어놓은 철길이라며 차라리 우리의 가슴에 아내와 어린 것들 가슴팍에 무거운 바퀴를 굴리자
> ……〈중략〉……
> 그러나 아느냐 동포여 우리에게 총부리를 겨누고 다가서는 틀림없는 동포여
> 자욱마다 절그렁거리는 사슬에서 너희들까지도 완전히 풀어놓고자 인민의
> 앞잡이 젊은 전사들은 원수와 함께 나란히 선 너희들 앞에 일어섰거니
> ……〈중략〉……
> 핏발이 섰다 집마다 지붕 위 저리 산마다 산머리 위에 억울한 모든 사람들이 우리의 승리를 약속하는 핏발이 섰다

> — 「機關區에서」 부분 —

"남조선 철도 파업단에 드리는 노래"라는 부제가 붙은 이 시는 1946년 9월 철도 총파업을 소재로 한 작품이다. 이 시는 약간 변형시킨 수미쌍관식 형태로서 서두와 말미 연에 "핏발이 섰다"라는 구절에서 볼 수 있듯이

화자가 강렬한 선동성을 의식하여 목소리를 높이고 있다. 그러나 관념적이거나 구호적인 선동성으로 흐르지 않고 파업의 현장 속에서 노동자들이 생동감 있게 투쟁하는 모습이 담겨 있어 민중의 건강한 생명력을 느낄수 있다. 그것은 역사적인 사건을 생생한 소재로 택해 우리라는 유대감속에서 투쟁의 상대를 구체적으로 설정하여 뚜렷한 투쟁 목표를 제시하였다. 서두부터 생존권을 요구하는 민중의 핏발선 분노와 이렇게 투쟁할수밖에 없는 현실의 절박성이 나타나며, 나아가서는 그들의 투쟁운동이개인의 권익차원을 떠나 민족해방 투쟁으로 승화된다는 현실인식이 자리잡는다. 그리고 미군정에 협력하면서 철도 노동자들의 항쟁을 가로막는반민족 집단에 대한 경고 메시지를 담고 있다.

이 외 「하늘만 곱구나」 같은 작품도 수미쌍관식을 약간 변형시킨 형태를 취했는데, 서두와 말미 연의 전체 구조는 비슷하지만 서두 연에 "두손 오구려 혹혹 입김 불며"를, 말미 연에 "첫 눈 이미 내리고 이윽고 새해가 온다는데" 구절만을 덧붙였다. 이 시는 산문적 어조로서 천진난만한거북이의 형상화를 통해 유랑민으로 떠돌이 삶을 살아야 했던 한 가족의비극을 서사구조로써 생생히 묘사했다. 이 가족은 주위에는 많은 집이있지만 자신들이 기거할 공간이 없어 움막에서 추위에 떨다 새해를 맞이한다. 그리고 하늘을 바라볼 때 "혼자만 곱다"는데, 이것은 지상적 삶의부정성이 극대화되는 역사적 아이러니이다.

3 결론

시에서의 반복 작용은 논리적 사고를 환기시키기보다 서정이나 추억, 상상을 일깨우는 내면적 감정 상태를 표현하기 위해 사용된다. 따라서 정서적 효과를 기대할 목적으로 사용하기 때문에 일상어에서 사용하는 반복 효과보다 훨씬 복합적이고 구조적이다. 대개 구절의 반복은 뒤에 오는 시어를 구체화해주고, 시행의 반복은 어떤 사실을 강조하는 기능을 담당한다.

이용악 시에서의 반복 형태는 단어, 조사, 문장(구절 및 수미쌍관식 연) 등에서 다양하게 나타난다. 단어나 조사 반복은 단순한 언어 유희 차원이 아니라 하나의 유기적인 통일체로의 의미의 시적 기능과 작용에 이바지한다. 단어 반복은 간혹 단조롭고 지루한 느낌을 주지만 제재와 이미지의 동일성을 반복·강조하면서 행, 연의 등장성을 부각시켜 경계 표시의 구실도 한다. 이런 단어 반복은 그의 시에서 명사·형용사·동사 반복으로 나타난다. 이런 반복 형태는 의미의 애매성(「북쪽」), 다양한 유사음과 동일음의 병치와 단어 반복에 따른 경쾌한 리듬(「두메산골 1」), 동일한 단어를 약간 변형시켜 점층 구조를 취함으로써 의미 강조와 단조로운 반복리듬 극복(「풀버렛소리 가득차 있었다」, 「달있는 제사」)의 특징을 지닌다.

조사 반복이 운율 조성의 수단이 되는 것은 동일 음질을 가진 조사가 규칙적으로 반복되는 데에 있다. 비슷한 성격의 조사를 여러 번 반복하면 개별적 시어들의 의미가 강조되고 운율과 어세에 굴곡을 가져와 훨씬 리듬감이 살아난다. 같은 음질을 가진 조사가 횡적으로 동일한 위치에 놓이면 일정한 간격 속에서 규칙적으로 반복되어 동음질 동위 반복률을 조성한다. 그러나 종적으로 놓일 때 간격이 넓어져 반복되는 음향의 파동도 그 진폭이 넓게 주어진다. 「천치의 강아」에서는 목적격('을'), 부사격('에'), 특수조사('마다')가 종·횡적으로 사용되었고, 「오랑캐꽃」「전라도 가시내」에서는 둘 이상의 사물이나 개념을 동시에 열거할 때 사용되는 특수조사 '도'가 주로 횡적으로 나타난다.

구절이나 문장(행, 연) 반복은 단어보다 어느 정도 변형이 가능하므로 효과가 있다. 이용악 시에서 행 반복은 거의 없고 주로 구절 반복과 수미쌍관식 연 반복이 주류를 이룬다. 구절 반복은 ① a + a, ② a + a', ③ a + b + a, ④ a + a + b + a, ⑤ a + b → b' + a' 형태로 다양하게 나타난다. ①은 연속 반복 형태이고, ②는 동일한 의미이나 강조를 위한 점층 효과를 지닌다. ③은 교차 반복, ④는 ①과 ③을 혼합시킨 형태이다. 수미쌍관식 연 반복은 「그리움」「기관구」「하늘만 곱구나」 등에 나타나는데, 이 구조는 천체운행이나 사계절의 변화에 따른 순환율로서 무한 지향의 생명성을 부여하는 효과를 지닌다. 그리고 전반적인 운율구조의 통일과 음조의 균제화를 강화한다.

3 김수영 시의 한시적(漢詩的) 구조의 병렬 반복 연구

1 ▍ 서론 ▍

　현대 시문학사에서 김수영만큼 다양한 각도에서 지속적으로 조명받고 있는 시인은 드물다. 그에 대한 연구사는 방대해 박사학위논문만도 20여 편 이상인 것을 포함해 학술논문, 평전, 회고담 등이 수백 편에 이른다. 그에 대한 연구는 내용적·주제적 접근의 정신사적 관점이 주류를 이루고, 기법·구조적 특징의 형식적 접근이나 시와 산문 혹은 시론과의 상관성, 비교문학적 관점 등의 연구는 미미한 편이다. 특히 1980년대 이전에는 그의 문학을 순수와 참여, 리얼리즘의 사회성과 모더니즘 경향의 예술성 추구라는 양분법적 논쟁 속에서 시세계의 특징적 주제를 설정해 그 구현 과정을 설명함으로써 근본적 시의식을 구명하는 정신사적 관점의 연구가 중심이었지만, 80년대 후반부터는 언술 및 형식이 지니는 특성에 관한 연구를 포함해 다각적인 접근 방법이 시도되었다. 기법과 구조적 특성을 통한 형식적 연구는 수사적 특징을 작품 해석을 통해 구체적으로 언급한 글(권혁웅·엄성원·금동철), '시행엇붙임'을 중요한 시작 기법으로 다론 것(황정산), 언술 특성을 부정어법과 명령법 중심으로 접근한 것(김영희), 반복과 열거를 중심으로 한 리듬 연구(서우석·이경희·강연호·이승규·김영희·장석원·나희덕)[1] 등 다양한 방법론이 시도되었다. 반복과 열거의 중요한 언술 특성으로 파악하는 대부분의 단편적인 글들(백낙청·김우창·김화영·정현종)은 김수영 시의 '속도감'을 '정신적 움직임'에서 오는 것으로 파악해 고통과 좌절을 통한 자기 성찰과 모순된 현실에 대한 거부의 치열함에 관련시켰다.

이 중 본고에서 다룰 반복과 병렬 중심의 리듬 연구에 관련된 연구사를 간략히 살펴보면, 서우석은 음악적 박자 개념을 통해 빠른 리듬이 김수영의 시적 주제 표현에 특징을 이루었다고 했고, 이경희·강연호는 반복성만이 김수영 시 텍스트의 운율을 지탱하는 형식적 특징이라 보았다. 이승규는 리듬 변화를 통시적으로 접근함으로써 반복 양상이 시인의 의식 변화와 어떻게 관련되어 있는지 해명했고, 김영희는 시 리듬의 '시행발화'라는 방법론을 통해 시 리듬 단위는 시행이며, 행갈이와 그 변주를 통해 리듬이 구조화된다고 보았다. 장석원은 반복과 열거를 통한 시의 내적 대화 구조와 카니발적 양상의 관점에서 접근했고, 나희덕은 행과 연을 중심으로 리듬 구조를 해명하면서 시 리듬은 최소 단위가 결정한다기보다 행과 연이 의미 구조와의 미묘한 상관 관계를 통해 결정된다고 보았다.

반복은 '동일한 요소가 계속 나열되는 것'으로 운율이나 모든 시적 요소가 존재할 수 있는 배경의 공통인자로서 병렬을 창출하는 중요 자질이다. 감각적 이미지를 바탕으로 한 간결한 시 형태에서 반복 기법은 일정한 어휘나 이미지, 행과 행, 연과 연 등의 간극을 넓혀 여백과 휴지 기능을

---

1) 이경희, 「김수영 시의 언어학적 구조와 의미」, 『이화어문논집』 8집, 1986.
   강연호, 「김수영 시 연구」, 고려대 박사학위논문, 1995. 이 외 출처 자료는 참고문헌 참조.

극대화시킨다. 병렬은 광의의 개념으로 반복에 포함시킬 수 있는 것으로, 둘 이상의 서로 다른 구절·행·운문 등이 대응하는 상태로서 반드시 행을 기본 단위로 한다. 반복적 병렬 기능은 시의 의미를 응집시키며 서정적 정서 상태를 반영하는 데 효율적이다. 김수영 시에서 반복과 열거는 초기시에서 후기시에 이르기까지 폭넓게 나타난다. 그의 시에서 반복은 동일한 낱말, 형태소, 시행, 구절, 문장 등으로 다양하게 나타나 환유라는 의미 전달 체계로 전이되어 시적 구성 원리로 작용한다. 이런 리듬은 그의 시가 간혹 산문성을 지녔지만 산문으로 전락하지 않도록 하는 중요한 장치로 작용하며 시어의 의미를 분산시켜 애매성과 난해성을 배가시킨다.

본고는 김수영 시의 다양한 반복 형태 중 주로 구절과 문장 반복이 기승전결 구조(4연 중심)의 시 각 연에 나타나는 작품을 대상으로 설정해 어떻게 가변적, 축약적, 대칭적 병렬 반복의 변주 과정이 나타나는지 형태적 구조의 관점에서 분석한 후, 기법과 구조적 특질을 통해 전체적 의미를 도출할 것이다. 이런 내재적 접근은 형식적 특성에 너무 중점을 둔 나머지 전체 시의식과의 상관성이나 현실과의 긴장 관계를 설명하는 데 소홀하기 쉬운 점을 극복하기 위한 방법이 될 것이다.

2 ▧ 한시 구조의 병렬 반복 ▧

전통적인 한시 작법은 기승전결 형태의 4연 구조로 전반부(기승)와 후반부(전결)로 나눈다. 이 先景後情의 한시 작법은 전반부에 어떤 상황이 제시되면 후반부는 그 상황에 걸맞게 시적 주체의 주관적 감정이 비유적으로 표출된다.

아가야 아가야
열발구락이 다 나와있네
엄마가
만들어준 빨간 양말에서

아가야 아가야
기저귀 위에는 나이롱종이까지 감겨져있네
엄마는
바지가 젖는 것이 무서웁단다

아가야 아가야
돌도 아니된 너는 머리도 한 번 깎지를 않고
엄마는
너를 보고 되놈이라고 부르지

아가야 아가야
네 모양이 우스워서 노래를 부르자니
엄마는
하필 국민학교놈의 국어공책을 집어주지

― 「자장가」 전문 ―

　이 시의 화자는 '아가'를 바라보는 엄마, 혹은 아빠와 같은 제3자의 객관
화된 인물이다. 화자가 엄마일 경우 아가와 직접 대화하는 형식이고, 제3
자일 경우는 아가를 관찰하는 시점이다. 각 연 4행씩 '아가야 아가야/ ~
엄마가(는) ~ '의 통사 구조의 반복으로 1·3·4연은 각각 2문장, 2연은
3문장으로 구성되어 있다. 한시의 先景後情의 구조처럼 1연은 문장의
도치 형태로 엄마가 만들어준 양말이 해져 발가락이 나와 있는 아가의
귀여운 모습을 객관적 관찰자의 관점에서 제시하고, 2연 후반부터는 아가
의 모습을 바라보고 느끼는 화자의 주관적 감정이 묘사되었다. 각 연은

기승전결 형태의 대등관계로 반복 병렬의 공존 속에서 병렬이 반복을 규칙적으로 운용하는 구조이다. 이런 규칙적인 병렬 구조는 의미 내용을 강조하면서 동시에 전체를 유기적인 통합체로 통일시켜주는 기능을 한다. 마치 동시처럼 시종일관 엄마는 화자의 입장에서 청자인 '아가'를 향해 외모적인 모습과 귀여운 아가의 형상을 독백처럼 이야기하고 있다. 그러나 관찰자인 제3자의 입장에서 보면, 엄마는 아가의 바지가 젖을까봐 기저귀 위에 나이롱종이까지 감아주는 꼼꼼한 성격이면서도 돌 되기 전까지 머리 한 번 깎아주지 않고 돌도 안 된 아가에게 '국어공책'을 집어주는 현실지향적 성격의 소유자로 비쳐진다. 그러나 화자가 엄마가 아닌 아빠와 같은 제3자로 보면 귀엽고 순수한 대상으로만 아가의 모습을 바라보고 있다. 아가의 기저귀나 바지가 젖는 것에 개의치 않고 단지 아가가 귀여울 따름이다.

> 파자마바람으로 우는 아이를 데리러 나가서
> 노상에서 支署의 순경을 만났더니
> 「아니 어디를 갔다 오슈?」
> 이렇게 돼서야 고만이지
> 어떻게든지 체면을 차려볼 궁리 좀 해야지
>
> 파자마바람으로 닭모이를 주러 나가서
> 문지방 안에 夕刊이 떨어져 딩굴고 있는데도
> 심부름하는 놈더러
> 「저것 좀 집어와라!」호령 하나 못하니
> 이렇게 돼서야 고만이지
> 어떻게든지 체면을 차려볼 궁리 좀 해야지
>
> 파자마바람으로 체면도 차리고 돈도 벌자고
> 하다하다못해 번역업을 했더니

卷末에 붙어나오는 역자약력에는
한사코 ××대학 중퇴가 ××대학 졸업으로 誤植이 돼 나오니
이렇게 돼서야 고만이지
어떻게든지 체면을 차려볼 궁리 좀 해야지

파자마바람으로 쥬우스를 마시면서
프레이서의 現代詩論을 사전을 찾아가며 읽고 있으려니
여편네가 일본에서 온 새 잡지 안의
金素雲의 수필을 보라고 내던져준다
읽어보지 않으신 분은 읽어보시오
나의 프레이서의 책 속의 낱말이
송충이처럼 꾸불텅거리면서 어찌나 지겨워 보이던지
이렇게 돼서야 고만이지
어떻게든지 체면을 차려볼 궁리 좀 해야지

ー 「파자마 바람으로」 전문 ー

　이 시는 기승전결의 4연 구조이지만, 연이 전개될수록 행이 첨가되면서
전반부의 객관적 상황에 비해 후반부에 화자의 주관적 감정이 구체적으
로 묘사되어 있다. 그리고 연 단위로 하는 일정한 통사적 병렬인 '파자마
바람으로 ~ 이렇게 돼서야 고만이지/ 어떻게든지 체면을 차려볼 궁리 좀
해야지'의 문장 형태가 의미 구조의 동일성을 지향해 반복되고 있다. 이처
럼 연으로 확산된 병렬 구조는 자칫 산만하거나 서로 관계가 없는 것들의
나열처럼 보이는 시적 구성 요소들에 통일성을 부여하고, 그럼으로써 한
편의 작품으로서의 구조를 확보할 수 있도록 만들어주는 매우 긴요한 역
할을 담당하게 된다.[2] 이 작품에서도 계속 연마다 반복되는 병렬 구조는

---

2) 김수경·정끝별, 「구조와 해체의 수사학 ; 병렬」, 『한국시의 미학적 패러다임과
　시학적 전통』, 소명출판, 2004, 248쪽.

기억 재구성의 용이성과 효율성을 도모하는 데 일익을 담당한다. 이 병렬 구조의 틀에 담겨진 것들은 아이를 데리러 나가고 닭 모이를 주는 일상사의 사소한 집안일부터 번역업, 책 읽기 등의 전문적인 일에 이르기까지 열거된 삶의 단면들이다. 이런 일상사의 단면들은 김수영 시인이 양계업이나 번역일을 했다는 전기적 사실에 부합되어 리얼리티를 느낄 수 있다.

화자는 '파자마바람'의 잠옷차림으로 집안과 밖, 밤낮을 구분하지 않고 일상사의 단면들을 행동으로 옮기면서 체면 차릴 궁리만을 끊임없이 한다. 그는 평상시에 평상복을 입어야 체면을 차릴 텐데도 거기에 아랑곳하지 않고 대수롭지 않게 '파자마바람'으로 집밖을 나가고, 또한 집안에서도 프레이서의 『현대시론』과 일본 잡지를 읽거나 번역일을 하는 등 외래문화에 익숙해 있으면서 문화의 정체성에 혼란을 보인다. 화자는 체면이라는 관습의 굴레 속에서 자신을 억압하는 현실 상황을 인식하지 못한 채 맹목적 의지만을 내보이고 있는 아이러니컬한 존재이다.[3] 잘못 넣은 신문을 제대로 넣으라고 배달원에게 말조차 못하고 자신의 약력란에 대학 중퇴 대신 졸업으로 잘못 기재된 사항을 체면 때문에 묵인하는 모습들은 소시민적 위약성과 가식성을 나타낸다. 이처럼 폭로적인 자기 분석을 통해 소시민적 삶의 일상성 속에 갇혀 지내는 동시대인들이 지닌 부도덕함을 제유를 통해 구체화시키는 것이다.[4] 그는 개인사적 일상사의 단편적 이야기를 통해 자신과 같은 왜소한 소시민성을 조롱함으로써 당대의 사회 현상을 풍자·비판하고 있다.

---

3) 황혜경, 「김수영 시의 아이러니 연구」, 이화여대 박사학위논문, 1997, 87쪽.
4) 강영식, 『한국 현대시의 대비적 인식』, 푸른사상, 2005, 179쪽.

3 ▌ 변주된 한시 구조의 병렬 반복 ▌

1) 가변적 병렬 반복

이 유형은 표면적으로 기승전결의 형태를 벗어나 대개 5연으로 구성되어 있지만, 표층적 통사구조의 반복 중심으로 정리하면 4연으로 집약된다. 그만큼 도식적인 정형의 틀에 다양한 변주를 가함으로써 형태의 입체성을 보여준다. 따라서 가변적, 축약적, 대칭적 병렬 반복 형태는 전통적 한시 구조에 비해 도식화된 외형적 틀을 부분적으로 일탈할 뿐만 아니라 先景後情의 묘사법에 얽매이지 않고 각 연이 동등한 차원에서 시적 주제를 형상화한다.

> ……活字는 반짝거리면서 하늘아래에서
> 간간이
> 자유를 말하는데
> 나의 靈은 죽어있는 것이 아니냐
>
> 벗이여
> 그대의 말을 고개숙이고 듣는 것이
> 그대는 마음에 들지 않겠지
> 마음에 들지 않어라
>
> 모두다 마음에 들지 않어라
> 이 黃昏도 저 돌벽아래 雜草도
> 담장의 푸른 페인트빛도
> 저 고요함도 이 고요함도
>
> 그대의 正義도 우리들의 纖細도
> 行動이 죽음에서 나오는
> 이 욕된 郊外에서는

어제도 오늘도 내일도 마음에 들지 않어라

그대는 반짝거리면서 하늘아래에서
간간이
자유를 말하는데
우스워라 나의 靈은 죽어있는 것이 아니냐

- 「死靈」전문 -

이 시는 변주된 수미쌍관식 형태로 1연과 5연이 2~4연을 아우르는
구조이다. 2~4연은 '마음에 들지 않어라'의 동일문장이 반복되어 그 의
미를 강조하고 있다. 순환 구조의 수미쌍관형은 첫 연과 마지막 연이 똑
같이 대칭을 이루며 반복됨으로써 시 내용을 열고 닫으며 중간 부분을
아우르는 이원적 구조 형태이다. 그러나 연이 똑같이 반복되어도 그 의미
가 독립된 것이 아니라 상호작용해 관련을 맺음으로써 중심 내용을 형성
하면서 구조적 완결성에 기여하므로 의미는 다르다. 이 형태는 율격 단위
간의 등가성과 반복성을 형성하면서 연의 무한한 반복 가능성을 제한하
므로 종결 효과의 강조에 중점을 두는 것이다.

2~4연의 '벗(그대)-모두-그대, 우리들'의 점층 구조와 변주된 반복
문장, 3연에서 마음에 들지 않는 대상이 '도'라는 특수조사의 반복을 기본
인자로 해 '그대(벗)'에 국한되지 않고 우리 '모두'에게 확산된다. 즉 'n_1도
+ n_2도 + n_3도 ~ 마음에 들지 않어라'의 반복 구조인데, 특수조사 '도'는
둘 이상의 사물이나 개념을 동시에 열거할 때 사용하며 '역시' '또한'의
동격 의미를 지닌다.[5] 이 시에서 '도'의 나열은 극단적 부정의 효과를 나
타낸다. 조사 반복이 운율 조성의 수단이 되는 것은 동일 음질의 조사가

---

5) 졸고, 「이용악 시의 형태구조 연구」, 『한남어문학』 제26집, 한남대 국어국문학과,
   2002, 169쪽.

규칙적으로 반복되어 개별적 시어들의 의미가 강조되고 운율과 어새에 굴곡을 가져오기 때문이다. 더구나 횡적으로 같은 위치에 놓이면 일정한 간격 속에서 규칙적으로 반복되어 동음절 동위반복률을 조성해 반복되는 간격이 좁고 파동이 잦게 주어지면서 그 음향적인 율동의 기복이 뚜렷이 나타난다.

이 시에서 '도'를 기본인자로 해 열거되는 대상은 3연의 '황혼' '잡초' '페인트빛' '고요함', 4연의 '정의' '섬세' 등이다. 이런 대상들은 관형사와 관형격 조사, 형용사 등이 수식어로 작용해 구체적으로 설명된다. 마음에 들지 않는 대상은 구체적인 사물이나 추상적인 관념, 시제(어제·오늘·내일)에까지 확산되어 '마음'의 공간에서 전체적인 시·공간에 확대된다. 따라서 4연의 내용도 특수조사의 반복적 열거 대상으로 보면 3연의 연장선으로 볼 수 있다. 각 연의 행 배열로 보면 5연으로 나누는 것이 전체적인 균형을 이루지만 특수조사 '도'라는 공통인자의 자질 성격상 3·4연이 합쳐져 전체적으로 기승전결의 4연 구조로 볼 수 있다. 3연 서두의 '모두다 마음에 들지 않어라'는 다른 연처럼 본래 마지막에 배열해야 하는데도 도치시킨 것은 3연과 4연을 성격상 동일한 연으로 강조하며 아우르는 의미를 내포하기 때문이다.

첫 행 말줄임표의 시각적 효과는 활자화된 '자유'의 기사 내용을 크게 부각시키려는 의도로 자유스럽지 못한 시대적 상황을 역설적으로 반영한다. 반짝거리는 활자 속에서 자신의 '영'이 '죽어 있는 것이 아니냐'며 반문하는 것은 화자 스스로 '자유'에 대해 고개숙이고 방관자적 태도를 보인 부끄러움의 자각적 인식이다. 반짝거리는 활자는 자아의식의 밑바탕에 채찍질하는 무언의 소리이다. 화자는 영혼이 죽어 있는(死靈) 자신의 태도에 '그대'뿐만 아니라 '모두', 자연 현상까지도 마음에 들지 않기에 '마음에 들지 않어라'고 자문하는 것이다. 이 부정어법은 자기 성찰을 끌어내리는 전략으로 자신의 죽어 있는 영혼을 고발함으로써 현실을 직시하며 정직한 시대인식에 시선을 돌리는 것이다.

'그대'는 활자일 수도 있고 '벗'을 호칭하는 2인칭 대명사일 수도 있다. 그리고 '모두다 마음에 들지 않어라'는 '그대'뿐만 아니라 모든 자연 현상까지도 자신의 죽은 영혼의 모습을 거부하는 것인지, 혹은 이 모든 것이 '자유'에 대해 무관심하기 때문에 '그대'가 마음에 들지 않는 것인지 애매성을 수반한다. 이런 방관자적 상태는 언제 어디에까지도 확신이 없는 절망적 상황이다. 그런데 '그대'와 '활자'는 계속 자유를 말하는데도 자신의 '영'은 행동으로 옮기지 못하듯 죽어 있어 '우스워라'라고 자괴감에 젖는다. '자유를 실현해야 할 사람'으로서의 자아 콤플렉스가 활자의 계시로 나타나고 있다. '그대'가 2연의 내용처럼 그런 말을 하지 않을까 추측하는 것, 실제 들리지 않는 소리를 들린다고 생각하는 것 역시 화자의 콤플렉스가 형상화되어 밖으로 투사된 소리라고 할 수 있다.6) 이것은 자유 실천의 당위성과 그것을 실천하지 못하는 우유부단함 속에서 겪는 갈등으로 자신의 무기력성을 드러내는 자기폭로적 아이러니를 통해 자유에 대한 강렬한 의지를 나타내는 반증이다.

　　　　瀑布는 곧은 絶壁을 무서운 기색도 없이 떨어진다

　　　　規定할 수 없는 물결이
　　　　무엇을 向하여 떨어진다는 意味도 없이
　　　　季節과 晝夜를 가리지 않고
　　　　高邁한 精神처럼 쉴사이없이 떨어진다

　　　　金盞花도 人家도 보이지 않는 밤이 되면

---

6) 한명희, 『김수영 정신분석으로 읽기』, 월인, 2002, 105쪽.

瀑布는 곧은 소리를 내며 떨어진다

곧은 소리는 소리이다.
곧은 소리는 곧은
소리를 부른다

번개와 같이 떨어지는 물방울은
醉할 瞬間조차 마음에 주지 않고
懶惰와 安定을 뒤집어놓은 듯이
높이도 幅도 없이
떨어진다

― 「瀑布」전문 ―

　'떨어진다'는 서술어가 4연을 제외한 모든 연에 한 행이든 여러 행이든 한 문장 형태로서 반복 종결되고 있다. 이 반복 어휘는 매 연에 다양하게 변주되는 시 행을 최종적으로 응집시키며 곧게 떨어지는 폭포의 속성을 잘 나타낸다. 즉 '(폭포는) 떨어진다'는 중심 구절로서 가장 뚜렷이 반복되면서, '곧은' '~없이' '~않고'와 같이 부분적으로 반복되는 시행들을 '떨어진다'로 초점화되는 전체적 질서 속에 통합시킨다.7) 이 구조를 구체적으로 도식화하면 다음과 같다.

　1연 : 폭포는 〈A〉 ~ 없이 <u>떨어진다</u>
　2연 : 물결(폭포)이
　　　〈B〉 ~ 없이
　　　〈C〉 ~ 않고

---

7) 이승규, 「김수영 시의 리듬 의식 연구」, 『어문논총』 46호, 한국문학언어학회, 2007, 338쪽.

     〈D〉~ 없이 <u>떨어진다</u>

3연 : 〈E〉~ 않는 ~ (되면)

     폭포는 〈F〉<u>떨어진다</u>

5연 : 물방울(폭포)은

     〈G〉~ 않고

     〈H〉~ (듯이)

     〈I〉 ~ 없이

     <u>떨어진다</u>

　매 연마다 직관적 혹은 은유화된 '폭포' 주체가 ' ~ 않고' ' ~ 없이' 등의 부정적 어휘를 동반해 '떨어진다'로 귀결된다. 3연의 현실적 정황〈E〉만 제외하고 〈A〉~ 〈I〉처럼 폭포의 속성이 부정적 어휘와 결합해 반복적으로 열거됨으로써 의미를 강화시킨다. 각 연들의 의미론적 변용이 '떨어진다'의 반복 어휘 속에 속도를 가하며 집약되고 있다. '떨어진다'의 반복과 부정의 반복은 어떤 두려움이나 불안함도 없는 현실적인 운동감을 시 읽기의 속도감으로 빚어낸다.[8] 1 · 2연은 공간적 배경으로 폭포 높이의 수직성을 나타낸다. 1연은 여러 행으로 나누면 장단 고저의 리듬감을 가질 것을 한 행으로 처리함으로써 급박한 호흡을 동반해 곧게 떨어지는 폭포의 모습과 소리의 시각적 효과를 나타낸다. 2연은 여러 행으로 분절되어 호흡이 더디고 관념적인 수식 어휘가 반복됨으로써 의미가 축적된다.

　3연은 구체적인 시 · 공간 속에서 떨어지는 폭포의 청각화 현상을 강조하기 위해 '곧은 소리'를 수식어로 꾸며주는데, 이 어휘의 반복은 계속 이어져 폭포소리 확산의 수평적 이미지라는 점에서 4연을 의미상 동일한

---

8) 김용희, 「김수영 시에 나타난 분열된 남성의식」, 『한국시학연구』 제4호, 한국시학회, 2001, 65쪽.

연으로 묶을 수 있다. 그렇다면 1연과 3·4연, 2연과 5연이 대칭적 균형을 이룬다. 4연은 시 전체의 균형상 이질적인 형태로 단조로움에 변화를 주는데, 유장한 리듬을 새롭게 전환하면서 폭포의 속성인 '곧은 소리'를 강조하기 위해 호흡 조절의 기능으로 작용한다. 마지막 연은 1연의 단조로우면서도 급박한 호흡에 비해 여러 행으로 배열하면서 '떨어진다'를 독립행으로 처리함으로써 둔중하면서도 속도감 있는 속성의 의미를 부각시킨다. 그리고 '높이도 폭도 없이'와 결합해 시 전체의 의미를 확대하면서 반어적 구조로 작품의 긴밀도를 높여준다.

이 시는 표면적으로는 폭포가 떨어지는 자연 현상을 묘사하고 있지만, 폭포가 '무서운 기색'도 없이 '고매한 정신'처럼 떨어진다는 의인화는 화자의 내면 세계를 투영시킨 것이다. '곧은 소리'를 내며 떨어지는 폭포의 수직적 시각화는 강직한 이미지를 연상시킨다. 힘찬 수직적 낙하 소리는 어떤 두려움이나 머뭇거림이 없이 당당한 결단력을 나타낸다. 내면 깊이의 속성을 지닌 '고매한 정신'의 포효는 끊임없이 떨어지는 폭포의 모습과 소리이다. 4연의 '곧은'은 이중적 애매성을 지니는데, 즉 ① '곧은 소리는/곧은 소리'라면 그 소리의 곧은 강직함을, ② '곧은 소리는/ 곧은/ 소리'로 읽는다면 어둔 적막감 속에서 한 '곧은 소리'가 또다른 '곧은 소리'를 부른다는 뜻이다. 이런 애매성은 행간걸침(시행엇붙임)이라는 기교 장치의 효과이다. 이 행간걸침(enjambement)의 배치는 거북스런 낭독의 불편함 때문에 그 다음 연이 낭독의 속도를 얻게 되고, 이 연의 의미 파악의 어려움과는 반대로 다음 연의 의미 파악이 쉬워짐으로써 그 다음 연의 의미들이 빛나게 두드러진다는 것이다.[9] 이 '곧은 소리'는 내면적 양심의 움직임으로 이념성과 정직성을 동반한다. '곧은 소리'는 지사적인 '고매한 정신'과 동

---

9) 서우석, 『시와 리듬』, 문학과지성사, 1981, 147쪽.

격으로 암울한 시대 속에서 안주하려는 안정과 '나타'와 타협하지 않으려는 강인한 의지와 신념이다.

우리 시에서 행과 행 사이의 분절은 대체로 시어의 통사적 분절과 일치하여 자연스럽게 느껴진다. 그러나 '시행엇붙임'처럼 통사적 분절과 행 사이의 분절이 일치하지 않는 경우 호흡의 변화가 일어나고 때로 그에 따라 의미의 변화가 생겨나는 일정한 시적 효과를 발휘하게 된다.[10] 자연스러운 리듬 감각의 파괴를 통해 의미 변화를 시도하므로 의미의 연결과 단절의 기능을 동시에 수행해 정서의 지속 효과와 심리적 거리를 갖게 한다.

2) 축약된 병렬 반복

이 유형은 기승전결인 4연의 구조 중 전결 부분을 한 연으로 합쳐 전체 3연으로 축약한 형태이다. 표면적으로는 각 연 간의 행 배열이 어느 정도 균형을 이루지만 연이 전개될수록 행이 첨가되면서 의미를 구체적·포괄적으로 함축한다.

---

10) 황정산, 「김수영 시의 리듬」, 『김수영』, 새미, 2003, 278쪽.
   이런 '시행엇붙임'의 단절적 기능은 명사와 조사, 어간과 어미, 수식어와 피수식어 등 통사적 연결이 강한 말 사이에서 일어난다. 김수영의 많은 작품에서 이런 기교를 엿볼 수 있는데, 「꽃잎 1」에서도 '모르고'는 앞뒤에 걸쳐 강조 효과와 모호성을 동반한다. 1행에 연결시키면 '일어서는 줄' 다음에 올 서술어 생략 부분으로, 2행의 서두에 연결시키면 도치법의 강조 효과를 나타낸다.
   　바람의 고개는 자기가 일어서는 줄
   　<u>모르고</u> 자기가 가닿는 언덕을
   　<u>모르고</u> 거룩한 산에 가닿기
   　전에는 즐거움을 <u>모르고</u> 조금
   　　　　　　　　　　　　　　　　　－ 「꽃잎 1」 부분 －

삶은 계란의 껍질이
벗겨지듯
묵은 사랑이
벗겨질 때
붉은 파밭의 푸른 새싹을 보아라
얻는다는 것은 곧 잃는 것이다

먼지앉은 석경너머로
너의 그림자가
움직이듯
묵은 사랑이
움직일 때
붉은 파밭의 푸른 새싹을 보아라
얻는다는 것은 곧 잃는 것이다

새벽에 준 조로의 물이
대낮이 지나도록 마르지 않고
젖어있듯이
묵은 사랑이
뉘우치는 마음의 한복판에
젖어있을 때
붉은 파밭의 푸른 새싹을 보아라
얻는다는 것은 곧 잃는 것이다

- 「파밭 가에서」 전문 -

이 시는 사실적·직설적 어법에 의존해 '~ 의 ~ 이(가) ~ 듯[a] ~ 묵은
사랑이 ~ ㄹ 때[b] ~ 붉은 파밭의 푸른 새싹을 보아라/ 얻는다는 것은 곧
잃는 것이다[c]' 라는 표층 구조가 각 연에 똑같이 반복되고 있다. 각 연의
a는 b의 원관념을 확충직유 형태로 자세하게 설명하는 보조관념으로, c는
상황 제시 후 역설적 명제의 정의를 단정적으로 내리는 구조이다. 2연에

서 도치된 a의 변주는 단조로운 반복에 변형을 가한 것이다. 그런데 각 연은 똑같이 a/b/c 구조를 지니면서 a는 1연이 2행, 2・3연이 3행, b는 1・2연이 2행, 3연이 3행으로 연이 전개될수록 a, b의 행수가 증가하여 1연 6행, 2연 7행, 3연 8행의 점층구조를 띤다. 이처럼 연이 전개될수록 행이 증가해 그 의미를 구체적으로 수식하지만 같은 문장 구조로 전체가 반복되는 일정한 리듬 패턴이기 때문에 낭독하는 속도가 빨라지게 된다. 동일 반복의 리듬에 따른 행 첨가는 호흡의 감정을 반영하며 의미를 구체적으로 부연하는 효과를 지닌다.

각 연은 '묵은 사랑'의 껍질, 움직임, 젖음의 상태를 구체적으로 묘사한 후, '붉은 파밭의 푸른 새싹을 보아라'라는 화자의 명령문 제시와 '얻는다는 것은 곧 잃는 것이다'라는 역설적 진리의 명제로 귀결된다. 화자는 파밭 가에서 돋아난 '푸른 새싹'을 바라보며 사랑의 현상과 변화를 체감한다. '붉은 파밭'이 낡고 과거의 상태라면, '푸른 새싹'은 새롭고 희망찬 미래의 상태이다. 새로운 생명의 탄생은 지난날의 묵은 것을 통해 이루어지므로 '얻는다는 것은 곧 잃는 것이다'라는 명제가 성립된다. '묵은 사랑'이 변화되고 움직이는 감동이 따를 때 새로운 사랑을 체험하는 것이다. '묵은 사랑'이 벗겨져 움직이고 젖어 있을 때 '붉은 파밭의 새싹을 보아라'라고 한 것은 지금까지 화자가 지닌 사랑의 관념에서 벗어나겠다는 의도이다. 그것은 낡은 사랑이 껍질을 벗어 신선하게 변화되고 감성에 젖는 변화를 동반할 때 파밭의 '푸른 새싹'이 돋아나는 생명의 탄생을 인식하는 것이다. 사랑은 관습화된 타성에 젖는 것이 아니라 언제나 새로운 변화와 자극이 뒤따라야 한다. 이러한 변화와 자극이 동반될 때 '붉은 파밭에 새싹이 돋아나는 현상을 인식한다. 이런 사랑을 새롭게 얻는다는 것은 끊임없는 변화와 현상학적 인식을 수반하므로 새롭다는 순간 잃는 것이다.

현상학적 인식이란 대상과 사물에 대한 끊임없는 의식작용이 관념적・

추상적 개념으로서 의미망이 새롭게 형성되는 의식 체험의 과정이다. 그
것은 고정관념적인 진리의 의미 해석이 아니라 객관적 정지 상태를 벗어
나 상황에 따라 자아의식에 반응하는 감성을 뜻한다. 사물이 존재한다는
것은 사람에게 인식되므로 어떠한 의미를 내포한다. 화자는 파밭 가에서
'푸른 새싹'을 보고 순간적인 주관성과 실재의 결합으로부터 무한한 경험
의 영역을 찾아내는 것이다. 그에게 '묵은 사랑'은 이전의 시 속에 드러난
설움과 같은 자기애적 사랑이었다고 할 수 있다. '얻는다는 것은 잃는
것이다'라는 명제는 그가 추구한 사랑이 현실적으로 욕망에서 벗어난 이
타적인 사랑이라는 추측을 가능하게 한다.[11) 그만큼 이기적이며 소시민
적인 자기애적 가치관을 벗어나 이웃과 사회를 바라보고 관심을 갖는 대
타적 사회의 가치관에 눈을 돌린다는 것이다.

<blockquote>

이제 나는 曠野에 드러누워도
時代에 뒤떨어지지 않는 나를 발견하였다
    時代의 智慧
너무나 많은 羅針盤이여
밤이 산등성이를 넘어내리는 새벽이면
모기의 피처럼
詩人이 쏟고 죽을 汚辱의 歷史
    그러나 오늘은 山보다도
    그것은 나의 肉體의 隆起

이제 나는 曠野에 드러누워도
共同의 運命을 들을 수 있다
    疲勞와 疲勞의 發言
詩人이 恍惚하는 時間보다도 더 맥없는 時間이 어디있느냐
逃避하는 친구들

</blockquote>

---

11) 박지영, 「김수영 시 연구」, 성균관대 박사학위논문, 2002, 110쪽.

良心도 가지고 가라 休息도－
우리들은 다같이 산등성이를 내려가는 사람들
     그러나 오늘은 山보다도
     그것은 나의 肉體의 隆起

曠野에 와서 어떻게 드러누울 줄을 알고 있는
나는 너무나도 악착스러운 夢想家
       粗雜한 天地여
깐디의 模倣者여
여치의 나래 밑의 고단한 밤잠이여
「時代에 뒤떨어지는 것이 무서운 게 아니라
어떻게 뒤떨어지느냐가 무서운 것」이라는 죽음의 잠꼬대여
그러나 오늘은 山보다도
그것은 나의 肉體의 隆起

                －「曠野」전문 －

  이 시는 관념적 시구와 정제되지 않은 난삽한 의미 중심으로 들여쓰기와 직접 인용이 삽입되어 있다. 각 연마다 '그러나 오늘은 山보다도/ 그것은 나의 肉體의 隆起'의 두 끝행이 반복되는데, 1·2연은 오른쪽 끝부분에 배치되지만, 3연은 일반적인 행 배열과 똑같다. 각 연의 3행과 반복되는 두 행은 들여쓰기로 '서기적 지표'에 의한 시각적 강조 효과를 나타낸다. 그리고 1·3연에 호격, 2연에 명령문과 의문문이 사용되었다. 러시아형식주의자가 사용한 '書記的' 이미지는 행 배치의 변용이 적극적으로 시각화된 경우로, 일정한 공간을 점유하고 있는 활자들의 배치에 의해 느껴지는 시각적 리듬을 뜻한다.[12] 들여쓰기로써 다른 행갈이보다 더욱

---

12) 김영희, 「김수영 시의 리듬 연구」, 『우리어문연구』 31집, 우리어문학회, 2008, 263쪽.

긴 휴지로 발화를 분절하므로 음악적 휴지 효과를 가진다. 즉 분행임에도 마치 분련과 비슷한 길이의 휴지를 만드는 시각적 리듬이다. 시행이 공간을 점유하고 분할하는 방식으로 리듬을 시각적으로 나타내는 것이다.

서기적 지표에 의한 이 시는 내적 대화 구조를 이룬다. 서술어 없는 '또 다른 나'의 말은 '나'가 발견한 가치 상태를 제시하면서 나의 말에 응답하는 수신자 역할을 담당하고 있다.[13] 나의 생각과 행위를 비판하는 '나 속의 나'와 또 다른 주체인 '나'의 내적 대화 구조이다. '또 다른 나'의 말이 명제처럼 제시되면 '나'는 호격·의문문·명령문 등 다양한 기법을 통해 자신의 감정이나 깨달음을 표현한다. 이런 분위기가 고조되면 '나'의 발화는 '또 다른 나'와 대화를 통한 후 마지막 반복 구절로써 서로 통합을 이룬다.

이 시의 전체적 배경의 핵심 공간은 '산'과 '광야'이다. '산'이 도피와 휴식 공간이라면, '광야'는 고단한 현실 공간이다. '나'는 시대에 뒤떨어지지 않는 생존법을 깨달아 산을 내려와 '광야'로 나간다. 그리고 일신의 안위에 안주하지 않고 공동체의 운명에 눈을 뜬다. 각 연 서두에 반복되는 '광야에 드러누움'은 시대에 뒤떨어지지 않고 공동체의 운명에 참여하는 것을 확인하는 것이다. 이런 삶의 가치관을 각인시켜 주는 것이 '시대의 지혜'이다. 이 지혜는 보편성과 경험성을 갖춘 객관적 가치로서 '나'가 가야 할 삶의 좌표를 알려주므로 들여쓰기의 행갈이로 강조하고 있다. 그러나 현실은 각자의 가치관과 삶의 지향점을 지닌 많은 '나침반'이 있다. 이 추악하고 부끄러운 '오욕의 역사'에 타협하고 수긍하기보다 차라리 하찮은 '모기의 피'라도 쏟고 죽는 것이 '시대의 지혜'에 부합된다. 오욕이란 사회적 의미의 불만일 수도 있고 시인 자신에 대한 반성일 수도 있다.

---

13) 장석원, 「김수영 시의 '반복' 연구」, 『한국근대문학연구』 2권 2호, 한국근대문학회, 2001, 216쪽.

'오욕의 역사'는 산으로 비유되고, 산은 자신의 육체와 동일시되고 있다.14) '나'의 이런 다짐과 결단의 의지가 뒤따를 때 '육체'는 '산보다' 높이 융기한다.

2연은 '나'가 '피로와 피로의 발언'이 부과된 공동체의 운명에 직면한다. 피로란 주체가 하는 일에서 생긴 신체적 자각 현상으로 의식과 존재 사이의 불균형을 인식할 때 발생한다. '나'는 지금까지 써 왔던 시와 자신의 삶이 공동체의 운명을 직시하지 못했거나 '피로의 발언'을 하지 못하고 황홀감에 도취되었던 '맥없는 시간'의 산물이었음을 고백한다. '나'는 지금 피로하더라도 시인이 해야 할 운명에 대해 '피로의 발언'을 해야 한다. 그럴 때 피로는 새로운 생성의 역동성과 긍정적 가치를 지닌다. 많은 이들이 공동체의 운명을 발견하지 못하고 산정으로 '나침반'을 정해 도피하려고 할 때 '나'는 그들을 향해 나태한 휴식과 위장된 양심도 가져가라고 힐난한다. 피를 쏟고 죽더라도 '피로의 언어'를 발화하는 것이 '나'의 도덕적 책무이다. 그래서 '나'는 초월과 도피 공간인 산정에 머물지 않고 인간의 '오욕의 역사'가 만연된 산등성이 아래 '광야'를 향해 새벽에 귀환한다. 공동체 운명을 직시한 '나'의 하산은 '육체의 융기'처럼 몸의 부활의 의미를 지닌다.

3연에서 '나'는 자신의 생각과 행동이 현실과 동떨어진 몽상가처럼 비칠지 몰라도 강인한 의지와 신념을 갖춘 '악착스러운 몽상가'이기에 시대를 외면하고 산정에 머무는 자들을 비웃고 비판할 수 있다. 이 '조잡한 천지'인 광야를 도피하는 자들은 모두 '여치의 나래 밑'에 잠든 '깐디의 모방자'에 불과하다. 따라서 광야에 드러눕고 시대의 지혜를 깨달은 '악착스러운 몽상가'만이 산보다 높이 솟아오르는 '육체의 융기'를 자각할 수

---

14) 송기섭, 「온 몸으로 쓴 시의 내면 - 김수영론」, 『한국 현대문학의 도정』, 새미, 1999, 259쪽.

있다. '시대에 뒤떨어지는 것'보다 '어떻게 뒤떨어지느냐'가 무섭다는 '죽음의 잠꼬대' 같은 인식은 지각 변동으로 땅이 솟아오르듯 역동적인 몸의 생성과 변화를 비유한 것이다. 자의식적 각성이 의식의 흐름 속에서 몸에 대한 성찰의 변화로 인식되는 것이다. 이런 인식 변화는 앞 연에서 일괄적으로 유지되었던 마지막 두 행의 서기적 지표가 보편적인 시행으로 자연스럽게 이동했음을 반증한다. 지사적 용기와 신념이 '서기적 지표'를 해체한 것이다. 이외 이 유형으로 「풀」 「봄밤」 등이 있다.

4 ▌ 대칭적 병렬 반복 ▌

전후대칭형은 나열형과 유사하게 비슷한 구문이 나열되어 있지만 계속 나열되지 않고 전반부와 후반부로 나뉘어 전후대칭 형태를 이룬다. 서로 대조되는 A-B/A'-B' 형태의 반복으로 상호 충돌과 대립 융화의 구조로서 서로 아우르며 화답하는 관계를 형성한다. 이 대칭구조는 안정감과 변화라는 상반된 요소의 상호작용으로 인하여 보다 활력 있는 긴장감과 역동성을 동반하게 된다.[15] 이 유형은 도식화된 정형의 틀에 직정적 호소력을 자아내는 단순반복 형태에다 약간의 변형을 가한 것이다.

눈은 살아있다
떨어진 눈은 살아있다
마당 위에 떨어진 눈은 살아있다

기침을 하자
젊은 詩人이여 기침을 하자

---

15) 정효구, 「김소월 시의 기초체계 연구」, 서울대 박사학위논문, 1989, 104쪽.

눈 위에 대고 기침을 하자
눈더러 보라고 마음놓고 마음놓고
기침을 하자

눈은 살아있다
죽음을 잊어버린 靈魂과 肉體를 위하여
눈은 새벽이 지나도록 살아있다

기침을 하자
젊은 詩人이여 기침을 하자
눈을 바라보며
밤새도록 고인 가슴의 가래라도
마음껏 뱉자

− 「눈」전문 −

　이 시는 A-B/A'-B' 형태인 3행과 5행씩의 행 반복 대칭 구조로 '눈은 살아있다'와 '기침을 하자'의 문장이 매 연 반복되어 약간씩 변주된 행가름의 내용을 결속시킨다. 행과 연의 형태적 특징이 질서와 균형을 이룰 뿐만 아니라 반복되는 구절의 변주가 도식적인 단순성을 극복해 강렬한 정서를 불러일으킴으로써 훨씬 리듬감을 자아낸다. 평범한 언어와 객관적 서술 어조가 단조롭게 보이지만 시어의 반복과 변주, 점층적 표현이 역동적으로 전개되면서 의미 첨가가 강조되어 견고한 형식을 이루고 있다. 그것은 부수적인 의미가 절제된 단순한 의미 대비를 통해 단계적으로 의미가 차오르는 리듬의 구성 방식 때문이다.[16] 이런 대칭적 병렬 구조는 반드시 한 쌍의 서로 다른 구절·행·운문들이 대응하는 상태로서 행을 기본 단위로 한다.

---

16) 이숭규, 앞의 논문, 336쪽.

반복은 '동일한 것의 연속'으로 시가의 기본 자질로서 운율이나 모든 시적 요소들이 존재할 수 있는 배경을 이루는데, 병렬은 광의의 반복에 포함된다. 흔히 산문에서의 반복이나 병렬이 강조를 위해 사용되는 반면 운문에서는 시적 효과와 영향의 지속, 정서의 결합을 암시하기 위해 사용된다.17) 계속 반복되는 부분은 감정의 핵심을 이루지만 반복되지 않는 부분은 갈등을 야기하는 원인이나 강조 대상을 부각시킨다. 병렬도 정서적 가치의 안정보다 형식적 안정성이나 의미의 유장성을 드러내는 효과적 장치이다. 그리고 통사 구조의 등가성을 바탕으로 새로운 구성 요소를 삽입해 변화와 굴절을 일으키며 비교 또는 대립 구조를 형성함으로써 통사적·의미적 대응 관계를 이룬다.

1연은 상황과 장소가 행이 첨가될수록 구체적으로 묘사되어 점층적 상승 구조를, 2연은 주체인 '젊은 시인'이 눈이 보도록 '눈 위'에 기침하는 행위를 강조한다. 무엇을 보라는 것은 어떤 긍정적 가치를 지닌다. 3연은 '영혼과 육체'를 위해 새벽 이후까지 눈이 계속 살아 있음을 강조한다. 그만큼 육신은 물론 '영혼'의 의식이 깨어 있다는 것을 암시한다. 그러나 4연에서는 2연의 1·2행을 다시 반복하면서 눈을 바라보며 기침을 끝낼 것이 아니라 밤새도록 '고인 가래'까지도 마음껏 토해내자고 권유한다. 앞 연의 내용 중 '새벽이 지나도록' '마음놓고' '기침'이 4연에서는 '밤새도록' '마음껏' '가래' 등으로 바뀌며, 기침하는 행위가 밤새도록 고인 가래를 뱉는 행위로 변용된다. '가래'가 아닌 '가래라도'를 사용함으로써 기침하고 가래 뱉는 행위가 최선의 행위는 아니지만 시적 주체로서 할 수 있는 최소한의 도덕적·양심적 책무임을 반영한다. '마음껏'('마음놓고')은 어떤 상황에서도 구속받지 않으려는 주체의 자유 의지를 반영한 것으로 끊임

---

17) 김수경·정끝별, 앞의 책, 274쪽.

없이 눈을 의식하는 마음의 상태이다. 특히 2연과 4연은 인접성을 통해 의미가 첨가·확장되는 환유 구조로서, '기침'과 '가래', '기침하다'와 '가래 뱉다'의 인접성이 중첩되는 연쇄 관계이나, 이런 연쇄 현상 역시 반복·열 거와 병행되고 있다. 이처럼 김수영 시에서 다양하게 시도된 열거와 반복 에 의한 환유는 이미지의 연속적 흐름을 표현하는 중요한 장치이면서 핵 심적 수사 기교이다.[18]

　화자는 서두부터 눈이 '내린다' '녹는다' 하지 않고 '떨어진다', '살아있다' 고 함으로써 서경묘사의 일상적 감각 인식을 초월한다. 고체화된 형태 이미지의 '떨어진 눈'이 지상에서 녹거나 정지되지 않고 '살아있다'는 것은 죽음을 극복하는 생명력으로 '영혼과 육체'를 위해서이다. 죽음을 잊은 '영혼과 육체'를 자각하게 된 화자에게 '눈(雪)'과 '눈(眼)'은 깨어 있는 존재 로서 세계를 응시하는 환유적 음가이다. 눈에 대한 지향성은 끊임없이 세계를 올바로 인식하고 행동하기를 요구한다. '살아있는 눈'은 순수한 생명력과 영원한 가치성을 뜻한다. 그런데 그런 깨끗한 '눈'을 향해 마음 껏 기침하는 것은 차치하고, 더러운 '가래침'을 뱉는다는 것은 상식적 차 원을 뛰어넘는 돌발적 행위이다. '기침'이나 '가래'는 내부 깊숙이 토해내 는 목소리나 불순물로서 깨어 있는 의식의 자각 현상이다. 밤새 고인 '가 래'는 시대적 고통을 의미한다. 눈 위에 기침하는 행위는 자신의 존재성 현현으로 순응하는 삶에 대한 반성과 각성의 인식이다. 이런 거침없는 행위는 생물학적 차원을 떠나 내적 고통의 반응이면서 부조리한 소시민 적 일상성에 대한 거부의 표시로 행동하는 지식인의 모습이면서 내적 양 심에 따른 글쓰기 표현이다. 그러나 눈의 순수성을 더럽히는 듯한 '기침을 하자'의 반복 행위는 기침할수록 생생하게 살아 있는 눈의 생명성에 의해

---

18) 장석원, 「김수영 시의 수사적 특성 연구」, 고려대 박사학위논문, 2004, 56쪽.

제한받는다.

　　　무엇때문에 不自由한 생활을 하고 있으며
　　　무엇때문에 自由스러운 생활을 피하고 있느냐
　　　여름뜰이여
　　　나의 눈만이 혼자서 볼 수 있는 주름살이 있다 屈曲이 있다
　　　모오든 言語가 詩에로 通할 때
　　　나는 바로 一瞬間 전의 大膽性을 잊어버리고
　　　젖먹는 아이와같이 이즈러진 얼굴로
　　　여름뜰이여
　　　너의 廣大한 손(手)을 본다

　　　操心하여라! 自重하여라! 무서워할 줄 알어라!하는
　　　億萬의 소리가 비오듯 내리는 여름뜰을 보면서
　　　合理와 非合理와의 사이에 默然히 앉아있는
　　　나의 表情에는 무엇인지 우스웁고 간지럽고 서먹하고 쓰디쓴 것마저
　　　섞여있다
　　　그것은 둔한 머리에 움직이지 않는 思念일 것이다

　　　무엇때문에 不自由한 생활을 하고 있으며
　　　무엇때문에 自由스러운 생활을 피하고 있느냐
　　　여름뜰이여
　　　크레인의 鋼鐵보다 더 强한 익어가는 黃金빛을 꺾기 위하여
　　　너의 뜰을 달려가는 조고마한 動物이라도 있다면
　　　여름뜰이여
　　　나는 너에게 犧牲할 것을 準備하고 있노라

　　　秩序와 無秩序와의 사이에
　　　움직이는 나의 生活은
　　　섧지가 않아 屍體나 다름없는 것이다

여름뜰을 흘겨보지 않을 것이다
여름뜰을 밟아서도 아니될 것이다
默然히 默然히
그러나 속지 않고 보고 있을 것이다

― 「여름뜰」 전문 ―

이 시는 약간 변주된 대칭 구조로서 1연과 3연, 2연과 4·5연이 대칭을 이루고 있다. 1·3연은 서두에 '무엇 때문에 不自由한 생활을 하고 있으며/ 무엇 때문에 自由스러운 생활을 피하고 있느냐/ 여름뜰이여 ~ 여름뜰이여'라는 구문이 대칭적 병렬 반복을 이루지만 후반부는 각각 변주된 형태이다. 2연과 4·5연은 표면상 대칭 구조라고 보기에 수긍할 수 없을 정도로 형태상 많은 변형을 보인다. 그러나 2연의 '合理와 非合理와의 사이에' '默然히' 앉아 있는 자신의 표정과 4연의 '秩序와 無秩序와의 사이에' 움직이는 자신의 생활, 5연의 '默然히' 여름뜰을 바라보고 있는 모습에서 대칭 관계를 확인할 수 있다. 4·5연은 나눠 있지만 2연과 비교해볼 때 외형상 행수의 배열이나 '합리와 비합리'의 모순된 관념과 '묵연히'의 표정 이미지가 4연의 '秩序와 無秩序', 5연의 '默然히 默然히'로 형태 구조가 반복됨을 알 수 있다. '합리'가 논리적·상식적인 사고의 영역으로 마음속에 구가하는 자유스러운 생활이라면, '비합리'는 자유스런 생활을 해야 하는 당위성에도 불구하고 그런 삶을 구가하지 못하는 왜소한 자신의 모습을 뜻한다.[19) '合理와 非合理' '秩序와 無秩序'의 모순된 관념의 통사구조적 반복은 1연의 서두에서 제시되는 '自由'와 '不自由'한 생활의 전개 양상이라 할 수 있다. 4·5연의 분련은 마지막 연에서 화자의 강인한 의지를 강조하기 위한 장치이다.

---

19) 한명희, 앞의 책, 117쪽.

화자는 '여름뜰'이라는 생활 공간을 설정해 주체적이지 못하고 매사에 우유부단한 자신을 질책하면서 내면적 갈등을 겪는 자신에 대해 자조적·부정적 자아인식 태도를 나타낸다. '여름뜰'은 화자가 희생할 준비가 되어 있는 절대적 신앙과 같은 존재로서 '흘겨보지'도 '밟아서도' 아니 될 정도로 단지 바라보고 있을 경건의 대상이다. 따라서 화자가 '여름뜰'을 바라보면서 독백투로 자아 성찰하는 것은 이 정원을 자신의 삶의 공간이며 '너의 광대한 손'을 보듯 무한한 자유를 구가하는 절대적 가치로 인식하기 때문이다.

1연에서 화자는 '나의 눈'만이 혼자 볼 수 있는 '주름살'과 '굴곡'이 있다며 절대적 자유의 가치를 구가한다. 이곳의 존재성은 시 창작('모오든 언어가 詩에로 통할 때) 후 더욱 크게 느껴져 일순간 '대담성'까지도 빼앗아갈 정도로 위대한 힘을 지닌다. '여름뜰'이 규범화된 현실 통제를 성찰·권고하는 환청 속에서 '합리와 비합리'의 사이에 '묵연히' 앉아 있는 화자의 표정은 둔하고 어떤 생각도 떠오르지 않는 망각의 상태이다. 어떠한 생각이 없다는 것은 아무런 행동을 동반하지 않는다. 사유의 움직임은 내면적 자아의 인식 과정이다. 그러나 화자의 삶은 '질서와 무질서' 사이에서 끊임없이 움직여야 하는데, 이런 움직임이 화자의 서러움을 야기시킨다. 김수영 시의 설움은 극복할 수 없는 상황 속에 내던져진 주체가 느끼는 체념적 정서가 아니라 움직임에 의해 발생하는 생명의 다른 표시이다. 설움이 없는 생활은 화자에게 시체나 다를 바 없다.[20] 따라서 설움은 무엇을 생각하고 행동하는 움직임의 흔적이다.

---

20) 여태천, 『김수영의 시와 언어』 월인, 2005, 78쪽.

5 결론

본고에서 다룬 김수영 시의 한시적 구조의 병렬 반복 형태를 정리하면 다음과 같다.

첫째, 한시 구조의 병렬 반복은 전통적 한시 작법인 기승전결의 4연 형태로 전반부와 후반부로 나눈다. 그리고 先景後情의 묘사법에 따라 전반부에 어떤 상황이 제시되면, 후반부는 그 상황에 걸맞게 시적 주체의 주관적 감정이 구체적으로 표현된다. 이 유형으로 「자장가」 「파자마 바람으로」를 들 수 있는데, 「자장가」는 아가의 귀여운 모습과 그를 바라보는 화자의 주관적 감정을, 「파자마 바람으로」는 일상사의 단편적 이야기를 통해 왜소한 소시민적 위약성과 가식성을 풍자한다.

둘째, 변주된 한시 구조 형태로 가변적 병렬 반복과 축약된 병렬 반복으로 나눈다.

① 가변적 병렬 반복 형태는 대개 5연으로 구성되어 있지만, 표층적 통사구조의 반복 중심으로 정리하면 4연으로 집약된다. 그만큼 도식적인 정형의 틀을 벗어나 다양한 변주에 따른 입체성을 보여준다. 이 유형으로 「死靈」 「폭포」 등을 들 수 있다. 「死靈」은 변주된 수미쌍관식 구조와 자기폭로적 아이러니를 통해 자유에 대한 강렬한 의지를, 「먼 곳에서부터」는 '아픔'의 인식작용을 통해 주체의 정신적 좌절을, 「폭포」는 수직적 시각화의 강직성을 통해 지사적 정신의 강인한 신념을 표현했다.

② 축약된 병렬 반복 형태는 한시 구조의 후반부(전결)를 하나의 연으로 축약한 3연의 구조로 「파밭 가에서」 「광야」 등을 들 수 있다. 「파밭 가에서」는 점층법과 역설적 명제의 구조를 통해 사랑의 현상과 변화의 현상학적 인식을, 「광야」는 서기적 지표의 시각적 리듬과 내적 대화의 구조를 통해 현실을 직시하며 공동체 운명에 관심을 갖는다.

    셋째, 대칭적 병렬 반복은 전반부와 후반부로 나누어 전후대칭을 이루는 형태로 상호 충돌과 대립 융화의 구조로서 서로 아우르며 화답하는 관계를 형성한다. 이 유형으로「눈」「여름뜰」을 들 수 있는데,「눈」은 인접성의 환유 구조를 통해 소시민적 일상성에 대한 거부와 행동하는 지식인의 의식적 자각을,「여름뜰」은 변주된 대립구조로서 매사에 우유부단한 자신을 질책하며 내적 갈등을 겪는 자신에 대해 자조적·부정적 자아인식의 태도를 나타낸다.

박용래 시의 반복 형태 구조 연구

1 ▍ 서론 ▍

박용래 시인은 1950년대 중반 『현대문학』(1956)지에 등단한 후 1980년 타계할 때까지 25년의 창작 기간 동안 3권의 시집과 사후 시선집 『먼바다』를 통해 160여편의 작품을 남겼다. 그의 작품은 시종일관 향토적인 서정 속에 그리움과 쓸쓸함, 정한의 한국적 정취를 치열한 언어조탁으로 아름답게 형상화했다. 전반적인 작품 경향은 현대문명화 속에 사라지고 잊혀져가는 토속적 세계와 소외된 사물에 대해 절제된 언어와 간결한 시 형식이 즉물적이고 소묘적 기법으로 나타난다. 특히 다양하게 변주되는 변형 반복 형태를 기틀로 한 전통적 리듬의 변화, 문장의 서술 부위 생략, 행간마다 무한한 여백의 공간미 구성 등은 감각적이고 사물화된 이미지를 구축하는 데 효과적으로 작용한다.

지금까지 그의 작품에 대한 연구는 주제나 정서의 속성과 관련해 정신사적 관점에서 포괄적으로 시세계를 다룬 경우, 기호학적 방법을 통한 구조 분석이나 반복 형태의 운율론적 분석 등 형식미학적 관점에서 접근한 경우로 나눌 수 있다. 그 외 단편적으로 라캉 이론을 바탕으로 무의식적 욕망의 구현으로 시쓰기(박주택), 인간과 자연의 위상을 새롭게 정립하려는 심층생태학적 관점에서 접근한 논문(이혜원, 엄경희)이 있다.

본고는 그 중 형식미학적 관점에서 다양한 변형반복 형태의 구조 유형 중심으로 접근하고자 한다. 그의 작품에 대해 형식미학적 관점에서 접근한 논문들[1]은 정신사적 관점에서 접근한 글들에 비해 매우 미미하면서도 분석 대상이나 방법론에서 한정되어 있다. 가령 조창환은 운율론적 접근을 통해 시행 속의 동요적 반복과 행간의 여백을, 윤호병은 다양한 이원대립적 관계 속에서 구조적 특성을, 정효구는 기호학적인 분석을 각각 방법론으로 적용해 다루었다. 그러나 이 기존 논문들은 박용래 시를 형식미학적 관점에서 총체적으로 다뤘다기보다 도식화된 방법론에 걸맞는 몇몇 작품에 국한시켰다는 점이 한계라 할 수 있다. 그 외 고형진이 소묘법이나 감각적 이미지, 반복형태 등 포괄적인 관점에서 형태적 특징을 다뤘지만 이미 논자들에 의해서 부분적으로 언급된 내용을 종합적으로 정리한 감이 있어 반복형태의 구조면에서는 구체적이면서도 미세한 분석이 뒷받침되지 못하고 있다. 심재휘는 반복형태의 구조에 중점을 두어 다양한 반복기법과 미적 효과의 관점에서 단순반복과 변형반복으로 큰 항목을 설정한 후 단순반복을 나열형과 전후대칭형으로, 변형반복을 점진적 가감형과 점진적 자유형, 혼합형 등으로 비교적 체계적이면서 심도 있게 다루었다. 그러나 나열과 병렬의 개념이 정확히 정립되어 있지 못하고

---

1) 조창환, 「박용래 시의 운율론적 접근」, 『시와시학』, 시와시학사, 1991년 봄호.
   윤호병, 「박용래 시의 구조 분석」, 『시와시학』, 시와시학사, 1991년 봄호.
   정효구, 「박용래 시의 기호론적 분석」, 『시와시학』, 시와시학사, 1991년 봄호.
   고형진, 「박용래 시의 형식미학」, 『현대문학이론연구』 13집, 현대문학이론학회, 2000.
   심재휘, 「박용래 시 연구」, 『현대문학이론연구』 23집, 현대문학이론학회, 2004.

세분화된 항목이 너무 단순하고 추상적일 뿐만 아니라 주관성에 치우쳐 변별성이 미약한 감이 있다.

따라서 필자는 심재휘가 접근한 반복기법 유형의 연장선에서 병렬과 나열의 개념을 정확히 정립한 후 좀 더 구체적으로 항목을 세분화해 가시적 형태로 유형화함으로써 그 변별성과 특징을 추출하고자 한다. 즉 병렬과 나열을 병행한 포괄적 형태인 전후대칭의 반복, 단순 나열형의 반복, 반복적 병렬, 반복적 병렬의 역행, 수미쌍관식 반복, 상황연쇄의 반복 등으로 세분화시켜 분석할 것이다. 아울러 이런 반복형태 유형에는 항상 발전된 변형 형태가 뒤따르므로 각각의 항목에서 병행하여 다룰 것이다.

2 ▧ 반복 형태 구조 유형 ▧

1) 전후대칭의 반복 구조 'A/A''형

전후대칭형은 전반부와 후반부를 구분할 수 있는 구절이 주요 인자로 작용하여 비연시 형태에서도 묵계적인 단락 구분으로 연의 기능을 수행한다. 이 유형은 표면적으로 비슷한 구절이 나열된다는 점에서 나열형과 유사하나 계속 나열되지 않고 반복 구절을 통해 전후대칭 형태를 이룬다. 그러나 단락이 구분된 전후대칭 형태에 비해 내용은 정확히 대칭을 이루지 않고 탄력적으로 구성되어 서로 시작과 끝을 아우르고 포용한다.

> 눈보라 휘돌아간 밤
> 얼룩진 壁에
> 한참이나

A <u>맷돌가는 소리</u>
　高山植物처럼
　늙으신 어머니가 돌리시던
　오리 오리
A' <u>맷돌가는 소리.</u>

- 「雪夜」 전문 -

이 작품은 눈보라 치는 밤 어머니가 맷돌을 돌리시던 추억을 회상하는
내용으로서 '맷돌가는 소리'의 구절을 중심으로 형태상 전후대칭을 이루
고 있지만, 내용상으로는 대칭구조가 아니다. 이 대칭구조는 전반부가
배경 묘사가 되고 후반부는 그 전반부의 구체적 정황을 공감각적으로 형
상화하면서 어머니에 대한 그리움의 정서를 반영한다. "눈보라 휘돌아간
밤/ 얼룩진 벽에"와 "高山植物처럼/ 늙으신 어머니가 돌리시던"은 내용상
대조를 이루지 않고 단지 어머니가 맷돌을 돌리던 공간적 상황과 어머니
의 초라한 모습이 반복되는 청각적 이미지를 통해 시각적으로 나타난다.
　'맷돌가는 소리'는 얼룩진 벽에 한참 동안이나 눈보라 휘돌아간 바람
소리의 청각적 심상을 늙으신 어머니가 밤새 맷돌을 돌리던 시각적 심상
으로 병치시킨다. 그렇게 병치된 '맷돌가는 소리'는 과거의 시·공간을
현재적 상황으로 환치시켜 그리운 어머니를 회상하게 만든다. 이 소리는
가난 속에서도 온갖 고통과 시련을 '고산식물'처럼 강인하게 견딜 수밖에
없었던 어머니를 환기시킨다. 특히 '맷돌가는 소리'를 구체화한 '오리'의
의성어 반복은 '소리'와 동질적인 율감을 형성하면서 울림의 지속적인 여
운을 남긴다.

　　앞산에 가을비

뒷산에 가을비

낯이 설은 마을에

<u>가을 빗소리</u>
　　　A

이렇다 할 일 없고

기인긴 밤

木瓜茶 마시면

<u>가을 빗소리</u>
　　　A´

－ 「木瓜茶」 전문 －

시종일관 2음보의 독립된 시 행에다 간결한 명사종결형과 1행 1연으로 구성되어 있다. 각 행은 연 구실로 여백의 효과를 최대한 부여하여 행간에 침묵으로 외로움을 품어 놓았다. 斷續的 리듬은 그 이어짐과 끊어짐의 불안감 때문에 안정되지 못한 심리상태를 드러낸 것이라면, 연속적 리듬은 규칙적인 기대감의 충족과 해결에 의해 정서적 안정성을 지향한다.[2] 이처럼 토막토막 단절되는 리듬감은 잠 못 이루는 화자의 외로운 마음과 불안한 상태를 잘 반영하고 있다.

이 시는 서두부터 '가을비'의 반복으로 '앞산'과 '뒷산'이 병렬구조를 이루며 '가을 빗소리'를 중심으로 전후대칭을 이루는데, 전반부는 '앞산 → 뒷산 → 마을'의 원근법의 공간구조로, 후반부는 '집안'의 넓은 곳에서 좁

---

2) 조창환, 앞의 논문, 160쪽.

은 공간으로 축소되고 있다. 시적 화자는 낯선 마을에서 기나긴 밤을 보내며 '모과차'를 마시면서 '가을 빗소리'를 듣고 있다. 이 고독한 이방인은 '이렇다 할 일' 없이 무료하게 빗소리를 들으며 쓸쓸한 적막감에 젖은 나그네이다. '가을 빗소리'의 반복은 비 오는 가을밤의 쓸쓸한 정취를 환기시킨다. 그리고 행간 사이의 넓은 여백과 군더더기 없는 절제된 시어에서 침묵의 언어를 상상할 수 있다. 많은 여백은 적막한 시간의 무한성을 공간적으로 구현하고 있다.[3] 마치 무한한 자연의 섭리 속에 유한한 존재가 흡수 동화되어 물아일체된 상황이다. 따라서 바쁜 일상사에서 벗어나 한적한 시·공간 속에 자신을 내맡기며 명상에 젖을 때 정신적 풍요로움 속에 들어갈 수 있는 것이다.

이외 전후대칭형으로 「열사흘」 「나부끼네」 등이, 변형된 전후대칭형으로 「使役詞」 「西山」 「小感」 「밭머리에 서서」 등이 있다.

상칫단
아욱단 씻는

개구리 울음 五里 안팎에
                A

보릿짚
호밀짚 씻는

日落西山에 개구리 울음
                A'

ㅡ 「西山」 전문 ㅡ

---

3) 이혜원, 「박용래 시의 미적 특질과 생태학적 의미」, 『어문연구』 49권, 어문연구학회, 2005, 400쪽.

전·후반부가 '~는/개구리 울음'의 구절을 바탕으로 음수율은 물론 음보율까지 대칭을 이루는 병렬구조(A-B/A'-B')이다. 1연과 3연은 3음절의 1음보와, 3·2음절의 2음보, 2연과 4연은 5음절의 2음보가 각각 대칭을 이룬다. 1연은 주체인 인간이 '상칫단'과 '아욱단'을 씻는, 3연은 주체인 동물이 '보릿짚'과 '호밀짚'을 씹는 동작에 초점을 맞추어 인간의 식사 준비와 마소의 식사 행위가 대비되고 있다. 2연과 4연은 '개구리 울음'이 도치된 형태로서 '五里 안팎'과 '日落西山'이 공간적으로 대비되어 개구리 울음 소리가 들리는 거리감과 우는 장소까지 구체적으로 나타난다. 이처럼 서산에 해질녘의 시골 풍경과 인간과 동물이 저녁식사를 준비하며 대하는 평화로운 시골 정취가 한 폭의 그림처럼 비쳐지고 있다.

2) 단순 나열형의 반복 구조 'A/A'/A"'형

이 유형은 전후대칭형에서 발전한 것으로 동일한 시어나 구절이 동일하게 나열 반복되는 형태이다. 이 형태는 반복 기법이 나타나는 시들 중에서 빈도수가 가장 낮은데, 동일한 구절을 단순하게 반복한다는 것은 다양성과 낯설게하기를 추구하는 시의 속성상 거리가 멀기 때문이다. 전후대칭형이나 수미雙관식 구조가 열림과 닫힘으로 서로 균형을 이루거나 중간을 아우르는 구성의 긴밀도가 있는 것에 비해, 이 형태는 계속 나열될 가능성이 있으므로 지루하고 단순한 분위기에 빠지기 쉽다.

A　바람은 바람은
　　보이잖는 樂器
　　가랑잎 山에선
　　가랑잎 노래
　　대숲 아래선

　　　　댓잎의 노래
　A'　바람은 바람은
　　　　어머니의 약손
　　　　여릿여릿 꽃망울
　　　　이울게 하고
　　　　보리밭 열 두 이랑
　　　　수욱수욱 키우고
　A'　바람은 바람은
　　　　黎明前의 바람은
　　　　어둠을 몰아내고
　　　　어둠을 살라먹고
　　　　滿船을
　　　　위해
　　　　네 바다의 고기떼도
　　　　몰아서 오는
　　　　물보라 속의
　　　　회오리 바람
　　　　오오, 앵두빛.

　　　　　　　　　　　　　　－ 「滿船을 위해」 전문 －

　　이 유형은 전후대칭형처럼 반복되는 구절이 앞 내용을 아우르는 끝부분의 행에 오거나, 혹은 서두에 두괄식[4] 문장처럼 반복되는 구절을 제시해 전체 시상을 이끌어 가면서 연 기능의 단락 구분으로 나눠진다. 후자쪽인 이 시는 편의상 1~6행, 7~12행, 13~23행 등 반복구절을 중심으로 해서 3단락으로 나눌 수 있다. 그리고 첫 단락의 1·2행과 두 번째 단락의 1·2행의 병렬, 첫 단락의 3·4행과 5·6행의 두괄식 반복과 병렬,

───────────────

4) 반복은 형태상, 내용상, 어법적 등 다양한 관점에서 나눌 수 있는데, 문체상의 관점에서 쌍괄식, 미괄식, 두괄식, 교차식 반복으로 나눌 수 있다(C. M. Bowra, *Primitive Song*, The World Publishing Company, 1963, 80~83쪽 참조.).

두 번째 단락의 3·4행과 5·6행의 병렬, '여릿여릿'과 '수욱수욱'의 병렬, 세 번째 단락의 3행과 4행의 병렬 관계가 나타난다.

첫 단락과 두 번째 단락은 '바람'은 '보이잖는 악기'나 '어머니의 약손'처럼 서두부터 치환은유 형태로 제시한 후 그 이유를 구체적으로 덧붙이고 있다. 즉 첫 단락에서 '바람'이 '보이잖는 악기'인 것은, 바람은 가시적으로 보이지 않지만 '산'이나 '대숲' 아래에서 '가랑잎'과 '댓잎'의 소리를 일게 하므로 악기를 통해 들려오는 노래소리로 본 것이다. 두 번째 단락에서 '바람'이 '어머니의 약손'인 것은 고통을 잠재우는 어머니의 손처럼 자연의 섭리 속에서 여리게 맺힌 꽃망울을 터뜨려 생명을 움트게 하고, 보리밭에서 보리를 '수욱수욱' 크게 하기 때문이다.

그러나 세 번째 단락은 전후대칭 형태의 첫 단락과 두 번째 단락을 크게 일탈한 형태로 리듬성을 동반한 수식행이 다양하게 반복되면서 마지막 행에 치환은유 관계를 설정한다. 서두부터 바람에 대한 치환 형태 대신에 그 바람을 구체적으로 꾸며준 후 마지막 행에서 '오오, 앵두빛'으로 치환은유 관계를 나타낸다. 즉 '바람은 앵두빛'이라는 비유 사이에 리듬과 구체성을 동반한 수식행을 아우르고 있는 것이다. "어둠을 몰아내고 / 어둠을 살라먹고"는 마치 박두진의 「해」("산너머 산 너머서 어둠을 살라먹고/ 산 너머서 밤새도록 어둠을 살라먹고")의 한 구절을 연상시키며 경쾌한 반복 리듬을 수반한다. 이 '바람'은 구체적으로 동이 트기 전 세찬 회오리바람으로 만선을 위한 고기떼를 몰아오는 존재이다. 격정적인 폭풍으로 파괴성을 동반한 공포의 대상이기도 하지만, 한편으로 회오리바람은 바닷속을 격렬하게 휘몰아침으로써 바다생물에 새로운 생명력을 불어 넣는 것이다. 이런 바람이 '앵두빛'이란 것은 어둠이라는 두려운 현실을 몰아내고 고기떼를 몰아오는 풍요와 희망을 상징하기 때문이다. 이런 점에서 '바람'은 대지에 힘찬 생명력을 불어넣고 풍요로움을 가져와 영혼의 안식처를 제

공하는 존재이다. 이 세 번째 단락은 구체적이며 리듬성을 동반하지만
앞 단락들에 비해 산만하고 서술적이어서 압축의 긴밀도가 떨어지는 느
낌이다.

        빗물 고여
        납작한
A   꽃신 한 켤레
        뉘네 집
        뒷문
        빗장 걸린
        울안
        울안을
        돌면
        거기
        구석지
        빗물 고여
        질그릇
        쪽이랑
A' 꽃신 한 켤레
        설핏한
        어둠
        혼자
        울던 아이
        지, 지난해
        늙은 대추
        한 알이랑
        꽃신
A" 한 켤레.

- 「대추랑」 전문 -

　이 시는 반복되는 '꽃신 한 켤레'가 서두에 오지 않고 전후대칭형처럼 앞 내용을 아우르는 끝부분에 와서 편의상 3단락으로 나눌 수 있는데, 마지막 단락에서는 '꽃신 한 켤레'를 2행으로 처리해 변화를 주고 있다. 첫 단락과 두 번째 단락은 '빗물 고여 ~ 꽃신 한 켤레'가 병렬 형태로 대칭을 이룬다. 전체적으로 단어 사이를 연결하는 조사나 문장의 형태소들이 생략되어 의미론적 해석을 가하기보다 소묘적 이미지 병치에 대해 상상력을 확대해야 한다. 따라서 규칙적인 쉼의 질서에 따른 관습적 리듬감은 상실되고 토막난 리듬의 단절감으로 인해 나열된 단어들 사이에서 여백과 여운을 통해 유년 회상을 공유해야 한다. 이 여백의 상상 속에는 은연중 좌절과 허무감이 깔려 있다.

　첫 단락은 어떠한 수식도 없이 빗물이 고인 '꽃신 한 켤레'의 모습을, 두 번째 단락은 빗물이 고인 '꽃신'이 구체적으로 놓여진 위치를, 세 번째 단락은 그 '꽃신'을 통해 한 아이를 연상하는 상황이다. 시적 화자는 시골집의 빗장 걸린 뒷문 울안 구석지에서 깨진 질그릇 조각과 함께 빗물이 고여 버려진 '꽃신'을 보면서 과거 회상에 젖어 해질 무렵 울던 아이를 연상한다. 화자는 소녀가 '꽃신'을 바라는 간절한 열망이나 그 꽃신에 얽힌 천진난만한 동심의 감정을 나타내지 않고 단지 객관적 시각에서 연상 작용으로 '꽃신' '늙은 대추알' '울던 아이'를 병치시켜 바라보고 있다. 이러한 이미지의 병치는 화자의 내면에 자리잡은 현실의 비극적 인식의 발로이다. 병치에 따른 단절과 대립은 불안정한 심리 상태를 반영한다. 시종 일관 객관적 묘사가 중심을 이루고 있기 때문에 세 번째 단락에서조차 시적 화자의 감정이 전혀 개입될 틈이 없이 단지 여백의 상상력에 의존해야 한다. 이런 유형의 변형 형태로 「감새」「쇠죽가마」 등이 있다.

3) 반복적 병렬 구조 'A + B'형

반복은 '동일한 요소가 계속 나열되는 것'으로 많은 시가에 일반적으로 나타나는 요소이다. 규칙적이며 반복적인 음성의 재현은 리듬을 발생시키면서 문맥의 의미를 강화하고 시적 긴장감을 조성한다. 시 속에서 특정한 어휘의 선택이나 구조의 반복은 필연적으로 다른 구성 인자들과 복잡한 관계를 맺는다. 병렬은 동질적인 언어의 요소가 나란히 반복되어 배열되는 것5)으로 한 쌍의 서로 다른 구절, 행, 운문들이 등가적으로 대응하는 형태이다. 그러나 현대시에서는 점차 의미상 연관 있는 대구적 쌍이나 대응으로서의 개념을 변형, 해체시킴으로써 넓은 개념의 반복적 양상으로 확대된다. 반복적 병렬구조는 한 쌍 이상의 통사적 반복을 거느리고 있는 병렬로서, 반복과 그 경계를 넘나드는 유형이다. 외관상 병렬보다 반복적 요소가 전경화되고 있으나 자세히 살펴보면 단순해 보이는 반복 안에 병렬 관계를 구축하고 있다.6) 이런 구조의 기능은 텍스트를 하나로 통일시켜주는 시의 언술적 구조로 작용하면서 서정적 정서화를 고조시키는 데 효과적이다.

늦은 저녁때 오는 눈발은 *A*	+	말집 호롱불 밑에 붐비다 *B*
늦은 저녁때 오는 눈발은		조랑말 발굽 밑에 붐비다
늦은 저녁때 오는 눈발은		여물 써는 소리에 붐비다
늦은 저녁때 오는 눈발은		변두리 빈터만 다니며 붐비다.

---

5) 김대행, 『한국시의 전통연구』, 개문사, 1980, 41쪽.
6) 정끝별, 「현대시에 나타난 시적 구조로서의 병렬법」, 『한국시학연구』 제9호, 한국시학회, 2003, 314쪽.

- 「저녁눈」전문 -

이 시는 "늦은 저녁때 오는 눈발은~ 붐비다"의 동일한 통사 구조에 몇 개의 어휘만을 교체하는 반복과 병렬의 순환구조로서 눈 내리는 시골 풍경의 시·공간을 입체적으로 보여주고 있다. 전·후반부는 각각 5음절이 반복된 10음절씩으로 분할되지만 후반부는 규칙적인 전반부에 비해 균등 분할이 아니므로 부자연스럽다. 전체적인 흐름과 소멸, 잔광과 허무감의 정조는 흘러가는 리듬의 율동감과 율동적 선율의 내재화에 이어지는 심리적 여운에 의해 심층적인 것으로 가라앉는다.7) 그러나 이처럼 일정한 구문이 계속 나열되면서 중심 이미지만 바뀌는 형태는 표면적으로 단조로운 느낌이 든다. 그래서 1~3연까지는 '~에 붐비다'의 동일한 형태를 취하나 마지막 연에서 '변두리 빈터만 다니며'로 변주해 계속 나열되는 단조로움을 극복하였다. 즉 리듬의 변화뿐만 아니라 앞 연의 구체적인 대상과 공간을 아우르는 물리적 공간의 반복 전개가 심리적 공간으로 확대되면서 시가 마무리되는 효과를 이끌어낸다.8) 특히 마지막 연에 처격 조사인 '~에' 대신에 '~만'을 사용해 앞 연까지의 구문 형태나 공간에 변화를 줌으로써 단순반복 형태를 벗어나면서 적극적인 의지를 반영한다. 의미상으로도 앞 부분을 포괄적으로 아우르면서 화자의 주관적 감정이 객관적 묘사 속에 투영되어 나타난다.

'늦은 저녁때'는 눈 내리는 시간을, '말집 호롱불 밑' '조랑말 발굽 밑' '여물 써는 소리' '변두리 빈터' 등은 눈 내리는 장소를 구체적으로 나타냄으로써 동시적으로 시·공간을 보여준다. 이 변주되는 공간의 물상들은 화려하고 가치 있는 것이 아니라 한결같이 하찮고 소박한 존재들이다.

---

7) 조창환, 앞의 논문, 164쪽.
8) 심재휘, 앞의 논문, 251쪽.

그런데 그런 물상들은 직접적으로 보여지는 것이 아니라 유기적으로 관련된 존재에 의해 간접적으로 현현된다. 즉 '호롱불'은 '말집', '조랑말'은 '발굽', '여물'은 '써는 소리', '변두리'는 '빈터'의 상관 관계 속에서 인식된다. 대상에 대한 직접적인 묘사보다 주변적인 것의 묘사를 통해 그것을 드러내어 여운을 더하는 것이다. 이 간접적인 묘사는 풍부한 상상력으로 여백의 미를 자연스럽게 채우며 주변적인 존재를 부각시킴으로써 대상들 간의 긴밀한 조화와 유대감을 형성한다.

이런 공간 변화의 이미지는 집안으로부터 집밖, 좁은 곳으로부터 넓은 곳으로 확장되어 인간과 자연, 인간과 동물 등이 조화와 균형을 이루어 한 폭의 풍경화처럼 비쳐진다. 1~3연이 집안의 동물 중심의 공간이라면, 4연은 집밖의 인간 중심의 소외된 공간으로 설정되어 있다. '눈발'이 '말집 호롱불'이나 '조랑말 발굽'에 내릴 뿐만 아니라 말의 먹이를 준비하는 마부의 '여물 써는 소리', 더 나아가서는 주변의 소외된 계층의 생활 공간인 '변두리 빈터'에까지 내림으로써 차별화되지 않는 평등성을 부여한다. 강설과 적설의 이원적 구조인 눈의 속성은 수직구조와 수평구조, 하강구조와 상승구조, 천상계와 지상계를 구분짓는 한계를 없애는 작용을 한다. 그러한 무차별성은 무한구조를 형성하고 공간은 존재를 비존재로 전환시키는 역할을 한다.[9] 이 '저녁 눈발'은 무심결에 잊혀지고 가려졌거나 소외된 존재에 대한 관심과 연민의 정을 자아낸다. 소멸성인 '눈발'과 토속적인 존재들에 반해 의도적으로 눈 내리는 풍경을 '붐비다'로 표현한 것은 쓸쓸한 분위기와 소멸성을 역설적이면서도 역동적으로 표현한 의도적 장치이다. 문명의 이기로 인해 점차 사라질 토속적 세계에 대한 아쉬움과 안타까움, 소외계층에 대한 따뜻한 연민의 시선을 느낄 수 있다.

---

9) 윤호병, 앞의 논문, 193쪽.

A 溪谷에 흐르는 물소리를
B 철쭉꽃 홀로 듣고 있다

溪谷에 흐르는 물소리를
부엉새 홀로 듣고 있다

溪谷에 흐르는 물소리를
나그네 홀로 듣고 있다

溪谷에 흐르는 물소리를
溪谷이 홀로 듣고 있다

― 「寒食」 전문 ―

이 시는 「저녁눈」과 유사한 형태이지만 전반부와 후반부를 1행으로 늘어놓지 않고 변이소인 주체를 중심으로 매 연 2행으로 나누었다. 그리고 시종일관 전반부와 후반부가 각각 10음절(A)과 9음절(B)을 바탕으로 매 행 3음보와 3·4음절의 음수율이 반복되므로 단조로운 느낌이다. 그만큼 계곡의 물소리에 걸맞게 리듬에 치중했음을 알 수 있다. 단적인 예로, 3연까지 2행 첫음보에 3음절의 음수율을 맞추기 위해 주체인 변이소들에 주격조사가 생략된 것을 마지막 연에서는 '계곡에 '이'의 주격조사를 붙여 균형을 맞추었다. 전체적인 행가름도 '철쭉꽃' '부엉새' '나그네' '계곡' 등 계열축의 변이소 중심으로 이루어졌다. 이런 변이소들은 "계곡에 흐르는 물소리를"과 "홀로 듣고 있다"라는 불변이소와의 관계를 통해 외로움의 척도를 더해주며 심층적 의미를 불러일으킨다. 변이소들의 차별성은 결국 반복적으로 표출되는 불변이소인 '홀로'라는 의미를 좀더 크게 공명시키게 된다.[10]

이 변이소를 이루는 주체들은 각자 심원한 섭리 속에서 우러나는 계곡의 물소리를 듣는다. 그들은 '물소리를' 통해 동등한 생명체로서 조화를 이룬다. 각 주체들은 서로 소통하기 위해 귀를 기울이거나 언어의 소통매체가 필요한 것이 아니다. 처음에는 각자 혼자 듣다 계곡이 계곡의 소리를 듣는 것처럼 하나가 된다. 계곡 스스로 자신의 소리를 듣는 것은 자연의 섭리와 신비감에 젖는 존재론적 깨달음을 인식하는 것이다. 약동하는 봄날 온갖 자연 물상이 살아 숨쉬고 움트는 속에서 우주의 신비로운 소리를 듣는 것이다. 이 신비적인 침묵의 소리는 인간의 언어로써 표현과 설명이 필요 없는 불립문자와 같다. 온갖 우주 자연물의 조화는 침묵으로 가득차 있다. 이처럼 그는 많은 시인들처럼 자연과의 합일이나 자연의 아름다움을 서정화하는 데에 그치지 않고 자연의 조화와 섭리를 통해 존재의 심연을 드러내고자 하였다. 이외 이런 유형으로 「누가」와 변형된 형태로는 「오류동의 동전」 「먼곳」 「겨울밤」 「그 봄비」 「은버들 몇 잎」 「처마밑」 등이 있다.

> <u>잠 이루지 못하는 밤</u>　고향집 마늘밭에　<u>눈은 쌓이리</u>
> 　　　　　　*A*　　　　　　　　　　　　　　　　*B*
> <u>잠 이루지 못하는 밤</u> 고향집 추녀밑 <u>달빛은 쌓이리.</u>
> 발목을 벗고 물을 건너는 먼 마을.
> 고향집 마당귀 바람은 잠을 자리.

　　　　　　　　　　　　　　　　　　　－ 「겨울밤」 전문 －

　이런 유형의 변형 형태인 이 작품은 "잠 이루지 못하는 밤 ~은 쌓이리"의 구문이 반복형태이지만 원형구조에 비해 매 행마다 마침표를 사용하고 3·4행에서 크게 변화를 주고 있다. 1·2행은 원형 형태를 유지하지

---

10) 최윤정, 「'눈물'의 서정과 병렬의 구조」, 『한국 전후 문제시인 연구·1』, 예림기획, 2005, 217쪽.

만, 3행은 크게 일탈하고 4행은 원형의 전반부가 생략되고 후반부만 일치한다. 이 4행은 외형상 3행과 병렬 및 반복 관계를 이루는가 하면, 심층구조에 있어서는 1·2행과 병렬 및 반복 관계를 이루며 작품의 결론과 같은 역할을 암암리에 수행하는 셈이다.11) 이런 반복과 병렬은 화자의 외로움과 쓸쓸함, 고향에 대한 그리움의 정서를 확장시키는 기능을 한다. 1·2·4행은 고향집 안팎의 근경 묘사이고, 3행은 마을 동구 밖에서 바라보는 원경 묘사이다. 근경 묘사는 고향집 안팎인 '마늘밭' '추녀밑' '마당귀' 등 구체적 공간을 통해 감각적으로 다루었고, 원경 묘사는 고향집에 들어서는 마을 배경을 회상하는 구조이다. 마치 한시의 기승전결에서 기승 부분이 배경 묘사라면, 전결 부분이 그런 배경에 감정을 이입시키는 형태와 유사하다.

「겨울밤」은 눈 감으면 고향의 겨울밤이 한 폭의 그림처럼 선명하게 펼쳐진다. 고향에 대한 강렬한 그리움이 '눈' '달빛'의 시각적 이미지와 '물' '바람'의 청각적 이미지를 통해 간결한 소묘기법으로 묘사된다. 화자는 그리움이라는 정서를 반영하기 위해 과거적 상상력을 끌어와 동일한 시·공간으로 병치시켰다. 1·2행의 전반부(A)는 화자가 잠 못 이루는 불안한 상태이지만, 후반부(B)는 고향집 터전에 '눈'과 '달빛'이 쌓여 정겹고 평화로운 풍경이다. 현재 화자가 처한 현실 상황은 밤에 잠 못 이루듯 편안한 휴식을 취할 수 없기에 과거로 퇴행해 어머니 품 같은 '고향집'을 회상한다. 편안한 휴식을 취할 수 있는 고향집은 발목을 벗고 물을 건너가야 하는 '먼 마을'이다. 지금은 바로 갈 수 없는 고향집은 화자가 처한 상황과는 반대로 미미한 '마당귀 바람'이 잠 잘 정도로 편안한 공간이다.

이 '먼'은 시적 화자가 처한 현실과 '고향집'과의 시·공간적 거리이면

---

11) 정효구, 앞의 논문, 174쪽.

서 심리적인 거리이다. 그만큼 화자는 편안한 휴식 공간인 고향집에서 벗어나 있다. 고향집에 '눈은 쌓이리'는 누구나 경험할 수 있는 시골 풍경을 시각화한 현상이다. 그러나 '달빛은 쌓이리'는 달빛이 '비치다'를 눈이 쌓이는 것처럼 시각적 경험으로, '바람은 잠을 자리'는 바람이 '멈춘다'를 활유화시켜 눈에 보이지 않는 바람까지도 시각적으로 확대시킨다. 작품 내에서 불변하는 기본 구문이 화자의 외롭고 불안정한 정서를 반영한다면, '눈' '달빛' '물' '바람' 등의 변이소는 '고향집'의 환유 이미지로서 포근함과 그리움을 반영한다. 이 고향집은 무형성과 유동성의 속성을 지닌 '바람'이 잠잘 정도로 영원한 안식처로 자리잡는다.

4) 반복적 병렬의 역행 구조 'B + A'형

반복과 병렬은 상호의존적이어서 서로의 속성을 기층적으로 공유한다. 따라서 반복의 범주 내에 병렬을 포함시키거나, 병렬의 범주 내에 반복을 포함시키지만, 양쪽은 서로 공통 자질이 겹쳐 그 층위를 구분하기가 어렵다. 그러나 반복은 병렬에 비해 의미나 이미지가 변화나 굴절을 일으키지 않을 뿐만 아니라 비교·대칭적인 구조도 형성하지 않는다. 병렬은 반복적 현상을 동반하고 대구와 유사하다. 그러나 대구는 병렬 가운데 대칭 성격이 강해 문법적·의미적 요소를 나란히 짝 지움으로써 미적 효과를 지닌다. 따라서 동일한 요소의 연속이 시적 의미나 구조에 변화와 굴절을 일으키며 비교 또는 대립적 구조를 형성할 때 병렬[12]이라 칭할 수 있다. 음성, 어휘, 통사, 행, 연 등 동일한 요소들의 반복을 통한 배열을 병렬[13]

---

12) 정끝별, 앞의 논문, 312쪽.
13) 이경희, 「시적 언술에 나타난 한국 현대시의 병렬법 연구」, 이화여대 박사학위논문, 1988, 12쪽.

관계라 지칭할 때, 이 유형 역시 기존의 반복적 병렬 구조를 역으로 뒤바
꾸어 놓은 형태이다.

<u>세상 외로움을</u>　　+　<u>하얀 무명올로 가리우자</u>
　　　　B　　　　　　　　　*A*

<u>세상 괴로움을</u>　　　<u>하얀 무명올로 가리우자</u>
<u>세상 구차함을</u>　　　<u>하얀 무명올로 가리우자</u>
<u>세상 억울함을</u>　　　<u>하얀 무명올로 가리우자</u>

일년 열두달 머뭇머뭇 골목을 누비며
삼백 예순날 머뭇머뭇 집집을 누비며
오오, 안스러운 時代의
마른 鶴의 落淚

슬픔은 모른다는 듯
기쁨은 모른다는 듯
구름 밖을 솟구쳐 날고
날다가

<u>세상 억울함을</u>　<u>하얀 무명올로 가리우자</u>
<u>세상 구차함을</u>　<u>하얀 무명올로 가리우자</u>
<u>세상 괴로움을</u>　<u>하얀 무명올로 가리우자</u>
<u>세상 외로움을</u>　<u>하얀 무명올로 가리우자</u>

－「鶴의 落淚」 전문 －

　1연과 4연은 쌍괄식 반복으로 매 행의 시작과 종결이 동일한 반복 구조
이다. 그러나 4연은 1연의 '외로움' '괴로움' '구차함' '억울함' 등을 역으로
배열함으로써 단조로운 형태를 극복하려 했지만, 뒷부분(A)은 그대로 반
복되어 변화가 없기 때문에 작위성을 탈피하지 못해 정서적 호소력이 미

약한 느낌이다. 2·3연은 각각 1·2행이 반복과 병렬구조로 어려운 세상을 살아가는 '학'의 나약한 모습을 묘사하고 있다. 화자는 자신을 '학'에 투영시켜 현실과 동화될 수도, 화합할 수도 없는 '안스러운 시대'로 인식하면서 세상의 모든 고통을 '하얀 무명올'로 가려 덮어주자고 한다. 연약한 '학'은 일년내내 전국 곳곳을 누비면서 이 시대 모든 이들의 고통을 대신 짊어져 눈물로 승화시키는 것이다.

학이 '머뭇머뭇' 골목을 누비는 것은 현실에 적극적으로 나서지 못하는 연약한 모습인 것 같지만 '구름 밖을 솟구쳐' 날아오르는 자태에서 세상의 고통을 벗어나고자 하는 강인함도 엿볼 수 있다. 인간사의 기쁨이나 슬픔을 모른다는 듯 현실 방관이나 무관심한 모습이 아니라 인간사에 조급하게 일희일비하지 않고 여유와 달관을 보여주는 것이다. '마른 鶴의 落淚'는 모순어법으로 모든 이들의 고통과 눈물을 감정적으로 분출시키는 것이 아니라 안으로 삭이듯 인간사의 질고를 짊어지는 지고연한 모습이다. 고고한 '학'은 인간사에 집착하지 않고 도의 경지에 이른 자화상으로 '안스러운 시대'를 치유하려는 정신적 안식처의 존재이다.

> 무슨 꽃으로 두드리면 솟아나리.
> 무슨 꽃으로 두드리면 솟아나리.

굴렁쇠	아이들의 달
B	A
자치기	아이들의 달.
땅뺏기	아이들의 달.
공깃돌	아이들의 달.
개똥벌레	아이들의 달.
갈래머리	아이들의 달.
달아, 달아	

어느덧
<u>半白</u>이 된 <u>달아.</u>
<u>수염</u>이 까슬한 <u>달아.</u>
<u>濁盃器</u> 속 <u>달아.</u>

－ 「濁盃器」 전문 －

이 작품은 1연을 제외한 매 행의 뒷부분이 반복되는 미괄식 반복으로 표면적으로는 2연이지만 의미와 형태구조로 볼 때 1연과 2연의 전반부 (1~6행), 후반부(7~11행) 등 3연으로 나눌 수 있다. 1연은 어렸을 때 요술 도깨비 방망이로 소원을 빌듯, 탁배기 속을 들여다보며 '탁배기 속 달'에게 주문을 외우는 듯한 반복 리듬으로 고조된 감정 상태를 나타낸다. 2연의 전반부(B)인 '굴렁쇠' '자치기' '땅뺏기' '공깃돌' '개똥벌레' '갈래머리' 등은 어릴 때의 놀이기구와 모습이다. 이런 유년의 추억의 매개체들이 '아이들의 달'이라는 주술적인 반복으로 파노라마처럼 펼쳐진다. 그리고 2연의 후반부(A)는 어느덧 지금은 수염이 까슬하고 반백이 된 화자의 모습이 '달아'의 반복 속에 비쳐지고 있다. 2연은 유년시절과 노년의 모습이 병치되어 과거와 현재를 동일한 시·공간으로 느끼게 한다. 이처럼 과거와 현재를 이어주는 매개체는 '탁배기'로 환유되고 있는 술이다.

화자는 무심코 앞에 놓여 있는 '탁배기' 속 탁주에서 힘겨운 삶의 무게와 덧없음을 느낀다. 이런 감정은 인생무상이라는 원초적인 비극적 현실 인식에서 기인한다. 따라서 현재는 힘들어도 자연과 동화된 순진무구한 아이의 모습을 통해 현실과의 불화를 위로받고자 한다. 화자가 '탁배기 속'을 통해 추구하는 욕망의 대상은 천진난만한 '아이들의 달'이나, 현실에 투영된 실재는 '반백이 된 달'이다. 이처럼 스스로 '보이지 않는 곳'을 지향하는 화자의 초월적 응시는 대상과 한계들에 대해 결핍된 주체를 인정하

며 욕망을 충족시키는 것이다.[14] 그는 거울 속에서 자신이 상상하고 기대
했던 모습과는 다른 낯선 존재를 확인하고 현실의 무상함을 느끼는 것이
다. 주체는 자신의 욕망에 반해 현실에 투영된 자화상에서 자신과의 불화
를 경험하며, 이런 욕망이 허구화될수록 그것을 좇으려고 갈망하며 몸부
림친다.

> 자욱이 버들꽃 날아드는   집이 있었다
>   B   A
> 한낮에 개구리 울어쌓는   집이 있었다
>
> 뉘우침도 설레임도 없이
>
> 송송 구멍 뚫린 들窓
>
> 안개비 오다 마다 두멧집이 있었다

> ― 「두멧집」 전문 ―

반복적 병렬의 역행 구조에서 약간 변형된 이 작품은 "~(두멧)집이 있었
다"라는 기본 구절을 중심으로 1・2・5행이 유사한 반복 병렬 형태 구조
를 띠면서 '집'을 시・청・촉각 이미지를 통해 묘사하고 있다. 그러나 1・
2행의 앞부분(B)이 '집'을 수식하는 관형절 형태이지만, 5행은 주어인 '안
개비'를 기술하는 서술어 형태로 다른 성격을 지닌다. 그리고 3・4행은
일부러 두 행으로 행갈이함으로써 1・2・5행의 '집'의 배경 묘사에 비해
집안의 '구멍 뚫린 들창'을 자세히 묘사하고 있다. 3・4행은 논리적인 연

---

14) 박주택, 「박용래 시에 나타난 응시와 욕망 연구」, 『한국언어문화』 32집, 한국언어
    문화학회, 2007, 127쪽.

결이 되지 않아 단절감이 따르므로 주위의 시선을 붙잡는다. 3행이 쓸쓸하고 적막한 화자의 감정 상태라면, 4행은 단지 '구멍 뚫린 들창'의 집안 상태를 나타낸다. 아무런 뉘우침이나 설렘도 없다는 '구멍 뚫린 들창'은 주체인 인간의 감정이 배제된 공간으로 아무도 살지 않는 빈집이라는 것을 추측할 수 있다. 그러나 전체 5행 5연으로 이루어진 이 단시는 제시된 기표가 조성하고 있는 이미지보다 행과 행, 연과 연 사이의 빈 여백이 훨씬 더 큰 이미지와 울림을 함축하고 있다.[15]

특히 '오다 마다'의 서술어는 투명한 안개비의 속성을 잘 반영함으로써 적막한 '두멧집'의 공간을 부각시킨다. 지금은 적막감마저 감도는 빈집이지만 화자의 추억에는 자연과 인간이 어우러진 행복한 공간이라는 것을 알 수 있다. 자연으로 둘러싸인 '집이 있었다'라는 과거시제의 기술은 현재는 존재하지 않는 신화적인 지향 공간으로 현실의 고통을 벗어나기 위한 의도적 장치이다. 이 과거형 반복은 점층적인 감정의 상승고조로 작용해 인간의 원초적 신화 공간의 일탈에 따른 상실의식에 대한 반작용이다. 즉 현실의 불안정과 상실감에 따른 것으로, 근원적으로 그런 신화적 자연 공간과 합일하고자 하는 욕망에서 기인한다.

5) 수미雙관식의 반복 구조 'A + A''형

순환구조의 수미雙관형은 첫 연과 마지막 연이 똑같이 대칭을 이루며 반복됨으로써 시 내용을 열고 닫으며 중간 부분을 아우르는 이원적 구조 형태이다. 그러나 연이 똑같이 반복되어도 그 의미가 독립된 것이 아니라 상호적으로 관련을 맺음으로써 중심 내용을 형성하면서 구조적 완결성에

---

15) 박유미, 「박용래 시 연구」, 『한국시학연구』 1집, 한국시학회, 1998, 113쪽.

기여하므로 그 의미는 다르다고 할 수 있다. 이 형태는 율격 단위 간의
등가성과 반복성을 형성하여 연의 무한한 반복 가능성을 제한하며 종결
효과 강조에 중점을 둔다. 천체 운행이나 사계절의 변화, 생명체의 혈액
순환 등 끊임없이 반복되는 순환운동은 주기적으로 천체를 운행하고 생
명체를 유지시키는 자연법칙으로 조물주의 섭리이고 조화이다. 인간은
이런 순환반복률에 길들여져 있기 때문에 우주적 상상력의 이미지 구성
과정에서 순환율을 시창작의 한 기법으로 활용하는 것이다.

> 봄바람 속에 鐘이 울리나니
> 꽃잎이 지나니
> A
>
> 봄바람 속에 뫼에 올라 뫼를 나려
> 봄바람 속에 소나무밭으로 갔나니
>
> 소나무밭에서 기다렸나니
> 소나무밭엔 아무도 없었나니
>
> 봄바람 속에 鐘이 울리나니
> 옛날도 지나니
> A'

－「鐘소리」 전문 －

이 시는 1연과 4연, 2연과 3연이 병렬 관계를 이루며 각 행에 '~니'의
각운이 반복되면서 순차적으로 의미가 전개된다. 1·4연은 변형된 수미
쌍관식으로 1연의 '꽃잎이' 지는 서경적 상황 진술이 4연의 '옛날도' 잊혀
진다는 회상적 진술로 전이되어 반복되고 있다. 1·4연이 바람 불고 종이
울리는 어느 봄날의 그리움과 애상을 표현했다면, 2·3연은 매 행 첫 단

어가 되풀이되는 두괄식 반복과 '봄바람 속에'와 '소나무 밭에'가 반복되어
리듬감을 형성하면서 산 넘어 소나무 밭에 갔던 화자의 구체적인 경험을
진술하고 있다.

전체적인 시상은 '지다' '없다'라는 사라짐과 상실의 이미지에 '종소리'
울림의 여운이 시 형태 구조의 반복성에 걸맞게 뒷받침되고 있다. 사연인
즉, 종이 울리고 꽃잎이 지는 어느 봄날 산 넘어 소나무밭에 가서 누군가
를 기다렸지만 아무도 오지 않고 여전히 봄바람은 불고 옛날도 돌아오지
않는다는 것이다. 이처럼 화자는 무심결에 촉발된 계절적 감흥에 자신의
구체적 경험을 합일시켜 경쾌한 반복 리듬으로 상승작용을 일으킴으로써
'종소리'처럼 울림의 깊이를 더하는 것이다. 마지막 행의 '옛날도 지나니'
에서 '지나니'는 잊혀지는 상실의 의미뿐만 아니라 현시점에서 파노라마
처럼 스쳐 지나가는 내포적 의미를 지닌다.

A 地上은 온통 꽃더미 沙汰인데
   진달래 철쭉이 한창인데
   꿈속의 꿈은
   모르는 거리를 가노라
   머리칼 날리며
   끊어진 弦 부여안고
   가도 가도 보이잖는 出口
   접시물에 빠진 한 마리 파리
   파리 한 마리의 나래짓여라
   꿈속의 꿈은

A' 地上은 온통 꽃더미 沙汰인데
   살구꽃 오얏꽃 한창인데

                    - 「꿈속의 꿈」 전문 -

　1연 1·2행과 2연이 변형된 수미쌍관식 형태인 이 작품은 제목이 암시하듯 꿈속의 세계가 중심 배경이 되고 있다. 꿈길에 접어드는 상황은 '꿈속의 꿈'이라는 구절로 1연 내에서 액자 형태의 수미쌍관식처럼 내용이 전개되면서 시작과 끝을 아우른다. 의식 세계에서 무의식 세계로 접어드는 과정은 온갖 꽃으로 장식된 자연현상으로 꾸며지고 있다. 마치 꿈속의 무의식 세계에 젖어들어 여행하는 여로의 노정을 몽롱하면서도 신비적으로 묘사하고 있다.

　그러나 신비적이고 환상적인 꿈속에서 정작 화자가 꾸는 꿈은 방향을 상실한 '모르는 거리'를 가고, 소리낼 수 없는 '끊어진 弦'을 부여안고, '가도 가도 보이잖는 出口'처럼 미로를 헤매는 길 잃은 자의 모습이고, 또한 '접시물에 빠진 한 마리 파리'가 발버둥치듯 날갯짓하는 모습이다. 이처럼 액자 형태의 수미쌍관식으로 아우르는 꿈속의 내용은 일정한 목적지도 없이 미로를 헤매면서 물 속에 빠져 허우적대는 절망적인 상황이다. 그러나 화자는 출구 없는 미로 속을 헤매며 몸부림 치는 날갯짓처럼 현실에 절망하거나 체념하지 않고 어려운 상황을 벗어나려는 능동적인 모습을 보여준다. 이 '꿈'은 현실이라는 의식 상황을 환치해 무의식 세계로 묘사한 것이다. 이외 비슷한 유형으로「경주 민들레」「弦」등이 있고, 크게 변형된 수미쌍관식 형태로「풀꽃」「구절초」「空山」「流寓 2」「銅錢 한 布袋」등이 있다.

　　　밤바람은 씨잉 씽
　　　밤바람이 씽씽
　　　　　　　A

　　　잃은 銅錢 한 布袋
　　　銀錢 한 布袋

어쩌면 글보다 먼저
독한 술을 배워

잃은 銀錢 한 布袋
銅錢 한 布袋

비인 손이여
가슴이여

한 布袋 銀錢은 어디
銅錢은 어디

밤바람이 씽씽
밤바람은 씨잉 씽
             A'

－「銅錢 한 布袋」 전문 －

　1연과 7연이 수미쌍관식으로 전후 행이 뒤바뀐 변형 형태이다. 그리고 같은 통사구조에 2연과 4연이 병렬관계를 이루어 '銅錢'과 '銀錢'의 단어만 뒤바뀌고, 6연에서 다시 두 낱말을 아우르는 형태이다. 화자는 어둡고 답답한 현실상황에서 회한의 어조로써 삶을 관조하며 회고하고 있다. '밤바람'은 화자가 현실사회에서 느끼는 고달픈 세파이다. 세찬 '밤바람'은 변두리 지역에서 생활고에 찌들어 살아가는 서민에게 일상사의 현실로 인식되어 '비인 손'이나 '빈 가슴'에까지 '씽씽' 세차게 부는 것이다. 화자가 '독한 술'을 배우기 위해 '동전, 은전 한 포대'를 잃었다면, 그것은 그가 가장으로서, 혹은 사회인으로서 책임과 역할을 감당해야 할 현실적인 삶의 무게이다. 이 '비인 손'과 '빈가슴'은 허무감과 허탈감에 젖은 화자의 심리적 상태를 반영한다. 그는 이런 상태를 채우고자 '독한 술'로 달래지만, 그것은 근본적인 해결책이 될 수 없이 일시적인 위안을 줄 뿐이다. 단지 자기 책임에 대한 허무주의적 도피의 합리화에 지나지 않는 것이다.

6) 상황연쇄의 반복 구조 'A~A''형

상황연쇄의 반복 구조는 반복을 통한 청각 현상이나 단어의 연속 놀이를 연상하는 언어유희의 한 형태로서 단어연쇄, 동음반복, 고쳐쓰기 등으로 다양하게 나타난다. 언어유희는 먼저 논제와 술사가 형성되고, 다시 그 술사가 논제의 위치로 체언화되어 거기에 따른 술사가 따라오는 연속 작용을 동반한다. 앞 단어나 구절, 문장 등을 받고 동시에 새로운 요소를 첨가하여 반복을 진행하는 것이다. 따라서 반복되는 음상의 부드러움 속에 의미가 한 덩어리로 묶여 굴러가면서 더 심화된다. 이때 사물세계와 언어세계가 합일되어 친숙한 동일대상으로 다가오는 것이다.

　누웠는 사람보다　앉았는 사람 앉았는 사람보다　섰는 사람 섰는 사람보다
　　　　　　　　　$A~A'$

　걷는 사람 혼자 걷는 사람보다 송아지 두, 세 마리 앞세우고 소나기에 쫓기는 사람.

$-$ 「소나기」 전문 $-$

이 시는 '~사람'과 '~보다'의 비교격 조사 중심으로 서술어와 마침표를 생략한 채 언어유희처럼 끝말을 이어가는 상황연쇄[16]가 나타난다. 〈꼬리따기요〉에서 구사된 이러한 반복형태는 모든 민요의 반복형태가 지닌 기

---

16) 오세영은 이런 언어유희적 상황연쇄를 '연쇄적 변화반복'이라 지칭한다(『한국낭만주의 시 연구』, 일지사, 1980, 50쪽.).

능이 그러하듯이 놀이와 기억의 의미를 갖는다. 그런데 박용래는 이러한 민요의 반복형태를 '소나기' 내리는 풍경과 정서를 인상적으로 드러내기 위한 효과적인 기법으로 수용하고 있다.[17] '누웠는 → 앉았는 → 섰는 → 걷는 → 소나기에 쫓기는' 점층적 연쇄 동작은 송아지를 앞세우고 소나기에 쫓기는 농부의 조급한 모습을 우스꽝스럽게 묘사하기 위한 장치이다. 이런 연쇄적 동작을 통한 비교는 흔히 일상생활 속에서 볼 수 있듯 소나기를 피하기 위해 송아지를 몰고 뛰어가는 농부의 역동성을 강조하기 위한 것이다. 한 농부가 길을 가던 중 갑작스럽게 소나기를 만나 어찌할 바 모르며 허둥대는 모습이 생생하게 비쳐진다.

점층적인 행위 동작은 움직임의 속도가 점차 역동성을 지니지만 훨씬 불편하고 피곤한 자세이다. 시상 전개는 언어유희로서 기억하기 쉽고 흥미로운 놀이처럼 전개되지만 전체적으로 볼 때 반복 구조의 규격화로 인해 단조로운 느낌을 떨치지 못한다. 따라서 그런 단조로움을 피하기 위해 '걷는 사람' 앞에 '혼자', '소나기에 쫓기는 사람' 앞에 '송아지 두, 세 마리 앞세우고'를 구체적으로 수식해 상황 전개의 변형을 시도하고 있다.

> 가을에 <u>피는</u> 꽃
> 겨울에도 <u>핀다</u>
> 할매가 <u>지피고</u> 돌
> 이가 <u>지피고</u> 노을
> 이 <u>지피는</u> 쇠죽가
> 마 <u>아궁이, 아궁이</u>
>   *A ~ A'*
> <u>불 시새우는 불티</u>
> <u>같은 사랑.</u> 사랑사
> 겨울에 피는 가을

---

17) 고형진, 앞의 논문, 39쪽.

    사르비아 !

- 「불티」 전문 -

  전반부는 '피다'와 '지피다'의 술어를 중심축으로 주체만 바뀌면서 '아궁이'를 수식하는 관형절의 구조이다. 즉 '피다'의 서술어에 '가을'과 '겨울'이 병렬관계를 이루며, '지피다'의 서술어에 '할매' '돌이' '노을' 등 주체만 바뀐다. 그리고 '피다'와 '지피다'가 부분적 동음관계와 병렬관계를 형성한다. 동어반복은 아니지만 상사성이 있는 어휘가 교체되어 가는 병렬 구조이다.[18] 후반부는 '아궁이 → 불티 → 사랑' 등의 연쇄반복으로 언어유희 현상을 나타내면서 '겨울에 피는 가을'의 역설적 표현으로 서두의 1·2행을 아우른다. 주어와 술어가 교체 반복되는 동안 하나의 실체가 지닌 속성의 다양한 항목 곧 범례 가운데 하나를 선택하게 되고 그 하나의 속성이 어떻게 다른 실체의 속성과 같은가를 찾아냄으로써 서로 무관했던 사물들이 의미의 체계를 가지고 우리 앞에 나타나게 된다.[19]

  2행까지는 감정이 고조되기 직전으로 일반적인 명제를 진술하는 상황 묘사가 제시된다. 그러나 점차 주체가 바뀌고 서술어가 반복되면서 호흡이 빨라져 '불티 같은 사랑' 구절까지 감정이 고조되어 정점에 이른다. 따라서 논리적인 통사구조가 지켜지지 않을 정도로 조사가 체언에 연결되지 않거나 복합명사가 분리되어 있다. 그후 고조된 감정이 서서히 하강하면서 관조와 명상을 통해 인생사를 달관한 것처럼 '사랑'을 '겨울에 피는 가을 사르비아'로 철학적 명제의 정의를 내린다. 이런 관조와 명상의 태도가 삶의 여유와 깊이를 반영하는 어조로 귀결된다.

---

18) 김열규는 이처럼 하나의 영상이 연쇄적으로 변형되어가는 형태를 '엇갈림 병렬법'이라 칭한다.

19) 심재기, 「'영산홍'의 시문법적 구성분석」, 『언어』 제1권 제1호, 한국언어문학회, 1996, 4쪽.

전체적인 시상은 겨울에 쇠죽을 끓이는 솥에 불을 지피는 광경이다. '불티'는 "타는 불에서 나오는 작은 불똥"으로, 가을뿐만 아니라 겨울에도 피는 시간성을 초월한 존재로 묘사된다. 즉 '할매' '돌이' '노을'이 지피는 '쇠죽가마 아궁이'에 피는 꽃이다. 이 '불티'가 붉게 타오르는 모습에서 자연적 현상인 '노을'로 전이되고, 붉은 색감과 열정이라는 차원에서 '사랑'의 관념으로 승화되어 '사르비아 꽃'이라는 객관적 상관물로 대체된다. 따라서 '사랑'이라는 관념이 '불티=노을=사르비아'로 상상력이 확대된다. '노을'은 하루가 저무는 시간대이지만 화자의 열정적이면서 새롭게 지향하고자 하는 열망이 '사르비아'로 객관화되어 생성의 불씨로 돋아난다. 마치 추운 겨울을 이기고 붉게 피는 '사르비아'처럼 온갖 시련과 고통을 감내하는 인내는 사랑의 속성과 다르지 않은 것이다. 이런 연쇄반복적 말 이어가기식 언어유희는 「경주 민들레」 「해시계」 외 「장갑」 「정물」 「둘레」 등의 동어반복에서도 엿볼 수 있다.

    울먹울먹 모래알은
    부서지기도 한다
    부서진 모래알은
    눈물인 양 짜다
    눈물인 양 짠
    모래알로 빚은
    당신의 해시계에
    삼가 꽂는 한 송이 백합.

                    — 「해시계—목월 선생 묘소에」 전문 —

해시계는 해의 움직임에 따라 생기는 그림자의 변화를 일정하게 계량화해 그 척도를 통해 시각을 읽는 물리적 기구이다. 시적 화자는 박목월

시인과 자신을 '해'와 '그림자'의 필연적인 관계로 인식하면서 선배 시인의
죽음을 슬퍼하고 있다. 화자는 서두에서부터 반복되는 상황연쇄를 통해
그 슬픔의 척도를 점층적으로 강조하면서, 마침내 짠 모래알로 빚은 '당신
의 해시계'에 '한 송이 백합'을 헌화하는 의식을 치른다.

> 눈길에 버려진 한짝 장갑 헤어진 장갑
> 男子의 장갑
> 지우고 지운 欲望 같애
> 보고 주워보는
> 가벼운 가벼운 感傷의 날개
>
> — 「장갑」 전문 —

　박용래 시에서 단어 반복은 주로 명사인데, 이런 단어 반복은 단순한
언어유희 차원이 아니라 유기적인 통일체로서의 시적 기능과 작용에 이
바지한다. 단어는 언어 단위로서 더 이상 작게 분할할 수 없는 최소 자립
어이고 문장에서 전위가 가능한 구성요소이다. 간혹 단어 반복은 지루하
고 단조로운 느낌이 들지만 제재와 이미지의 동일성을 반복·강조하면서
행이나 연 구분의 등장성을 부각시키며 경계 표지의 구실도 한다.
　1·2행은 동어반복을 통해 눈길 위에 버려진 '한짝 장갑'을 구체적으로
묘사한 것으로, 그것은 외견상 닳고 해진 남성용이라는 것을 알 수 있다.
그런데 후반에서는 그 '장갑'에 감정을 이입시켜 해진 모양을 인간이 반복
해 다스리고 억제하는 욕망으로 비유하고, 또한 가치 없고 쓸모 없는 모양
을 순간적으로 지워보는 '감상의 날개'로 치환한다. 시적 비유가 다분히
현학적이지만 전반부의 동어반복에 따른 경쾌한 리듬이 후반부의 '지우고
지운' '가벼운 가벼운' 등의 동음반복과 어우러져 상승효과를 이룬다. '감
상'은 깊이 있는 심연의 상태에서 우러나는 슬픔이 아니라 경박성을 동반

한 순간적인 슬픔을 자아내므로 쉽게 잊혀진다. 가슴 속 깊이 진지성이나 비장미를 지니지 못하고 순간적・동정적 차원에서 야기되므로 주위를 변화시키거나 감동을 주지 못한다. 이런 깊이 없음의 경박성이 해진 '장갑'으로 비유되는 것이다.

3 ■ 결론 ■

시에서 반복은 시 형식을 단순화・규격화할 여지가 있으나 적절히 활용하면 리듬의 균형을 조절할 뿐만 아니라 전체 구성상 질서화를 실현함으로써 의미 생성이나 미묘한 정서 상태를 반영하는 데 효율적이다. 일반적으로 반복은 특정한 의미를 강조하려는 면이 강하지만 때로는 다양한 미적 효과를 가져와 산문과 구별되는 질서화의 실현으로 나타난다. 특히 감각적 이미지를 바탕으로 한 간결한 시 형태에서 반복 기법은 일정한 어휘나 이미지, 행과 행, 연과 연 등의 간극을 넓혀 여백과 휴지 기능을 극대화시킨다. 따라서 박용래 시에 나타난 반복 유형을 정리하면 다음과 같다.

① 전후대칭의 반복구조는 비슷한 구절이 나열된다는 점에서 나열형과 유사하지만 전반부와 후반부를 구분할 수 있는 구절이 주요 인자로 작용해 비연시 형태에서도 묵계적인 단락 구분으로 연 기능을 수행한다. 그러나 형태에 비해 내용은 정확히 대칭을 이루지 않고 탄력적으로 구성된다. 이 유형의 작품으로 「雪夜」「木瓜茶」, 변형 형태로 「西山」 등이 있다.

② 단순 나열형의 반복 구조는 전후대칭형에서 발전한 것으로 동일한 구절이 단순하게 나열되는 형태이다. 반복 기법 중 가장 빈도수가 낮은 이 형태는 전후대칭형이나 수미쌍관식 구조처럼 열림과 닫힘으로 서로

균형을 이루거나 중간을 아우르지 못하기 때문에 구성의 긴밀도가 떨어져 단순성에 빠지기 쉽다. 「滿船을 위해」, 「대추랑」 등에서 엿볼 수 있다.

③ 반복적 병렬 구조는 한 쌍 이상의 통사적 반복을 거느리고 있는 병렬로서, 반복과 그 경계를 넘나드는 형태이다. 외관상 병렬보다 반복적 요소가 전경화되고 있으나 단순해 보이는 반복 안에 병렬 관계를 구축하고 있다. 현대시에서 병렬은 점차 의미상 연관 있는 대구적 쌍이나 대응으로서의 개념을 변형, 해체시킴으로서 넓은 개념의 반복적 양상으로 확대된다. 이 유형으로 「저녁눈」, 「寒食」, 변형 형태로 「겨울밤」 등이 있다.

④ 반복과 병렬은 상호의존적이어서 서로의 속성을 기층적으로 공유하여 구분하기가 어렵다. 반복이 의미나 이미지의 변화나 굴절을 일으키지 않고 비교·대칭적인 구조도 형성하지 않는다면, 병렬은 동일한 요소의 반복을 통한 배열로서 시적 의미나 구조에 변화와 굴절을 일으키며 비교·대립적 구조를 형성한다. 반복적 병렬의 역행 구조에는 「학의 落淚」, 「濁盃器」, 변형으로 「두멧집」 등이 있다.

⑤ 순환구조의 수미쌍관식 반복 구조는 첫 연과 마지막 연이 똑같이 대칭을 이루며 반복됨으로써 시 내용을 열고 닫으며 중간 부분을 아우르는 이원적 구조 형태이다. 이 형태는 율격 단위 간의 등가성과 반복성을 형성하여 연의 무한한 반복 가능성을 제한하며 종결 효과 강조에 중점을 둔다. 이 유형으로 「鐘소리」, 「꿈속의 꿈」, 변형 형태로 「銅錢 한 布袋」 등이 있다.

⑥ 상황연쇄의 반복 구조는 반복을 통한 청각 현상이나 단어의 연속 놀이를 연상하는 언어유희의 한 형태로서 단어연쇄, 동음반복, 고쳐쓰기 등으로 다양하게 나타난다. 앞 단어나 구절, 문장 등을 받고 동시에 새로운 요소를 첨가하여 반복을 진행하는 것이다. 이 유형으로 「소나기」, 「불티」, 동어반복형으로 「장갑」 등이 있다.

5 정희성 시의 패러디 형태 구조 연구

1 ▌ 서론 ▌

　정희성 시인은 동아일보 신춘문예에 「변신」(1970)이 당선된 후 40여 년의 문단활동 중에 『답청』(1974) 『저문 강에 삽을 씻고』(1978) 『한 그리움이 다른 그리움에게』(1991) 『시를 찾아서』(2001) 『돌아다보면 문득』(2008) 등 5권의 시집을 남기고 있다. 과작의 시인으로 평가받는 그는 '민족문학작가회의' 이사장을 역임하고(2006), 김수영문학상·만해문학상·육사시문학상·현대불교문학상 등을 수상하였다.

　그에 대한 작가론이나 작품론은 대부분 문학잡지의 평론이나 서평, 시집 해설이 주류를 이루어 체계적이면서도 깊이 있는 학문적 연구는 아직 미흡한 실정이다. 단지 학술적 논문으로는 그의 시집 유형별로 시의식의 변모 양상을 정신사적 관점에서 분석한 조연향·김승덕의 석사학위논문, 그의 시세계의 변모양상을 정치적·사회적 상황과 관련시켜 설명한 김영철·김윤태의 글이 있다.[1] 초기시(『답청』)는 전통과 계승이라는 측면에서 고전적 상상력을 바탕으로 민중의 현실적 삶을 직시하며 시인의 시대적 양심과 사명감을, 8·90년대(『저문 강에 삽을 씻고』 『한 그리움이 다른 그리움에게』)는 고전적 상상력과 동양적 시정신의 틀 속에서 구체적인 역사 현장에 대응하는 삶의 긍정적인 생명력과 사랑을 생활 주변사를 통해 담담한 필치로 묘사하였다. 그리고 2000년대(『시를 찾아서』 『돌아다보면 문득』)에 들어서는 저항의식에 따른 미움이나 증오를 생명과 사랑의 언어로 확대시켜 서정적 자연세계와의 만남을 통해 자아성찰하는 변모양상을 보인다. 즉 지난날의 고통과 좌절이 부끄러움으로 머물지 않고 진정한 자유의 도래를 위한 토대가 되었음을 확인하는 것이다.

전반적인 그의 작품 경향은 군더더기 없이 간결하면서도 견고한 시형태와 엄격한 시법, 명징한 언어로써 현재와 과거의 역사를 통시적 상상력으로 접맥시켜 소외계층의 고통과 시대의 아픔을 반영한 민중의식과 역사의식이 담겨 있다. 그리고 생명 본질의 진정성과 순수성 회복, 자유의 정신세계 추구 등이 본질로 자리 잡는다. 이러한 현실인식은 시어·율격·소재 면에서 간결한 한시 구조와 향가의 고전시가 형태, 고전설화나 신화의 원형성, 의고체(archaism) 표현 등 고전적 상상력을 통해 우리의 고유한 언어와 가락으로 잘 빚어지고 있다. 그의 시에는 현대 시인 중 이육사·박목월·김수영·신동엽 등의 시정신이 낭만주의와 휴머니즘적 경향의 토대 위에서 고고한 선비의 지사정신이나 민족의식의 주체성으로 반영되어 면면히 흐르고 있다. 그러나 현실과의 치열한 대결의식이 미흡해 관념적인 경향으로 나타나거나 이미지의 상투적 고착화로 흐른 점이 단점으로 지적되기도 한다.

---

1) 조연향, 「정희성 시 연구 — 시세계의 변모양상을 중심으로」, 경희대석사학위논문, 2004.
　　김승덕, 「정희성 시에 나타난 의식의 변천과정 연구」, 건국대석사학위논문, 2009.
　　김영철, 「민중시의 지평과 고전적 상상력」, 『말의 힘 시의 힘』, 역락, 2005.
　　김윤태, 『한국 현대시와 리얼리티』, 소명출판, 2001.

본고에서는 앞에서 언급한 선배 시인들의 시정신이 어떻게 그의 작품 창작 과정 속에 영향을 미쳤는지 구체적인 영향 관계를 패러디 형태 구조의 관점에서 분석하고자 한다. 즉 외형적으로 모방 관계를 쉽게 인식할 수 있는 원텍스트의 구조 및 시정신의 차용인 원텍스트적 전경화 장치의 외재화, 그리고 원텍스트적 전경화 장치의 내재화로 부분적 시구 및 이미지의 차용, 시상과 이미지의 환기를 통한 시적 형상화로 나누어 접근할 것이다.

2 패러디 형태 구조 유형

1) 원텍스트적 전경화 장치의 외재화

동시대의 독자에게 사랑받았던 유명한 작품은 간혹 시정신이나 형태, 이미지의 비유를 통해 후대의 작품 속에 자연스럽게 차용된다. 모든 텍스트는 의식적·무의식적으로 일정한 사회적·역사적 문맥을 갖기 마련인데, 외형상 쉽게 알아볼 수 있을 정도로 유명한 작품을 모방적으로 패러디하는 동기는 원텍스트의 유명세나 권위에 의지해 그 영향력을 강화하거나 그 이상의 효과를 얻어내려는 의도적 장치라 할 수 있다.

(1) 원텍스트의 구조 및 시정신의 차용

이런 유형으로 정희성의 「저 산이 날더러」는 박목월의 「산이 날 에워싸고」를, 「답청」은 김수영의 「풀」을, 「허허」는 정호승의 「허허바다」를 표층적 통사구조나 중심 이미지를 통해 각각 패러디하고 있다.

① 「산이 날 에워싸고」와 「저 산이 날더러」

　　산이 날 에워싸고
　　씨나 뿌리며 살아라 한다
　　밭이나 갈며 살아라 한다

　　어느 짧은 山자락에 집을 모아
　　아들 낳고 딸을 낳고
　　흙담 안팎에 호박 심고
　　들찔레처럼 살아라 한다
　　쑥대밭처럼 살아라 한다

　　산이 날 에워싸고
　　그믐달처럼 사위어지는 목숨
　　그믐달처럼 살아라 한다
　　그믐달처럼 살아라 한다

　　　　　　　　　- 박목월의 「산이 날 에워싸고」 전문 -

　나옹선사의 「靑山兮要我」의 분위기를 느낄 수 있는 이 작품2)은 전체적으로 변주된 수미雙관식과 기승전결, '~살아라 한다'의 동일 어구의 반

---

2) 고려 말 나옹선사(懶翁禪師)의 작품이라 전해오는 「靑山兮要我」의 내용은 다음과 같다.

　　青山兮要我以無語　청산은 나를 보고 말없이 살라 하고
　　蒼空兮要我以無垢　창공은 나를 보고 티없이 살라 하네
　　聊無愛而無憎兮　　사랑도 벗어놓고 미움도 벗어 놓고
　　如水如風而終我　　물같이 바람같이 살다가 가라 하네

　　青山兮要我以無語　청산은 나를 보고 말없이 살라 하고
　　蒼空兮要我以無垢　창공은 나를 보고 티없이 살라 하네
　　聊無怒而無惜兮　　성냄도 벗어놓고 탐욕도 벗어 놓고
　　如水如風而終我　　물같이 바람같이 살다가 가라 하네

복적 병렬이 나타나는 형태구조이다. 즉 연과 연 사이의 병렬 관계를 이룰 뿐만 아니라 각 연 내에서도 표층구조의 대구로 1연의 '~나 ~며 살아라 한다', 2연의 '~낳고', '~처럼 살아라 한다', 3연의 '그믐달처럼 살아라 한다'의 문장이 반복된다. 그리고 이 표층구조를 근간으로 1연에서는 '씨'와 '밭', '뿌리다'와 '갈다', 2연에서는 '아들'과 '딸', '들찔레'와 '쑥대밭' 등의 변이소가 삽입되어 병렬 관계를 형성한다. 이런 반복적 병렬의 음악적 효과는 안빈낙도의 유유자적하는 삶에 모든 자연현상이 개방되어 있음을 나타낸다.

이 시에서 자연은 시적 대상으로 소재적 차원에 머물지 않고 노장철학적 자연관을 느낄 수 있듯이 시적 화자와의 합일을 통해 안식처의 공간으로 자리 잡는다. 표면적인 주체는 자연과 합일을 이루고자 하는 시적 화자가 아니라 자연물인 '산'이다. 주체인 '산'이 청자인 자신에게 지시하는 사역적 기능의 형태를 취하는 것이다. 이 '산'은 시적 화자에게 산 속에서 씨뿌리며 밭 갈고, 아들딸 낳으며, '들찔레'나 '쑥대밭' 그리고 '그믐달'처럼 살아가라고 권한다. 그러나 논리적으로 정작 주체는 시적 화자 자신으로 자연과 하나가 되고자 하는 소박한 의지를 담고 있다. 시적 화자는 아름다운 자연을 벗하며 무소유의 삶 속에서 순수하고도 맑게 살아가려 한다. 1연에서 조사 '~나'(이나)는 여럿 중 선택하는 뜻을 강조하며 '씨'나 '밭'을 제한하므로 '겨우' '따위'와 같은 비하적인 뜻으로 현실에 만족하지 못한 삶을 의미한다. 그러나 2·3연에서는 '~처럼'으로 바뀌고 '살아라 한다'의 반복에 대상과의 합일을 통해 무욕의 삶 속에서 유유자적하는 모습이 나타난다. 이 '산'은 자아를 유폐시키는 공간이지만 어두운 세계가 아니라 시적 자아와 동화된 자연으로서 등장하고 있다.[3] 이런 자연관은 그의 초

---

3) 이기서, 『한국 현대시의 구조와 심상』, 고려대학교 한국학연구소, 2003, 210쪽.

기시 경향의 소박하면서도 향토적인 정서와는 달리, 그가 자연을 삶의 의미로 파악하여 자기 구원을 추구하고 있다는 태도이다.

산촌에서 아들딸 낳고 씨 뿌리며 밭갈이 하는 삶은 자연의 법칙에 순응하는 무소유의 삶이다. '흙담' '호박' '들찔레' '쑥대밭' 등 식물적 소재가 소박하면서도 보잘 것 없는 무욕의 존재로서 강인한 생명력을 내포한다. 이런 무욕의 가난한 삶은 '그믐달처럼 사위어지는 목숨'의 비유로 잘 대변된다. 풍요로운 둥근달은 더 이상 찰 수 없어 소멸되어 가듯이 '그믐달'은 점차 쇠락의 모습을 보여준다. '그믐달' 같은 삶은 무욕의 상태로 스스로 마음을 비움으로써 정신적으로 풍족감을 누릴 수 있는 것과 같다. 따라서 이런 무소유와 무욕의 삶이 어떤 제도나 굴레에서 해방되어 자유를 만끽할 수 있는 것이다. '산'은 이런 삶을 지탱해주는 원동력이다. 흔히 물질적 가난은 때로 궁핍함과 초라함을 느끼게 하지만, 시적 화자는 '산'을 통해 넉넉하면서도 의연한 의지를 갖게 된다. 이처럼 박목월 시에서 '산'은 정신적인 안식처이자 이상적인 생명의 공간으로 나타나고 있다. 산이 현실과의 격리나 초월을 통해 새로운 생명의 발현을 꿈꾸는 이상향으로 구현되는 것이다.[4]

산이 날더러는
흙이나 파먹으라 한다 /
날더러는 삽이나 들라 하고
쑥굴헝에 박혀
쑥이 되라 한다 /
늘퍼진 날 산은
쑥국새 울고

<hr>

[4] 정수자, 「박목월 시의 산에 나타난 미학적 특성」, 『한국시학연구』 제16호, 한국시학회, 2006. 8, 278쪽.

> 저만치 홀로 서서 날더러는
> 쑥국새마냥 울라 하고
> 흙 파먹다 죽은 아비
> 굶주림에 지쳐
> 쑥굴헝에 나자빠진
> 에미처럼 울라 한다 /
> 산이 날더러
> 흙이나 파먹다 죽으라 한다 /

- 정희성의 「저 산이 날더러」(木月詩韻을 빌려) 전문 -

이 시는 '木月詩韻을 빌려' 라는 부제를 달았듯이 木月의 「산이 날 에 워싸고」를 패러디한 작품인데, 수미쌍관식 구조, 표면적 주체인 '산', 비하투의 '~나(이나)' 보조조사, '~처럼(마냥)'의 조사, 강한 주체의지가 담긴 '~라 한다'의 명령투의 단정적 어미 등이 일치한다. 표면적으로는 연 구분이 없지만 '산이 날더러(는) ~(이)나 ~라 한다'의 동일한 표층구조를 바탕으로 기(1~2행) - 승(3~5행) - 전(6~13행) - 결(14~15행)의 한시 구조 형태를 취하고 있다. 단조로우면서도 변주된 원작의 기・승(1연) - 전(2연) - 결(3연) 형태에 비해 훨씬 구체적이고 다양한 변화를 나타낸다. 원작처럼 수미쌍관식 구조이지만 둘째 단락(승)에서 주체인 '산'을 생략하고, 셋째 단락에서는 주체인 '산'의 공간을 구체적으로 묘사하면서 '날더러는'을 청자인 '나'의 행위 앞에 나열하지 않고 나에게 우는 행위를 구체적으로 주문한다. 원작에 비해 변주되지 않은 수미쌍관식 형태는 첫 단락과 마지막 단락이 각각 2행씩 대칭을 이루어 내용을 열고 닫으며 중간 부분을 아우른다. 이런 수미쌍관식 구조는 주기적으로 반복되는 천체 운행이나 사계절의 변화, 생명체의 혈액 순환 등의 자연법칙에서 기인하는데, 시에서는 행의 무한한 반복 가능성을 제한해 중심 내용을 형성하면서 구조적 완결성에 기여하는 것이다.

첫 단락과 마지막 단락에서 기본적 표층구조인 '산이 날더러(는) ~ (이)나 ~라 한다'에 '흙-파다'의 구성 요소가 둘째 단락에서는 '삽-들다' '쑥-되다'의 구성요소, 셋째 단락에서는 '산'의 정황이 구체화되면서 '쑥국새-울다' '에미-울다'의 구성 요소로 변주된다. 특히 둘째 단락에서 고조된 감정이 셋째 단락에서 확대되어 가난에 찌든 민중의 한이 '쑥국새'의 울음과 '아비' '에미'의 울음으로 구체화된다. '아비' 다음에 '처럼'의 조사가 생략되어 '흙 파먹다 죽은 아비'나 '굶주림에 지쳐 쑥굴형에 나자빠진 에미'처럼 운다거나, 혹은 지아비를 잃고서 굶주림에 지쳐 우는 '에미'의 처절한 울음을 동반하는 애매성을 나타낸다. 그러나 공통적인 정서는 가난과 비천함에 처한 한적인 여인의 삶이 민중의 표상으로 대변된다.

이처럼 정희성의 작품은 의미상으로 볼 때, 자연과의 합일을 추구하는 木月의 시에 비해 물질적 가난과 굶주림에서 벗어나지 못하는 민중의 삶을 대변한다. 이런 삶은 강인한 생명력을 가진 '쑥' 이미지와 '에미' '아비'의 서민적 심성의 호칭에서 엿볼 수 있다. '쑥'은 옛날부터 우리 민족의 삶과 함께 해온 식물로서 끼니를 대용하거나 입맛을 내게 하는 먹거리로, 그리고 민속신앙에서는 귀신을 쫓는 대상으로 사용되었다. 이 숙명적인 굴레에서 벗어나지 못하는 민중의 삶은 마지못해 순응하는 의미의 '~나(이나)' 투의 보조조사와 직정적이면서도 비하적인 어휘('파먹으라' '나자빠진' '박혀' '죽으라 한다' '울라 한다') 등에서 한결 느낄 수 있다. '굴형'의 이미지가 어떤 상태에서 쉽게 헤어나오지 못하듯이 '쑥굴형'에 박혀 나자빠진 '에미'의 모습은 주어진 운명에서 벗어나지 못하는 체념적인 상황이지만, 한편으로는 더 이상 비껴설 수 없이 숙명적 운명에 반항하는 거부의 몸짓이 담겨 있다. 따라서 이 작품은 원텍스트에 비해 삶의 현장감과 치열성이 훨씬 생생하게 나타난다고 할 수 있다. '울다'에 초점이 집중된 주체의 시선은 민중의 한적 분위기를 한결 고조시킨다. 이상 두 작품 간의 시 구조 및 시정신, 중심 이미지, 서술어 등 패러디 관계를 비교하면 다음과 같다.

패러디 양태 \ 시 제목	산이 날 에워싸고	저 산이 날더러
수미쌍관식 표층적 통사구조	· 기(승) - 전 - 결 · 산이 날 에워싸고 ~(이)나 ~라 한다	· 기 - 승 - 전 - 결 · 산이 날더러는 ~(이)나 ~라 한다.
표면적 주체	山	山
비하투 보조조사(~나)	(씨, 밭)나	(흙, 삽)나
조사(~처럼, 마냥)	(들찔레, 쑥대밭, 그믐달)처럼	(쑥국새, 에미)처럼
명령투의 단정적 어미	(살다)라 한다	(파먹다, 되다, 울다, 죽다)라 한다

② 「풀」과 「답청」

　　　　풀이 눕는다
　　　　비를 몰아오는 동풍에 나부껴
　　　　풀은 눕고
　　　　드디어 울었다
　　　　날이 흐려서 더 울다가
　　　　다시 누웠다

　　　　풀이 눕는다
　　　　바람보다도 더 빨리 눕는다
　　　　바람보다도 더 빨리 울고
　　　　바람보다 먼저 일어난다

　　　　날이 흐리고 풀이 눕는다
　　　　발목까지

발밑까지 눕는다
바람보다 늦게 누워도
바람보다 먼저 일어나고
바람보다 늦게 울어도
바람보다 먼저 웃는다
날이 흐리고 풀뿌리가 눕는다

― 김수영의 「풀」 전문 ―

　김수영 시에서 「풀의 영상」 「꽃잎 3」 「풀」 등 '풀' 이미지는 가냘프지만 질기고 강인한 생명력을 지닌다. 이 「풀」은 후대 시인들에게 자주 차용되어 패러디의 원천적 대상이 되기도 하였지만, '풀/바람'의 상징적 이미지와 '눕다/일어나다' '울다/웃다'의 대립적 서술 반복이 기본 구조이다. 표층구조를 구체적으로 살펴보면, 1·2연에서 '풀이 눕는다'는 기본적 명제 제시 후 3연에서 각 행의 두운 '아'(날, 발, 바)의 반복과 '날이 흐리고 풀(뿌리)이 눕는다'는 문장 변용이 전체를 아우르는 형태이다. 그리고 전체 연에서 '누웠다/울었다' '눕는다/웃는다' '누워도/울어도' 등 시제와 어미 변용, 2연에서 '바람보다도 더 빨리(먼저)~'의 반복, 3연의 2행부터 7행까지 '~까지' '~보다'의 조사 반복과 '늦게' '먼저'의 교차적인 부사 반복이 특징을 이룬다.

　이 시는 단순한 현실 비판과 알레고리적 차원을 떠나 형이상학적 진리의 깊이를 지니고 있다. 1연은 풀의 무기력과 패배적 슬픔을 반영하는 수동적 상황을, 2연은 1연의 부정으로 바람보다 역동적인 풀의 능동적 존재성을, 3연은 다시 2연을 부정함으로써 전체를 아우르는 구조로 일상적 삶의 논리를 초월하는 형이상학적 깊이와 명징한 상징성을 반영한다. 즉 '날이 흐리고 풀이 눕는다'는 것은 '눕다/일어나다' '울다/웃다'의 '풀'과

'바람'의 대립적 관계를 초월하는 형이상학적 진리로서 '풀뿌리'라는 깊이의 존재성으로 드러난다.

'풀'은 보잘 것 없고 연약해 보이지만 모든 동물의 생명체가 마지막으로 생존하기 위해 의존하는 필수적인 존재이다. 이 비천하고 하찮은 생명은 흔해빠져 있어도 좋고 없어도 별 신경쓰지 않지만 그 나름대로 존재의 의미와 가치를 지닌다. 이러한 존재성은 그의 「거대한 뿌리」속에서 사회적으로 소외받는 인간 군상들로 대변된다. '풀'의 일차적 의미는 시인 자신을 뜻한다. 현실이라는 '바람'에 밀려 쓰러지지만, 자신을 쓰러뜨린 외부적 현실 조건보다 빨리 울어버림으로써 더 먼저 일어난다. 이차적 의미로는 그의 참여적 경향의 시정신으로 볼 때 정치적·시대적 상황과 맞물려 '자유'와 '민중'의 참모습을 뜻한다고 볼 수 있다. 이 때 '바람'(비 몰아오는 동풍)은 외세나 권력의 억압적 존재, 소시민성을 의미한다.5) '늦게 누워도 먼저 일어나고, 늦게 울어도 먼저 웃는다'는 역설적 표현은 눕는 것이 일어나는 것이고, 우는 것이 웃는 것과 같은 종교(불교의 '色卽是空', 기독교의 '처음 된 자가 나중 되고')의 초월적 진리를 내포하는 통합과 해소의 경지를 반영한다. '더 빨리'나 '먼저'라는 표현은 행위하는 주체자의 자유로운 의지와 역동성을 전제하므로6) 풀이 상징하는 존재의 자유를 뜻한다고 할 수 있다.

> 풀을 밟아라
> 들녘엔 매맞은 풀
> 맞을수록 시퍼런
> 봄이 온다/
> 봄이 와도 우리가 이룰 수 없어

---

5) 정끝별, 『패러디 시학』, 문학세계사, 1997, 304쪽.
6) 김종철, 「김수영론」, 『작가·작품론』, 문학과비평사, 1990, 414쪽.

봄은 스스로 풀밭을 이루었다/
이 나라의 어두운 아희들아
풀을 밟아라/
밟으면 밟을수록 푸른
풀을 밟아라/

― 정희성의 「踏靑」 전문 ―

이 시는 연 구분이 없지만 간결하면서도 견고한 비유 등으로 형식적
균형과 절제미를 이루어 한시의 기(1~4행) ― 승(5~6행) ― 전(7~8행) ― 결(9~10
행) 구조를 취하고 있다. 그러나 원작 형태의 균형적 의미 단락 기준으로
보면 1~4행, 5~6행, 7~10행으로 나눌 수 있다. 첫 단락과 마지막 단락이
원작의 '풀이 눕는다'의 반복처럼 '풀을 밟아라'라는 명령형(사역) 문장 반
복을 기틀로 5~6행의 중간 단락 부분을 아우르고 감싸는 형태를 취하고
있다. 5~6행의 중간 단락 부분은 어떤 논리적 명제의 문장처럼 반복 병렬
의 대구 형태를 취함으로써 임의적 단락 구분의 변별성을 뒷받침한다.
수미쌍관식 형태로서 임의적 단락 구분의 기본인자로 작용하는 '풀을 밟
아라'의 반복 문장은 '回起(recurrence)'와도 같은 기능 작용을 한다. '회기'
는 텍스트에 안정성을 부여하는 통사구조 형태로 전체적인 결속을 강화
하는 가장 기본적 인자가 된다. 결속 구조는 단어들이 서로 문법적인 형
식과 규칙에 따라 상호 관련을 맺는 어휘체계로서, 구·절·문장이 조립
되는 방식과 구와 절 상호 간, 그리고 문장들 상호 간의 의존 관계 등을
통해 구체화된다.[7]

'답청' 풍속인 '풀을 밟아라'의 문장 회기는 반복에 의한 음악적 리듬을
형성하며 이 시의 주제를 강화하는 기능으로 작용한다. 이런 반복적 리듬

---

7) 김태옥·이현호 역, 「담화·텍스트 언어학 입문」, 양영각, 1991, 45~46쪽 참조.

은 '매맞은 풀/ 맞을수록', '밟으면 밟을수록'과 5·6행의 병렬적 대구가 결합해 한층 감정을 고조시킨다. 그러면서도 연쇄반복의 언어유희적 기교로 보면 1~4행, 5~8행, 9~10행의 세 단락으로 나눌 수 있다. 즉 첫 단락 마지막 행인 '봄이 온다'를 둘째 단락 5행에서 이어받고, 8행의 '풀을 밟아라'의 행위를 셋째 단락 9행에서 이어받고, 다시 '밟으면 밟을수록'의 음절 반복으로 이어져 점층적 상승 효과를 자아낸다. 연속반복인 '밟으면 밟을수록'은 아주 빠르게, 몇 행 건너뛰는 전반부의 '풀을 밟아라'의 반복은 호흡이 이완된 여유가 있지만, 후반부의 한 행 건너뛰는 반복은 약간 호흡이 빨라지면서 감정이 고조된다. 시에서 빈번한 반복은 잘못하면 진부하게 시 형식을 단순화·규격화할 여지가 있지만 적절히 안배하면 리듬의 균형 조절과 구성의 질서화를 실현함으로써 의미 생성이나 주제 강화, 정서 상태를 반영하는 데에 효과적이다.

당송시대 이후 중국에서 유래한 '답청'은 청명날 교외에 나가 풀을 밟으며 소원을 기원하면서 봄맞이하는 전래풍속이다. '풀'은 동양에서 전통적으로 民草로서 힘 없고 죄 없는 백성을 지칭한다. 풀은 밟으면 밟을수록 시들지 않고 더 푸르게 되고 맞을수록 시퍼렇게 된다. 그러나 밟히고 매맞지만 희망찬 봄을 맞이하는, 곧 현실의 고통과 시련을 벗어날 수 있는 새로운 희망 세계가 펼쳐진다. '풀'은 외형적으로 연약한 모습이지만 밟히고 매맞는 시련을 당할수록 더 강하고 끈질긴 생명력을 지닌다. 역사적 수난과 시련이 '매맞은'과 '시퍼런'에 담겨 있다. 이룰 수 없는 것에 대한 극복을 풀 밟는 행위를 통해 이루어낸다. 이룰 수 없음과 이룸의 대립이 이 시의 요체이다. 이룰 수 없음의 주체는 인간 혹은 그들의 삶의 현실이다. 반면에 이룸의 주체는 자연으로, 언제나 스스로 이룬다.[8] 이런 인간

---

8) 김윤태, 앞의 책, 187쪽.

과 자연의 대립적 구조는 자연의 섭리와 우주 질서에 미치지 못하는 인간 사회의 부조리 때문이다.

이 시는 김수영의 「풀」처럼 7, 80년대 민중지향적 분위기에 편승해 강인한 생명력을 동반한 사회적·역사적 문맥을 지닌 현실지향적 경향을 반영한다. 그러나 원작에 비해 민중의 일상성이나 삶의 구체성이 미약해 추상적인 느낌이 들지만 온갖 시련 속에서도 끝까지 살아남아 역사를 떠받치고 이끌어가는 민중의 생명력에 대한 신뢰와 희망이 청보리밭에 담겨 있다. 탄압과 억압의 시대적 상황이 '매맞은' '시퍼런' '어두운 아희들'에, 민중의 강인한 생명력에 대한 신뢰와 미래지향적 희망이 '푸른 풀' '봄' 등에 각각 암시되어 있다.

2) 원텍스트적 전경화 장치의 내재화

패러디의 원텍스트적 외재화가 표면적으로 직접 모방 인용하여 원텍스트의 권위와 시정신을 한층 강화하거나 비판한다면, 이 유형은 패러디 작품의 시적 주제를 강조하기 위해 기존 유명 작품의 시구를 부분적으로 차용하거나, 혹은 시상과 포괄적인 이미지의 환기를 통해 시정신의 차원에서 간접적으로 나타낸다. 이 때도 원텍스트의 권위와 시정신을 긍정적·비판적 관점에서 활용하지만 시상과 이미지의 환기를 통한 시정신의 패러디 관계는 추상적이므로 관점에 따라 논란의 대상이 될 수 있다.

(1) 부분적 시구와 이미지의 차용

「돌」은 서정주의 「무등을 보며」에서 '가난이야 한낱 襤褸에 지내지 않는다'와 김수영의 「푸른 하늘을」에서 '혁명은/ 왜 고독한 것인가' 구절의 혁명·고독·자유 이미지를, 「梅軒 옛집에 들어」는 이육사의 「광야」

에서 '梅花香氣 홀로 아득하니'와 지사정신의 이미지를 각각 차용했다. 그외 「야망」은 천상병의 「귀천」에서 '나 하늘로 돌아가리라/ 아름다운 이 세상 소풍 끝내는 날'을, 「태백 하늘에 떠도는」은 서정주의 「내리는 눈발 속에서는」에서 '괜, 찬, 타,……'와 황지우의 「서해까지 밀려 있는 강」에서 '다시 탄압이나 받았으면!'과 우대식의 「우주로 가는 당나귀」에서 '몰려다니는 눈발을' 등을 각각 차용했음을 알 수 있다.

① 「무등을 보며」·「푸른 하늘을」과 「돌」

㉠ <u>가난이야 한낱 襤褸에 지내지 않는다</u>
　　저 눈부신 햇빛속에 갈매빛의 등성이를 드러내고 서있는
　　여름 山같은
　　우리들의 타고난 살결 타고난 마음씨까지야 다 가릴수 있으랴

　　青山이 그 무릎아래 芝蘭을 기르듯
　　우리는 우리 새끼들을 기를수밖엔 없다
　　목숨이 가다 가다 농울쳐 휘어드는
　　午後의 때가 오거든
　　……　　……
　　어느 가시덤풀 쑥굴형에 뇌일지라도
　　우리는 늘 玉돌같이 호젓이 무쳤다고 생각할일이요
　　青苔라도 자욱이 끼일일인 것이다

　　　　　　　　　　－ 서정주의 「無等을 보며」 부분 －

　이 시는 자서전에서 언급하듯이 그가 피란시절 광주에서 궁핍한 생활을 할 때 쓴 것으로 멀리서 무등산과 그 곳에서 떠오르는 이내(해질 무렵 멀리 보이는 푸르스름하고 흐릿한 기운)를 바라보면서 착상을 했다고 한다. 시적 화자는 전지적 시점의 어조로 가난이나 양육 등의 현실적인 문제에 급급

하지 않고 초연한 태도로 살아야 한다는 삶의 원숙한 통찰력을 보여준다. 물질적 결핍에 따른 불편한 삶이 인간의 정신적 가치를 훼손할 수 없다는 자긍심으로 눈 앞의 현실에 얽매이기보다 자연 섭리의 본성에 순응해야 한다는 것이다. '無等'은 '등급이 없다'는 의미로 인간 관계에서 귀천이나 빈부 차별이 없는 더할 나위없는 자연으로서의 모습을 뜻한다. 인간이 아무리 고통스러운 상황에 처해 있을지라도 순수하고 깨끗한 삶을 살아 간다면 옥돌에 청태가 끼이듯 아름다운 결과를 얻을 것이다.

가난은 몸에 걸친 헛누더기에 지나지 않고 마음씨는 푸른 여름산처럼 맑고 깨끗하다. 가난이 누더기를 걸친다 해도 가릴 곳을 다 못 가리듯 타고난 살결과 마음씨 같은 아름다운 모습을 가리지는 못한다. 즉 물질적 가난이나 인위적 강요성이 순리적인 자연현상이나 질서를 거역하지는 못 한다. 청산이 지란을 기르듯 어떠한 역경 속에서도 부모가 자식을 양육하 는 것은 당연한 일이다. '가시덤풀 쑥굴헝'에 누일지라도 '옥돌같이 호젓 이' 묻혔다고 생각하듯 아무리 고통스런 상황에 처할지라도 우리는 깨끗 하고 순수한 존재로 생각하라는 것이다. 이 '가난'이나 '가시덤풀 쑥굴헝' 은 시적 화자가 처한 물질적 궁핍함이나 정신적 위기를 반영하고 있다. 그는 이런 절박한 위기 상황을 벗어나기 위해 '靑山'이라는 이상향의 공간 을 설정한다. 영원한 생명의 상징이라 할 수 있는 '靑山'은 현실의 고난과 역경에서 벗어난 이상적 공간으로서[9] 시적 화자의 물질적·정신적 결핍 을 충족시켜 줄 수 있는 영원한 유토피아이다.

　　푸른 하늘을 制壓하는
　　노고리지가 자유로왔다고
　　부러워하던

---

9) 이승하 외, 『한국현대시학사』, 소명출판사, 2005, 186쪽.

어느 詩人의 말은 修正되어야 한다

자유를 위해서
飛翔하여본 일이 있는
사람이면 알지
노고지리가
무엇을 보고
노래하는가를
어째서 自由에는
피의 냄새가 섞여있는가를
ⓛ *革命은*
<u>왜 고독한 것인가를</u>

革命은
왜
고독해야 하는 것인가를

― 김수영의 「푸른 하늘을」 전문 ―

일반적으로 김수영 시는 4·19 이전까지 자유가 억압된 시대에는 설움·비애의 소시민적 감정이 반어적으로 나타나지만, 그 이후에는 사랑과 혁명을 통해 자유 실현을 절규하며 그것을 불가능하게 하는 적에 대한 증오와, 그 적을 그대로 수락할 수밖에 없는 자신에 대한 연민·탄식으로 설명된다.[10] 그의 현실지향적 태도는 민중과 함께 현실을 인식하고 그 인식 결과를 토대로 현실을 적극적으로 반영하는 시쓰기의 모습을 보인다. 더구나 현실의 정치적 상황이 폭력적이고 권력지향적일 때 진지성과 양심, 사랑을 동반한 자유 의지는 목숨을 걸고 지켜야 할 가치가 있다는 것이다.

---

10) 김현, 「자유의 꿈」, 『거대한 뿌리』, 민음사, 1978, 8쪽 참조.

  이 시에서 푸른 하늘의 광활함은 화자가 지향하는 자유로운 세계를 뜻한다. 그러나 진정한 희생과 고통을 경험하지 않고 피상적으로 바라보는 자유가 얼마나 허구적 낭만성인가를 '노고지리'의 비상을 통해 보여준다. 시적 화자는 푸른 하늘을 비상하는 노고지리의 노래를 자유라고 부러워하던 어느 시인의 태도를 거부한다. 단지 노고지리의 자유로움을 부러워할 것이 아니라 노고지리가 무엇을, 왜 자유롭게 노래하는가를 먼저 알아야 한다는 것이다. 노고지리의 노래는 자유 자체라기보다 자유를 쟁취하기 위해 피흘리는 고독한 혁명인 것이다. 시적 화자가 인식하는 진정한 자유란 2연에 구체적으로 나타나듯 '피'와 '고독'을 동반하는 투쟁 과정이 전제된다. 이 과정에는 수많은 사람들이 피를 흘리며 혁명가의 고독한 길을 걸어야 하는 것이다. 이처럼 혁명이 고독하다는 사실을 알고 있기에 혁명에 참여한 자는 그 가치를 더욱 확장시켜야 한다. 따라서 자유를 얻기 위해 얼마나 많은 희생이 따르는가를 알 수 있다. '피의 냄새'에서 연상되는 붉은 빛은 '하늘'의 푸른 빛과 대조되며, 노고지리의 수직 상승은 하늘의 광대한 공간 속에서 충돌하는 이미지로 작용한다. 이 고독한 모습에는 자유 쟁취를 위해 어떤 명예나 보상을 전제로 한 것이 아니라 획득 그 자체에 두기 때문에 자신의 희생까지도 감수하겠다는 비장의 결의가 나타난다. 그 결의는 물론 자신의 영달을 위하는 것이 아니다. 자신의 희생은 대중을 향한 지성적 판단에서 이루어지며, 단호한 결의를 내면화하는 일이야말로 고독한 결의가 아닐 수 없다.[11] 혁명이 고독하다는 당위론적 인식 태도는 어느 누구의 선택받은 자의 전유물이 아니라 당대를 살아가는 지식인의 양심이며 우리 모두의 책임 있는 결단을 전제한 것이다.

  흔히 소시민 의식을 반영하는 사회참여적 시 경향은, ① 생활에서 비롯

---

11) 강영기, 『한국 현대시의 대비적 인식』, 푸른사상, 2005, 228쪽.

된 울분이나 불만을 감정적으로 토로하는 경우, ② '자유'나 '혁명' 같은
용어에 빗대어 현실 개혁에 대한 추상적 당위성을 절규하는 경우, ③ 사
회적인 문제들을 풍자하거나 비아냥대는 경우 등이 있는데,[12] 이 작품은
다분히 두 번째 유형에 가깝다고 볼 수 있다. 구체적인 현실을 묘사하지
않은 채 어떤 가상적 상황을 추상적인 어휘로 포장하여 예찬했다는 점에
서 이념에 대한 시인의 관념적 포즈가 장엄하게 내비친다. 수사적 과잉이
나 요설이 절제되었지만 사실적 서술 중심의 메시지 전달과 시적 화자의
직접적인 어조가 주조를 이루므로 시적 형상화가 생경한 느낌이다. 특히
마지막 부분인 '혁명은/ 왜 고독해야 하는 것인가를'의 변주된 반복은 돌
출된 단절감이 들지만 2연의 서술어 '알지'에 걸리는 목적절로 개인적 차
원이 아닌 집단적 언술을 내포하면서 그 의미를 강조하는 효과를 지닌다.
그러나 전체적인 시상이 사회적 모순이나 부조리의 실상이 구체적으로
드러나지 않고 원론적인 명제만을 심정적으로 고백하므로 시적 긴장이나
핍진감이 따르지 않는 느낌이다.

    돌을 손에 쥔다
  ⓛ'고독하다는 건 단단하다는 것
    밥보다 굳고
    혁명보다 차가운
    돌을 손에 쥐고
  ㉠'가난이야 한낱 남루에 불과하다는
    시를 보며 돌을 쥔다
    배고프지, 내 사람아
    어서 돌을 쥐어라
    입술을 깨물며
    손에 돌을 쥐고

---

12) 오세영, 『20세기 한국시인론』, 월인, 2005, 89쪽 참조.

청청한 하늘을 보며 내 사람아
돌밖에 쥘 것이 없어
돌을 손에 쥔다

— 정희성의 「돌」 전문 —

시적 화자는 김수영의 「푸른 하늘을」에 나타나는 삶의 가치관을 긍정
적인 입장에서, 서정주의 「무등을 보며」의 시구를 통해 위장된 현실 순응
주의의 가치관을 비판적인 관점에서 패러디하였다. 견고하고 단단한 '돌'
이미지는 정희성의 초기시(『답청』)에 빈번히 자리잡는 물·피·바다 등의
부드러운 액체 이미지에 비해 민중의 울분이 행동으로 치닫는 강인한 의
지를 표상한다. 제도적·물리적 억압에 대항할 수 있는 것은 오직 맨주먹
뿐으로 부조리한 정치적·사회적 상황과 타협하거나 굴복하지 않겠다는
강인한 투쟁의식을 반영한다. 민중은 지배자의 폭력과 억압에 대항해 굳
고 차가운 '돌'을 들고 항쟁하는 것이다. 이 '돌'은 고독처럼 단단하거나
혁명보다 더 차갑고, 밥보다 굳은 속성을 지닌다. 이 때의 고독은 혁명의
방관자로서의 소외감이 아닐 뿐더러, 혁명을 회의하며 불안에 떠는 창백
한 지식인의 그것 또한 아니다.[13] 자유를 획득하기 위한 과정에는 필연적
으로 피흘림의 대가가 따르므로 그런 만큼 고독한 것이다('혁명은 왜 고독한
것인가를/ 혁명은 왜 고독해야 하는 것인가를「만세후」). 따라서 시적 화자가 '돌'을
쥐거나 타자에게 권유하는 것은 일시적인 감성이나 생계 문제에 나약해
지지 않겠다는, 냉혹한 자기 절제에서 나오는 강인한 의지와 결단인 것
이다.

그런데 시적 화자가 돌을 쥐게 되는 첫 번째 동기는 '혁명은/ 왜 고독한
것인가를'(「푸른 하늘을」)처럼 김수영 시인의 사회참여적 시정신을 수용하

───────────────

13) 김윤태, 앞의 책, 116쪽.

려는 다짐에서이고, 두 번째는 '가난이야 한낱 남루에 지내지 않는다'(「무
등을 보며」)는 서정주 시인의 창작과 괴리된 삶의 가치관을 비판하려는 의
도 속에 자신의 강직성을 부각시키는 의도적 장치이다. 따라서 첫 번째는
긍정적인 입장에서 삶의 가치관을 수용함으로써 과거를 뒤돌아보며 현실
적 자아를 성찰하는 모방적 패러디라면, 두 번째는 부정적인 입장에서
한 시인의 과거적 삶의 궤적을 반추하며 위장된 현실의 위선을 신랄히
비판하는 비판적 패러디를 취하고 있다.

세 번째는 이런 양가적 삶의 가치관을 통해 시적 화자는 '내 사람'이라
는 아무것도 가진 것 없이 입술 깨물며 돌밖에 쥘 수 없는 민중에게 동류
애 의식의 동질감을 느낀다. 그런데 소외되고 배고픔에 지친 '내 사람'이
입술 깨물며 돌을 쥐는 것도 '청청한 하늘'을 바라보며 정의의 진리와 희
망을 확인하기 때문이다. 옛부터 우리의 삶은 농경에 의존하는 관계로
자연 법칙에 순응하기 때문에 경천사상이 지배적이다. 모든 자연이 하늘
의 뜻에 의해 이루어지므로 인간의 힘이 미치지 못하는 경지에서 조화되
리라는 것, 또한 부도덕한 행위에 대하여 하늘의 노여움이 있으리라는
외포감이 자리 잡는다. 이런 자연관에 기인한 우리의 삶은 자연을 경건한
마음으로 대하는 범신론적 신앙관이 지배적일 수밖에 없다. 경천사상의
모체는 동학의 인내천 사상으로 인간 평등주의와 인간 지상주의가 중심
을 이룬다. 즉 하늘의 마음이 사람의 마음이므로 인간은 우주의 최고 위
치를 차지하여 만민이 평등한 바 인간성과 자연에 기초한 새 제도와 윤리
를 건설하자는 것이다. 이 '하늘'은 신동엽 시('누가 하늘을 보았다 하는가/ 누가
구름 한송이 없이/ 맑은 하늘을 보았다 하는가 「누가 하늘을 보았다 하는가」)처럼 영원
한 이상·생명·자유·사랑 등이 복합된 인간 본래의 생존과 영원한 민
중적 요소를 뜻한다고 할 수 있다.

② 「광야」와 「매헌 옛집에 들어」

까마득한 날에
하늘이 처음 열리고
어데 닭우는 소리 들렸으랴

모든 山脈들이
바다를 戀慕해 휘달릴 때도
차마 이곳을 범하던 못하였으리라

끊임없는 光陰을
부지런한 季節이 피어선 지고
큰 江물이 비로소 길을 열었다

지금 눈 나리고
梅花香氣 홀로 아득하니
내 여기 가난한 노래의 씨를 뿌려라

다시 千古의 뒤에
白馬타고 오는 超人이 있어
이 광야에서 목놓아 부르게 하리라

― 이육사의 「광야」 부분 ―

이 시는 각 연이 3행이지만 매 연마다 한 문장의 성격으로 1·2행과
3행이 대응을 이루면서 1·2행은 5음보, 3행은 4음보 형태의 반복 구조를
나타낸다. 전체 5연 3행 형태이지만 내용상 1·2연을 합치면 기(1·2연)―
승(3연)― 전(4연)― 결(5연)의 구조이다. 그리고 매 연 1행이 2음보, 2행이
3음보, 3행이 4음보 형태로서 기승전결의 안정된 구조, 절제된 언어의
사용과 고전적 모티브의 차용, 규칙적인 질서와 균형을 부여하고자 하는

분련의식의 정형성을 갖추고 있다.[14] 1·2연은 웅장한 남아의 기상과 대륙적 풍모로 광활한 광야의 원시성을, 3연은 소멸 생성의 역사적 순환 속에 인류문명의 태동을, 4연은 강한 신념 의지가 표출된 현실인식과 선구자 의식을, 5연은 미래지향적 역사의식을 지닌 예언자적 초인정신을 각각 나타내고 있다.

시원의 소리로 개벽된 '광야'는 강물이 길을 여는 흐름의 시간 속에 과거와 미래가 연계되는 신성한 공간이다. 이 '광야'는 지금 눈 내리는 냉혹한 현실상황이지만 '매화향기' 아득한 희망으로 인식되는 곳으로서 일제 식민지 상황의 역사적 공간이면서 시인의 무한지향 의식의 내면 공간이다. 그 시대는 모든 가치의 중심이 힘이나 물질과 같은 외화에 머물고 있는 시대, 즉 정신의 퇴보 시대란 사실은 '눈'과 '매화향기'의 관계로 암시되고 있다.[15] '눈'과 '매화'의 상징적 이미지를 결합해 냉철한 현실인식과 선구자적 의식을 반영하는 것이다. '눈'과 '매화향기'의 이미지는 대조를 이룬다. '눈'이 평화·순결·초월의 보편적 상징을 벗어나 조국이 처한 식민지 체제의 황량한 현실이라면, '매화향기'는 봄의 전령사로서 이런 절망적 상황을 극복해줄 희망·꿈·밝음을 뜻한다.

'가난한 노래의 씨'는 눈 덮인 현실에도 매화향기 아득하니 꽃이 필 수 있으리라는 신념의 인자로 민족 해방을 이룰 수 있는, 즉 어두운 상황을 극복할 수 있는 초월적 가능성을 지닌다. 이 신념은 현실의 벽 앞에 무기력하고 왜소해 가난하게 보일지 모르지만 강인한 민족정신의 얼이기에 훗날 백마 타고 오는 '超人'이 노래 부를 수 있는 원동력이 될 것이다. 따라서 '씨뿌려라'는 '뿌리겠다'라는 단호한 의지와 '뿌려야만 한다'라는

---

14) 유병관, 「육사의 시와 유교적 전통」, 『한국시학연구』 11호, 한국시학회, 2004, 97쪽.
15) 이경교, 「선비정신의 비극적 정화」, 『동국어문학』 제6집, 동국대 국어교육과, 1994, 193쪽.

당위적 신념을 내포한다. '백마타고 오는 超人' '청포 입고 오는 손님'(「청포
도」)은 온갖 시련과 억압을 극복하는 지사적이면서도 예언자적인 고고한
주체이다.

> 梅軒 옛집에 들어 지난 일을 憐愛하노니/
> 나라는 기울어
> 매화 향기 홀로 아득하고
> 찢어진 문풍지엔 바람과 비만 있구나/
> 오늘밤 德山의 달이
> 아아라히16) 아름다운 이의 얼굴로 젖어 있고
> 이 나라여 외쳐 불러
> 눈물이 손에 가득하다/
> 죽은 자여, 그대 넋이 아무리 홀로 있어도
> 불운한 시절에 다시 만나리라/

>   — 정희성의 「梅軒 옛집에 들어」 전문 —

이 시는 先景後情의 전통적 한시 작법처럼 전반부는 충남 예산의 덕산
에 있는 윤봉길 의사의 생가와 사당(忠義詞)의 쓸쓸한 배경 묘사를, 후반부
(전-결)는 전반부의 객관적 정황에 맞추어 시적 화자의 주관적 감정을
이입해 윤 의사의 애국충정을 그리고 있다. 그것은 한 편의 시 안에서
극적인 전환과 압축을 통해 단행의 절제된 긴장미를 이루는 계기적 질서
를 구현한다.17) 윤 의사는 1932년 4월 29일 상해 紅口공원에서 개최된
'天長節'(日王 생일날) 기념식장에서 폭탄을 던져 상하이 파견대장 시라카
와(白川) 대장을 저격하고 체포되어 순국하였다. 윤 의사가 거사에 나가기

---

16) 고어인 '아ᄉ라히'에서 발전한 것으로 '아스라히'(아스라이)는 '아득하게 멀어 희미
    한 모습'을 뜻한다.
17) 조창환, 『한국 현대시의 운율론적 연구』, 일지사, 1986, 78쪽.

전 쓴 '장부가 집을 나가면 살아서 돌아오지 않는다'(丈夫出家生不還)는 글은 전장에 나가 살아서 돌아오지 않는 것을 최고의 영광으로 삼았던 화랑도의 임전무퇴 정신과 상통하는 것이다. 이런 지사정신은 조선시대 나라를 지키기 위한 수칙인 四維[18]라 할 수 있는 禮義廉恥의 선비정신에 바탕을 두고 있다. 선비는 절개와 지조를 중요한 덕목으로 여겨 의리와 명분을 중시하고 때로는 이것을 지키기 위해 의연하게 목숨을 바치기도 한다. 따라서 국가가 위태로울 때 위국진충하여 목숨을 바쳐서라도 나라를 구하는 것이다.

이 작품은 현실인식을 지사적 태도로 명징하게 나타냄으로써 다양한 관점에서 원작과의 패러디 관계를 추출할 수 있다. 편의상 문장 중심으로 구분하면 기(1행) － 승(2~4행) － 전(5~8행) － 결(9~10행)의 한시 구조인 4단락으로 나눌 수 있다. 그리고 매 연 한 문장 성격의 1·2행과 3행이 대응을 이루는 원작과 비슷하게 이 시도 첫 단락(1행 4음보)을 제외한 2·3행과 4행, 5·6행과 7·8행, 9행과 10행이 5음보 + 4음보(셋째 단락은 6음보 + 5음보) 중심으로 각각 대응을 이루며 연 구분의 기반을 형성한다. 연 기능의 네 단락은 매 단락에 따라 1행에서부터 4행까지 다양하게 구성되어 있다. 이처럼 원작보다 정형성을 탈피해 연 기능의 단락 구성, 음보, 대응 형태가 다양한 변화를 시도함으로써 입체감을 보인다.

시제는 원작의 1·2·3연이 과거, 4연이 현재, 5연이 미래시제의 계기적 구조처럼 이 작품도 첫, 둘째 단락은 현재시점에서 과거 회상, 셋째 단락은 현재, 넷째 단락은 미래시제를 취하고 있다. 그것은 그만큼 과거·현재·미래를 아우르는 시간관·역사관 속에서 유교의 현실주의적 세계관에 바탕을 두기 때문이다. 따라서 '백마타고 오는 초인'이나 '청포입고 오는 손님'(「청포도」)은 추상적으로 현실과 동떨어진 초월적 존재가 아

---

18) 이장희, 『조선시대 선비연구』, 박영사, 2007, 36쪽.

니라 구체적 현실과 이어지는 실현가능한 실존적 존재이다. 이러한 미래 지향적 현실관은 이 시에서도 죽은 자의 넋이 외롭게 있어도 '불운한 시절'에 다시 만날 것이라는 확신에 찬 예언자적 신념으로 대변된다. 우주적 시·공간 속에서 시적 주체가 처한 상황은 '홀로' 외롭지만 그 신념은 당당하다. 눈 내리는 계절에 봄을 예견한 '매화'의 외로움은 고절의 상징으로 고고한 선비의 지사의식을 지닌 시적 주체의 자화상이다. 따라서 애국 충정심의 '눈물'은 과거적인 식민지 시대뿐만 아니라 정치적·사회적 혼란기의 불운한 시절에 다시 빛을 발하는 것이다.

시어는 원작이 남성적 이미지인 '광야' '하늘' '백마' '범하다' 등과 여성적 이미지인 '바다' '강물' '연모' 등을 복합적으로 사용한 것에 비해, 이 작품은 주로 '비' '눈물' '달' '憐愛' '아아라히' '젖어있고' '아름다운' 등의 여성적 이미지가 지배적이다. 이상 두 작품 간의 패러디 관계를 비교해 보면 다음과 같다.

패러디양태＼시 작품	광야	매헌 옛집에 들어
시·공간	· 지금─천고의 뒤 · 광야	· 오늘밤─불운한 시절, · 덕산(德山)
연 시제	과거적 회상(1·2·3연)─현재(4연)─미래(5연)	현재 시점에서 과거적 회상(1·2단락)─현재(3단락)─미래(4단락)
형태구조	· 기(1·2연)─승(3연)─전(4연)─결(5연) · 매 연 1·2행과 3행 대응	· 기(1행)─승(2~4행)─전(5~8행)─결(9~10행) · 매 단락 내에서 불규칙하게 행간의 대응
대립 이미지	매화향기─눈	매화향기─바람, 비
주체	超人	그대의 넋
주제	미래지향적 선구자 의식(조국애)	고고한 선비의 지사정신(조국애)
추측서술형어미	~못하였으리라, 뿌려라, 하리라	~만나리라
시적 주체의 상황	홀로	홀로

중심 이미지	·남성적 이미지 (광야, 하늘, 백마, 범하다) ·여성적 이미지(바다, 강물, 연모)	·여성적 이미지(비, 눈물, 달, 憐愛, 아아라히, 젖어있고, 아름다운)

(2) 시상과 이미지 환기를 통한 시적 형상화

「이 봄의 노래」는 신동엽의 「산에 언덕에」와 「진달래 산천」에 나타나는 한적 정서와 망자에 대한 그리움을 '진달래꽃과 자연적 이미지를 통해, 「火田」은 이용악의 「낡은 집」에 나타나는 이향 정서의 민중의 한을 '불빛' 이미지를 통해 시상을 환기시켜 시적 주제를 형상화한다.

① 「산에 언덕에」와 「이 봄의 노래」

그리운/ 그의 얼굴/ 다시 찾을 수/ 없어도//
화사한/ 그의 꽃
山에 언덕에/ 피어날지어이.//

그리운/ 그의 노래/ 다시 들을 수/ 없어도//
맑은/ 그 숨결
들에 숲 속에/ 살아갈지어이.//

쓸쓸한/ 마음으로/ 들길 더듬는/ 行人아.//

눈길/ 비었거든/ 바람/ 담을지네//
바람/ 비었거든/ 人情/ 담을지네.//

그리운/ 그의 모습/ 다시 찾을 수/ 없어도//
울고 간/ 그의 영혼
들에 언덕에/ 피어날지어이.//

　　　　　　　　　　　－ 신동엽의 「산에 언덕에」 전문 －

이 시는 3·4연이 매 행 4음보, 1·2·5연의 각각 1행이 4음보, 2·3 행이 2음보의 대구 형태와 비슷한 통사구조(~없어도, 그의+(명사), ~지어이)를 지니고 있다. 각 연은 3·4조 음수율에 4음보가 기본이지만 때로는 2~6 음절의 가변성을 지닌다. 3연은 1·2연과 4·5연의 중간에서 대칭적 균 형을 이루는데, 전통적 민요조인 7·5조에 구체적 상황의 '行人아'를 호 명함으로써 강렬하면서도 간절한 호소력을 자아낸다. 4연은 2·4·2·4 음수율의 대구와 반복·병치구조로서 3연에서 고조되기 시작한 감정이 절정을 이룬다. 그리고 호흡도 빠를 뿐만 아니라 '눈-바람-人情'의 이 미지가 교차되면서 점층적 효과를 자아낸다. 또한 3·4연을 합치면 전체 의 시 형태가 매 연 3행으로 전통적 한시의 기승전결 구조를 나타냄으로 써 다양한 시적 변형을 보여준다.

시적 화자는 '그'와 '행인'을 통제하는 전지적 시점의 인물이지만 정작 '행인'이 화자의 역할을 하면서 전체적인 정서를 이끌어간다. 시적 화자는 이 땅에 없는 사람을 그리워하고, 그를 만나기 위해 들과 산을 찾는다. 그래서 산에서 꽃으로 피어난 그리운 사람의 영혼을 만나고, 들을 거닐면 서 바람결에 들려오는 그리운 사람의 숨결을 느끼고 있다.[19] 시적 화자는 '그'에 대한 애절한 그리움을 담기 위해 부정형의 서술어를 빈번히 사용해 상실과 사라짐의 비극적 상황을 민족의 보편적 정서인 恨으로 승화시켰 다. 이런 점은 전통적 리듬을 바탕으로 한 여성적 어조에 의고체형어미 '~지어이'의 장중한 여운이 걸맞는 분위기를 느끼게 한다. '그'는 이미 떠 났지만 그의 모습과 숨결은 화사한 꽃으로 화해 자연 속에 영원히 살아 숨쉬고 있음을 알 수 있다. 따라서 '그'는 개인적 속성의 연정이나 그리움 의 차원에 머물지 않고 민족 정서의 대상으로 존재하여 민족의 생명력으

---

19) 윤여탁, 『리얼리즘시의 이론과 실제』, 태학사, 1994, 227쪽.

로 승화된다.

그러나 비극적 상황은 시적 화자가 순환 반복되는 자연 속에서 그의 영혼을 자각하지만 실체로서 인식할 수 없다는 데에 있다. 이 메꿀 수 없는 거리는 산과 언덕에 화사한 꽃이 피고 아름다운 영혼이 살아 숨쉬지만, 오히려 쓸쓸한 마음으로 발길을 더듬는 '행인'의 모습에서 느낄 수 있다. 이 모습은 민족의 보편적 정서인 한의 대상화라 할 수 있다. 恨은 슬픔의 승화로서 떠남과 상실감에서 기인하나 강렬한 기다림을 수반한다. 그리고 비록 불가능한 상황에서 모든 것을 기정사실화한 것으로 수용하지만 무의식 세계에서 현실을 받아들이지 않으려는 자의식 상태이다. 한은 표면적으로 절망이나 비탄의 비애감을 나타내지만 삶의 운명에 대한 긍정적 극복의지를 역설적으로 표현한 것이다. 따라서 한에는 머물 수 없는 그리움과 충족되지 못한 소망이 담겨 있다.

자연적 이미지를 통해 인간과의 조화를 시도하는 신동엽 시인의 상상력은 반문명과 반이데올로기에, 또는 불합리한 사회 구조 속에서 인간의 원초적 생명과 민족의 순수성에 밑바탕을 두고 있다. 이 자연을 포용하는 대지의 이미지는 인간이 가장 순수하게 뿌리내리고 있는 이념의 갈등이나 현실의 모순을 극복할 수 있는 생명력의 공간이다. 이 시에서 대지의 이미지는 산·언덕·숲·눈·바람 등의 자연현상으로 표상된다. '산'은 수직적 상승지향성으로 고통과 혼돈 세계를 초극하는 신성한 공간이다. '들'과 '숲'은 풍요롭게 뿌리를 내리거나 푸르른 생명력을, '바람'은 붙잡을 수 없는 무형의 존재로서 시·공간을 초월하는 정신적 영혼을, '눈'은 숨결이나 숭고함을 각각 상징한다. 이와 같이 다양한 대지의 이미지는 '그'의 영혼과 정신이 깃들어 있음을 인식할 수 있는 공간으로 자리 잡는다.

　① 무엇이/ 이 산에/ 꽃을 피우나//

② 봄이 오면/ 해마다/ 진달래 피어
③ 이 마음/ 울연히/ 붉어오겠네//
④ 가야지/ 어찌 아니/ 돌아가리
⑤ 그리운/ 보리밭/ 푸른 하늘아
⑥ 정답던/ 친구/ 어디가고
⑦ 이 봄만/ 남아/ 푸르러지나//
⑧ 만나면/ 부둥켜/ 울고싶어서
⑨ 4월은/ 꽃보다/ 더욱 붉어라//

― 정희성의 「이 봄의 노래」 전문 ―

　이 시는 전체적으로 3·4조 음수율이 밑바탕을 이루지만, 후반부에서
부분적으로 일부 행(6·7·8행)이 5·4, 5·5, 8·5조로 7·5조의 변형이
나타나고 6·7행이 3음보 분할의 작위적인 감이 없지 않지만 7·5조 3음
보 형태 구조를 지닌다. 「산에 언덕에」가 4음보의 음보 분할이 자연스러
움에 비해 음수율의 불균형이 심하지만, 이 작품은 3음보와 3·4조 음수
율이 기본형을 이루어 비교적 안정된 느낌이다. 그리고 외형상 비연시이
지만 통사구조의 문장 형태 중심으로 나눠보면 1행-2·3행-4·5·6
·7행-8·9행의 기승전결 구조를 띠고 있다. 연 구분이 없기 때문에
「산에 언덕에」보다 기승전결 구조로 나눴을 때 단락 간의 행 배열이 불균
형 형태이지만 한시 구조처럼 전반부의 배경 묘사와 후반부의 시적 자아
의 감정 이입이 훨씬 구체적으로 묘사되어 있다. 전체 시상은 한적인 그
리움을 나타낸 것으로 '정답던 친구'를 부둥켜 안고 울고 싶지만 지금 만
날 수 없는 상태이다.
　서두에서부터 '무엇이 이 산에 꽃을 피우나'로 의문점을 제시하는데,
그 이유는 친구의 죽음이라는 것을 알 수 있다. 친구의 죽음이 해마다
봄이 되면 '진달래꽃'으로 화한 것이다. 이처럼 불 붙듯 야산에 피어 있는

'진달래꽃'은 신동엽 시의 '길가엔 진달래 몇 뿌리/ 꽃 펴 있고/ 바위 그늘 밑엔/ 얼굴 고운 사람 하나/ 서늘히 잠들어 있었어요'(「진달래 산천」)에서처럼 죽음과 피의 이미지로 전쟁 중 죽어간 망자의 모습으로 비쳐진다. 이 '진달래꽃'은 김소월 시 이후 슬픔과 한의 보편적 민족 정서로 친숙감을 느끼지만, 봄의 전령사로 거듭나는 생명력으로서 그리움의 화신으로 자리 잡는다.

원작에서는 '그'의 모습을 볼 수 없고 그의 노래를 들을 수 없어도 그의 숨결과 영혼이 산 언덕에 '꽃'으로 피어난다. 그러나 이 작품에서는 친구의 육체적 죽음이 구체적 형상인 '진달래꽃'으로 화했지만, 그의 영혼과 정신은 '푸른' 색감의 이미지로 상징화된다. 이 '푸른' 이미지는 '보리밭' '하늘'로 구체화되어 강한 생명력과 정의의 진리를 내포한다. '보리밭'이 추운 겨울을 이겨내듯 강한 민중의 생명력이라면, '푸른 하늘'은 영원한 이상, 자유·평등·진리 추구의 외경심을 내포하는 존재론적 대상이다. 이런 점에서 볼 때, 친구의 죽음은 개인사적 의미보다 시대적·정치적 상황 속에서 정의를 추구하다 희생된 것임을 추측할 수 있다. 그의 죽음은 헛된 것이 아니기에 4월 꽃 필 때가 되면 꽃보다 붉은 그리움으로 다가오는 것이다. 이 그리움은 비록 같은 개념은 아니더라도 사랑·믿음·소망 등과 같은 무게와 부피를 가지고 있는 것들이며, 그것들은 안온하고 일상적인 삶 속에 있는 것이 아니라 핍박받고 고통당하고 또한 싸우는 삶 속에 있다는 점을 알게 한다.[20] '붉은' 색감은 친구에 대한 간절한 그리움의 농도를 표상한다.

이처럼 「이 봄의 노래」는 원작에 비해 좀더 구체적이고 섬세하게 시적 화자의 감정을 표현하였다. '그'에 대한 그리움의 감정이나 시·공간적

---

20) 신경림, 「그리움과 기다림의 시」, 『한 그리움이 다른 그리움에게』(시집), 창작과비평사, 2003, 98쪽.

상황을 자연물이나 색감 이미지를 통해 구체적으로 표현하고 있다. 그의
그리움과 기다림은 우리의 영원한 꿈인 자유와 평등, 민주를 향한 암시인
것이다. 이상 두 작품 간의 패러디 관계를 비교하면 다음과 같다.

패러디 양태 ＼ 시 제목	山에 언덕에	이 봄의 노래
형식	・기승전결 ・7・5조 중심의 3음보	・기승전결 ・3・4조 중심의 4음보
시간	・	봄, 4월
공간	산, 언덕, 들	산
대상	그	친구
현상	화사한 꽃	진달래꽃
주제	그리움－恨	그리움
시적 화자	함축적	함축적

② 「낡은 집」과 「火田」

　　　지금은 아무도 살지 않는 집
　　　마을서 흉집이라고 꺼리는 낡은 집
　　　제철마다 먹음직한 열매
　　　탐스럽게 열던 살구
　　　살구나무도 글거리만 남았길래
　　　꽃피는 철이 와도 가도 뒤울안에
　　　꿀벌하나 날아들지 않는다

　　　　　　　　　　　　　－ 이용악의 「낡은 집」 부분 －

　전체 8연으로 구성된 「낡은 집」은 객관적 사실에 의존하는 서술 태도
로서 현재시점에서 과거 이야기를 청자에게 들려주는 구조로 친구의 가
족사와 삶의 궤적이 시적 형상화의 대상이 되고 있다. 이 8연은 1・2연과
함께 본론 형태의 3~7연에 담겨 있는 털보네 가족사를 액자 형태로 감싸

고 있다. 본론 부분은 나의 친구인 털보네 셋째아들의 출생과 성장 과정, 털보네 가족의 이향 등이 시간적 순서의 서사 형태로 서술되어 있다. 시적 화자인 '나'는 오랜만에 찾은 고향집 마을에서 흉가가 되어버린 '낡은 집'을 발견하고 슬픈 감회에 젖는다. 한때 그들이 열심히 살았던 모습을 이 집 외양간의 체취에서 느낄 수 있으나 지금은 모두 종적을 감추고 폐가가 된 '낡은 집'만 남아 있다. 털보네 셋째아들이 태어났을 때 가족들은 식솔이 더 느는 것 때문에 걱정과 시름에 잠기기도 했지만, 그 동무는 소박한 '도토리 꿈'을 키우며 자랐다. 그러나 그런 꿈도 가난 때문에 여지없이 짓밟히고 털보네 일곱 식구는 한겨울밤 눈발자국만 남기고 떠나버렸다. 사람들은 그들이 만주나 시베리아 쪽으로 갔으리라 수군거렸다. 이곳은 털보네 가족뿐만 아니라 그 당시 척박한 삶을 견디지 못해 새로운 생활 터전을 찾아 정처없이 떠나갔던 조선 유이민들의 생활공간이다.

털보네가 떠나버린 이 '낡은 집'은 지금 아무도 살지 않을 뿐만 아니라 모두가 꺼리고, 열매도 맺지 않고 꿀벌도 날아들지 않는 죽음의 공간으로 모든 생명력이 상실되고 민족 공동체가 와해된 곳이다. 이처럼 '낡은 집'에 얽힌 이야기는 어릴 적 동무인 '나'의 회상으로 전개되는데, 그것은 시적 화자가 잘 아는 인물을 대상으로 설정하여 자신의 체험 속에 용해되어 있는 객관적 상황을 생생하게 전달함으로써 리얼리티를 확보하는 효과를 자아낸다. 비애의 정서가 서정적 주체의 지적인 통제에 의해 극도로 억제되고 안정적인 리듬과 담담한 어조로써 '낡은 집'에 얽힌 사연과 식민지 수탈이 관련되어 있음을 생생히 드러내고 있다.

이 8연에서 시적 화자는 털보네 일가족의 삶을 지켜보는 관찰자로서 이야기를 서술하는 서사적 전달자로부터 점차 은폐되어 현재 시선에서 고향 마을의 정황을 현실체험하고 서정적으로 인식하는 서정적 주체로 바뀐다. 이 서정적 주체는 '나'라는 구체적 인물로 국한되지 않고 보편성을 얻기 위해 일반화로 객관화된다. 이 때 그 시적 대상에는 서정적 주체의 인식 속에 구성된 당대 현실의 의미와 그에 대한 서정적 반응이 투사되어 있다.[21] 이처럼 현재시점의 중요성은 한 가족의 비극적 차원에서 끝나는 것이 아니라 현재에도 이어지고 있는 문제로서 우리 민족이 겪는 처절한 비극이라는 의미를 환기한다.[22] 즉 한 가족의 파멸을 통해 민족공동체의 파멸을 암시함으로써 일제식민지 시대에 민족의 참담한 현실을 반영한 것이다. 이런 시간의식은 과거의 체험적 일화나 정황이 현재의 척박한 현실을 부각시키는 장치로 작용하여 실향이라는 민족사적 비극의 정서를 느낄 수 있다. 모든 생명력이 상실된 부정적 상황은 좀처럼 회복될 것 같지 않는 암울한 상태로서 상황극복을 위한 의지나 미래를 향한 전망의 부재 상태를 암시한다.

> 불이 오른다.
> 아침나절 굴뚝에 연기 없더니
> 저녁답 문전엔 弔燈이 걸려 있고
> 누구의 피 맺혀 얼어
> 검붉은 수숫대 타오르는가
> 흙마당 캄캄히 불은 올라
> 청청 하늘에 흰 눈 내린다
> 이젠 배 안 고플 김씨여
> 살아 있는 동안
> 나도 땅을 갖고 싶다던 너
> 이곳에 살기 위하여
> 너는 죽어 땅이 되는가
> 우리가 떠나는 이 산밭에
> 지금은 눈이 내리고

---

21) 박윤우, 『한국현대시와 비판정신』, 국학자료원, 1999, 105쪽.
22) 심재휘, 『한국 현대시와 시간』, 월인, 1998, 102쪽 참조.

불이 오른다
오오, 서늘한 얼굴이여 타거라
눈이여, 흙담 너머 헛간 용마루
갈매봉 산마루까지
하늘 서늘히
타올라라

                        ― 정희성의 「火田」 전문 ―

「낡은 집」 8연의 분위기를 연상할 수 있는 이 시는 궁핍하고 피폐한 농민의 삶을 압축하고 있다. 시 속에 사건 내지 이야기를 담음으로써 현실상황을 객관적으로 묘사하였다. 시적 화자는 '김씨'와 같은 동료로서 그의 삶을 지켜보는 관찰자이자 동시에 그를 둘러싼 삶의 이야기를 전달해주는 서술자의 역할을 함으로써 상황을 객관적으로 제시해준다. '김씨'는 '火田'을 일궈서라도 농사를 짓고 싶어했지만 생전에 땅 한 뙈기를 갖지 못하고 가난에 찌들다 죽어갔음을 알 수 있다. 이 '김씨'는 「낡은 집」의 '털보네'와 같은 가난한 농민으로 우리 민족이 겪어온 수난사와 결부된 민중의 전형상이다. 피맺힌 '김씨'의 죽음은 민중적 한으로 승화되어 '검붉은 수숫대'에 타오르고, 더 나아가서는 한맺힌 '서늘한 얼굴'뿐만 아니라 눈 덮인 산야에까지 하늘 높이 타오르는 것이다. 비극적 상황의 상승 효과는 '김씨'와 같이 동고동락했던 '우리'가 삶의 터전인 '산밭'을 떠나는, 즉 털보네가 눈 위에 발자국을 남긴 채 야반도주하듯이 이향 현상에서 더욱 고조된다. 「낡은 집」에 비해 서사적 구조는 미약하지만 화전민이 처한 현실상황을 객관화된 정서로 형상화하였다.

3 ▌ 결론 ▌

　본고에서 다룬 정희성 시인의 시에 나타난 패러디 형태 구조를 정리하면 다음과 같다.

　첫째, 원텍스트적 전경화 장치의 외재화로, 기존 유명 작품의 구조 및 시정신을 외형상 쉽게 인식할 수 있도록 모방적으로 차용한 경우이다. 이런 유형으로 「저 산이 날더러」는 박목월의 「산이 날 에워싸고」를, 「답청」은 김수영의 「풀」을 각각 표층적 통사구조와 중심 이미지를 통해 패러디하였다. 「저 산이 날더러」는 자연과의 합일을 추구하는 木月 시에 비해 물질적 가난과 굶주림에서 벗어나지 못하는 민중의 삶을 대변한 것으로 삶의 현장감과 치열성이 생생하게 나타난다. 「답청」은 「풀」에 비해 민중의 일상성이나 삶의 구체성이 미약해 추상적인 느낌이 들지만, 7·80년대 민중지향적 분위기에 편승해 강인한 생명력을 동반하고 사회 역사적 문맥을 지닌 현실지향적 경향을 반영한다.

　둘째, 원텍스트적 전경화 장치의 내재화로, 패러디 작품의 시적 주제를 강조하기 위해 기존 유명 작품의 시구를 부분적으로 차용하거나 혹은 시상과 포괄적인 이미지의 환기를 통해 시정신의 차원에서 간접적으로 나타낸다.

　① 부분적 시구와 이미지의 차용으로, 「돌」은 서정주의 「無等을 보며」와 김수영의 「푸른 하늘을」에서 각각 위장된 현실순응주의의 가치관 비판과 혁명·자유의 이미지를 통한 삶의 긍정적 가치관을, 「梅軒 옛집에 들어」는 이육사의 「광야」에서 냉철한 현실인식와 미래지향적인 선구자 의식을 차용했다.

　② 시상과 이미지의 환기를 통한 시적 형상화로, 「이 봄의 노래」는 신동엽의 「산에 언덕에」, 「진달래 산천」에 나타나는 한적 정서나 망자에

대한 그리움을 구체적으로 '진달래꽃'과 자연적 이미지를 통해, 「火田」은 이용악의 「낡은 집」에 나타나는 이향 정서와 민중의 한을 '불빛' 이미지를 통해 시상을 환기시켜 시적 주제를 형상화하였다.

박용래 시의 시문법적 접근
─ '풀리다' '아삼한(아슴한)' '깃'을 중심으로 ─

1 ▌ 서론 ▌

박용래 시인은 1950년대 중반 『현대문학』(1956)지로 등단하여 1980년 타계할 때까지 3권의 시집 『싸락눈』, 『강아지풀』, 『백발의 꽃대궁』, 사후 시전집으로 『먼 바다』(1984)와 160여 편의 작품을 남겼다. 그는 시작 활동 기간에 그리 많은 작품을 남기지 않았지만 시종일관 향토적인 서정 속에 그리움과 쓸쓸함, 정한의 한국적 정취를 치열한 언어 조탁으로 아름답게 형상화했다. 그의 초기작에는 빈번한 관념어 구사와 고독과 그리움의 정 서가 나타나기도 하지만, 전반적인 그의 작품 경향은 현대문명화 속에 사라지고 잊혀져 가는 자연과 소외된 사물에 대해 절제된 언어와 간결한 시행으로써 즉물적·소묘적 기법으로 끊임없이 응시하면서 자아와의 미 적 거리를 유지한다. 특히 반복 형태를 기반으로 한 전통적 리듬의 변화, 문장의 서술부위 생략, 행간마다 무한한 여백의 공간미 구성 등은 주관적 인 감정을 최대한 절제하여 감각적이고 사물화된 이미지를 구축하는 데 효과적으로 작용한다.

　지금까지 그의 작품에 대한 연구는 주제나 정서의 속성과 관련해 정신 사적 관점에서 포괄적으로 시세계를 논한 경우(김재홍·박유미·박영우·서정 학·송재영·손종호·이은봉·진순애·최동호·최윤정·홍희표 등),[1] 기호학적 방 법을 통한 구조분석이나 반복형태의 운율론적 분석 등 형식미학의 관점 (정효구·윤호병·조창환·심재휘·고형진 등)[2]에서 접근한 경우로 나눌 수 있 다. 그 외 단편적으로 라캉 이론을 바탕으로 무의식적 욕망의 구현으로 시쓰기(박주택), 인간과 자연의 위상을 새롭게 정립하려는 심층생태학적 관점에서 접근한 논문(이혜원·엄경희·김성화 등)[3]이 있다. 박용래 시인은 한국어의 고유한 아름다움을 시화하는 데 혼신의 힘을 쏟았기 때문에 그 의 시 속에는 일상생활에서 흔히 사용치 않지만 독특한 정서와 뉘앙스를 자아내는 토착어나 고어, 다양한 시적 조어가 풍부하게 나타나고 있다.

　본고는 여기에 초점을 맞추어 그의 시에 빈번히 사용되는 단어('풀리다'

1) 박유미, 「박용래 시 연구」, 『한국시학연구』 1집, 한국시학회, 1998.
　박영우, 「박용래 시 연구」, 중앙대 박사학위논문, 2001.
　서정학, 「박용래 시의 특질에 대한 고찰」, 『비평문학』 25호, 한국비평문학회, 2007.
　송재영, 「박용래론－동화 혹은 소멸」, 『현대문학의 옹호』, 문학과지성사, 1979.
　손종호, 「박용래 시세계 연구」, 『충남대 논문집』, 충남대인문연구소, 1989.
　이은봉, 「박용래 시 연구－시적 방법과 시세계를 중심으로」, 『한남어문학』, 1982.
　최동호, 「한국적 서정의 좁힘과 비움」, 『시와시학』, 시와시학사, 1991년 봄호.
　최윤정, 「'눈물'의 서정과 병렬적 구조」, 『한국전후문제시인연구·1』, 예림기획, 2005.
　홍희표, 「향토시인연구(1) - 박용래론」, 『목원대학 논문집』, 1984.
2) 조창환, 「박용래 시의 운율론적 접근」, 『시와시학』, 시와시학사, 1991 봄호.
　윤호병, 「박용래 시의 구조 분석」, 『시와시학』, 시와시학사, 1991 봄호.
　정효구, 「박용래 시의 기호론적 분석」, 『시와시학』, 시와시학사, 1991 봄호.
　고형진, 「박용래 시의 형식미학」, 『현대문학이론연구』 13집, 현대문학이론학회, 2000.
　심재휘, 「박용래 시 연구」, 『현대문학이론연구』 23집, 현대문학이론학회, 2004.
3) 박주택, 「박용래 시에 나타난 응시와 욕망 연구」, 『한국언어문화』 32집, 한국언어 문화학회, 2007.
　이혜원, 「박용래 시의 미적 특질과 생태학적 의미」, 『어문연구』 49권, 어문연구학 회, 2005.

'아슴한 '깃'를 중심으로 작품 내에서 어떻게 다양한 의미를 내포하며 변화하는지 시문법적(언어시학적) 관점에서 작품 비교를 통해 구체적으로 분석하고자 한다. 시문법(poetic grammar)이란, 일상언어에 대한 문법을 근거로해서 만들어진 특수한 선택 기구로서 주어진 문학작품에 대한 '詩性의 척도'를 결정지워준다.[4] 시는 언어 자체를 수단과 목적으로 하는 미학적 구조물이다. 문학비평이 인간의 미적 감성이 어떻게 문학적 언어 표현과 조직적으로 관련되어 있는가를 해명하는가에 있다면 언어학적 접근을 피할 수 없다. 따라서 시 작품을 감상할 때 막연히 주관적으로 판단하여 좋고 나쁜가를 평가할 것이 아니라 보다 분석적인 관점에서 문법적으로 해명하지 않으면 안된다. 이와 같은 시 비평을 시문법이라고 한다. 시학이 언어의 문학적 진술에 관한 보편적 해설을 위해 중점을 두므로 시적기능을 여타 언어기능들과 관련시켜 다루는 언어학의 일분야라면, 시문법은 그러한 시학의 바탕 위에 구체적으로 시 작품에 직면해 적용하는 응용과학이라 할 수 있다. 시 작품을 분석하고 설명하는 과정에서 불충분하거나 비약적이었던 사항을 좀더 구체적이고 분명하게 언급할 수 있을때 시에 대한 언어학적 접근이 유효한 것이다.

2 ▨ 시문법적 분석 ▨

1) '풀리다' ―「점묘」「뻐꾸기 소리」「우편함」

'풀리다'는 '풀다'의 피동사로 일상생활에서 광범위하게 사용되고 있다.

---

4) 이정민 외 2인 편,「시학과 언어학」,『언어과학이란 무엇인가』, 문학과지성사, 1997, 187쪽.

흔히 어려운 문제나 상황을 '해결하다', 어떠한 날씨나 감정 상태가 '누그러지다' '이완되다', 억압된 상태에서 '벗어나다', 각종 규제나 제도가 '풀어지다' 등의 다양한 의미를 지닌다. 그러나 박용래 시에서 '풀리다'는 이런 사전적 의미보다 시적 언어로서 '빛에 비치다(반사되다)' '드러나다' '달래주다' '벗어나다' 등 다양한 애매성을 동반한다.

> 싸리울 밖 지는 해가 올올이 풀리고 있었다.
> 보리바심 끝마당
> 허드렛군이 모여
> 허드렛불을 지르고 있었다.
> 푸슷푸슷 튀는 연기 속에
> 지는 해가 二重으로 풀리고 있었다
> 허드레,
> 허드레로 우는 뻐꾸기 소리
> 징소리
> 도리깨 꼭지에 지는 해가 또 하나 올올이 풀리고 있었다.

> — 「點描」 전문 —

이 작품은 주체가 생략된 채 바깥에서 바라보는 화자가 객관적 시점에서 추수하는 농촌의 일몰 풍경을 묘사한 것으로 마치 한 폭의 풍경화를 연상시킨다. 전체 구조는 1, 2~4, 5~6, 7~8행 등 4개의 문장으로 구성되어 있는데, 특히 '풀리다'와 '지르다'의 서술어 중심으로 공간 상황이 전개된다. 각 문장의 주체와 서술 형태를 보면, 두 번째 문장만이 인간인 '허드렛군'이 주체로서 서술 구조도 '지르고 있었다'라는 능동적 행위를 나타낸다. 그 외 세 문장은 똑같이 주체가 '지는 해'로서 서술 구조도 '풀리고 있었다'라는 피동의 성격을 나타낸다. 이 작품에서 여러 번 반복되는 '풀리고'는 '비치다(반사되다)'의 공간확장적 의미를 지닌다.

 서두부터 단정적인 문장을 제시해 원근법의 구조로써 전체적인 석양 풍경을 언급한 후, 다음 행부터 추수하는 농촌 풍경을 구체적인 자연적 배경을 통해 묘사하고 있다. '싸리' 울타리를 경계로 밖과 안, 원근 배경의 대조적 상황이 전개된다. '싸리울' 밖이 '뻐꾸기 소리'와 함께 자연 배경이라면, '싸리울' 안은 인간이 인위적으로 행하는 보리타작 마당이다. 1행은 시골 농촌의 '싸리울' 사이로 저녁해가 비쳐나가는 모습이다. '싸리울' 사이로 석양빛이 가늘게 비쳐지는 모습을 마치 실타래가 풀려나가는 모습으로 비유한 것이다. '올올이'는 '가닥마다' '올마다'의 뜻을 지닌 부사로서 실이나 줄의 가락인 올의 실타래와 관련된 것으로 '풀리다'와 조응 관계를 이루는데, 자연스럽게 풀리는 상황을 구체화함으로써 '지는 해'의 프리즘을 묘사한 것이다.

 두 번째 단락은 보리타작이 끝날 무렵 '허드렛군'이 모여 타작마당을 마무리하기 위해 잔쓰레기와 검불을 모아 불에 태우는 풍경이다. '허드레'는 "허름하고 중요하지 않아 함부로 쓸 수 있는 물건"이란 뜻으로, 시인은 '허드레'의 기본형에 복합어 형태인 '허드레(ㅅ)+n' 구조로 다양한 시적 조어를 만들고 있다. 흔히 '허드레꾼' '허드렛일'은 일반적으로 사용하는 단어이지만, '허드렛불'이나 '허드레로 우는 뻐꾸기'는 향토적 분위기와 반복적 리듬의 시적 감흥을 자아내기 위해 사용한 시적 조어이다. 정식 일꾼이 보리타작의 주된 일을 한다면, '허드레꾼'은 타작 후의 잔일을 마무리하기 위해 정리하는 간단한 일손이다. 그는 타작마당을 마무리하기 위해 주위의 검불 쓰레기를 모아 간단히 불로 태우는 것이다.

 세 번째 단락은 검불 쓰레기를 태우는 연기 속에 해가 지는 상황이다. '푸숫푸숫'은 '푸싯푸싯'의 의미를 지닌 의성어로 타작마당의 허드레 쓰레기들이 '허드렛불'에 타면서 튀는 상황을 감각적으로 나타낸 것이다. '푸숫푸숫'은 정식 타작이 끝난 후 주위 검불이나 잡쓰레기에 보리껍질이

섞여 타는 소리이다. '二重으로 풀리'는 것은 '허드렛불'의 연기와 지는 햇빛의 정경 묘사이거나 햇빛이 굴절되어 음영으로 비치는 현상이기도 하지만, 싸리울타리와 '도리깨 꼭지'의 두 가지 사물에서 저녁해가 비쳐 빠져나가는 모습을 비유적으로 묘사하고 있는 것이다.[5]

마지막 단락에서 '허드레'의 두 번 반복은 '뻐꾸기 소리'와 '징소리'를 내포한 것이며, '허드레/ 허드레로 우는 뻐꾸기'는 시각과 청각의 공감각 현상을 나타낸다. '허드레로 우는 뻐꾸기'는 본능적으로 갈급해서 우는, 즉 짝을 찾거나 배고파 우는 소리라기보다 잔기침처럼 무심결에 내는 소리이다. '징소리'는 타작 마당의 마무리를 알리듯, 혹은 마을 공동체의 모임을 알리듯 '허드레(ㅅ)'의 언어적 정서의 뉘앙스와 호응하면서 멀리서 오랜 여운을 내며 사라지는 소리이다. 마지막 행은 수미쌍관식의 변형 형태로 또 하나 '지는 해'가 '도리깨 꼭지'에 비치는 모습이다. 전후 상황으로 볼 때, 보리타작이 다 끝나가기 때문에 '도리깨 꼭지'에 '지는 해'는 한참 타작하는 상황이라기보다 '또 하나'가 첨가됨으로써 모든 타작이 끝난 후에 느끼는 심리적 현상을 동반한 것이다.

이 시에서 '지는 해'는 세 가지 양상으로 나타나고 있는데, 1행의 싸리울 밖에 '지는 해', 5행의 푸슷푸슷 튀는 연기 속에 '지는 해', 10행의 도리깨 꼭지에 '지는 해'이다. 따라서 첫 번째는 자연 현상 속에서 시간성을 느끼게 하는 '지는 해'이고, 두 번째는 추수를 끝낸 후 정리하며 주위를 마무리하기 위해 태우는 연기 속에 '지는 해'이고, 세 번째는 추수 도구인 도리깨 꼭지에 '지는 해'이다. 이 세 번째 '지는 해'는 인간이 사용하는 도구의 특수성을 차용하여 자연의 순환적 질서에 따르는 '해'를 연결한다. 시적 자아는 '지는 해'의 풀림을 통해 '도리깨'에 퍼지는 해의 모습을 '또 하나'로

---

5) 고형진, 「박용래 시의 형식미학」, 『현대문학이론연구』 13집, 현대문학이론학회, 2000, 32쪽.

인식한 것이다.6) '도리깨 꼭지'에 '지는 해'가 풀리는 것은 도리깨 꼭지에 달린 '도리깻열'7) 사이에 마치 물감이 올올이 번지듯 햇빛으로 반사되는 음영이라 할 수 있다. 이 단계에서 시적 화자는 '풀리고'를 통해 자연의 순환적 질서에 동화되고자 하는 시적 자아의 의식을 반영한다. 그것은 더 구체적으로 세 번째 단락에서 인간의 인위성에 따른 '연기'와 자연의 순환 원리 현상인 '지는 해', 네 번째 단락에서 인위적 행위에 따른 '징소리'와 자연의 섭리에 따른 '뻐꾸기 소리' 등의 조화에서 엿볼 수 있다.

> 외로운 시간은
> 밀보리빛
> 아침 열시
> 라디오 속
> 뻐꾸기 소리로 풀리고
> 아침 열시 반
> 창 모서리
> 개오동으로 풀리고
> 그림 없는 액자 속
> 풀리고, 풀리고
> 갇힌 방에서
> 외로운 시간은

— 「뻐꾸기 소리」 전문 —

작품의 전체적인 주조는 외로움이다. 시적 화자는 외로움의 심리적 현상을 시·청각적 이미지와 수미쌍관식 형태로써 구체적으로 묘사하고 있

---

6) 강희안, 「박용래 시의 상징 이미지와 공간지각 현상」, 『비평문학』 29호, 한국비평
   문학회, 2008, 27쪽.
7) 타작할 때 내리치기 위해 사용하는 도구로서 도리깨에 달린 휘추리로, 곧고 가느다
   란 나뭇가지 두 세 개로 만들어졌음.

다. 이 시는 '풀리고'라는 서술어를 중심으로 편의상 1~5행, 6~8행, 9~12행 등의 3단락으로 나눌 수 있다. 첫 단락에서 외로움은 '뻐꾸기 소리'의 청각적 이미지를 통해 시간성으로 나타난다. '아침 열시' 무렵은 바쁜 일상 속에서 모두가 분주하게 생활 터전에 나간 후 한가한 시간이다. 이때 시적 자아는 시간을 알리는 '뻐꾸기 소리'로 외로움을 자각한다. 그런데 '밀보리빛'은 행간걸림처럼 1행과 3행에 각각 연결해 해석해도 무리가 없다. 즉 '외로운 시간'이 '밀보리빛'이거나 '아침 열시'가 '밀보리빛'인 것이다. '밀보리빛'은 밀과 보리의 빛깔을 지닌 복합어로 푸른 생기가 돋아나는 생명력을 지닌다. 따라서 첫 번째 애매성을 적용해 '외로운 시간'이 '밀보리빛'이라면 역설적인 구조이다.

밀보리 빛깔이 푸르고 끈질긴 생명력의 강인성과 희망을 나타내듯이 시적 자아는 외로움을 상대적인 현상을 통해 역설적으로 인식한다. 다음 후자 쪽을 적용해 '아침 열시'가 '밀보리빛'이라면, 희망찬 하루가 시작되는 아침의 바쁜 시간대에 휩싸여 외로움을 느끼지 못하다가 모두가 출근하고 한가한 열시쯤에 자신을 돌이켜 보면서 처연한 외로움을 자각하는 것이다. 따라서 수미쌍관식 형태의 시 구조상으로 볼 때 마지막 행의 '외로운 시간'과 조응 관계를 이루거나, 전체적인 흐름으로 보아 후자 쪽의 해석이 타당성을 지닌다고 볼 수 있다.

두 번째와 세 번째 단락은 시간적으로 느끼는 외로움이 실내·외의 구체적인 공간을 통해 인식된다. 두 번째 단락에서 외로움은 '아침 열시반' 방안에서 바라본 창밖 모서리를 통해 '개오동' 나무에 비쳐진다. 첫 번째 단락에서 외로움이 무한공간에서 청각적 이미지를 통해 심리적으로 각인된다면, 두 번째 단락에서는 공간적으로 나타나 그 외로움이 '개오동' 나무라는 구체적인 시각적 물상을 통해 비쳐진다. 이 외로움이 세 번째 단락에서는 방안의 '그림 없는 액자 속'을 통해 나타난다. 시적 자아는

방안에 갇혀 있는 자신의 외로움을 '그림 없는 액자 속'이라는 구체적이면
서도 좁힘의 공간으로 설정하여 외로움의 강도를 원근법으로 처리하고
있다. 시 속에서 피동사인 '풀리고'의 주어는 '외로운 시간'인데, 두 번째
단락에서는 이 주어를 생략했고, 세 번째 단락에서는 '갇힌 방에서/ 외로
운 시간'으로 주어를 마지막 행에 도치시켜 '풀리고'의 반복과 병행해 수미
쌍관식으로 강조하고 있다.

이 '그림 없는 액자'는 사물과 풍경을 있는 그대로 비추는 투명판이다.[8]
화자는 거울 같은 이 '액자'를 통해 바깥과 자신을 응시한다. 그런데 액자
속을 통해 화자가 바라보고자 하는 대상은, 즉 외로움을 벗어나고 싶은
욕망이었지만 현상에 비쳐진 바깥 세계는 자신의 욕망이 충족되지 못한
외로운 상태이다. 바라보는 주체가 '액자' 속에 비친 현실을 '상상계'와
같이 일치하지 않고 허구라는 것을 인식했을 때 주체의 분열이 야기된다.
따라서 욕망하는 대상이 허구라는 사실을 인식하는 '상징계'의 주체는 허
구와 결핍을 새로운 대체물로 채우려는 수직적 응시를 취한다. 응시는
거세공포에 의해 주체가 상상계에서 상징계로 들어서듯 바라보기만 하던
것에서 보여짐을 아는 순간 일어난다. 그래서 실재라고 믿었던 대상이
자신의 욕망을 충족시키지 못함을 깨닫고 다시 욕망의 회로 속으로 빠져
들게 하는 동인이다.[9] 이 상징계에 이르면 주체는 타자의식이 생성되어
외로움의 극복이라는 욕망의 결핍을 어떠한 대상에 투영함으로써 타자의
욕망에 종속시킨다. 주체는 '거울 단계'와 같은 '그림없는 액자 속'에 비쳐

---

8) 박주택, 「박용래 시에 나타난 응시와 욕망 연구」, 『한국언어문화』 32집, 한국언어
   문화학회, 2007, 122쪽.
9) 자크 라캉, 권택영 편, 『욕망이론』, 문예출판사, 1994, 32쪽.
   라캉은 아이가 거울 속에 비친 모습을 자신과 완전히 동일시하는 거울단계를 '상상
   계'라고 하는데, 이 단계는 언어의 세계요, 질서의 세계인 '상징계'로 진입하면서
   사회적 자아로 굴절된다고 한다.

진 현실 간의 불일치, 즉 외로움을 해결하기 위해 대상에서 욕망을 느낀
다. 그것이 자신의 결핍을 완전히 채워줄 것이라 믿기 때문이다.

그렇다면 박용래 시인에게 '그림 없는 액자 속에 풀리는' 것이란 구체적
으로 무엇일까? 액자 속에 그림이 없다는 것은 채워지지 않은 비움의 상
태로서 시적 자아의 공허하면서도 외로움의 깊이를 반영한 것이다. 이
액자 속에 그림을 채우는 것은 시적 자아에게 적막한 외로움을 채우는
것이며, 그것은 다름 아닌 시 쓰기 과정이라 할 수 있다. 시 쓰기는 시인에
게 치열한 창작의 열망과 언어의 조탁을 동반한 창작의 고통으로 처연한
외로움을 풀어가는 과정이다. 그는 '그림 없는 액자 속'에 자신의 외로움
을 극복하며 시적 감흥을 밀보리빛 언어로 담아내고자 했다. 따라서 '풀리
고'의 서술어가 첫 번째, 두 번째 단락에서는 '나타나고' '비쳐지는' 객관적
상황이라면, 마지막 단락에서는 외로움을 풀어내고 '달래주는' 시 쓰기의
계기를 반영한 것이라 할 수 있다. 이러한 시작 태도는 인생사에 대한
무욕에 다다른 인식의 전환을 보여준다.

> 감꽃 마슬의
> 외따른 번지 위해
>
> 감꽃 마슬의
> 조각보 하늘 위해
>
> 그림 없는
> 액자 속에 살아라
>
> 감꽃
> 주렁주렁 달고

감새,

　　　　　　　　　　　　　　　　　－「감새」부분 －

　감나무에 앉은 새를 소재화한 이 시는 청장년 시기를 지나 노년에 접어 든 인생사를 '감새'의 삶으로 비유하였다. 시적 화자는 각 인생 시기에 적절한 삶의 지향점과 양태를 '~위해'와 '~살아라'라는 명령투의 어휘를 통해 강인한 의지와 충고를 피력한다. 그는 노년에 거처할 감꽃마을의 '외따른 번지'에서 '조각보 하늘'만한 노년의 외로움을 견디다, 궁극적으로 는 '그림 없는 액자'의 공허한 죽음의 세계로 되돌아가는 것이다. 그런데 '그림 없는 액자' 속에 사라지면서 '감새'에게 감꽃을 주렁주렁 달고 살라 는 것은 희로애락의 인생을 경험한 화자의 동양적 허무와 무욕의 경지에 이른 느낌이다. 耳順의 나이에 이르러 과거의 회한을 노래한 시인은 어느 덧 삶을 하나의 구도로 파악하는 높이에 이르러 이제는 '감새'로 상징되는 스스로에게 '그림 없는/ 액자 속에 살아라'라고 명령할 수 있는 달관의 경지에 도달한 것이다.[10] 이와 같이 모든 사물 현상을 대자연의 이치로 바라볼 때 어떠한 상황에 직면하더라도 유연자약하여 죽음 앞에서도 마 음의 평화와 즐거움을 얻을 수 있다는 것이다. 장자는 이런 상태를 '至樂' 이라 부른다.[11] 따라서 인간이 살아가면서 떨쳐버릴 수 없는 우환과 욕망 의 굴레에 집착하지 않고 그것을 초극하기 위해 무위의 삶 속에서 심리적 으로 해소하는 것이다.

　　새여, 마스로바의 새여
　　젖빛 안개 속

---

10) 손종호, 「박용래의 시세계」, 『작고문인연구』, 대훈사, 1995, 231쪽.
11) 박이문, 『노장사상』, 문학과지성사, 1994, 86쪽.

　　　　새벽 文章에서 풀리는 새여
　　　　너는 알電燈에 그을렸구나
　　　　발목에 무지개는 걸리지 않았고

　　　　마스로바의 새여
　　　　다시는 郵便函에 갇히지 말라.

　　　　　　　　　　　　　　　　－「郵便函」전문 －

　　이 시에서 '마스로바 새'가 아닌 '마스로바의 새'는 조류의 고유명사라기
보다 '마스로바'에 의미를 부여한 은유적 관계로 추측할 수 있다. '마스로
바12)는 톨스토이의 『부활』에 나오는 여주인공 카츄사가 감옥에서 개명
한 또 다른 이름이다. 여기에서 '마스로바의 새'는 '젖빛 안개 속'과 '우편
함'에 갇혀 있는 존재로 현실 세계에 갇혀 있거나 억압된 시적 자아의
의식상태이다. '젖빛' 이미지는 젖의 빛깔과 같이 불투명한 흰빛처럼 희미
한 자아의식을 반영한 것이다. 카츄사가 네플류돌프에게서 버림받고 살
인죄의 누명으로 감옥에 갇힌 후 '마스로바'로 개명하였듯이, 이 '마스로
바'의 이미지는 부자유스러운 상태를 반영한다. '새'가 자유롭게 비상하지
못하고 새장 안에 갇혀 있을 때 누구나 답답함과 억압된 감정을 느낀다.
　　이 시에서 '마스로바의 새'는 새벽에 '문장'에서 풀려나기 전에는 '알전
등'에 그을리고 '무지개'가 발목에 걸리지 않는, 즉 희망이라고는 하나도
없는 부정적인 모습으로 현시된다. 그러나 이런 상태에 처한 '새'가 새벽
에 '문장'에서 풀려나고, 시적 화자는 다시 '우편함'에 갇히지 말라고 '마스
로바의 새'에게 당부한다. 갇혀 있던 새는 새벽이 되어서야 풀리게 된다.
이런 자아인식은 불안하고 부자유스런 억압된 상태를 벗어나고자 하는

---

12) 박용래, 「카츄사의 봄」, 『우리 물빛 사랑이 풀꽃으로 피어나면』, 문학세계사, 1985,
　　164쪽.

자의식을 반영한 것이다. 그것은 새를 통해 생명체를 인식한 결과일 뿐만
아니라, 고독한 실존 공간에 갇혀 있던 그가 '새'를 인식하면서 새로운
모습으로 변화를 꾀하는 계기를 마련한다.13) 따라서 '마스로바의 새'는
시적 화자의 자의식으로서 유폐된 현실 공간에서 실존적 고독을 벗어나
려는, 더 나아가서는 도달할 수 없는 미지의 세계나 초월적 공간을 향해
열망하는 자의식의 역동성을 뜻한다. 이처럼 새를 통한 자아인식은 궁극
적으로 자유로움을 갈구하는 화자의 소망이 잠재되어 있다.

　또 다른 관점에서 접근해 보면, 이 '마스로바의 새'는 글쓰기의 자의식
적 고뇌를 동반한 시작품으로도 볼 수 있다. 시적 화자가 처해 있는 상황
은 '젖빛 안개'와 같이 불투명하고 암담한 자의식 상태로서 '알전등'에 그
을리는 고뇌와 고투의 과정을 지나는 새벽에 '문장'의 글쓰기 과정에서
하나의 작품이 완성되는 것이다. 시 쓰기는 마치 새가 알전등에 그을리는
것처럼 시련과 고초를 필연적으로 동반한다. 편지는 우편함에 갇혀 있을
때 아무런 소용이 없지만, 새장을 벗어나는 새처럼 상대방에게 전달될
때 편지로서 기능을 수행한다. 이처럼 '우편함'에서 벗어나는 '마스로바의
새'는 시인의 고투 과정을 통해 완성된 시작품으로 기존의 언어와 굴레에
얽매이지 않고 자유롭게 쓰일 때 독창적인 가치성을 지니는 것이다.

2) '아삼한(아슴한)'―「담장」「三冬」「接分」

　'아슴아슴하다' '아삼아삼하다' '아슴푸레하다'14) 등은 부사인 '아슴아슴'

---

13) 강희안, 앞의 논문, 24쪽.
14) 국립국어연구원, 『표준국어대사전』, 두산동아, 1999, 참조.
　　① 아슴아슴 : 정신이 흐릿하고 몽롱한 모양.
　　　아삼아삼 : 무엇이 보일듯 말듯, 혹은 기억날듯 말듯 희미한 모양.
　　② 아슴푸레 : ㉠ 빛이 약하거나 멀어서 조금 어둑하고 희미한 모양.

'아삼아삼' '아슴푸레'에 각각 '하다'라는 접미사를 붙여 만들어진 형용사이다. 이 낱말들은 거의 비슷한 개념으로, 또렷하게 보이지 않거나 들리지 않는, 혹은 기억이나 의식이 분명하지 못해 조금 희미한 상태를 뜻한다. 그런데 박용래 시에 나타나는 '아슴한' '아삼한' 등은 이런 의미를 밑바탕으로 시적 분위기를 자아내기 위해 만든 시적 조어라 할 수 있다.

> 梧桐꽃 우러르면 함부로 怒한 일 뉘우쳐진다.
> 잊었던 무덤 생각난다.
> 검정 치마, 흰 저고리, 옆가르마, 젊어 죽은 鴻來 누이 생각도 난다.
> 梧桐꽃 우러르면 담장에 떠는 아슴한 대낮.
> 발등에 지는 더디고 느린 遠雷.

- 「담장」 전문 -

이 시는 전체적인 구조로 볼 때 '오동꽃'을 매개로 전반부 3행과 후반부 2행으로 나눌 수 있다. 전반부는 누이에 대한 기억으로 일관하는 단순한 과거 회상이고, 후반부는 누이에 대한 그리움의 교감을 복합적으로 반영하고 있다. 이처럼 과거와 현재를 나누는 특징은 시적 화자의 행위 조건인 1·4행의 '오동꽃 우러르면'과 전반부의 종결어미인 1·2·3행의 동사, 후반부인 4·5행의 명사로 구분된다. 전반부의 과거지향적 구조는 '뉘우쳐진다' '생각난다' '생각도 난다' 등의 서술어를 통해 시적 화자의 태도를 반영함으로써 사라진 존재에 대한 그리움과 기억을 행간 여백에 남기고 있다. 그런 회상은 시적 화자의 무의식 속에 잠재한 현상으로 자신이 누이에게 함부로 화낸 일, 무덤을 잊었던 일, 생전의 누이 모습

ⓛ 또렷하게 보이거나 들리지 아니하고 희미하고 흐릿한 모양.
ⓒ 기억이나 의식이 분명하지 않고 조금 희미한 모양.

등이다.

‘우러르다’는 국어사전에서 “공경하는 마음을 가지고 고개를 쳐든다”는
의미를 지닌다. 이처럼 시적 화자는 높은 오동나무에 핀 ‘오동꽃’을 올려
다 보면서 구체적인 교감을 이루는데, 검정치마, 흰저고리, 옆가르마를
한 홍래 누이의 젊었을 때의 모습을 ‘오동꽃’을 통해 연상하는 것이다.
박용래 시인은 누이의 죽음을 안타까워해 「九節草」를 비롯한 여러 작품
에서 시적 소재로 다루고 있다.[15] 그는 생리적으로 화려하고 우아한 모습
보다는 소박하고 평범한 모습을 선호했다. 그래서 장미나 백합 같은 화려
한 서구적 이미지의 꽃보다는 오동꽃, 제비꽃, 민들레, 강아지풀, 싸리꽃,
엉겅퀴´등과 같은 소박하고 향토 서정적인 식물을 즐겨 시적 소재로 사용
하였다.

> 소년 시절에 가장 좋아했던 꽃은 오랑캐꽃 색깔이다. 책 갈피마다 오
> 랑캐꽃을 집어넣고 심심할 때는 골똘히 들여다보곤 했었다. 멀리 떠나간
> 친구에게 띄우는 편지에도 오랑캐꽃을 넣어서 보내곤 했었다. 누이가 입
> 는 치마 중에서도 오랑캐꽃 색깔의 메린스 치마가 제일 선명했었다. 가을
> 학예회 때 넓은 강당에 내려뜨린 수막도 오랑캐꽃 색깔…… 눈빛은 역시
> 오랑캐꽃 색깔이었으니까 그것은 하염없는 그리움이었다. 그것은 속절
> 없는 꿈이었다.[16]

‘제비꽃’이라고도 불리는 ‘오랑캐꽃’은 보라색이다. 이 색깔은 이별이나
그리움의 이미지를 연상시킨다. 그가 「담장」에서 누이의 환영으로 연상
시킨 ‘오동꽃’도 보라색이라는 점에서 ‘오랑캐꽃’과 상통하는 면이 있다.

---

15) 그의 여러 작품에 나타나는 죽음에 대한 불안과 정서는 어렸을 때 경험한 누이의
  죽음에서 비롯된다. 「면벽 1」「물기 머금은 풍경 2」「제비꽃 2」「진눈깨비」
  「하관」 등.
16) 박용래, 앞의 책, 145쪽.

후반부에서 시적 화자가 '오동꽃'을 우러러보면 '담장에 떠는 아슴한 대낮'의 적막감이 '원뢰' 소리로 더욱 뚜렷하게 드러난다. 그는 '오동꽃'을 바라봄으로써 '떨다' '지다' '더디다' '느리다' 등의 서술어를 통해 구체적으로 행위와 현상을 인식하는 것이다. 흔들리고 떨어지는 '오동꽃'의 현상이 시·청각의 공감각적 이미지를 통해 복합적으로 나타난다. 따라서 4·5행의 주체는 '오동꽃'의 그림자이다. '오동꽃잎'은 바람이 일자 흔들리고('떠는'), 꽃잎의 그림자는 햇빛에 비치는 '담장'에 투영된다. 이 '담장'의 안과 밖은 마치 유리창의 경계처럼 생사의 아득한 거리를 지닌다. '담장' 안쪽에 '오동꽃'과 시적 화자가 있다면, '담장' 바깥 쪽에는 '잊었던 무덤'과 젊어 죽은 누이가 있다. 이 안과 밖은 맞닿을 수 없는 삶과 죽음의, 또한 돌아갈 수 없는 과거와 현재의 아득한 거리이기도 하다. 그 아득한 거리는 '아슴한'과 '더디고 느린 遠雷'로 대변된다. '아슴한'은 담장에 지는 '오동꽃'의 그림자가 햇빛과 교차하여 희미한 것을 뜻하고, 다른 하나는 죽은 누이에 대한 기억이 점점 희미해지는 것을 의미한다. 또 다른 하나의 '遠雷'에 관계된다.[17]

마지막 행은 '오동꽃'이 떨어지는 시각적 현상을 '더디고 느린 遠雷'(멀리서 들리는 천둥소리)의 청각적 이미지로 비유해 공감각적 이미지로 나타난다. 천둥번개는 번쩍 순간적으로 치지만 그에 따른 소리는 멀리서 서서히 여운을 남기듯 사라져 간다. 이처럼 '발등에 지는' 소멸 이미지는 표면적으로 '오동꽃'이 오동나무에서 떨어지는 소리이면서 화자의 발등에 떨어질 때의 소리이고, 더 나아가서는 갑자기 천둥 치듯이 예기치 않은 누이의 죽음에 따른 충격을 내포한다. 그리고 '더디고 느린 遠雷'는 희미하게 여운을 남기고 사라지는 천둥소리처럼 서서히 죽은 누이가 잊혀져 가는 그

---

17) 윤호병, 「박용래 시의 구조 분석」, 『시와 시학』, 시와시학사, 1991년 봄호, 207쪽.

리움을 표현한 것이다. 따라서 이 시는 자연의 합일보다는 자연의 서정화
과정 속에서 존재의 심연을 드러내고 있다. 즉 담장 안의 '오동꽃'을 우러
르면서 존재의 유한성을 자각하는 것이다.

어두컴컴한 부엌에서 새어나는 불빛이여 늦은 저녁
床치우는 달그락 소리여 비우고 씻는 그릇 소리여
어디선가 가랑잎 지는 소리여 밤이여 섧은 蜀이여

어두컴컴한 부엌에서 새어나는 아슴한 불빛이여.

― 「三冬」 전문 ―

이 시는 불필요한 수식어나 설화성이 거의 배제된 채 행 구분이 무의미
할 정도로 파격을 이루며 '소리'와 '빛'의 이미지에 발상의 초점을 두고
있다. 전체적인 형태 구조는 호격조사 '~여'와 2·3행에 반복되는 'ㅅ'음
을 중심으로 3·4음절을 바탕으로 한 3·4음보가 반복되어 경쾌한 리듬
감을 자아낸다. 호격조사 '~여'를 바탕으로 2행 전반부까지는 4음보, 후반
부부터 3행까지는 3음보가 반복되고 2연은 3음보와 2음보의 결합으로
이루어졌다. 그리고 서민의 소박한 삶의 소묘가 어둔 밤 '불빛'의 시각적
심상과 늦은 저녁 '床치우는 소리'와 '그릇 씻는 소리', '가랑잎 지는 소리'
의 청각적 심상이 겹쳐져 아스라한 그리움의 정서로 나타나 있다. 의식의
시선이 카메라를 움직이듯이 하나의 사물을 제시하고 유추와 연상 작용
을 통해 그 사물의 분위기에 걸맞는 주변 사물들을 열거해 조명해간다.
시적 화자는 소외된 삶을 살고 있는 서민들의 삶의 현장을 애정어린 시선
으로 바라보고 있다. 이런 평화로운 정서적 색조는 반복 병렬되는 리듬의
계기적 질서를 통해 한층 안정감과 평화로운 분위기를 확산시킨다.

특히 2·3행은 청각적 이미지인 '~소리여'가 반복되면서 시간적 등장의

폭이 좁아지는 빠른 템포로 인해 긴박한 감정의 고조로 상승해 애틋한 서러움으로 치닫고, 이러한 감정의 고조를 정제시키기 위해 수미쌍관식의 시각적 이미지로 아우르고 있다. 동일시행의 반복 형태가 시상의 모티프 제시에 그치지 않고 의미나 정서의 핵을 이루듯이[18] 동일한 구문이나 문장이 시의 처음과 끝에 반복되더라도 그 의미는 다르다고 할 수 있다. 그것은 상호작용하며 서로 관련을 맺음으로써 중심 내용을 형성하면서 구조적 완결성에 기여하고, 더 나아가서는 율격 단위 간의 등가성과 반복성을 형성하여 연의 무한한 반복 가능성을 제한하며 종결 효과 강조에 중점을 두기 때문이다. 2연에서 '새어나는 아슴한 불빛'의 처리에서 중첩되는 'ㅅ'음이 환기하는 원경감과 서정성은 운의 활용에 세심한 주의를 기울인 대목이기도 하다.[19] '아슴한'은 더욱 어슴푸레한 연민의 정조를 강조하면서 2연 1행이 3행으로 구성된 1연의 내용에 버금갈 정도로 전체를 아우르는 기능을 수행한다.

> 나 하나
> 나 하나뿐 생각했을 때
> 멀리 끝까지 달려갔다 무너져 돌아온다
>
> 어슴푸레 燈皮처럼 흐리는 黃昏
>
> ― 「땅」부분 ―

그의 50년대 초기 시편인 이 작품에서 절망적인 고독의 편린을 느낄 수 있다. '나'는 처절한 고독에 사로잡힌 나머지 '끝'이라는 극단의 벽에

---

18) 조창환, 『한국현대시의 운율론적 연구』, 일지사, 1986, 83쪽.
19) 조창환, 「박용래 시의 운율론적 접근」, 『시와 시학』, 시와시학사, 1991년 봄호, 161쪽.

치달으나 더 이상 나아가지 못하고 벽에 부딪쳐 다시 참담하게 돌아온다. 그리고 그런 절망의 나락에서 접한 고독한 상태가 '어슴푸레' 흐리는 '황혼'으로 비유된다. 고독한 '황혼녘'은 '어슴푸레'하면서도 '등피'처럼 흐릿한 상태이다. '燈皮'는 "램프에 씌워 불을 반사시켜 밝게 하는 유리 꺼펑이"인데, 시적 화자는 관념적인 고독을 '燈皮처럼 흐리는 黃昏'이라는 시각적 이미지로 구체화시킨 후 다시 '어슴푸레'로 수식하여 고독의 관념을 선명하면서도 세밀하게 보여준다. 마치 1930년대 대표적 이미지스트인 김광균의 시상을 접하는 느낌이다.

> 靑참외
> 속살과 속살의
> 아삼한 接分
> 그 가슴
> 동저고릿 바람으로
> 붉은 山
> 오내리며
> 돌밭에
> 피던 아지랭이
> 상투잡이
> 머슴들
> 오오, 이제는
> 배나무
> 빈 가지에
> 걸리는 기러기.
>
> — 「接分」 전문 —

이 시는 일상의 논리성과는 무관하게 이미지들이 서로 병치되어 새로운 자질과 의미를 생성해낸다. 이 병치 관계는 인식론적 차원에서 유사성을 바탕으로 하는 치환은유와 달리 단지 존재론적 차원에서 이미지들 간에 상호 영향 관계 없이 별개로 존재한다. 서로 간에 유사성이나 모방인자가 없이 단지 배합을 통해 부분적인 요소들이 나타내지 않는 어떤 의미를 환기시킨다. 병치는 다른 요소와의 결합을 통해 큰 효과를 얻는 것이다. 따라서 단락 간의 논리적인 정서 연결이 없이 극도의 점묘 형태로써 섬세하게 역동적으로 포착되고 있을 뿐이다. 이처럼 '점묘법'이라 일컬어지던 이미지의 병치를 통한 소묘의 방식은, 밋밋하고 담담한 意象을 통해 전체적으로 완성된 意境에 이르는 동양시학의 작용과 관련해서 재해석될 수 있다.[20] 의상이 이미지를 형성하는 기본적인 단위라면, 의경은 이런 구체적이고 섬세한 이미지들이 조합 배열해 형성화된 상상력의 공간세계에서, 언어 형상 너머에서 이루어지는 시적 정취와 의미의 차원을 나타낸다.

이 작품은 편의상 3단락으로 구분해 이미지들의 병치를 나눌 수 있다. 첫 단락은 1~3행으로 청참외의 어렴풋한 맛의 미각을 '아삼한'으로, 둘째 단락은 4~11행으로 지난날 자연을 벗삼아 천진스럽게 뛰놀며 어울렸던 젊은 시절의 회상을 '상투잡이 머슴들'로, 셋째 단락은 12~15행으로 현재 시점에서 바라본 인생사의 덧없음을 '빈가지'의 이미지와 가을철의 쓸쓸한 '기러기'로 시각화하였다. 따라서 이런 이미지의 병치를 통한 추상적인 의미의 차원은 순수한 젊은 시절에 경험했거나, 혹은 마음속으로 그리워한 육감적인 사랑에 대한 그리움을 덧없는 인생사의 현시점에서 덤덤하게 회상하는 것이다. 첫 단락에서 '아삼한 접분'은 청참외의 속살과 속살의 겹과 같이 신비적이면서도 은밀하고 농후한 남녀의 육감적인 접촉을 뜻한다. 둘째 단락은 열정적인 붉은 색의 이미지처럼 남녀의 관능적인

---

20) 이혜원, 「박용래 시의 미적 특질과 생태학적 의미」, 『어문연구』 49권, 어문연구학회, 2005, 407쪽.

사랑의 행위로써 상투잡이 머슴들의 역동적인 힘의 분출로 대변된다. 그러나 이제는 현실에서 이루지 못하고 빈가지에 걸리는 '기러기'를 마음으로만 꿈꾸고 바라보고 있다. 따라서 지난날의 순수함과 열정, 육감적인 사랑을 회상하면서 영원한 그리움으로 남은 사랑을 아쉬워하는 것이다.

3) '깃'—「샘터」「遮日」

박용래 시인은 김소월·김영랑·백석·박목월 등 일군의 전통적 서정시인들처럼 한국어의 고유한 아름다움을 시화하려고 노력하였다. 그는 일상생활에서 흔히 사용하지 않고 사전에만 파묻혀 있던 생소한 언어를 찾아내어 개발하거나, 감칠맛나는 시적 정서를 환기시키기 위해 적절한 조어로써 시화하는 데 심혈을 기울였다. 그는 많은 토착어를 찾아내어 시적 정서에 걸맞게 갈고 다듬어 새로운 생명력으로 되살리고 있다.

> 샘 바닥에
> 걸린 下弦
>
> 얼음을 뜨네
> 살얼음 속에
>
> 동동 비치는 두부며
> 콩나물
>
> 삼십원어치 아침
> 銅錢 몇 닢의 出帆
>
> — 지느러미의 무게

  구숫한 하루
  아깃한 하루

  쪽박으로
  뜨네.

  － 「샘터」 전문 －

  이 작품은 샘터를 소재화해 가난한 서민의 삶을 묘사하고 있다. 시적 화자가 바라보고 있는 장소는 샘바닥에 '하현달'이 걸려 있는 공간이다. '하현'은 보름에서 그믐을 향해 점점 기울어가는 달의 모습이다. 기우는 '하현달'의 소멸 이미지는 '동전 몇 닢'뿐인 서민의 창백한 삶을 반영한다. 샘바닥에서 물 대신 얼음을 뜬다는 것은 매우 추운 겨울철이라는 것을 알 수 있다. '삼십원어치 아침/ 동전 몇 닢의 出帆'은 서민의 아침 밥상에 오르는 '두부'와 '콩나물'의 반찬값임과 동시에 하루의 생활비라는 것을 추측할 수 있다. 이렇게 궁핍하게 아침 밥상을 맞이하는 서민의 삶은 '지느러미의 무게'로 비유된다. '줄표(―)'는 앞 연, 즉 3, 4연의 내용을 이어받아 함축적으로 비유한다. 일반적으로 '줄표'는 문장의 중간 위치에 혹은 부연이나 정정하는 말 앞 뒤에 놓여 덧붙이거나 보충 설명함으로써 문장 표현을 풍부하게 하는 기능을 한다. '지느러미'는 물고기나 물에 사는 포유류에게 몸의 균형이나 방향 감각을 지탱해 주는 없어서는 안 될 필수적인 기관이다. 따라서 '삼십원 어치 아침'과 '동전 몇 닢'은 서민의 삶을 지탱해주는 최소치의 필수적인 생활비이다.

  그러나 물질적으로 풍족하지 못한 서민의 삶은 불만으로 표출되지 않고 '구숫한 하루/ 아깃한 하루'처럼 정서적으로는 풍족한 삶의 모습이다. '구숫한'이나 '아깃한'은 형용사 '구수하다'와 명사 '아기(雅氣)'에 'ㅅ'을 첨

가하여 자음 음상의 효과로써 더욱 강렬한 의미를 내포하는 시적 조어이
다. '구수하다'는 맛이나 냄새 따위가 입맛을 당기도록 좋다는 뜻이다.
시인은 이런 의미를 더욱 강조하기 위해 '구수하다'를 '구숫한'으로 표현하
였다.

'아깃한'도 두 가지 관점에서 생각해 볼 수 있다. 첫 번째는 '구숫한'과
조응 관계를 이루기 위해 '아기'(雅氣)라는 단어에 'ㅅ'을 첨가하여 반복
리듬과 의미 강조의 효과를 나타낸 것이다. '아기'는 아담하고 고상한 기
품이나 맑은 기운을 뜻한다. 두 번째는 첩어부사인 '아기자기'에서 앞쪽
'아기'에 'ㅅ'을 덧붙인 조어로 볼 수 있다.

일반적으로 유음반복어에서 '흥청망청' '곤드레만드레'처럼 전반부의
의미에 비중을 두고 후반부는 뚜렷한 의미가 없더라도 앞의 리듬감을 조
성하는 기능을 한다.[21] 그러나 '아기자기'는 '아기'와 '자기'의 독립된 단어
결합으로 볼 수 없는, 즉 일반적인 첩어 기능과는 다르지만 리듬상의 동일
한 효과를 지닌 것을 알 수 있다. '아기자기'는 양쪽으로 나누면 어느 한쪽
도 단독으로 의미를 갖지 못할 뿐만 아니라 사실상 둘로 나눠야 할 아무런
근거가 없는 하나의 형태소이다. 유음반복어가 양쪽 형태가 의미상 유연
성을 갖거나 갖지 않거나 간에 그 음상의 대립에 중점이 주어지듯이, '아
기자기'는 '아기'와 '자기'의 의미적 유연성을 확인하기 어렵다 하더라도
첫음절이 교체된 반복형 형태와 유사한 느낌을 떨쳐버릴 수 없다. 유음반
복어는 어느 한쪽 혹은 양쪽의 의미의 유연성을 희생시키고서라도 음상
의 대립이 커지도록 음운을 교체시키는 것이다.[22]

---

21) 채완, 『국어 어순의 연구』, 탑출판사, 1986, 44~46쪽 참조.
유음반복어는 ㉠ 두 구성요소가 독립된 의미를 가진 형태(여기저기, 싱글벙글),
㉡ 두 구성 요소 중 어느 한쪽만이 실질적 의미를 지닌 형태(티격태격, 가시버시),
㉢ 두 구성 요소가 모두 비실질적 의미의 허사적 형태 (검불덤불, 뒤죽박죽) 등
여러 유형으로 분류할 수 있다.

아마 '삼십원어치 아침'을 맞이하는 서민의 아침 밥상은 '두부'와 '콩나물'로 끓인 구수한 된장국이나 콩나물국일 것이다. 이런 아침 밥상과 동전 몇 푼으로 시작하는 서민의 삶은 궁핍함보다는 맑은 기운과 고상한 기품, 알뜰한 정이 어려 있는 소박한 모습이다. 시적 화자는 그런 밥상을 준비하기 위해 '쪽박'으로 물을 뜨는 샘터의 아침 풍경을 군더더기 없이 간결하게 묘사하고 있다.

> 짓광목 遮日
> 설핏한 햇살
>
> 四, 五百坪 추녀 끝 잇던
> 人內 장터의 바람
>
> 멍석깃에 말리고
> 도르르 장닭 꼬리에
> 말리고
>
> 山그림자 기대
> 앉은 사람들
>
> 황소뿔 비낀 놀.

— 「遮日」 전문 —

일반적으로 시적 주체는 실제 시인의 정서나 서술을 작품 속에 구현하는 허구화된 존재이다. 따라서 시적 주체와 대상과의 상호작용을 통해 시인이 의도하는 바가 작품 속에 드러난다. 시정신은 이런 시적 주체와

---

22) 위의 책, 76쪽.

대상, 세계와의 상호작용을 통해 시 속에 투영된다. 시 작품이 시인과 독자 사이의 상호 소통을 전제한다면, 소통 회로의 중심 매체는 시 속에서 주도적으로 정서를 반영하고 서술해가는 시적 주체이다. 이런 시적 주체는 작품 표면에 직접적으로 나타나거나, 숨어서 객관적인 거리를 유지한 채 어떤 대상을 부각시키는 경우, '배역시'처럼 제3의 인물을 설정하여 시적 주체의 목소리를 타자화하는 경우가 있다.

그런데 이 작품은 시적 주체는 뒤에 숨은 채 카메라가 수평으로 이동하면서 주위 풍경을 담아내듯이 노을 지는 시골장터의 한가로운 모습이 한 폭의 풍경화처럼 생생히 펼쳐진다. 노을 지는 장터의 파장 배경에 생활의 곤궁함에 따른 고적한 분위기가 감돌지만, 그러한 삶을 넉넉하게 받아들이는 한가로운 여유가 조화를 이루고 있다. 3연 외에 모든 연이 명사형으로 끝날 정도로 주체 행위의 진술이 절제되고 언어 함축의 점묘법이 나타나 여백의 정서 환기에 충분하다.

'짓광목'은 '깃광목'에서 '깃'이 구개음화로 인해 '짓'으로 화한 방언이다. 이 '깃'[23]은 "바래지 않은 채로 있는 무명이나 광목 따위의 풀기"로, '깃광목'은 '깃'과 '광목'이 합쳐진 복합어로 잿물에 삶아 바래지 아니한 광목을 뜻한다. 누르스름하고 투박한 광목을 잿물에 삶는 것은 부드럽고 깨끗한 옷감으로 사용하기 위한 표백 작용이다. 그런데 햇볕을 가리기 위해 치는 차일이나 천막은 표백하지 않은 채 투박하고 튼튼한 질감의 광목이면 족하다. 이런 '차일' 위에 내리쬐는 '설핏한[24] 햇살'은 따사로우면서도 포근

---

23) 국립국어연구원, 『표준국어대사전』, 두산동아, 1997, 참조.

　'깃' : ㉠ 누이지 아니한 채로 있는 무명옷이나 광목 따위의 풀기.

　　　 ㉡ 외양간, 마구간, 닭 둥우리 따위에 깔아주는 짚이나 마른 풀.

　　　 ㉢ 새의 날개나 깃털.

　　　 ㉣ 옷깃의 준말.

　　　 ㉤ 때가 잘 타는 이불의 위쪽이나 베개의 겉에 덧대는 천.

한 빛이라기보다 강렬하게 내리쬐는 직광선을 연상할 수 있다.

2연과 3연은 청각적 이미지인 '장터의 바람'이 '멍석깃'과 '장닭꼬리'의 시각적 현상으로 이어지는 공감각적 이미지를 나타내며 하나의 의미 단위로 연결되어 있다. 즉 "바람이……말리고"라는 문장 형태에서 '바람이'의 '이'를 생략하고 2연과 3연을 구분해 여백을 둠으로써, 생략과 절제를 위한 시인의 의도가 매우 철저함을 확인할 수 있다.[25] '깃'이 "때가 잘 타는 이불의 위쪽이나 베개의 겉에 덧대는 천"이나 "옷깃의 끝부분"처럼, '멍석깃'은 짚으로 만든 멍석이 풀리지 않도록 끝부분 마디를 훑쳐 놓은 부분이다. '도르르'는 "㉠ 말렸던 종이 따위가 풀렸다가 절로 다시 말리는 모양, ㉡ 조그마한 바퀴 따위가 굴러가며 울리는 소리" 등의 뜻을 지닌 부사로 시·청각의 공감각적 이미지를 내포한다. 즉 장터에 이는 바람이 깔아 놓은 멍석 끝마디 부분에 일고, '장닭 꼬리'에 머무는 풍경이다. 이 '장닭 꼬리'는 마치 말렸던 종이 따위가 풀렸다 다시 저절로 말린 모양처럼 시각적 효과를 선명히 나타내면서, 이 꼬리에 바람이 일어나 머무는 것이다. 그리고 산그림자 지는 해질녘 장터 사람들은 한가롭게 앉아 있고 멀리 '황소뿔'에 노을이 비스듬히 비치는 평화롭고 정겨운 풍경이다.

3 ▨ 결론 ▨

박용래 시에 빈번히 반복되는 단어를 중심으로 시문법적(시학적) 관점에서 분석한 내용을 정리하면 다음과 같다.

첫째, '풀리다'는 기존의 사전적 의미를 바탕으로 '비치다' '드러나다' '달

---

24) '설핏하다' : 짜거나 엮은 것이 거칠고 성긴 듯하다.
25) 고형진, 앞의 논문, 28쪽.

래주다' '벗어나다' 등의 다양한 의미를 내포한다. 「점묘」에서는 빛에 '비치는' 공간확장적 의미와 심리적 현상을 동반하고, 「뻐꾸기 소리」에서는 외로움이 자연현상에 '나타나고' '비쳐지는' 객관적인 상황과 그 외로움을 풀어주고 '달래주는' 시쓰기의 계기를 반영한 것이다. 「우편함」에서는 불안하고 억압된 상태를 '벗어나고'자 하는 자의식 상태를 나타내면서, 글쓰기의 자의식적 고뇌를 반영하는 창작과정이다.

둘째, '아삼한(아슴한)'은 또렷하게 보이지 않거나, 기억이나 의식이 희미한 상태를 뜻하는 '아슴아슴' '어슴푸레'의 사전적 의미를 시적 분위기에 걸맞게끔 의미 확장에 활용한 시적 조어이다. 「담장」에서는 죽은 누이의 환영에 대한 그리움을, 「삼동」에서는 서민의 삶의 현장을 연민의 정조로, 「접분」에서는 어렴풋한 미각을 통해 신비적이면서도 은밀하고 농후한 육감적인 접촉을 각각 비유하였다.

셋째, '깃(ㅅ)'은 사이시옷 첨가나 복합어의 기능을 통해 섬세하면서도 치밀한 시적 분위기와 정취, 의미를 강조하기 위한 장치로 다양하게 사용되었다. 「샘터」에서는 자음 음상의 효과장치로 반복 리듬과 의미의 강조 효과를, 「차일」에서는 복합어의 기능으로써 섬세하면서도 치밀한 묘사와 토속적이면서도 구체적인 의미 효과를 나타낸다.

7 오장환 시에 나타난 기독교 의식

1 ▌ 서론 ▌

「목욕간」(『조선문학』 1933. 11.)을 발표 후 작품활동을 시작하면서 〈자오선〉〈시인부락〉 동인으로 활동했던 오장환은 1930년대 민족 현실을 구체적으로 형상화해낸 시인으로 주목받았다. 그는 해방 후 '문학가 동맹'의 구성원으로 활동하면서 월북하기까지 4권의 시집을 남겼지만, 남북 분단이라는 상황 때문에 문학사의 이면에서 거론되다 80년대 후반 월북 문인에 대한 해금이 있은 후 문학사의 전면에 부각되어 지대한 관심의 대상이 되었다.

오장환은 시사적 관점에서 모더니스트, 생명파 시인으로 자리매김을 해왔지만, 그에 대한 연구는 주로 전기적 연구를 바탕으로 시대 상황과 역사 인식의 변모를 다룬 정신사적 측면이나, 상징주의와 에세닌의 영향 관계에서 파악한 비교 문학 연구가 주류를 이루고 있다. 따라서 오장환 시의 종합적인 연구를 위해서는 한쪽에 치우친 정신사적 연구의 한계를 극복하고 다양한 연구 방법을 통해 미적 연구를 병행함으로써 체계적이면서도 포괄적인 시인론의 정립이 뒤따라야 할 것이다.

본고는 오장환 시에 나타나는 기독교 의식 양상을 성서적 모티프와 문예미학적 관점에서 분석할 것이다. 그의 시에 나타나는 신화적 시어들은 동・서양의 양면성으로 나타나 일종의 전설이나 전언의 의미로 시인의 의식에 자리잡고 있다. 서양의 신화성은 기독교의 설화적 모티프, 속죄양 의식, 원죄의식, 묵시적 종말론 등에 근원을 두고 있다. 동양의 신화성은 '이야기'로서의 의미에 뿌리를 두어 각각 시인의 자의식 형성에 중요한 질료로 자리한다. 그는 기독교 의식에 완전히 동화된 모습을 보이지는 않지만, 일부 작품에서 기독교적 신화성에 의한 자아의식을 표출하고 있다. 이러한 시인의 자아의식은 근원에 대한 존재의식으로 신화성을 전제로 하고 있음을 뜻한다.

2 ▌ '탕자의 비유' 서사 모티프 ▌

'탕자의 비유'1)(『누가복음』15 : 11~32)는 새생명으로 거듭나는 삶에 대한 인식과 조건 없는 아버지의 무한한 사랑을 보여 주는 것으로 작은아들의

---

1) 줄거리를 살펴보면, 한 부유한 집안의 작은아들이 아버지로부터 자기 몫의 재산을 받아 먼 곳으로 유랑의 길을 떠난다. 세상 물정에 눈이 어두웠던 그는 방탕한 삶으로 떠돌아 다니다 재산을 모두 탕진하고 거지로 전락한다. 그는 돼지치기가 되어 돼지가 먹는 쥐엄열매로 허기를 채우며 고생하다 할 수 없이 집으로 돌아온다. 자식으로서 자격이 없지만 부모 밑에 있으면 최소한 품꾼으로라도 굶지는 않으리라 생각했기 때문이다. 유대인들은 돼지를 마귀의 거처라고 믿었기 때문에 탕자가 이방인들에게 얹혀 살면서 돼지를 쳤다는 것은 유대교를 포기함과 다를 바 없다. 그가 죄책감에 젖어 집에 돌아오니 아버지는 죽었던 자식이 돌아왔다며 그를 껴안고 입 맞추며 종에게 살진 송아지를 잡아 잔치를 베풀게 한다. 이 때 일터에서 돌아온 큰아들이 그 광경을 보고 화가 나 집에 들어가려 하지 않자, 아버지는 잃었던 아들을 찾았으니 어찌 기쁘지 않겠느냐며 그를 위로하며 달랜다.

시련, 아버지의 응답, 큰아들의 태도 등 세 부분으로 나누거나, 혹은 두 부분으로 나눌 수 있다. 첫 부분은『누가복음』15 : 11~24절까지의 탕자에 관한 내용이고, 둘째 부분은 15 : 25~32절까지 큰아들에 관한 내용이다. 둘째아들은 아버지가 생존해 있는 데도 상속분을 요구한다. 이런 요구는 유대나 아랍 문화권에서는 아버지의 죽음을 재촉하는 것으로 간주되어 엄청난 불효 행위가 되었다.[2] 만일 아버지가 살아 있는 동안 자녀에게 재산을 나누어 준다면 아버지는 자신의 명예와 권위, 재산 관리권을 포기하는 거와 다름없다. 따라서 탕자에게 아버지의 존재는 이미 죽은 거와 같다. 그런데도 아버지는 법적인 문제가 없도록 자발적으로 재산을 나누어 준 것처럼 행동을 취한다. 탕자가 아무리 모험심과 독립심이 강해 다른 세상을 찾아 떠나려 했다 해도 결과론적으로 그는 재산을 탕진한 탕자에 지나지 않는다.

그가 아버지의 허락 없이 집을 떠난다는 것은 소중한 전통과 가치를 지닌 가정 공동체를 거부하는 행위이다. 이 떠남은 신앙적으로 하나님에 대한 은혜와 순종을 거부하며 자신의 삶에 관여하지 않고 단지 삶의 수단으로 되어주기를 바라는 이기적인 욕심이다. 만일 그가 세상에 편하게 안주하고 성공했다면 아버지를 찾지 않았을지도 모른다. 작은아들의 모습은 한편으로는 아버지의 사랑과 은혜를 필요로 하지만, 다른 한편으로는 세상과 타협하면서 살아가는 그리스도인의 모습을 상징적으로 보여준다.[3] 그러나 작은아들은 고통과 시련 속에서 자신의 과거에 대한 죄의식과 미래에 대한 불안으로 가득 찬다. 그는 세상의 욕심에 빠져 자신을 망각한 탕아가 되었다가 비로소 부모의 사랑을 뼈저리게 느끼며 거듭나

---

2) J·예레미아스, 허혁 역, 『예수의 비유』, 분도출판사, 1984, 124쪽.
3) 김동선, 「헨리 나우웰의 '탕자의 귀향'을 통해 본 선교의 영성」, 『신학이론』 27호, 호남신학교, 2004, 232쪽.

는 자신을 발견하게 된다.

 탕자의 아버지는 창피함을 뿌리치고 마을 밖으로 달려 나와 돌아온 탕자의 뺨에 입 맞추며 탕자에게 입힐 좋은 옷, 손가락에 끼울 가락지와 신발, 살진 송아지를 잡아 음식을 준비하라고 하인에게 명한다. 이 새로운 옷은 상급의 표시로 용서를(『마태복음』 22 : 11~13), 가락지와 신발은 아들로서의 권위 부여와 관계 회복의 신뢰감을, 잔치 준비는 마을 사람들을 초대한 것으로 볼 수 있다. 이러한 아버지의 행동은 탕자에게 화해와 용서의 증표이다. 탕자가 깨닫게 된 것은 탕진한 재산이 문제가 아니라 깨진 부자 관계의 문제였는데, 새로운 관계 회복이 전적으로 아버지로부터 온 선물이었다. 그는 탕진한 재산을 품삯으로 돌려 드리려 생각한 것이 얼마나 아버지를 모독한 것인가를 깨닫게 된다.

 한편, 큰아들은 밭에서 일하다 돌아오니 가출한 동생이 돌아왔다 하여 아버지가 성대한 잔치를 베푸는 것을 보고 화가 나 아버지에게 불평을 토로하며 항변한다. 그것은 아버지의 불합리한 처사 때문이다. 자신은 지금까지 ㉠ 아버지를 섬기며 열심히 일했는데도 ㉡ 친구들과 함께 즐기라고 새끼염소 한 마리 준 일이 없는데, 동생은 그 많은 재산을 탕진했는데도 이렇게 성대하게 잔치를 베풀다니 그로서는 이해할 수 없어 동생을 정반대의 처지에 두고 아버지에게 ㉢ '당신의 아들'이라 칭한다. 그는 이렇게 탕자였던 동생과 하등 다를 바 없는 행동을 취한다. 탕자가 재산을 탕진한 것이 가족의 결속을 끊은 것처럼 큰아들의 독선도 가족의 결속을 끊은 것이다.[4] 화난 그는 집에 들어가기를 거부하지만 아버지가 직접 나와 "너는 항상 나와 함께 있으니 내 것이 다 네 것이로되"(『누가복음』 15 : 31)라며 그를 달랜다. 이처럼 큰아들을 대하는 아버지의 관대함은 탕자가

---

 4) 홍창표, 『하나님 나라와 비유』, 합동신학대학원출판부, 2004, 170쪽.

돌아왔을 때 문 밖을 뛰어나간 것 못지않게 그 당시 사람들의 상식을 뒤엎는 모습이다. 큰아들은 겉으로 보기에 순종하고 책임감이 강한 모습이지만 관대함이 없이 이기적인 욕심에 사로잡힌 신앙적인 탕자이다. 그는 아버지의 배타적인 사랑을 바랐지만, 아버지의 희생적인 사랑에 거부감을 갖는다. 그리고 아버지가 순종하는 자신을 더 사랑해야 한다고 생각했지만 동생도 똑같이 사랑한다는 사실에 깊은 상처를 받는다. 그가 진심으로 동생을 받아들이지 않는 한, 아버지의 기쁨에 참여할 수 없고 아버지 곁에서 타인으로밖에 머물 수 없다.

이 비유의 핵심은 관점에 따라 탕자의 입장에서도 볼 수 있지만 중심 주인공은 아버지이다. 탕자의 참회도 아들이 돌아오기만을 끝까지 기다리며 보여준 아버지의 용서와 사랑 때문에 가능했다. 아버지는 작은아들인 탕자를 기쁨으로 맞이할 뿐만 아니라 큰아들의 권위를 인정하며 그를 달랜다. 그리고 동생을 형제로 받아들일 것을 당부한다. 이처럼 두 아들을 차별하지 않는 아버지의 사랑은 예수의 죽음이 전 인류를 향한 하나님의 무한한 사랑에 근거하고 있음을 암시한다. 아버지가 잘못을 뉘우치고 돌아온 탕자를 기쁘게 맞이하듯이 하나님은 온 인류에게 속죄함을 제공하신다. 이것은 하나님의 주권이 구원 능력의 범위 안에 나타난다는 사실을 의미한다. 거듭난 새생명은 하나님의 은혜와 긍휼에 의한 용서와 사랑에 근거하는 것이다.

> 돌아온 탕아라 할까
> 여기에 비하긴
> 늙으신 홀어머니 너무나 가난하시어
>
> 돌아온 자식의 상머리에는
> 지나치게 큰 냄비에

닭이 한 마리

아직도 어머니 가슴에
또 내 가슴에
남은 것이 무엇이냐.

서슴없이 고깃점을 베어 물다가
여기에 다만 헛되이 울렁이는 내 가슴
여기 그냥 뉘우침에 앞을 서는 내 눈물

조용한 슬픔은 아련만
아 내게 있는 모든 것은
당신에게 바치었음을……

크나큰 사랑이여
어머니 같으신
바치옴이여!

그러나 당신은
언제든 괴로움에 못 이기는 내 말을 막고
이냥 넓이 없는 눈물로 싸주시어라.

- 「다시 美堂里」 전문 -

이 작품은 오장환의 정신적 편력을 잘 반영한 것으로서 그가 고향을
떠난 후 이상향의 공간을 찾아 항구와 도시를 떠돌다 여기에 안주하지
못하고 다시 귀향하는 과정을 나타내고 있다. 시적 화자는 '나'를 통해
고백 형태로써 자신의 문제를 시적 대상으로 하기 때문에 주관적인 정조
가 주조를 이룬다. '나'는 시적 대상과의 거리가 가까워 회상의 어조나,
화자이면서 동시에 청자가 되는 독백체 어조를 3·5·6·7연의 서술형

어미에 사용하여 스스로에게 질문을 던진다. 그러다보니 독자는 화자의 주관적인 정서 표출에 압도당해 감정을 절제하는 데 시적 긴장감을 잃을 수도 있다.

일반적으로 시인이 시를 쓸 때 소재를 독창적으로 활용하여 창작하는 경우와, 혹은 시인이나 독자에게 이미 널리 알려진 소재를 활용하여 창작하는 경우가 있다. 그런데 후자를 택하는 경우는 독자들이 이미 그 소재를 공유하고 있으므로 요약하여 쉽게 메시지를 전달하거나, 보편적인 정서나 감정을 형상화하는 데 유용하여 이차적 의미를 쉽게 내포할 수 있어 시 형태의 미학적 차원에 더 집중할 수 있기 때문이다. 이 시는 널리 알려진 '탕자의 비유'처럼 구체적인 서사 과정은 없으나 귀향한 탕자보다 아버지에 비유되는 '어머니'의 무한한 사랑에 초점을 두고 있다. 탕자의 아버지는 자신이 낳은 자식을 모태로 불러들이는 어머니와도 같은 존재이다.

어머니의 사랑은 인간의 불순종에도 사랑을 주며, 무가치한 것을 가치 있게 만드는 아가페적 사랑처럼 이해타산적인 상황을 떠나 무조건적으로 받아들이며 용서하는 희생을 보여준다. 이처럼 자기 희생을 통해 무한한 사랑을 실현하고 구원시키는 모성애야말로 N. 프라이가 원형상징론에서 말하는 '영원한 여성'이다. '어머니'는 어떤 어려운 상황 속에서도 자식에게 책임을 전가시키지 않고 모든 고통을 짊어지고 감내하는 전형적인 한국인의 모성상이다. 이 '어머니'의 무조건적인 사랑과 희생이 탕자인 시적 화자의 참회를 불러일으킨다. 이처럼 시적 주체는 자신을 '탕자'로 인식하여 「어머니 서울에 오시다」("탕아 돌아가는 게/ 아니라/ 늙으신 어머니 병든 자식을 찾아 오시다")에서도 병든 자식을 위해 수발 드는 어머니에 대한 죄스러움과 안타까움을 나타낸다. 그는 자신의 방랑과 도피 생활에 커다란 정신적 고통을 받았을 어머니에 대한 죄책감 때문에 마냥 눈물만 흘린다. 고향을 떠난 객지에서 상상적인 어머니를 부르며 절망적 현실을 벗어나려 했던 그가 현실 속의 어머니를 찾아 자신의 회한을 토로하고 있다.

탕자의 아버지는 돌아온 자식에게 좋은 옷을 입히고, 손에 반지를 끼워 주며, 발에 새로운 신발을 신겨 성대한 잔치를 베푼다. 좋은 옷은 그가 다시 아버지 집에 속한 식구가 되었음을, 반지는 아버지와 관계가 회복되었음을, 신발은 새로운 삶이 시작되었음을 상징한다.[5] 이 잔치의 의식 행위는 아들을 용서할 뿐만 아니라 아들로서 지위 회복을 널리 알리는 것이다. 그러나 화자의 홀어머니는 가난하여 탕자의 아버지처럼 좋은 옷을 입히지도, 반지를 끼워 주거나 새 신발을 신겨 주지도, 성대하게 잔치를 베풀지도 못하고, 단지 '닭' 한 마리를 상머리에 놓는다. '어머니'는 '이 냥 넓이 없는 눈물'로 자식을 감싸주며, '지나치게 큰 냄비'처럼 무한한 사랑을 나타낸다. 이 '눈물'은 '어머니'에게는 오랜 기다림 속에서 얻어낸 사랑과 기쁨의 결실이지만, 화자에게는 현실의 절망적 상황을 극복하고 자신을 뉘우치게 해주는 정화수와 같다. 즉 슬픔의 감상적 정조가 아니라, 정화시키고 안위하는 요소로 자신을 더욱 단단하게 성장시키는 활력소 이다.

오장환은 고향에 관련된 시편에 거의 어머니에 대한 그리움이나 회상을 담고 있는데, 이 '어머니'는 고향과 같이 그림자의 원천이면서 생의 근원으로서 일체의 고통과 절망을 감싸주며 위로와 평안을 주는 존재이다. 즉 고향이 어머니이다. 그것은 나를 낳아 길러주신 분이 어머니라 할 때 그 낳아준 궁극적 장소가 물리적 공간으로는 고향이고 생리적 공간으로는 어머니의 자궁이기 때문이다. 인간이 어머니 자궁에서 태어나 그

---

5) 김동선, 앞의 논문, 247쪽.
　① 제일 좋은 옷은 근동지역에서 큰 영예, 즉 구원의 표상으로 주빈 대우하고, ② 반지는 전권 위임의 인장, 신발은 자유인으로서 호사를 뜻함. ③ 살진 송아지로 베푼 축하연은 아들을 성대히 영접하는 의미이다(J·예레미야스, 앞의 책, 125~126쪽 참고.).

곳에서 한 독립된 개체로 성장하는 것처럼 인간은 또한 고향에서 태어나 성인이 될 때까지 그 곳에서 길러진다.[6) 따라서 인간이 객지에서 떠돌다가 근본적으로 고향에 돌아와서 비로소 안식과 평화를 누리는 것도 이러한 원형성이 자리 잡기 때문이다. 이런 고향 지향성은 유년시절에 삶의 원형적 모습이 각인되었던 이상적인 공간에 대한 회귀의식이라 할 수 있다. 그러나 그는 우리의 존재 근거를 지탱해줄 유교적 전통이나 관습, 권위와 질서, 가치관, 그리고 자기 정체성까지도 부정하면서 탈출구로 항구와 도시를 택한다. 이런 계기는 식민지 시대의 비극적 현실 상황에 대한 자학적 합리화이며 자신이 서출이라는 점에서 기인하는 적서차별의 가치 규범에 대한 거부에 따른 것이다.

3 ▌ 속죄양 의식 ▌

속죄란 "죄를 씻어주거나 속하여 준다"는 뜻으로, 인간이 하나님에게 범한 죄 값을 치르는 행위이다. 『창세기』의 창조신화를 보면, 조물주가 인간을 창조한 후 생육하고 번성하여 땅을 정복하라는 특권을 주면서 금기 사항으로 선악과를 따먹지 못하도록 하였다. 그러나 인간은 이 계율을 어겨 죄를 지음으로써 하나님과의 관계가 단절되었다. 이 단절된 관계 회복을 위해 구약에서는 속죄의식으로서 죄 값을 치르기 위해 동물의 피를 바쳤다. 이 때 제사 드리는 자가 제물의 머리에 손을 얹으면 그의 죄가 대신 그 제물에게 상징적으로 옮겨진다고 보았다(『레위기』1 : 3~4). 제물 위에 손을 얹는 행위는 자신의 허물을 고백하는 것이다. 이러한 제사가 필

---

6) 오세영, 『20세기 한국 시인론』, 월인, 2005, 365쪽.

요한 것은 인간이 더 심한 죄를 범하지 않도록 하기 위한 것이 아니라 본래 형벌을 받아야 할 마땅한 죄를 속죄하기 위해서이다. 죄를 덮는다는 것은 그 형벌이 더 이상 죄인에게 강요되지 않음을 뜻한다. 그러나 신약에서는 이러한 제물 대신 예수의 피로써 정결하게 될 수 있었다.

이 속죄의 기본적 의미[7]는 ㉠ 희생, ㉡ 화해, ㉢ 대속, ㉣ 화목 등의 과정을 지닌다. 그리스도의 죽음은 구약에서 이미 예표된 제사로서 영원한 구속을 보증한다. 그는 희생물이면서 동시에 그것을 드리는 제사장이다. 동물의 피로 바치는 제사는 단지 제한된 효과가 있지만 그의 죽음은 영원한 효과를 지닌다. 그의 십자가 희생은 하나님과의 단절된 관계를 회복시켜 주었다. 인간은 죄로 인해 자신이 죽어야 할 고통을 예수가 대신 짊어졌기에 그를 믿음으로써 구원을 받게 된다(『요한복음』 3 : 16). 구약성경의 의식에서 죄가 희생 제물에게 옮겨지듯이 죄인들의 죄가 고난받는 종에게 전가되는 것이다. 대속은 우리의 죄가 그리스도에게 넘겨졌음을 뜻한다. 그는 우리 죄를 담당했고 우리를 위해 죄인이 되었다. 화목은 하나님과 인간과의 불화와 반목을 제거한 것으로 하나님의 사랑이 얼마나 위대한가를 보여주는 것이다. 하나님은 우리를 사랑하여 화목제로서 독생자를 보냈다(『골로새서』 1 : 20, 『로마서』 3 : 25). 그리스도의 순종은 하나님에 대한 인간의 사죄와 칭의의 근거가 되는 것이다. 그의 죽음은 궁극적으로 인류의 해방을 가져왔다.

> 산 밑까지 내려온 어두운 숲에
> 몰이꾼의 날카로운 소리는 들려오고,
> 쫓기는 사슴이
> 눈 위에 흘린 따뜻한 핏방울.

---

7) 밀라드 J · 에릭슨, 홍찬혁 역, 『기독론』, 기독교문서선교회, 1994, 258~264쪽 참조.

골짜기와 비탈을 따라 내리며
넓은 언덕에
밤 이슥히 햇불은 꺼지지 않는다.

뭇 짐승들의 등 뒤를 쫓아
며칠씩 산속에 잠자는 포수와 사냥개,
나어린 사슴은 보았다
오늘도 몰이꾼이 메고 오는
표범과 늑대.

어미의 상처를 입에 대고 핥으며
어린 사슴이 생각하는 것
그는
어두운 골짝에 밤에도 잠들 줄 모르며 솟는 샘과
깊은 골을 넘어 눈 속에 하얀 꽃 피는 약초

아슬한 참으로 아슬한 곳에서 쇠북 소리 울린다.
죽은 이로 하여금
죽는 이를 묻게 하라.

길이 돌아가는 사슴의
두 뺨에는
맑은 이슬이 내리고
눈 위엔 아직도 따뜻한 핏방울……

- 「聖誕祭」 전문 -

이 시는 오장환의 초기시에 나타나는 방랑벽과 악마주의적인 병적 몸부림에서 벗어나 약자에 대한 연민과 생명의 순결성을 다루고 있다. 표면적으로 시적 화자와 청자는 나타나지 않지만 '화자-사슴-독자'의 담화구조로서 '어린 사슴'이라는 객관적 상관물을 통해 간접화함으로써 숨은 화자의 정서를 객관적으로 반영한다. 화자는 5연에서만 자신의 목소리를 전달하면서 시종일관 객관적 시점에서 관찰하고 묘사함으로써 감정 절제와 객관적인 정서의 효과를 자아내고 있다. 제목이 암시하는 낭만적 축제의 이미지와는 달리 '사슴'의 죽음을 통해 슬프고도 음산한 분위기가 주조를 이룬다. 원시적 공간 속에서 '사슴'이 썰매를 끄는 낭만적 풍경이 아니라 '포수'와 '사냥개'에 쫓기는 절박한 상황이다. 쫓긴 '어미 사슴'은 총에 맞아 쓰러지고 그 곁에서 '아기 사슴'은 어미의 상처를 핥으며 어둔 골짜기에서 솟는 샘물과 눈 속에 꽃피는 약초를 생각하며 눈물 흘린다. 그러나 '어린 사슴'은 어미의 희생으로 목숨을 구하고 교회당 종소리를 들으며 두 뺨에 핏방울이 맺힌 채 발걸음을 돌린다. 이 때 화자는 교회당 종소리의 경건성을 동반한 채 "죽은 이로 하여금 죽는 이를 묻게 하라"고 엄숙한 비장조로 시대적 운명을 예언하고 있다.

이 시는 전반적으로 환유적 이미지의 구조 속에서 의미를 파악할 수 있다. 시대적 상황에서 볼 때, '몰이꾼' '포수' '사냥개' 등이 일제 말엽 군국주의의 폭력과 억압이라면, 여기에 여지없이 짓밟히며 희생당하는 연약한 '사슴'은 우리 민족으로 대변된다. 현재 '사슴'이 처한 공간은 어두운 골짜기와 가파른 비탈길로 험난한 현실이다. 이런 시련과 암흑 공간에서 밝게 비치는 '횃불'은 희망을 주기보다 오히려 약자의 생명을 짓밟는 강자의 광기 같은 이미지이다. 따라서 광의의 환유적 구조 속에서 의미를 확대시킬 때, 기독교적 상징성에서 이 강자는 예수의 죽음을 야기시킨 바리새인과 같은 율법주의자, 쫓기는 '사슴'은 고난받는 예수를, '흘린 피'는 인류의 속죄를 위한 예수의 죽음을, '흰 눈'은 예수의 죽음으로 인간이 속죄받게 되는 정화의 이미지를 각각 내포한다. '샘'과 '약초'는 정결한 '눈' 이미지와 연결되어 생명의 치유와 재생의 생명력을 환기시킨다.

생명의 순결성은 '어린 사슴'이 갈망하는 영원성에 의해 확인된다. 살육

의 현장에서도 절망하지 않고 꿈꾸는 것은 영원하면서도 순결한 생명력
이다. '사슴'은 밤에도 잠들 줄 모르며 끝없이 솟는 '샘', 차가운 눈 속에서
도 하얀 꽃 피는 '약초'처럼 고통과 절망 속에서도 순결한 생명력이 지속
되기를 꿈꾼다. 생명력이란 영원하며 그 무엇으로도 유린될 수 없다. 생
사의 고비에서도 생명의 순결성은 결코 훼손되지 않는다. 삶의 현장 속에
서 생명은 광포한 힘에 의해 무기력하게 꺾일지라도 그 생명의 순결성과
영원성을 내면에 간직함으로써 그 가치는 보호될 수 있다. 이처럼 오장환
시인은 악마적 이미저리로 삶의 몸부림을 보여주던 시적 자아가 안정을
찾으면서 생명에 대한 긍정적 시선을 확보하게 되었다.[8] 그는 식민지의
억압과 폭력의 절망적인 상황 속에서 분노의 감정을 직접적으로 토로하
지 않고 긍정적이면서도 연민의 시선으로 순결한 생명의 영원성을 추구
함으로써 현실을 극복하는 원동력을 갖게 된다.

　이 '어미 사슴'의 희생적 고난은 예수의 속죄양 의식으로 대변된다. 심
판적 고난이 당사자의 죄의 대가로 받는다면, 연단적 고난은 당사자의
잘못이나 죄와는 무관하게 당하는 고통이다. 그렇지만 어느 정도 시간이
지나 감내할 때 이전보다 더 큰 축복과 진리를 깨닫게 된다.[9] 그러나
대속적 고난은 자신의 죄 대가도 아니고, 그렇다고 연단적 고난처럼 시련
과 고통을 통해 더 큰 축복을 받는 것도 아니고 그저 희생과 고통으로
끝나버린다. 이 대속적 고난은 속죄양 의식과 통하는바, 다른 사람의 죄
와 고통을 대신 짊어지고, 그 죄를 대속하기 위해 고난을 받는 것이다.
이런 고난은 원시인들의 삶에서, 또는 유대인들의 속죄 의식인 동물의
희생제와 관련된다. 즉 인간이 지은 죄를 속죄하기 위해 대신 동물을 희
생시켜 피흘림으로써 죄사함을 받는다. 이러한 대속적 고난이 인간에게

---

8) 이숭원, 『한국 현대시 감상론』, 집문당, 1996, 166쪽.
9) 종교교육위원회 편, 『현대인과 기독교』, 연세대출판부, 1991, 250쪽.

로 전이되는 것은 이사야의 말씀을 통해 잘 암시된다. 이스라엘 사람들이 포로로 끌려가 노예 생활을 하는 것은 단지 그들의 고난이 무의미하게 끝나지 않고 대속을 위한 과정이라 할 수 있다(『이사야』 53 : 4~6). 고난받는 사람은 스스로의 죄과가 아니라 다른 사람의 죄를 사함 받기 위해 대신 고난을 받는다는 것이다. 이 고난, 즉 희생은 개인의 행위나 개인 자신이 그 개인이 속한 집단이나 사회의 共同善을 추구하기 위해 제물화하는 것을 가리킨다.[10] 희생이란 이기적인 자아에 집착하지 않는 공동체 의식을 전제한다.

　마지막 연에서 돌아가는 사슴은 '어미사슴'이거나 '어린 사슴'일 수 있는 복합적인 의미를 지닌다. 만일 전자라면 상처로 죽어가면서 '어린 사슴'을 생각하며 눈물 흘리는 모성애이거나 생명에 대한 따뜻한 인간애로 희생적 의미를 지닌다. '어미사슴'이 숨을 거두고 생명의 원천으로 돌아가는 그의 뺨엔 '이슬'이 내리고 싸늘하게 식어가는 눈가엔 '핏방울'이 맺힌다. '맑은 이슬'은 피 흘리며 죽어가는 연약한 생명체의 눈물로 내면의 순결성을, '따뜻한 핏방울'은 죽음에 직면하면서도 의연히 지니는 순연한 생명성을 뜻한다. 후자라면 나약한 한 생명체가 앞으로 부닥칠 가혹한 시련의 조짐으로 희생적 사랑에 대한 자의식인 인식 현상이다.

　　　굴밤나무로 엮은 십자가, 이런 게 그리웠다
　　　일상 성내인 내 마음의 시꺼먼 뻘
　　　썰물은 나날이 쓸어버린다
　　　깊은 산발에서 새벽녘에 들려오는 쇠북 소리나
　　　개굴창에 떠내려온 찔레꽃, 물에 배인 꽃향기.

　　　젊은이는 어데로 갔나, 성황당 옆에……찔레꽃 우거진 넌출 밑에 뱀

---

10) 이인복, 『한국 문학과 기독교사상』, 우신사, 1987, 134쪽.

이 잠자는 동구 안 사내들은 노상 진한 밀주에 울고
어찌나, 이곳은 동무의 고향
밤그늘의 조금 따라 돛 단 어선들은 떠나갔느냐
가차운 바다 건너 작은 섬들은
먼 조상이 귀양 가서 오지 않은 곳
하늘을 바라보다 돌아오면서
해바라기 덜미에 꽂고
내 번듯이 웃음 웃는 머리 위에 후광을 보라

목수여! 사공이여! 미장이여! 열두 형제는 노란 꽃잎알
해를 쫓는 두터운 화심(花心)에 피는 잎이니 피맺힌 발바닥으로 두연한
뻘 지나서 오라.

— 「귀향의 노래」 전문 —

　현재의 고향은 동무가 떠나가고 조상이 귀향가서 돌아오지 않는 단절과 상실의 비극적 공간이다. 이 상실과 고통스런 현실은 '굴팜나무 십자가'로 대변된다. '십자가'는 고통과 시련의 상징이지만, 한편으로는 예수의 죽음을 통해 인간 구원을 이루었듯이 하나님과 인간의 화해를 가져왔다. 이런 고난받는 종의 모습은 마음속의 '시꺼먼 뻘'이나 마을 사내들이 항상 '밀주'에 의지해 우는 모습, '돛단 어선들'의 떠나감을 통해 현장감 있게 나타난다. 그러면서도 그런 고통을 통한 화해의 영광은 대상화된 자아의 '웃음'이나 '후광'으로 상징되는 부활한 예수로 전환된다. '해바라기'는 현실의 실존 상황과 현실 극복의 지향점 사이에 놓인 객관적 거리이다. 이것은 예수의 죽음과 부활의 양면성으로 고독·고난·단절의 세계와 화합·충만·화해의 세계를 내포한다. 따라서 화자가 '귀향의 노래'로써 현실로 되돌아가는 길은, 즉 '노란 꽃잎알'의 '열두 형제'로 상징되는 현실 극복의 주체가 '피맺힌 발바닥'처럼 시련을 통한 극복 의지를 가지고

걸어야만 도달할 수 있는 인고의 발자국이다.

4 ▓ 원죄 의식 ▓

죄는 종교적 차원과 도덕적 차원이 있다. 전자가 하나님께 대한 반항으로 야기되었다면, 후자는 인간 관계에서 불의한 행동을 행하는 데서 출발한다. 인간이 하나님께 반항함으로써 타락하게 된 원인도 궁극적으로는 교만에서 기인한다. 아담과 하와가 선악과를 따 먹지 말라는 계율을 어긴 것도 하나님과 동등하게 되고자 하는 유혹(『창세기』 3 : 5)에서 벗어나지 못했기 때문이다. 즉 피조물로서의 신분인 인간 이상이 되고자 하는 유혹에 굴복한 것이었다. 따라서 피조물인 인간이 조물주와 동등하게 되려는 자체가 죄가 된다. 유한적 존재인 인간은 제한적인 지식과 능력의 불가능성을 부정하고 싶어 한다. 인간의 지적 교만과 과도한 자만심은 창조의 조화를 어지럽힌다. 이러한 죄성은 인간과 하나님 사이의 관계를 방해하는 장애물로서 인간에게 불안을 야기시켰다. 불안은 인간이 자유로운 존재임에도 불구하고 속박된 존재임을 깨닫는 것이다. 이 불안은 죄 자체는 아니지만 죄를 일으키는 원인이 될 수 있다. 따라서 죄는 인간으로 하여금 하나님의 심판과 정죄 아래 놓여 있게 한다.

죄의 본질은, ① 고상하고 정신적인 본성을 지배하고 통제하려는 육체적·물질적 성향, ② 자아에 대한 사랑과 집착의 이기심(selfishness), ③ 하나님을 대신함 등이다.[11] 마음속의 욕망은 인간에게 본질적일 뿐만 아니라 즐거움을 일으킨다. 이런 다양한 욕망이 즐거움의 원천으로서 정당

---

11) 밀라드 J·에릭슨, 나용화·박성민 역, 『인죄론』, 기독교문서선교회, 1993, 216~220쪽 참조.

하게 해소되지 않고 단지 소비의 쾌락을 위한다면 탐욕의 죄라 할 수 있다. 하나님을 기쁘게 하는 목적 수단으로서가 아니라 자신의 쾌락을 위한 것이라면 죄가 된다. 하나님보다 자신을 더 사랑하는 것은 다양한 이기심을 통해 나타난다. 이기심은 하나님의 진리보다 자신의 생각과 행위를 더 좋아하므로 우리의 삶에 지배적으로 작용한다. 따라서 하나님의 가치보다 자기의 뜻을 구하는 자신의 가치에 우선순위가 있다고 확신하는 것이다.

> 나요. 오장환이요. 나의 곁을 스치는 것은, 그대가 아니요. 검은 먹구렁이요. 당신이요.
> 외양조차 날 닮았다면 얼마나 기쁘고 또한 신용하리요.
> 이야기를 들리요. 이야길 들리요.
> 비명조차 숨기는 이는 그대요. 그대의 동족뿐이요.
> 그대의 피는 거멓다지요. 붉지를 않고 거멓다지요.
> 음부 마리아 모양, 집시의 계집애 모양,
>
> 당신이요. 충충한 아구리에 까만 열매를 물고 이브의 뒤를 따른 것은 그대 사탄이요.
> 차디찬 몸으로 친친이 날 감아주시요. 나요. 카인의 말예(末裔)요. 병든 시인이요. 벌(罰)이요. 아버지도 어머니도 능금을 따먹고 날 낳았소.
>
> 기생충이요. 추억이요. 독한 버섯들이요.
> 다릿한 꿈이요. 번뇌요. 아름다운 뉘우침이요.
> 손발조차 가는 몸에 숨기고, 내 뒤를 쫓는 것은 그대 아니요. 두엄자리에 반사(半死)한 점성사(占星師), 나의 예감이요. 당신이요.
>
> 견딜 수 없는 것은 낼룽대는 혓바닥이요. 서릿발 같은 면도날이요.
> 괴로움이요. 괴로움이요. 피 흐르는 시인에게 이지(理智)의 프리즘은 현기로웁소
> 어른거리는 무지개 속에, 손꾸락을 보시요. 주먹을 보시요.

남빛이요—빨갱이요. 잿빛이요. 잿빛이요. 빨갱이요.

　　　　　　　　　　　　　　　　　- 「불길한 노래」 전문 -

　이 시는 『창세기』에 나오는 인간 타락과 신화 속의 사탄을 의인화해 청자로 설정하고 있다. 전반적인 시상에 전개되는 자유 이미지 연상 기법은 한정된 시·공간이나 논리성·합리성을 초월해 관습적인 상상력을 파괴함으로써 단절감과 당혹감을 불러일으킨다. 일상생활에서 접하기 어려운 괴이하면서도 파격적인 부정적 이미지의 결합으로 그로테스크한 면이 나타난다. 기괴한 이미지 결합으로 의미 소통은 부자연스럽고, 원죄 의식에 대한 자학적인 비극적 모습이 '무덤의 시체처럼' 뚜렷이 드러나 있다. '~이요'로 나열되는 등가적 이미지의 서술형은 당돌한 결합으로 대립·갈등의 이질성을 동반하거나, 혹은 의도적으로 통사적인 문법을 파괴해("이야기를 들리요/ 이야길 들리요.") 화자-청자 관계를 무너뜨려 혼란을 야기시킨다. 시적 화자인 '나'는 오장환으로서 '카인의 말예' '병든 시인' '벌'(罰)과 동격으로 상상력이 확대된다.

　이 원죄 의식은 능금을 따먹고 나를 낳은 '아버지' '어머니', 인간에게 능금을 따 먹게 한 '뱀'(먹구렁이)에게까지 확대된다. 이 원죄는 자신의 의지와는 상관없이 선험적인 숙명성으로 유전된 존재론적 당위성을 지닌다. 그래서 나는 '기생충' '독한 버섯'이란 생물과 중첩되며, 그 원죄에 따른 결과는 '다릿한 꿈' '번뇌' '아름다운 뉘우침' '추억' 등 선악의 정서를 수반한다. 반면에 진술 대상 인칭인 '그대' '당신'은 '오장환'과 '먹구렁이'를 지칭한다. '먹구렁이'는 비명조차 숨기며 피는 붉지 않고 거멓다. 그리고 '까만 열매'를 물고 이브의 뒤를 따른 '사탄'과 동일한 존재이다. 사탄이기도 한 '먹구렁이'는 손발조차 가는 몸에 숨기고 두엄자리에서 반사(半死)한 '점성사'이다. 또한 서릿발 같은 면도날의 '낼룽대는 혓바닥'을 지녔다. 이처럼 화자가 청자를 동등한 인격체로서 설정하지 않고 의인화된 사탄으로 비하시킨 것은 자아의 비극적 현실의 실체를 인식하는 대상으로 삼고 있기 때문이다.

그런데 시적 화자인 나 '오장환'은 차디찬 '먹구렁이'의 몸에 감기기를 원하는 자학적인 모습을 보인다. 이런 태도는 카인의 마지막 후손을 표방한 병든 시인인 '나'가 스스로 '벌' 받기를 자청하고 있기 때문이다. 원죄를 인식한 시적 자아는 그러한 죄책감에서 벗어나기 위해 몸부림치거나, 혹은 벗어나 달라고 간구하기보다 그 원죄의 대가를 치르기 위해 처절하게 고통을 치르려는 역설적인 상황을 보인다. 이런 태도는 낙원 회복에 대한 강한 의지로 볼 수 있다. 그는 자신이 처한 현실 상황에서 철저한 자아 인식을 통해 정면 대응함으로써 원죄의식을 극복하려는 적극적인 면을 보여준다. '나'는 파괴된 에덴동산의 후예를 자처하며 스스로 '기생충' '독한 버섯'으로 비하시킨다. 이처럼 오장환은 같은 〈시인부락〉 동인으로 활동한 서정주가 원죄의 형벌 아래 얽매이지 않고 아름다움과 징그러움, 자학과 사디즘의 격렬한 갈등과 몸부림을 통해 화해의 세계에 도달했던 것에 비해, 스스로를 자학적으로 부정하고 아무런 갈등과 격렬한 몸짓 없이 그 원죄성을 순순히 승복하고 나왔다.[12]

> 저무는 역두(驛頭)에서 너를 보았다.
> 비애야!
>
> 개찰구에는
> 못 쓰는 차표와 함께 찍힌 청춘의 조각이 흩어져 있고
> 병든 역사가 화물차에 실리어 간다.

---

12) 장도준, 『한국 현대시의 전통과 새로움』, 새미, 1998, 293쪽.

대합실에 남은 사람은
아직도
누굴 기다려

나는 이곳에서 카인을 만나면
목놓아 울리라.

거북이여! 느릿느릿 추억을 싣고 가거라
슬픔으로 통하는 모든 노선이
너의 등에는 지도처럼 펼쳐 있다.

- 「The Last Train」 전문 -

　이 시는 두 계열축을 중심으로 구성되어 있다. 하나는 떠나보내고 맞이
하는 '철도'로 근대 문명의 표상을, 다른 하나는 기독교 신화에 등장하는
'카인'을 등장시켜 당대의 현실 세계관과 자아의 내면 세계를 반영하고
있다. 이 '철도'는 문명의 이기로서 근대화의 상징이지만 식민지 시대에는
경제적 착취를 가져오는 고난의 산물이기도 하다. 기차는 거대한 물량을
나르며 빠른 속도로 인해 사회적 전반 분야에서 전통적 가치관의 변화를
가져왔다. '화물열차'에 실려 보냈거나 보낼 것은 '비애' '병든 역사' '추억'
등이다. 그런데 '비애'는 이미 과거에 실려 보냈고, '병든 역사'는 현재 실
려가는 중이고, '추억'은 앞으로 실려 보낼 예정이다. 이처럼 기차는 '비애'
나 '병든 역사'라는 부정적 요소를 실어 보낼 긍정적 매개물이다. '병든
역사'는 많은 부피로 수량화돼 일반 객차가 아닌 '화물차'로 실을 수밖에
없다. 과거의 '병든 역사'는 오욕으로 점철된 슬픈 대상으로 식민지 현실
을 야기시킨 인자나, 혹은 자신의 방랑벽적인 흔적들이다. 이처럼 역사마
저 병든 상황에서 화자에게는 어쩌면 슬픔을 느끼는 것조차 사치스러울
는지도 모른다.

'비애'는 '청춘의 조각'이 암시하듯 화자의 젊은 날의 초상이다. 화자는 젊은 시절을 갈기갈기 찢겨진 종이 쪽지에 비유한다. '찢겨진 차표'는 꿈을 상실한 청춘과 유사성을 지닌다. '청춘의 조각'에는 암울한 일제 식민지 시절 젊은 시인이 겪는 실의와 좌절, 절망이 짙게 배어 있다. '너'와 '비애'의 동격은 감탄형 어미를 동반한 돈호법[13])을 사용함으로써 언어의 생명력과 감정의 직정성을 불러일으켜 두 대상 간의 차별성과 유사성을 느낄 수 있다. '저무는' '못 쓰는' '병든' 어휘가 하나같이 찢겨진 청춘에 걸맞게 상실과 무기력한 양태를 드러낸다. 화자는 떠나보내고 싶은 '비애', 못 쓰는 차표처럼 조각난 '청춘', 부끄러워 거부하고 싶은 '역사'에 직면해 있어 더 기대할 것 없는 절망적인 상황이다. 그는 이런 상황을 벗어날 수 없기에 참담한 심경으로 원죄적 인간 원형인 '카인'을[14) 만나면 통곡하리라 한다. 이 비극적 운명에 대해 절규하는 처절한 울음은 현실 상황에 대한 인식과 절망의 깊이를 반영하는 것이다. 카인의 후예로서 인간이라는 개념에는 역사적 존재로서 인간이란 바로 죄의 존재들이라는 인식이 내재되어 있다.[15)

---

13) 김욱동, 『은유와 환유』, 민음사, 2007, 125쪽.
   돈호법은 이미 죽었거나 다른 곳에 있는 사람이나 무생물을 마치 말하는 사람의 옆에 있는 것처럼 친근하게 부르는 비유법이다. 그러나 뚜렷한 상상력을 필요로 하지 않기 때문에 잘못 사용하면 직접적인 감정 노출의 매너리즘에 빠지기 쉽다.
14) '카인과 아벨'의 이야기는 『창세기』 4 : 1~15절에 나오는 내용이다. 이들 형제는 아담의 후예로 형은 농사꾼의 조상, 아벨은 양치기의 조상이 되었다. 이들이 하나님께 재단을 쌓고 제사 드렸을 때 하나님은 땅에서 수확한 카인의 제물은 받지 않고 아벨이 바친 양의 첫 새끼만을 제물로 받았다. 이에 카인은 하나님이 동생만 사랑하는 줄 알고 질투하여 아벨을 죽인다. 하나님은 이것을 아시고 카인에게 아무리 갈아도 더 이상 소출을 얻지 못하고 세상을 떠돌아 다니는 신세가 되리라 하며 저주를 내린다. 그는 방랑자가 되어 자신의 죄를 자책하면서 죽음을 당할까 두려워한다. 그러나 하나님은 그에게 자비를 베풀어 "카인을 죽이는 자는 일곱 갑절로 벌을 받으리라" 경고하고, 그 증표로서 카인의 이마에 낙인을 찍은 후 그를 에덴의 놋(Nod)이라는 곳에 자리 잡게 한다.

　이 '카인'은 인류의 원죄적 숙명성을 지닌 화신처럼 화자가 인식하는 우리 민족의 현실 상황으로 대변된다. 카인 설화는 인류 역사상 최초의 동족 살인의 원형으로 '죄－형벌－자비'의 양태가 나타난다. '카인'은 동생을 죽임으로써 죄를 지어 세상을 정처없이 떠돌아 다니는 신세가 된다. 그러나 하나님은 어느 누구도 그를 해치지 못하도록 그의 이마에 낙인을 찍어 준다. 이 증표는 '죄값의 표상'인 동시에 자비를 베푸는 '사죄의 표'이다. 이 설화는 인간의 죄성이 내재해 있음을 암시하는 것으로 죄 지은 인간의 구원은 회개의 과정만으로 충분하지 못하며 하나님의 은혜와 용서를 통해서만 가능하다는 것을 보여준다.

　5연에서는 앞 연에서 고통과 슬픔으로 고양된 감정의 절정이 객관적인 시선으로 옮겨지면서 어느 정도 냉정한 자세로 회복된다. '화물차'는 '거북'으로 환치되는데, 이 '거북'은 청자로서 화자의 정서를 대변하는 객관적 상관물이다. 화자는 '비애'나 '병든 역사'를 빠른 '기차'로 실려 보내지만, '추억'은 '거북'에게 느리게 싣고 가라고 당부한다. 그것은 느릿느릿 기어가는 거북이가 느리게 가는 기차처럼 세월의 시간만큼이나 그의 아픈 추억을 싣고 가 주기를 갈망하기 때문이다. 거북등에 패인 골자욱이 기차의 노선처럼 복합적 연상 작용을 일으켜 흘러간 시간이 한 생애의 내면적 지도로 표상되고 있다.

　　　곡성이 들려온다. 인가(人家)에 인가가 모이는 곳에.

　　　날마다 떠오르는 달이 오늘도 다시 떠오고

　　　누런 구름 쳐다보며
　　　망토 입은 사람이 언덕에 올라 중얼거린다.

---

15) 진순애, 『한국 현대시와 정체성』, 국학자료원, 2001, 94쪽.

날개와 같이
불길한 사족수(四足獸)의 날개와 같이
망토는 어둠을 뿌리고

모든 길이 일제히 저승으로 향하여 갈 제
암흑의 수풀이 성문을 열어
보이지 않는 곳에 술 빚는 내음새와 잠자는 꽃송이.

다만 한 길 빛나는 개울이 흘러……
망토 위의 모가지는 솟치며
그저 노래 부른다.

저기 한 줄기 외로운 강물이 흘러
깜깜한 속에서 차디찬 배암이 흘러…… 사탄이 흘러……
눈이 따갑도록 빨간 장미가 흘러……

— 「할레루야」 전문 —

시적 화자는 서두에서부터 명상적·독백적 어조와 반복되는 단어·어휘의('人家, 떠오르는, 날개, 망토, 흘러' 등) 리듬을 통해 人家에 들려오는 초상집 풍경을 묘사함으로써 죽음이라는 실존적 명제를 제시하고 있다. '人家'는 '곡성'과 연결되어 인간의 한계와 슬픔이 어려 있는 공간이다. '달'은 떠오르는 순환 반복적인 자연 법칙으로 유한적 존재를 상징하는 '인가'와 대칭되어 무한의 존재성을 의미한다. '날개'와 '망토' 역시 '사족수'와 중첩되어 유한적 존재인 인간과 대칭 관계를 이룬다. 즉 인간의 실존적 죽음과 자연 현상, 초월성을 대비시킴으로써 인간의 유한성을 부각시켜 죽음을 인식한다.

후반부터는 마치 묵시적 종말론을 연상시키는데 저승사자가 인간의 영혼을 거두어 암흑의 숲 속 앞에 있는 성문으로 인도하는 모습이다. 이

세상 모든 길이 저승을 향해 뻗어 있고, 암흑의 수풀과 성문이 열린 그
곳에는 술 빚는 냄새 그윽하며 한 길 빛나는 '개울물'이 흐르고 있다. 이
'개울물'은 음산하고 어두운 저승의 공간과 대조적으로 희망과 빛의 공간
이다. 이런 상황에서 죽음의 이미지는 신비적 환상성과 종교적 색채를
동반한 종말론적 인식으로 반영된다. 따라서 죽음은 자학적인 모습을 띤
채, 사탄에의 유혹에 마주한 자아의 내면적 의식의 흐름을 통해 제시되고
있다. 죽음의 의미가 자학적인 것으로 수용되는 것은 원죄에 구속된 존재
로서의 자의식 때문이다.[16] 굽이치는 강물의 속성은 '배암'을 연상시키고,
이 '배암'에서 이브를 유혹한 '사탄'을, 그 '사탄'에서 원초적 색채인 붉은
피를 통해 '빨간 장미'를 연쇄적으로 연상하여 중첩시킨다. 이 원색적 빛
깔에서 원시적 생명력과 원죄에 따른 죽음의식을 엿볼 수 있다. 이러한
원죄 의식은 당대 식민지의 어두운 현실에 처한 자학적인 자의식의 소산
이라 할 수 있다. 이 신비화된 초월적 공간 속에 있는 현존 자아는 부조리
한 현실 세계를 뛰어넘어 자의식 속에서 관념적인 세계에 자리 잡는 실존
적 존재이다.

특히 '저승' 세계, '누런 구름', '불길한 사족수', '망토 입은 사람' 등의
이미지는 묵시적 종말론을 연상시켜 타락한 세상의 종말을 고하고 예수
의 재림을 예언하는 분위기이다. 묵시 문학인[17] 『다니엘서』나 『요한계시
록』의 환상적 예언에서 암시되는, 즉 '저승'은 종말론에 따른 악의 심판

---

16) 박윤우, 『한국 현대시와 비판 정신』, 국학자료원, 1999, 146쪽.
17) 『다니엘서』나 『요한계시록』은 바벨론 포로, 로마제국 통치 하에서 고통받는 유대
   인이나 당시 신앙인들이 거대한 괴물이나 짐승에 맞서 투쟁함으로써 메시아 왕국
   이 도래하여 구원과 해방을 가져올 것이라는 환상적 계시의 내용을 담고 있다.
   『다니엘서』 7장에서는 바벨론, 메데, 페르샤, 헬라 제국 등을 상징하는 4마리 괴물
   과 보좌에 앉으신 이가 이들을 심판한 후 메시아인 人子가 구름 타고 내려와 통치
   하는 새 시대가 도래하리라는 것을 암시하고 있다.

후 새 시대와 새나라, '누런 구름'은 타락한 현실, '불길한 사족수'는 바벨론 포로 후 이방인 통치 시대의 제국을 상징하는 괴물들, '망토 입은 사람'은 사람 같은 이(人子)를 각각 상징한다고 볼 수 있다.

묵시적 종말론은 미래에 있을 하나님의 절대적 주권과 능력에 관한 특별한 관점을 뜻한다. 묵시란 꿈이나 환상을 통한 일종의 계시문학으로 시·공간을 포함하는 초월적인 실재를 사람에게 은밀히 소개하는 형식의 계시를 담은 언어 표현이다.[18] 묵시의 수평적 차원은 종말론적 구원을 애타게 그리고 있다는 점에서 시간적이고, 수직적 차원은 현실 세계에서 볼 수 없는 초월적 세계를 희구한다는 점에서 공간적이다. 종말론은 역사의 마지막 날에 일어날 신의 계획을 환상 속에 조망하는 것으로 새 시대의 도래를 위해 악한 현실 세계에 종언을 고하는 형태이다. 따라서 묵시적 종말론이 우리의 관심을 끄는 것은 최후의 심판에 관한 묘사이다. 그 날 세상의 잘못된 것은 고쳐지고, 악은 형벌을 받고 의는 보상을 받을 것이다. 단지 세상이나 시간, 역사의 종말이 아니라 죽음이나 악의 종말을 뜻한다.

5 ▍ 결론 ▍

본고에서 분석한 내용을 정리하면 다음과 같다.

첫째, '탕자의 비유'의 서사 모티프는 새생명으로 거듭나는 삶에 대한 인식과 조건 없는 아버지의 무한한 사랑을 보여준다. 두 아들을 차별하지 않는 아버지의 사랑은 예수의 죽음이 전 인류를 향한 하나님의 무한한

---

18) 왕대일, 『묵시문학 연구』, 대한기독교서회, 1994, 24쪽.

사랑에 근거하고 있음을 뜻한다. 이 비유를 모티프로 한 「다시 미당리」는 널리 알려진 외적 소재를 활용해 쉽게 메시지를 전달하면서 보편적인 정서나 감정을 형상화하여 '어머니'의 무한한 사랑에 초점을 두고 있다. 객지에서 상상적인 어머니를 부르며 절망적인 현실을 벗어나려 했던 그가 현실 속의 어머니를 찾아 자신의 회한을 토로한다.

둘째, 속죄양 의식은 동물의 피로 바치는 제물 대신 예수의 십자가 희생을 통해 하나님과 인간 관계가 회복됨을 뜻한다. 인간은 죄로 인해 죽어야 할 고통을 예수가 대신 짊어졌기에 그를 믿음으로써 구원을 받는다. 이 속죄양 의식은 「성탄제」, 「귀향의 노래」에 나타나는데, 「성탄제」는 약자에 대한 연민과 영원한 생명의 순결성을 내포한다. '어미사슴'의 희생은 대속적 고난으로 속죄양 의식으로 통하는바, 다른 사람의 죄와 고통을 대신 짊어지고 그 죄를 대속하기 위해 고난을 받는 것이다.

셋째, 원죄의식은 인간의 조상이 하나님과의 계약을 파괴하고 선악과를 따 먹음으로써 피조물로서의 인간이 조물주와 동등하게 되고자 하는 탐욕에서 기인한다. 원죄는 자신의 의지와는 상관없이 선험적인 숙명성으로 유전된 존재론적 당위성을 지닌다. 이런 원죄의식은 「불길한 노래」, 「The Last Train」, 「할레루야」 등에서 엿볼 수 있는데, 「불길한 노래」는 괴이하면서도 파격적인 이미지 결합으로 단절감과 당혹감을 일으켜 원죄의식에 대한 자학적, 비극적 모습이 나타난다. 「The Last Train」은 당시 현실 세계관과 자아의 내면 세계를 나타낸 것으로 비극적 운명에 대해 절규하는 처절한 울음을 통해 현실 상황에 대한 인식과 절망의 깊이를 반영하고 있다.

8 │ 현대시에 나타난 '탕자의 비유' 모티프

1 │ 서론 │

일반적으로 신화는 우주적인 요소를 내포하여 신을 소재로 한 것이라면, 설화는 지역적 요소를 내포하여 인간을 소재로 한 것이다. 그리고 신화가 완전히 상상의 소산이라면 설화는 어느 정도 역사적인 인물이나 사건을 중심으로 한 이야기이다. 설화는 역사적 사실이나 현재의 진실된 삶의 이야기는 배제되고 주로 흥미와 교훈을 주기 위해 일정한 형식으로 꾸며진 이야기로서 구전되기 때문에 내용에 가변성이 있다.

성서 속의 하나님은 인간의 마음 속에만 존재하는 것이 아니라 인류 역사를 주관하며 인간에게 직접 행동으로 보여준다. 그러므로 행동하는 신을 기술하며 성서의 진리를 구체화시키는 데는 생동감을 주는 설화가 가장 적합하다고 할 수 있다. 성서적 설화 속의 등장인물은 하나님의 사역을 대신하고 있다. 성서의 복음서에는 예수가 사용한 40여개의 비유 중, 많은 부분이 서사 구조의 설화성을 지니고 있다. 이 비유들은 일반적으로 종말론적 성격의 내용이나 회개를 호소하는 진지성, 하나님 나라의

기쁜 소식, 바리새파인 율법주의자와의 논쟁 등으로서 오랫동안 알레고
리화되어 깊은 의미를 내포하고 있다. 이런 경향은 사람들이 예수의 단순
한 가르침에 깊은 의미를 찾으려는 무의식적인 기대가 있었기 때문이다.
이런 설화적인 비유들은 추상적인 진리나 관념을 구체적으로 암시하기
때문에 청자가 쉽게 이해하고 정확히 기억할 수 있는 것이다.

　이 '탕자의 비유'는 신앙적 관점에서 보면, 새 생명으로 거듭나는 삶에
대한 인식과 조건 없는 아버지의 무한한 사랑을 보여준다. 두 아들을 차
별하지 않는 아버지의 사랑은 예수의 죽음이 전 인류를 향한 하나님의
무한한 사랑에 근거하고 있음을 뜻한다. 그러나 좀더 포괄적인 의미에서
보면, 성년식과 같은 통과의례의 원형으로서 세계와 자아에 대한 참다운
인식과 내적 성숙 과정을 나타낸다고 할 수 있다. 이 비유의 설화성은
영웅 서사의 주인공이 거치는 '떠남(격리) - 통과(입사) - 회귀(귀환)'[1]의 신
화적 모험 과정으로 우리의 삶 속에 반복되어 나타난다.

　이 '탐색 모티프'에서 탐색이란, 주체가 아직까지 경험해 보지 못한 어
떤 새로운 것을 찾아가는 고독한 여행이다. 옛날에는 주인공(영웅)이 신성
을 지닌 완벽한 인격체로 임무수행 과정에서 자아와 세계와의 불화와 갈
등을 해소하기 위해 외면적인 탐색을 추구하나, 현대 서사물에서는 평범
한 주인공이 자기 내면세계에서 겪는 갈등이나 불화가 주요 인자로 작용
한다. 그것은 더 이상 인간이 완전한 존재가 아니므로 세계와의 불화는
끊임없이 일어나 갈등을 겪을 수밖에 없는 나약한 존재라는 것이다. 이처
럼 현대 서사물의 탐색 모티프는 세계를 제압하기 위한 외면적인 탐색이
아니라 세계와 타협하기 위해 자아의식을 쫓고 성찰하는 내면적인 자아

---

1) 조셉 캠벨, 이윤기 역, 『세계의 영웅 신화』, 대원사, 1989, 34쪽.
　한편, A. 반겐넵은 '분리 - 전이 - 통합'의례로 나누고 있다(A. 반겐넵, 전경수 역,
　『통과의례』, 을유문화사, 1985, 40쪽.).

탐색이다.

이 자아탐색은 떠남에 의의를 두며, 여행지에서 만나는 새로운 상황과 매개자의 역할이 중요하여 주인공의 자아 성찰에 큰 영향을 미침으로써 주인공이 귀환할 때 내면적인 변화를 수반한다. 출발과 귀로 과정에서 공간의 동일성은 떠날 때 귀환을 필연적으로 전제하기 때문이고, 또한 떠나는 목적은 뚜렷하다. 이런 원형은 인류의 집단무의식 속에서 아득한 조상으로부터 물려받게 되는 생활 경험의 심리적 잔상으로 문학과 신화, 종교, 꿈 속에서 재현된다. 따라서 본고에서는 이 '탕자의 비유'의 서사구조 원형성이 현대시에 어떠한 양상으로 나타나고 있는지 오장환·정한모·구상·허영자 시인들의 작품을 통해 구체적으로 살펴보고자 한다.

2 ▒ '탕자의 비유'의 서사성 ▒

신약성서의 '탕자의 비유'(『누가복음』 15 : 11~32)는 새 생명으로 거듭나는 삶에 대한 인식과 조건 없는 아버지의 무한한 사랑을 보여주고 있다. 한 부유한 집안의 작은아들이 아버지로부터 자기 몫의 재산을 받아 먼 곳으로 유랑의 길을 떠난다. 세상 물정에 눈이 어두웠던 그는 방탕한 삶으로 세상을 떠돌아다니다 재산을 모두 탕진하고 거지로 전락한다. 그는 돼지치기가 되어 돼지가 먹는 쥐엄열매로 허기를 채우며 고생하다 할 수 없이 집으로 돌아간다. 자식으로서 자격이 없지만 부모 밑에 있으면 최소한 품꾼으로라도 굶지는 않으리라 생각했기 때문이다. 그가 죄책감에 젖어 집에 돌아오니 아버지는 죽었던 자식이 돌아왔다며 그를 껴안고 입 맞추며 종에게 살찐 송아지를 잡아 잔치를 베풀게 한다. 이때 일터에서 돌아온 큰아들이 그 광경을 보고 화가 나 집에 들어가려 하지 않자 아버지가 잃었던 아들을 다시 찾았으니 어찌 기쁘지 않겠느냐며 그를 위로하며 달랜다.

이 '탕자의 비유'는 크게 두 부분으로 나눌 수 있다. 첫 부분은『누가복음』15 : 11 ~ 24까지 탕자에 관한 내용이고, 둘째 부분은 15 : 25 ~ 32까지 큰아들에 관한 내용이다. 둘째아들은 아버지가 생존해 있는 데도 상속분을 요구한다. 이런 요구는 고대사회에서 아버지의 죽음을 재촉하는 것으로 간주되어 엄청난 불효 행위라 할 수 있다.[2] 아무리 그가 모험심과 독립심이 강해 다른 세상을 찾아 떠나려 했다 해도 결과론적으로 방탕하게 재산을 탕진한 탕자에 지나지 않는다. 그가 아버지 허락 없이 집을 떠난다는 것은 소중한 전통과 가치를 지닌 가정 공동체를 거부하는 행위이다. 이 떠남은 신앙적으로 하나님에 대한 은혜와 순종을 거부하며 자신의 삶에 관여하지 않고 단지 삶의 수단으로 되어주기를 바라는 이기적인 욕심이다. 만일 그가 세상에 편하게 안주하고 성공했다면 아버지를 찾지 않았을지도 모른다. 작은아들의 모습은 한편으로는 아버지의 사랑과 은혜를 필요로 하지만, 다른 한편으로는 세상과 타협하면서 살아가는 그리스도인의 모습을 상징적으로 보여준다.[3] 그러나 작은아들은 고통과 시련 속에서 자신의 과거에 대한 죄의식과 미래에 대한 불안으로 가득찬다. 그는 세상의 욕심에 빠져 자신을 망각한 탕아가 되었다가 비로소 부모의 사랑을 뼈저리게 느끼며 거듭나는 자신을 발견하게 된다.

한편, 큰아들은 밭에서 일하다 집에 돌아오니 가출한 동생이 돌아왔다 하여 아버지가 성대한 잔치를 베푸는 것을 보고 화가 나 아버지에게 불평

---

2) J · 예레미아스, 허혁 역,『예수의 비유』, 분도출판사, 1984, 124쪽.
   자식은 아버지가 생존해 있는 동안 재산에 대해 소유권이 없을 뿐만 아니라 나누어 준 재산을 마음대로 처분할 처분권과 수익권도 없었다.
3) 김동선,「헨리 나우웰의 '탕자의 귀향'을 통해 본 선교의 영성」,『신학이론』27, 호남신학교, 2004, 232쪽.

을 토로하며 항변한다. 그것은 아버지의 불합리한 처사 때문이다. 자신은 아버지를 섬기며 열심히 일했는데도 친구들과 함께 즐기라고 새끼염소 한 마리 준 일이 없는데, 동생은 그 많은 재산을 탕진했는데도 이렇게 성대하게 잔치를 베풀다니 그로서는 이해할 수 없었던 것이다. 화난 그는 집에 들어가기를 거부하지만 아버지가 직접 나와 그를 달랜다. 이처럼 큰아들은 겉으로 보기에 순종하고 책임감이 강한 모습이지만 관대함이 없이 이기적인 욕심에 사로잡힌 신앙적인 탕자이다. 그는 아버지의 배타적인 사랑을 바랐지만 아버지의 희생적인 사랑에 거부감을 갖는다. 그리고 아버지가 순종하는 자신을 더 사랑해야 한다고 생각했지만 동생도 똑같이 사랑한다는 사실에 깊은 상처를 받는다. 그가 진심으로 동생을 받아들이지 않는 한 아버지의 기쁨에 참여할 수 없고 아버지 곁에서 타인으로밖에 머물 수 없다. 그가 아버지 집에 머물면서 아들이 누릴 수 있는 모든 권한을 누리고 있었지만, 실상 그는 아버지의 집을 떠나 자신의 집에 머물고 있었다.[4] 따라서 큰아들은 '생명 없는 삶'을 살고 있었다. 이 비유의 핵심은 관점에 따라 탕자의 입장에서도 볼 수 있지만 중심 주인공은 아버지이다. 탕자의 참회도 아들이 돌아오기만을 끝까지 기다리며 보여준 아버지의 용서와 사랑 때문에 가능했다.

3 ■ 현대시의 '탕자의 비유' 양상 ■

1) 정신적 성숙

인간은 누구나 모태로부터 태어나는 육체적 탄생을 거쳐 어느 시기에

---

4) 위의 글, 238쪽.

이르면 외부세계에 대한 동경과 자아 의지의 실현을 위한 정신적 성숙
단계에 이른다. 이 시기는 생존의 문제보다 인간다운 삶을 추구하기 위한
생활의 문제에 관심을 가지며, 부모의 보호막을 벗어나 무한한 자유를
향유하며 자신의 의지대로 선택하고 행동하기를 갈망한다. 그리고 한 번
쯤 이성적인 사랑의 충동, 삶과 죽음의 문제, 삶의 목적과 의의, 신의 문
제, 장래 직업 등 인생관의 탐구와 확립에 깊은 관심을 갖고 고뇌에 젖기
도 한다. 그러나 현실과 이상의 갈등 속에서 냉철한 이성보다는 순간적인
감정의 충동에 지배받기 쉽고, 자율적 의지를 가진 자각적 존재이지만
아직은 사회인이 될 만큼 성숙한 인격을 소유하지 못함으로 꾸준한 자기
확충과 노력이 필요하다.

아가는 밤마다 길을 떠난다
하늘하늘 밤의 어둠을 흔들면서
睡眠의 江을 건너
빛뿌리는 記憶의 들판을
출렁이는 내일의 바다를 날으다가
깜깜한 絶壁
헤어날 수 없는 迷路에 부딪치곤
까무라쳐 돌아온다

한 장 검은 表紙를 열고 들어서면
阿鼻叫喚하는 火藥 냄새 소용돌이
戰爭은 언제나 거기서 그냥 타고
연자색 안개의 베일 속
파란 恐怖의 江물은 발길을 끊어버리고
사랑은 날아가는 파랑새
邂逅는 언제나 엇갈리는 焦燥
그리움은 꿈에서도 잡히지 않는다

꿈길에서 지금 막 돌아와
꿈의 이슬에 촉촉이 젖은 나래를
내 팔 안에서 기진맥진 접는
아가야

오늘은 어느 사나운 골짜기에서
恐怖의 독수리를 만나
소스라쳐 돌아왔느냐

　　　　　　　　　－ 정한모의 「나비의 旅行」 전문 －

　이 작품의 모티프는 성서의 '탕자의 비유'와 장자의 '胡蝶夢 설화'와 관련 지을 수 있다. 아가의 '가출－시련－귀향'의 서사적 구조를 '탕자의 비유'에, 아가의 정신적 성숙 과정을 나타내기 위해 '나비'로 상징한 것은 '胡蝶夢 설화'에 비유할 수 있다.

　'탕자의 비유'는 보편적으로 자아와 세계에 대한 참다운 인식과 한 인간의 성숙에 관한 문제를 제시하고 있다. 이 「나비의 여행」에서 탕자에 비유할 수 있는 '아가'가 휴식 시간인 밤에 길을 떠나는 것은 편안한 현실에 안주하기보다 이상을 추구하기 위한 모험심의 발로이고, 막상 현실에서 부닥친 시련과 고통은 한 인간의 정신적 성숙을 구체화시키는 계기를 부여한다.

　'호접몽 설화'는 장자의 「齊物論」에 나오는 이야기로, 장자(장주)가 꿈 속에 나비가 된 것처럼 참된 도를 터득하면 꿈이 현실이요 인간도 나비로 물화되듯이 피차 구별은 없어지고 모든 것이 하나로 통한다는 물화의 진리를 나타낸 것이다.

　　예전에 나는 나비가 된 꿈을 꾼 적이 있다. 그 때 나는 기꺼이 날아다니
　　는 한 마리 나비였었다. 아주 즐거울 뿐 마음에 안 맞는 것은 조금도

없었다. 그리고 자신이 장주(莊周)임을 조금도 자각하지 못했다. 그러나 갑자기 꿈에서 깬 순간 분명히 나는 장주가 되어 있었다. 대체 장주가 나비가 된 꿈을 꾸었던 것일까, 아니면 나비가 장주가 된 꿈을 꾸고 있는 것일까. 장주와 나비는 확실히 별개의 것이다. 그럼에도 불구하고 그 구별이 애매함은 무슨 때문인가. 이것이 사물의 변화인 까닭이다.[5)

꿈 속에 나비와 현실의 장자가 하나이듯이 모든 만물은 차별 없는 절대적 입장에 서면 피차의 구별은 없어진다. 단지 하나의 大氣의 변화에 따른 물질의 변화로써 자연을 현상하고 있을 뿐이다.[6) 장주가 꿈 속에서 나비가 되어 즐거운 마음으로 날아다닌 것은 자신을 망각했으니 죽은 것과 같다. 그러나 그는 그 순간 만족할 뿐 자신을 미물로 열등시하거나 고등동물이 되기를 갈망하지도 않는다. 이처럼 우주만물의 생사관은 삶과 죽음의 상황에서 순리대로 기쁘게 맞이하고 피할 수 없는 이치인데도, 삶을 좋아하고 죽음을 피하려는 인간은 物理의 자연변화를 거역하고 차별화한다. 실상 만물이 하나의 형체이며 축으로 되어 있어 시비나 우열의 차이는 불필요한데 형이하학적인 현실에서 차별화하는 것이다.

'아가'는 육체적·정신적으로 미성숙자이기에 이성적인 판단이나 사실적인 인식 능력이 부족하므로 누구의 돌봄이 있어야 한다. '아가'의 정신적 성숙 과정은 번데기가 고치를 통해 나방(나비)[7)으로 되어가는 과정으로 비유할 수 있다. 고치를 바깥에서 뚫어줌으로써 쉽게 나온 나방은 날지

---

5) 老子·莊子, 이원섭 역, 『中國思想大系 2』, 新華社, 1983, 188쪽.
　　昔者莊周夢爲胡蝶 栩栩然胡蝶也 自喩適志與 不知周也 俄然覺 則蘧蘧然周也 不知周之夢爲胡蝶與 胡蝶之夢爲周與 周與胡蝶 則必有分矣 此之謂物化
6) 박종호 역, 『莊子哲學』, 일지사, 1985, 95～96쪽 참조.
7) 번데기는 곤충의 어린 벌레가 자라기 전에 고치 속에서 아무 것도 먹지 않고 한동안 지내는 상태이다. 나방은 나비보다 살이 찌고 대개 밤에 활동하며 고치를 만들어 탈바꿈하지만, 나비는 낮에만 활동하고 앉아 있을 때는 날개를 접어 등 위로 곧추세우며 고치를 만들지 않고 탈바꿈한다.

못하고 기어 다니지만, 스스로 안간힘을 쓰며 힘든 과정을 통해 나온 나방은 쉽게 날 수 있다. '나비'는 인간의 꿈이며 동경의 대상이다. 그것은 자유로운 정신의 표상으로, 현실과 꿈을 이어주는 아름다운 촉매로서[8] 지상의 억압과 굴레의 중압감을 벗어나 자유롭게 비상할 수 있는 존재의식의 확대이다. 따라서 시제인 「나비의 여행」은 냉혹한 현실과 이상적인 꿈의 환상을 통해 순수하고 아름다운 진리의 세계를 찾아가는 여정이다. 이 고달픈 '나비의 여행'은 아무 것도 모르고 어머니의 품을 벗어나 시련에 직면하는 순진한 '아가'의 모습이지만 험난한 인생의 세파를 향해가는 우리 모두의 자화상이다. 이런 시련과 고난은 겸손하면서도 온전한 인격을 갖출 수 있는 계기를 마련해준다.

이 시는 표면적으로 서정시 형태를 띠지만 구체적으로 내용을 살펴보면, '나비'로 비유되는 '아가'라는 주인공이 무작정 집을 떠나 여행하는 중에 많은 시련과 고통을 체험하고 다시 집으로 돌아오는 서사구조 형태이다. 그리고 '탕자의 비유'의 스토리 구조를 구체적으로 나타내고 있지만 아버지나 큰아들은 등장하지 않고 작은아들에 비유되는 '아가'에 초점을 맞추어 그의 정신적 성숙 과정을 다루고 있다.

일반적으로 서정시는 단일한 화자의 시점을 통해 대상을 인식하지만, 서사물은 여러 인물의 복합적 시점과 갈등을 통해 이야기를 전개해 간다. 이 시의 전체 구조는 기본 설화인 '항해 원형' 모티프로 '가출 - 시련 - 귀향'의 형태이다. 1연에 이런 구조가 액자식으로 전체 틀을 암시하고 있어 1~5행이 가출, 6~7행이 현실, 8행이 귀향 모티프이다.[9] 1연은 시적 화자가 3인칭 관찰자 시점에서 '아가'의 행동을 지켜보고, 2연은 3인칭

---

8) 김재홍, 『시와 진실』, 이우출판사, 1984, 231쪽.
9) 오세영, 「설화적 모티프와 그 비극적 진실」, 『한국대표시평설』, 문학세계사, 1983, 344~346쪽 참조.

관찰자 시점이면서 동시에 '아가'가 처한 현실로, 1인칭 시점으로 볼 수 있는 '아가=시적 화자'의 생생한 체험담이다. 관찰자 입장에서 보면 제3자인 화자가 '아가'가 경험하는 모습을 관찰하는 것 같지만, 당사자인 '아가'의 입장에서 보면 개인적인 느낌과 생각을 표현하는 독백과 같다. 그러나 3·4연은 화자와 '아가'가 분리되어 대화 형식을 취하고 있다. 화자가 실제로 '아가'에게 1차적으로 대화하지만 점차 그 대상은 모든 독자(4연)에게 확대되어 간다. 따라서 전체 구조상 3·4연을 합할 때 1·2연에 버금가는 균형을 이루지만 따로 분리한 것은 '아가'에서부터 독자에게 대상이 옮겨가는 시적 효과를 의도한 것이다.

서두에서부터 '아가'가 길을 떠나는 것은 현실에 어떤 불만이 있다기보다 탕자처럼 막연한 이상에 대한 동경과 갈망 때문이다. 그는 '수면의 강'과 '출렁이는 내일의 바다'처럼 환상에 젖어 출발하지만 막상 부닥친 현실은 '절벽'과 '미로'의 절박한 상황이다. 이런 상황이 구체적으로 부연된 부분이 2연의 내용이다. 이 부연 효과는 관념적인 시상을 더 구체적으로 제시하여 시적 이미지의 지속성과 정서적 감동의 역동성을 확대시켜 주고 있다. '검은 표지'는 이상에서부터 현실에 접어드는 공간이다. 그러나 '아가'가 부닥친 현실은 자신이 전혀 경험해보지 못한 공간으로서 아비규환과 화약 냄새로 소용돌이 치는 '전쟁'과 같은 삶의 현장으로 불안과 공포만이 있을 뿐이다. 환상적으로 추구했던 사랑('사랑은 날아가는 파랑새'), 기다림('해후는 언제나 엇갈리는 초조'), 희망('그리움은 꿈에서도 잡히지 않는다')이 없이 좌절과 절망만이 자리잡고 있다.

'아가'는 '깜깜한 절벽'과 '공포의 독수리'를 만나 '까무라치고' 소스라치면서도 결코 절망하지 않고 인내와 의지로써 미래를 향해 비상한다. 1연 8행의 '아가'의 귀향은 구체적으로 3·4연에 나타난다. 기진맥진해 돌아온 '아가'는 좌절과 절망으로 인한 자포자기 상태가 아니라 정신적으로

훨씬 성숙한 모습이다. 마치 여로형 소설에서 주인공이 권태로움과 미로
를 벗어나기 위해 여행함으로써 돌아올 때는 미로 속의 탈출구를 찾아
삶의 역동적인 힘을 얻는 것과 같다. 즉 자아와 세계를 재인식하고 변화
를 경험하기 때문에 삶의 활력소가 되는 것이다. 이처럼 시련과 고통을
경험한 '아가'의 귀향은 세상과 가치를 더 구체적으로 파악하고 자아의
정체성을 확립하는 계기를 이룬다.

　그렇다면 정한모 시에서 '아가=나비'의 구체적인 이미지는 어떤 변모
양상의 과정을 거치는가? 그의 초기시(『카오스의 蛇足』, 『餘白을 위한 抒情』)에
는 시대적·정치적 상황에 따른 억압과 불안이 자리잡고 있는데, '밤' '어
둠'의 이미지는 이런 시대적 압력의 표상이라 할 수 있다. 그는 고통스럽
고 암담한 현실을 '밤' 혹은 '어둠'의 이미지로, 비전이 상실된 자신을 '고
야'의 이미지로 형상화시킨다.[10] 이 어둠의 절망과 고통은 50년대 동족상
잔의 전란, 60년대 4·19 후 정치적·사회적 혼란, 인간 질서의 붕괴 등
시대적 상황에서 기인한다. 그러나 이런 부정적 상황에서 그의 내면 의식
속에는 밝음과 꿈의 지향이 제3시집 『아가의 房』 이후 '아가' '어머니'
'새벽' 등의 이미지를 통해 나타난다. '아가'는 이런 사회 불안과 공포 시기
에 현실로부터의 도피와 자폐적인 상황으로 안주하려는 이미지이다.

　　아가는 순수의식과 휴머니즘에 대한 근원적 동경과 향수의 표상인 것
　이다 …… 어두운 현실과 대비되는 순수만의 세계인 아가의 방은 바로
　시인 자신의 생명의 고향이며 꿈의 세계인 것이다.[11]

　그러나 순수한 생명력을 지닌 '아가'는 점차 모태 회귀를 거쳐 성숙해감
으로써 혼돈과 어두운 시대 상황을 극복하고 내면의식의 상상력을 통해

---

10) 오세영, 『현대시와 실천비평』, 이우출판사, 1983, 114쪽.
11) 정한모·김용직, 『한국 현대시 요람』, 박영사, 1974, 921～922쪽 참조.

미래지향적인 역사의식으로 발전한다. 즉 불행한 시대의 어둠을 극복하고 재생의 신념을 획득함으로써 세계에 대한 새로운 비전을 이룩하게 된 것이다.12) 이 '아가'는 현실의 어둠을 물리치고 미래의 꿈과 소망을 가져오는 아름다운 이상으로 자리잡는다. '어머니'는 '아가'에게서 과거의 역사적 체험의 원형질을 이루면서, 또한 존재의 본질에 대한 갈망을 지속시켜 주는 원동력이다.13) 따라서 인간의 육체적·정신적 고향으로서 현실을 지탱해주는 근원적인 힘의 원천이라 할 수 있다.

2) 거듭난 삶

구상은 보편적인 서정성을 거부하고 현실의식을 반영하는데, 존재론적 명제가 시의 근간을 이루고 있다. 그는 실존적 삶 속에서 야기되는 신앙적인 갈등·회의·구원 문제나 인간 존재에 대한 형이상학적 인식을 탐구한다. 그에게는 인간 존재의 불완전에 대한 인식과 영원성에의 동경, 신에 대한 죄책감과 외경심, 생명에 대한 사랑과 회한이라는 상반된 감정들이 공존하고 있다.14) 그의 신앙시는 교리적 관념의 구현보다 자신의 신앙적 체험을 시적 체험으로 일치시키는 데 노력하며, 시대의 모순과 불합리성을 지적하며 예고하는 예언자적 부르짖음도 강렬하게 나타난다.

> 이제사 나는 蕩兒가 아버지 품에
> 되돌아 온 心懷로
> 세상 만물을 바라본다.

---

12) 김시태, 「정한모와 휴머니즘」, 『한국 현대시사 연구』, 일지사, 1983, 584쪽.
13) 문흥술, 『시원의 울림』, 청동거울, 1998, 326쪽.
14) 이운룡, 『존재인식과 역사의식의 시』, 신아출판사, 1986, 62쪽.

저 창 밖으로 보이는
6월의 젖빛 하늘도
싱그러운 新綠 위에 튀는 햇발도
지절대며 날으는 참새 떼들도
베란다 화분에 흐드러진 페츄니아도
새롭고 놀랍고 신기하기 그지 없다.

한편 아파트 居室을 휘저으며
나불대며 씩씩거리는 손주놈도
돋보기를 쓰고 베갯모 수를 놓는 아내도
앞 행길 제각기의 모습으로 오가는 이웃도
새삼 사랑스럽고 미쁘고 소중하다.

오오, 곳간의 재물과는 비할 바 없는
신령하고 무한량한 所有
정녕, 하늘에 계신 아버지 것이
모두 다 내것이로구나.

― 구상의 「신령한 所有」 전문 ―

이 시는 '탕자의 비유'의 구체적인 서사구조가 생략되었지만 탕자가 시련을 겪고 귀향한 후 변화된 상태를 시적 화자의 거듭난 모습을 통해 생생하게 묘사하고 있다. 화자인 탕자의 고백을 1연에 제시한 후, 2연에서는 평범한 자연물에서 조물주의 섭리를, 3연에서는 가족 및 이웃에 대한 사랑을 병렬식으로 열거하고, 4연에서는 성서의 구절을 패러디하여 상징적인 의미를 나타내고 있다. 현대 몰개성론의 시관이 나타내는 탈 (persona) 이론은 그의 시에 걸맞지 않다. 구상 시의 화자는 상상적인 자아, 분열된 자아, 이상 상태의 자아가 아니라 자전적·고백적인 자아이다.[15]

---

15) 김봉군, 「시와 믿음과 삶의 일치」, 『木瓜 옹두리에도 사연이』의 해설, 현대문학사,

그의 시는 신앙 체험을 바탕으로 하고 있는데, 그 체험은 구도자로서 뜨거운 진리 추구와 영적인 삶을 향한 몸부림과 함께 한다. 그의 종교적 인생관은 삶과 인간의 존엄성을 확신하는 가운데 우주만물을 통해 신의 섭리를 깨달으며 사랑을 느끼는 어떤 것이다.

인간은 누구나 고난을 통하여 자신의 연약함이 가장 강한 힘의 원천이라는 것을 인식할 만큼 충분히 성숙하게 될 때 도달할 수 없었던 신앙의 절정에 오르게 된다. 바로 그 절망에 의해 압도되어 싸움을 포기하려 할 때 믿음의 승리와 이적을 체험하게 된다.[16] 그리고 자신이 시간과 공간의 제약에서, 그 숙명적인 극한 상황에서 피할 수 없는 비극적인 존재라는 사실을 인식할 때 신앙에 눈이 뜨게 된다. 자신의 비극성을 깊이 깨닫는 자만이 신앙을 확고히 할 수 있고, 또 깊은 신앙의 사랑이어야 절망을 극복할 수 있는 용기를 발휘할 수 있는 것이다.[17]

화자는 탕자의 입장에서 낡은 사람이 아닌 새 사람이 되는 거듭남의 과정을 통해 평소에는 대수롭지 않게 생각했던 삶의 모습, 모든 만물, 모든 이웃들을 새삼 사랑스럽고도 소중하게 발견하며 보잘 것 없는 자신 속에서 혜안의 빛을 투시한다. 무심코 보아오던 사물 속에서 우주적 본질과 원리를 발견하며 종교적 신비성에 의탁해 대상을 바라본다. 이러한 새로움과 기쁨은 신령하고 무한한 것으로 세속적인 물욕과는 비할 수 없는 정신적 충족의 상태이다.[18] 그의 소유욕은 세속적인 물질 소유의 차원이 아니라 자연에서 느끼는 우주 만물의 조응과 기쁨으로 얻는 정신적

1984, 172쪽.

16) Charles I. Glicksberg, 『Literature and Religion』, Southern Methodist University Press, 1960, 55쪽.

17) 최종수, 「Eliot 문학의 종교성」, 『神學指南』 40권 1집, 1973, 34쪽.

18) 이러한 정신적 충족 상태는 성령이 자리 잡으므로 축복을 얻는다(『고린도전서』5 : 17, 『요한복음』 3 : 5).

차원이다. 이런 인식은 유유자적하며 관조하는 데에서 얻어진 것이 아니라 핍진한 삶의 체험과 사색의 고뇌에서 얻어진 산물이다. 그는 인간사의 온갖 비극을 체험하고 영적 회의 상태에서 오랜 방황과 고뇌를 극복한후 무명·고독·허무에 대한 인식과 자기 성찰의 결과로 신 앞에 서게된다.

'신령한'이란 하나님의 영으로부터 나와 사람의 영속에 전해지는 도덕적인 속성으로 구원을 동반하는 유익한 것들인 성령의 선물(믿음·소망·사랑·칭의·성화·평화 등)로서 새 생명을 얻게 되는 열매이며 축복이다.[19] 신령[20]에 눈 떴다는 것은 하나님의 존재를 내 안에서 직접 체험하였다는 뜻이다. 영적 교감은 신비의 체험이며 깨달음으로 신의 실재에 대한 미적 인식이다. 이 때 자신은 모든 만물이 그의 五官에 새로운 모습으로 느껴짐으로써 신의 실재를 체험한다. 따라서 만유일체에 내재하는 창조주의 기운과 숨결인 말씀을 자신의 영혼에 감지되는 황홀경 속에서 체험하며, 그 세계를 마음의 눈으로 통찰하여 보는 것이다.[21] 영성은 인간과 하나님과의 관계를 유지하는 힘이요, 모든 상호 관계를 활기차게 하는 능력으로 인간뿐 아니라 우주 만물을 창조하고 유지하는 섭리의 조화를 지탱해주는 힘이다.

특히 마지막 연의 "하늘에 계신 아버지 것이 모두 다 내 것이로구나"라는 구절은 "너는 항상 나와 함께 있으니 내 것이 다 네 것이다"(『누가복음』 15 : 31)라는 성서 내용을 차용한 것으로, 아버지의 재산을 그대로 소유하는 물질적 충족과 신령한 마음의 기쁨을 누리는 정신적 충족의 상태를

---

19) 『聖書百科大事典 7』, 성서교재간행사, 1980, 31쪽.
20) 구상의 신앙시집 『말씀의 實相』에는 54편의 신앙시가 실려 있는데, 이 중 신령한 것에 관련된 작품이 10여 편 이상을 차지하고 있다.
21) 한승억, 「한국시와 기독교 성찰, 그 창조적 비전」, 『문학과 종교』 제9권 1호, 한국 문학과 종교학회, 2004, 180쪽.

의미한다. 그것은 진실한 믿음 속에서 모든 삶을 감사함으로 받아들일 때 가능하다. 아버지는 위선과 물질의 노예가 되어버린 큰아들의 항변을 감싸 안는 무한한 사랑을 보여주며 설득한다. 예수는 부자가 천국에 들어가기가 낙타가 바늘귀에 들어가는 것보다 어렵다고 했다. 부자가 천국에 들어가지 못함은 그만큼 물욕에 사로잡힐 때 자기를 포기하기가 어렵다는 것이다.

큰아들은 화가 난 나머지 동생과의 형제 관계조차도 망각하고 있다. 아버지는 동생을 '이 아들'(당신의 아들)이라고 부른 큰아들에게 '이 네 동생'이라고 함으로써 비뚤어진 그의 마음을 바로 잡고, 그에게 형제 간의 사랑을 가르쳐 준다. 그리고 물질의 노예가 되기보다는 진정한 회개를 통하여 하나님을 영접할 때 천국에서 "내 것이 다 네 것이" 될 수 있다는 역설적 표현을 하고 있다. 따라서 화자는 현세의 물질이나 인간적인 욕구에 만족을 느끼기보다 정신적 풍요와 성령의 충족감을 누리는 신령한 소유를 체험하는 것이다.

3) 자애로운 모성애

사랑한다는 것은 상대방을 낮추거나 어느 한쪽이 우월의식에 젖는 것이 아니라 같이 조화를 이루며 상호 보완하는 것이다. 진정한 사랑은 나와 상대방과의 인격적 관계이며 서로의 소외감을 회복하는 것이다. 특히 부모와 자식 간의 사랑이란 모든 사회적 범주의 기초가 되는 것으로서 인간은 이 사랑을 통해 타인과 신을 사랑하게 되고, 어떻게 사회적 관계에서 공존하며 살아가는가를 배울 수 있다. 어머니의 사랑은 인간의 불순종에도 사랑을 주며 무가치한 것을 가치 있게 만드는 아가페적 사랑처럼 이해타산적인 상황을 떠나 무조건적으로 받아들이며 용서하는 희생을 보여준다.

　　돌아온 탕아라 할까
　　여기에 비하긴
　　늙으신 홀어머니 너무나 가난하시어

　　돌아온 자식의 상머리에는
　　지나치게 큰 냄비에
　　닭이 한 마리

　　아직도 어머니 가슴에
　　또 내 가슴에
　　남은 것이 무엇이냐.

　　서슴없이 고깃점을 베어 물다가
　　여기에 다만 헛되이 울렁이는 내 가슴
　　여기 그냥 뉘우침에 앞을 서는 내 눈물

　　조용한 슬픔은 아련만
　　아 내게 있는 모든 것은
　　당신에게 바치었음을……

　　크나큰 사랑이여
　　어머니 같으신
　　바치옴이여!

　　그러나 당신은
　　언제든 괴로움에 못 이기는 내 말을 막고
　　이냥 넓이 없는 눈물로 싸주시어라.

　　　　　　　　－ 오장환의 「다시 美堂里」 전문 －

　오장환의 시집에 나타난 정신적 편력은 고향을 떠난 후 이상향의 공간으로 항구와 도시를 찾았으나 여기에 안주하지 못하고 다시 고향으로 되돌아가는 과정을 보여주고 있다. 이 작품은 이런 그의 삶의 노정을 집약적으로 함축한 일면이 있다. 따라서 시인은 시적 화자인 '나'를 통해 고백 형태로써 자신의 문제를 시적 대상으로 하고 있기 때문에 주관적인 정조가 주조를 이룬다. '나'는 시적 대상과의 거리가 가까워 회상의 어조나, 화자이면서 동시에 청자가 되는 독백체 어조를 3·5·6·7연의 서술형 어미에 사용하여 스스로에게 질문을 던진다. 그러다 보니 독자는 화자의 주관적인 정서 표출에 압도당해 감정을 절제하는 데 시적 건강미를 잃을 수도 있다.

　이 시는 '탕자의 비유'처럼 구체적인 서사 과정은 없으나 귀향한 탕자보다 아버지에 비유되는 '어머니'의 무한한 사랑에 초점을 두고 있다. 탕자의 아버지는 자신이 낳은 자식을 모태로 불러들이는 어머니와도 같은 존재이다. 이 '어머니'의 무조건적인 사랑과 희생이 탕자인 시적 화자의 참회를 불러일으킨다. 탕자의 아버지는 돌아온 자식에게 좋은 옷을 입히고, 반지를 끼워주며, 새로운 신발을 신겨 성대한 잔치를 베푼다. 좋은 옷은 그가 다시 아버지 집에 속한 식구가 되었음을, 반지는 아버지와 관계가 회복되었음을, 신발은 새로운 삶이 시작되었음을 상징한다.[22] 이 잔치의 의식 행위는 아들을 용서할 뿐만 아니라 아들로서 지위 회복을 널리 알리는 것이다.

　그러나 화자의 홀어머니는 가난하여 탕자의 아버지처럼 좋은 옷을 입히지도, 반지를 끼워주지도, 성대하게 잔치를 베풀지도 못하고 단지 '닭' 한 마리를 상머리에 놓는다. '어머니'는 '이냥 넓이 없는 눈물'로 자식을

---

22) 김동선, 앞의 글, 247쪽.

감싸주며 '지나치게 큰 냄비'처럼 무한한 사랑을 나타낸다. 이 '눈물'은 '어머니'에게는 오랜 기다림 속에서 얻어낸 사랑과 기쁨의 결실이지만, 화자에게는 현실의 절망적 상황을 극복하고 자신을 뉘우치게 해주는 정화수와 같다. 즉 슬픔의 감상적 정조가 아니라 정화시키고 안위하는 요소로 자신을 더욱 단단하게 성장시키는 활력소이다.

오장환은 고향에 관련된 시편에 거의 어머니에 대한 그리움이나 회상을 담고 있는데, 이 '어머니'는 고향과 같이 그림자의 원천이면서 생의 근원으로서 일체의 고통과 절망을 감싸주며 위로와 평안을 주는 존재이다. 그는 우리의 존재 근거를 지탱해 줄 유교적 전통이나 관습, 권위와 질서, 가치관, 그리고 자기 정체성까지도 부정하면서 탈출구로 항구와 도시를 택한다. 이런 계기는 식민지 시대의 비극적 현실 상황에 대한 자학적 합리화이며 자신이 서출이라는 점에서 기인하는 적서차별의 가치 규범에 대한 거부에 따른 것이다.

그는 국권 상실과 삶의 황폐한 원인을 우리의 잘못된 전통과 역사에서 찾으며 미지 세계에 대한 동경, 이국 지향, 도시 문명에 대한 그리움 때문에 고향을 떠난다. 그의 30년대적 시적 편력은 '고향 부정 – 이향 – 도시 체험 – 도시 부정 – 귀향 의지 확인'으로 정리할 수 있다.[23] 그가 고향을 등지는 것은 탕자처럼 무작정 이상을 추구하기 위해서가 아니라 절망적인 상황을 벗어나려는 탈출구로 작용한다. 그는 방랑자가 되어 도시 문명과 항구를 헤매지만 정착하지 못하고 방황하며 탕자가 되어 간다. 그가 기대했던 항구·도시란 윤리적 타락과 물신주의 중심의 가치관, 인간성 상실 등으로 인간다운 행복과 행복한 공동체와는 거리가 멀었다. 그는 이런 상황에서 자기 존재의 근거를 확보해 주고 정체성을 회복해 줄 고향

---

23) 이명찬, 『1930년대 한국시의 근대성』, 소명출판, 2000, 235쪽.

과 '어머니' 세계로 회귀한다. 그는 점차 식민지 현실에 절망하거나 안주하려는 부정적 요소를 밀쳐내고, 그 부정적인 현실 속에서 정신적 지주인 '어머니'를 통해 끊임없이 희망을 찾아가는 에너지를 얻는다.24) 이 미래에 투사된 귀향은 과거의 퇴행 공간으로 자리잡지 않고 안정감과 영속성을 통해 자아 정체성을 확보해 준다. 따라서 그의 귀향은 탕자처럼 정신적인 성숙을 가져옴으로써 역사와 전통에 대한 연속성과 정체성을 확인하고, 종국적으로는 조국의 현실을 발견하는 계기가 된다. 이 역사와 전통이라는 공동체가 상징적인 의미에서 탕자의 아버지로 비유된다.

이 고향은 현실적으로 황폐화되었지만 그에게 현실을 직시할 수 있는 계기를 마련해 준다. 이런 현실 인식이 그가 해방 이후 사회주의 문학 활동에 참여하는 동기가 된다. 고향은 현실의 불완전과 결핍을 보장해 주는 공간이고, '어머니'는 고향의 완전성을 보장하는 대표적인 이미지로 자신의 상처를 어루만지고 위로해 줄 수 있는 정신적 존재이다. 일반적으로 어머니는 아이에게 육체적·정신적인 자양분을 제공해 주고 의지의 대상이 되어 안정감과 영속성을 부여한다. 이런 점에서 어머니는 친숙한 환경이자 영원한 안식처의 공간이 된다. 그러나 아이는 성숙하면서 어머니라는 장소의 범주를 넓혀 가족이라는 테두리를 인식하면서 집, 부락을 둘러싼 자연환경에 대한 경험이 부가되며 유년의 고향이라는 장소감이 자리잡는다. 따라서 어머니는 언제나 고향이라는 공간에서 그리움의 대상으로서 중심축을 이룬다.

돌아온 蕩子의
굽은 어깨 위에
부끄러운 뒤통수에

---

24) 김현정, 『한국 현대문학의 고향담론과 탈식민성』, 역락, 2005, 60쪽.

　　벼락같은 꾸지람을 내리세요
　　어머니

　　다시는 정녕 다시는
　　잘못이 없도록
　　뉘우침이 없도록
　　어머니

　　날나리 이내 영혼
　　홍두깨에 감으시고
　　밤새도록 어머니
　　다듬이질 하세요

　　　　　　　　　　　　－ 허영자의 「다듬이」 중에서 －

　이 시는 허영자의 전반적인 작품 스타일처럼 군더더기 없이 간결하면서도 압축된 언어로 짜임새 있게 구성되어 있다. 그리고 탕자인 시적 화자가 지난날의 방황과 방탕한 삶을 참회하며 솔직담백하게 '어머니'에게 고백하는 어조가 주조를 이룬다. 그는 슬픔·이별·한·그리움 등 감상적 정서까지도 엄격한 절제미로 극복하여 시적 긴장감과 건강성을 통해 서정시의 전통성을 유지하고 있다. 이 탕자의 반성적인 태도는 전적으로 '어머니'의 헌신적인 사랑과 기다림 때문에 가능하다. 화자는 자신의 참회하는 마음을 진솔하게 나타내기 위해 청자인 '어머니'를 구체적인 대상으로 설정하여 고백함으로써 극적 효과를 자아낸다.

　그의 지난날의 삶은 '굽은 어깨'와 '날나리 영혼'을 통해, 그런 삶은 '부끄러움'을 통해 각각 암시된다. '굽은 어깨'는 비뚤어진 외형에서 나타나듯이 탕자의 육체적 방탕한 모습을 가시적으로 보여 주고, '날나리 영혼'은 진실성이 없는 병든 정신 상태를 나타낸다. 이런 삶의 모습은 화자에게 '부끄러운' 감정으로 대변된다. 그런데 이런 부끄러운 삶에 대한 자책과 참회는 '어머니'의 끈질긴 인내와 질책에 의해 이루어진다. '다듬이질'은 옛날 여인들이 홍두깨에 면(옷감)을 감아 방망이로 올을 고르던 동적 행위이다. 원시적 다림질에 비유되는 '다듬이질'은 탕자의 부끄러운 삶을 '어머니'가 대신 짊어지고 자식이 올바른 길로 가도록 간구하는 사랑의 채찍질이다. 이처럼 그의 시에 나타나는 사랑은 주요한 시적 테마이면서 순수한 삶의 경지에 도달하려는 힘의 근원이 되고 있다.[25]

시인은 자신의 시를 아프고 쓰라린 부끄러움을 쓸어 모은 것이라 하며 "돌아다 보면 살아온 자취는 항상 부끄럽고 잘못이었다."[26]고 스스로 고백한다. 그의 '부끄러움'에는 고통과 참회가 따르며 원죄의식이 작용하고, 더 나아가 가장 소중한 사랑을 깨닫는 구원의식으로 발전한다. 단적인 예로, 「하늘」에서는 부끄러움이 맑은 눈초리에서, 「가을」에서는 부끄러움이 참회로 변화되어 소중한 사랑을 깨닫는 구원의식으로 승화된다. 따라서 그의 사랑에는 항상 부끄러움이나 죄책감, 참회 등이 따른다. 이 '부끄러움'은 그의 결벽증에서도 기인하겠지만 진실성의 바탕에서 솟아나는 양심의 목소리로, 엄격한 순수에의 지향에 따른 현실적 자아의 반응이다. 그에게 '부끄러움'은 독특한 개성이면서도 강렬한 삶과 사랑에 대한 공격적인 태도가 상반되는 이미지로 충돌하기 때문에 시적 효과와 정서적 긴장감을 획득할 수 있었다.[27]

이런 '부끄러움'은 윤동주 시에서도 주요 인자로 작용하는바, 자신의 소명의식에 대한 도덕적 책임의 발로로 대사회적 관계에서 야기되는 분열과 갈등에서 찾을 수 있다. 주어진 시대상황에서 현실적 자아와 반성적

---

25) 배영애, 『현대시연구』, 국학자료원, 2001, 124쪽.
26) 허영자, 「독자를 위하여」, 『아름다운 삶을 향하여』, 문학세계사, 1980, 5쪽.
27) 정영자, 『한국여성시인 연구』, 평민사, 1996, 232쪽.

자아 간의 괴리로 인해 부끄러움·번민·미움·동경·상실감 등 복합적 감정이 자리 잡는 것이다.

4 ▍ 결론 ▍

'탕자의 비유'는 '가출─시련─귀향'의 항해원형 모티프로 자아와 세계에 대한 참다운 인식과 한 인간의 성숙에 관한 의미를 내포한다. 본고에서는 이런 원형적인 모티프가 현대시에 어떻게 투영되었나를 세 가지 관점에서 살펴보았다.

첫째, 정한모의 「나비여행」은 '탕자의 비유' 서사구조를 통해 자아와 세계에 대한 참다운 인식과 인간의 정신적 성숙 과정을 보여준다. 탕자인 아가가 집을 떠나는 것은 편안한 현실에 안주하기보다 이상을 추구하기 위한 발로이고, 현실에 부닥친 시련과 고통은 인간의 정신적 성숙을 구체화시켜 자아의 정체성을 확립하는 계기가 된다. 이 정신적 성숙은 번데기가 고치 속의 시련을 통해 나방이 되는 과정으로 비유할 수 있다.

둘째, 구상의 「신령한 所有」는 탕자 입장에서 새 사람이 되는 거듭남의 과정을 통해 평소에는 대수롭지 않게 생각했던 삶의 모습, 모든 만물, 모든 이웃들을 사랑스럽고도 소중하게 발견하며 보잘 것 없는 자신 속에서 혜안의 빛을 투시한다. 이런 새로움과 기쁨은 신령하고 무한한 것으로 세속적인 물욕과는 비할 수 없는 정신적 충족 상태이다. 이 소유욕은 자연에서 느끼는 우주 만물의 조응과 기쁨의 정신적 차원으로 정신적 풍요와 성령의 충족감을 누리는 신령한 소유의 체험 상태이다.

셋째, 오장환의 「다시 美堂里」와 허영자의 「다듬이」는 모두 '탕자의 비유'의 구체적인 서사과정은 없으나 귀향한 탕자보다 아버지로 비유되는 어머니의 무한한 사랑에 초점을 두고 있다. 이 어머니는 탕자의 아버지처럼 끝없는 기다림을 통해 조건 없는 사랑과 용서를 베푼다.「다시 美堂里」에서 화자는 현실의 탈출구로 이상향의 공간을 추구하지만 거기에서 정착하지 못하고 탕자가 되어 방황하다 다시 자기 존재의 근거를 확보해주고 정체성을 회복해줄 고향과 어머니 세계로 회귀한다. 이 어머니는 고향과 같이 그림자의 원천이면서 생의 근원으로서 일체의 고통과 절망을 감싸주며 위로와 평안을 준다.「다듬이」는 시적 화자가 지난날의 방황과 삶을 참회하며 솔직 담백하게 고백하는데, 이런 부끄러운 반성적 태도는 전적으로 어머니의 헌신적인 사랑과 기다림 때문에 가능하다. 그의 부끄러움은 고통과 참회가 따르며 원죄의식이 작용하고, 더 나아가 가장 소중한 사랑을 깨닫는 구원의식으로 발전한다.

「자화상」에 나타난 자아인식의 시적 형상화

1 ▌ 서론 ▌

'자화상'은 자신의 모습을 담은 초상화이다. 회화에서 자화상은 인물의 겉모습이지만, 외형 속에 보이지 않는 내면세계까지 담아내어 다양한 형태로 나타난다. 문학에서도 '자화상'은 18세기 이후 문자를 통해 자기를 표출하는 방법으로 사용되었다. 자아의 내면을 성찰하고 그 존재 의의를 깨닫는 일은 자기 이외 누구도 할 수 없는 것이다. 자아정체성은 사회와 문화적 환경과의 관계 속에서 다른 사람들과 상호작용의 과정을 통해 형성된다. 자아찾기는 자아인식의 과정 속에서 꾸준히 자신을 타자와 구별되는 존재로 파악하고 자신의 고유한 존재 가치와 삶의 의미를 발견하는 것이다. 따라서 자아정체성의 확립을 위해 '나는 누구인가?'라는 문제를 주체로서, 혹은 객체적 대상으로서 자아를 상정하여 끊임없이 근본적인 자아를 탐색하는 과정이라고 할 수 있다.

시인에게 '자화상'의 창작 동기는 관점에 따라 차이가 있지만, 일반적으로 자기에 대한 관심과 성찰, 자신과의 대결의식 속에서 자기의 정체성을 밝히고자 하는 고뇌와 번뇌의 갈등에서 찾을 수 있다. 자아는 역사의 흐름 속에서 그 시대의 정치·사회·문화·환경 등과 총체적 관계를 맺을 뿐만 아니라 당대에 대해 자신의 가치관과 시대관을 피력하며 적절한 태도를 취하게 된다. '자화상'을 쓴다는 것은 현시점에서 자신의 과거를 현재화해 그 상황을 직시하며 현재의 자아를 확인해 올바른 미래로 나아가야 하므로 철저한 반성과 치열한 실존 탐구가 뒤따라야 한다. 누구나 처음에는 자신을 한번 점검하고 표현해 보겠다는 소박한 마음에서 시작하지만, 쓰는 과정 중에 시대적 상황과 관련을 맺는 내·외적 상황 요인이 작용할 수밖에 없다. '자화상'은 자신이 살아온 삶의 모습과 그것에 대응해온 삶의 방식이나 태도를 드러내면서 자신의 가치관과 인생관 속에 형성해온 자아 정체성을 총체적으로 보여준다. 시인이라면 누구나 한번 써보고도 싶은 이 시적 주제를 동일한 시제인 '자화상'으로 여러 시인들이 남기고 있는데, 본고에서는 그 중 이상·노천명·윤곤강·박세영·서정주·윤동주·한하운·박용래 등의 작품을 중심으로 그들이 격변기 시대에 어떻게 대응하며 살아왔는지 삶의 고뇌와 갈등을 살피며, 아울러 그들의 자아정체성이 어떻게 시로 형상화되었는지 고찰해 보고자 한다.

2 ▌ 자아인식의 시적 형상화 ▌

1) 실존적 고뇌와 초월적 자의식 – 서정주의 「자화상」

미당 서정주의 초기시에서 生의 문제는 생명파 경향을 대변하듯 비사회적, 비역사적인 의미를 지닌다. 그는 수평적인 인간 관계에서 제기되는 치열한 역사의식이나 사회사적 문제에는 거리를 둔 채 오직 수직적인 의미로서 존재론적이고 근원적인 생의 문제, 즉 인간의 본능·의지·죽음·고독·유한성 등에 고뇌하고, 이를 초극하기 위해 몸부림쳤다. 그는 젊은 날 육체적·정신적 존재 탐구로서의 수많은 생의 문제들과 부딪치며 그 원죄적 숙명성의 심연으로부터 벗어나기 위해 처절한 몸부림을 동물적 상상력을 바탕으로 끈질기게 펼쳤다.

　　애비는 종이었다. 밤이기퍼도 오지않었다.
　　파뿌리같이 늙은할머니와 대추꽃이 한주 서 있을뿐이었다.
　　어매는 달을두고 꽃살구가 꼭하나만 먹고 싶다하였으나… 흙으로 바
람벽한 호롱불 밑에
　　손톱이 깜한 에미의아들.
　　甲午年이라든가 바다에 나가서는 도라오지 않는다하는 外할아버지의
숯많은 머리털과
　　그 크다란눈이 나는 닮었다한다.
　　스물세햇동안 나를 키운건 八割이 바람이다.
　　세상은 가도가도 부끄럽기만 하드라
　　어떤이는 내눈에서 罪人을 읽어가고
　　어떤이는 내입에서 天痴를 읽고가나
　　나는 아무것도 뉘우치진 않을란다.

　　찰란히 틔워오는 어느아침에도
　　이마우에 언친 詩의 이슬에는
　　멫방울의 피가 언제나 서꺼있어
　　볓이거나 그늘이거나 혓바닥 느러트린
　　병든 숫개만양 헐덕어리며 나는 왔다.

　　　　　　　　　　　　　　　－ 서정주의 「자화상」(1939)[1] －

1) 이 시는 서정주가 23세에 창작해 「시건설」 7집(1939)에 발표한 후 첫시집 『화사집』
(1941) 첫 페이지에 실었다. 『화사집』에 실린 이후 시전집에 재수록되면서 시형태
와 표기에 많은 변화가 따른다. 원래 3연을 2연으로 나누면서 전반부의 산문형태

　이 작품은 서정주의 전기적 진실성과는 관계 없이 독자에게 강한 호소
력을 자아낸다. 그의 부친이 실제 종이 아니었을 텐데, 허구화된 화자의
굴욕적인 삶은 강렬하면서도 선명한 이미지와 고백적 어조의 직접적인
언사가 리얼리티를 느끼게 한다. 화자의 냉철한 시선으로 바라보는 '나'의
굴욕적인 삶은 '종'이라는 낱말을 통해 숙명적·원초적 이미지를 부여한
다. '종'의 의미 저변에 깔린 억압된 열등의식은 미당이 당대 사회 현실과
관련해 자신의 존재를 더욱 치욕스럽게 느꼈다고 볼 수 있다. 그것은 아
마도 일제 강점하의 시대적 상황, 궁핍한 집안 형편, 몇 차례 학생 사건
주도 이후 맞게 되는 좌절감 등에 따른 반항적인 방황과 자학적인 운명관
에 빠져든 결과라 할 수 있다.[2] 그는 허구화된 개인사적 문제를 보편적
민족의 수난사로 확장시켜 신분의 차원을 떠난 존재의 심연으로 의식을
확대시킨 것이다. 식민지 치하에서 일본이라는 대지주 밑에서 종살이하
는 한국민 전체의 그것으로 폭넓게 일반화시킴으로써[3] 개인사적 한계를
극복하여 현실 직시의 전형적 범주로 형상화하였다.

　이 시는 형태 구조상 2연이지만 시간과 통사구조로 볼 때 3연으로 나눌
수 있다. 1~6행은 과거시제로 화자의 가계사, 7~11행은 현재 시점에서
화자의 현실 판단과 의지, 12~16행은 미래시제로 현실인식의 구조이다.
1연은 타자의 시선을 통해 자아정체성과 관련된 가족사와 생활환경을 제
시하고 있는데, 경제적 궁핍과 삭막한 가족 관계 상태는 전적으로 아버지
의 부재에 따른 것이다. 밤이 깊어도 오지 않는 아버지, 바다에 가서 돌아
오지 않는 외할아버지는 부권 부재의 요인이 되고 있다. 화자는 이런 아

　를 운문형태로, 표준어형 어휘를 전라방언형 등으로 바꾸었다. 즉 어머니 → 어매,
　커다란 → 크다란, 않으란다 → 않을란다, 찬란히 → 찰란히, 몇방울 → 몇방울, 맺
　혀있어 → 서꺼있어 등.
2) 서정주, 『서정주 문학 앨범』, 웅진출판사, 1993, 37~41쪽 참조.
3) 김윤식·김현, 『한국문학사』, 민음사, 1989, 260쪽.

버지에 대해 권위를 인정하지 않고 자학적일 정도로 굴욕적인 종의 삶으로 자각한다. 아버지 없이 자랐다는 그의 고백은 믿고 따라야 할 삶의 가치 기준이 상실됨을 뜻하며, 따라서 정신적인 황무지 상태를 의미하는 것이다.[4] '애비는 종이었다'라는 도발적인 언사는 민족적인 숙명이나 인류의 원죄의식에 사로잡힌 아버지의 삶을 운명으로 규정짓는 것인 동시에 그러한 아버지의 숙명적인 삶에서 탈주하고자 하는 시인의 양가적 심리가 내포되어 있다.[5] '아비' 대신 '애비', '하인' 대신 '종'이라는 비속어와 구어체 어투가 천박한 것보다 경멸적·원초적인 느낌으로 다가와 불합리한 사회 여건에 대항하려는 의지를 읽을 수 있다. '파뿌리같이 늙은 할머니'의 초라한 모습은 꽃답지 않은 '대추꽃'과 대조를 이루어 쓸쓸하고 가난한 삶이 식물적 이미지로 시각화되었다. '어매'는 한달[6] 넘도록 입덧하는 동안 '풋살구' 같은 신 것을 먹고 싶었으나 먹을 수 없는 상황이다. 그것은 궁색한 처지이기도 하겠지만, 한편으로 쉽게 구할 수 없는 때이기 때문이다. 특히 3행의 말줄임표는 '먹지 못하였다'는 의미와 함께 시간의 경과를 나타내는 표지인 셈이며, 그것이 한 행으로 연결된 것은 임신 중인 아이와 '에미의 아들'이 같다는 사실을 강조하기 위한 시적 장치라고 이해할 수 있다.[7] 행갈음이 없이 한 행으로 처리되었지만 앞 부분은 과거형 종결어

---

4) 문혜원, 『한국 현대시와 전통』, 태학사, 2003, 226쪽.
5) 김현정, 「서정주 시에 나타난 아버지의 의미」, 『어문연구』 55호, 2007, 376쪽.
6) 이숭원, 『詩의 아포리아를 넘어서』, 이룸, 2001, 171~172쪽 참조.
   이 '달을 두고'에 대한 여러 견해 중 주요 해석을 정리해 보면,
      ㉠ '해산달을 앞두고' - 이남호
      ㉡ '임신한 기간 중 한 달을 두고' - 유종호
      ㉢ '달마다' '한 달 내내' '몇 달' - 김윤식
   '풋살구'는 임신한 초기 여성의 입덧과 관련되고, '달'은 차고 기우는 시간의 순환성으로 여성의 생리적 주기로 수태와 출산에 관련시킬 수 있다.
7) 김정용, 『미당 서정주의 시적 환상과 미의식』, 국학자료원, 2003, 76쪽.

미이고, 뒷부분은 현재시제이므로 단절감이 느껴진다. 누추한 집에서 '호롱불'에 비쳐지는 까만 '손톱', 생계를 꾸려가기 위해 바다에 나갔다 돌아오지 않는 외할아버지는 모두 찌든 가난을 대변한다. 이런 궁핍한 모습은 60년대 이전의 보편적인 우리의 자화상이다. '갑오년'은 역사의 격변기인 사회사적 의미를 지녀 식민지 시대와 동족상잔의 아픔으로 이어진다.

후반 다섯 행은 내면적 갈등의 대립 양상이 화자에게 죄의식과 천형의 모습으로 나타난다. 스물 세해 동안 팔할을 '바람'처럼 살아온 것처럼 젊은 시절의 방황과 시련을 구체적으로 엿볼 수 있다. '바람'은 만물에 묻어 있는 神氣를 이리저리 옮겨내는 영매의 역할을 한다. 동시에 바람은 세속적 고난과 황폐한 자아의 주변을 휩싸는 배경이기도 하다.[8] 이 '바람'은 자신의 성장사로 시련과 고통, 방황이면서 동시에 사회적 관계 속에서 자아 존재를 인식하게 하는 삶의 역동성과 영혼의 깨달음을 가져다 준다. 이러한 젊음의 방황은 이상과 현실, 육체와 정신, 감정과 이성, 유한성과 무한성 등 상반된 모순의 괴리감에서 파생되는 것이다. 그가 '바람'처럼 세상을 떠돌고 '병든 숫개'처럼 헤매며 살아온 부끄러운 삶은 스스로 죄인이거나 천치이기도 한 양면성을 자각하게 된다. 스스로 자괴감에 젖는 부끄러운 삶은 종의 신분이나 자아의 순결의식에 기인한 것이 아니라 철저하게 현실적인 삶의 죄의식에 따른 것이다. 이 죄의식은 도덕적·사회적 산물이 아닌 인류의 원죄의식에 따른 숙명성, 현실에 안주하지 못하고 표류하는 죄책감이다. 그런데도 그는 부끄러운 삶에 대해 결코 뉘우치지 않겠다는 확고한 의지를 보이며 그 운명적인 업고에서 벗어나기 위해 본능적 표현으로 몸부림친다. 이 '부끄러움'과 '뉘우치지 않겠다'는 진술은 확실히 모순관계이다. 팔할이 바람인 삶, 즉 남 보기에 바보 천치인 삶을

---

8) 이상오, 『한국 현대시의 상상력과 자연』, 역락, 2006, 248쪽.

부끄러우면서도 뉘우치지 않겠다는 운명 저항적 의지는 또 다른 삶의 추구에 따른 것이다. 그런 삶은 2연에서 밝히는 '시의 이슬' 때문이다.

2연은 밝은 아침 배경과 희망적인 분위기가 1연과 대조를 이룬다. 어둠을 뚫고 찬란히 밝아오는 아침 햇살에 '이마' 위에 맺히는 '이슬'은 팔할이 '바람'의 결정체이다. 그런데 '이슬'에는 언제나 몇 방울의 '피'가 섞여 있다. '이슬'은 육체적 욕망과 생명력의 충돌 속에서 정화수와 같은 존재로 부끄러움의 자아인식 과정에서 순결함과 자아 관조, 새 생명의 정신적 지향성을 내포한다. '피'는 생명이며 사회적 금기, 죽음의 원형성으로 인간의 관능적인 욕망, 육체 그리고 세속적이고 유전적인 삶의 원천적 구속력을 의미한다.9) 그의 초기시에서 '피'는 젊은 열정이라는 원초적 생명력과 육체적 탐닉의 모순성을 내포해 고통스런 형벌로서 존재론적인 생의 문제에 고뇌하고 초극하는 몸부림이다. 그런데 '이슬'은 어두운 밤을 극복하고 '피'를 여과시킴으로써 밝은 아침에 시인의 이마 위에 얹힌다. 혼돈과 방황의 갈등 속에서 '피'의 고통을 통해 시련을 극복함으로써 밝아오는 아침에 시인의 이마 위에 이슬이 맺히는 것이다. 화자가 죄인과 천치의 취급을 받으며 부끄러움 속에서 살아왔지만 현실 상황을 당당히 인정하며 일말의 자존심을 지킨 것은 이마 위에 맺힌 '시의 이슬' 때문이다. '시의 이슬'은 시간과 공간, 그리고 언어의 한계를 초월하여 '절대적 현존'을 살수 있게 하는 처음이자 마지막이다. 요컨대 그것은 시와 삶의 영원으로 통하는 가장 확실한 길로, 시인이 어떤 희생과 고통을 치르고서라도 얻지 않으면 안될 절대 가치이다.10)

밤새 피 맺히는 고통 속에서 쓰인 시는 삶의 번민과 열정의 몸부림이 스며 있다. 이런 과정 속에서 '피'가 '이슬'로 승화될 때 아름다운 시가

---

9) 최현식, 『서정주 시의 근대와 반근대』, 소명출판사, 2003, 77쪽.
10) 이어령, 『詩 다시 읽기』, 문학사상사, 1995, 337쪽.

된다. '병든 숫개'처럼 앞만 보고 헐떡거리며 달려온 것은 아무것도 뉘우치지 않겠다는 화자의 강한 저항 의지를 뒷받침한다. 세상은 자신에게 부끄러움, 천치, 죄인이라는 억압과 폭력을 부여하지만 화자가 '병든 숫개'처럼 체면이고 염치 할 것 없이 온갖 치부를 드러내며 맞서는 것은 '시쓰기'가 있기 때문이다. '병든 숫개'는 『화사집』에 등장하는 '뱀', '문둥이'의 이미지와 유사하다. 화자가 자신을 '죄인'과 '천치'보다 더 비하시켜 '병든 숫개'로 비유한 것은 고통과 정신적 방황에 시달리면서도 후회 없는 동물적 욕망을 나타내기 때문이다. 무언가 헐떡이며 찾아 헤매는 모습은 남성으로서의 구실을 박탈당한 것이지만 최소치의 열정적인 '피'의 동력 인자를 반영한다.

이처럼 강렬하면서도 선명한 동물적 이미지의 비유는 삶의 굴욕성과 절망감을 솔직히 나타내면서 삶에 대해 처절한 본능적 집착이라는 심리 상태를 반영한다. 굴욕적인 죄의식에도 불구하고 끈질기게 추구하는 생명의 강렬성은 식민지 시대 젊은이의 갈등과 방황, 그리고 결연한 의지와도 관련된다. 찬란히 틔어오는 아침 햇살의 상승 이미지와 혓바닥 늘어뜨린 '병든 숫개'의 하강 이미지는 희망과 쇠락의 절망으로 대조를 이룬다. 이런 대립 구조는 '시의 이슬'과 '몇방울의 피'로 이어지며, 더 나아가서는 자학적인 자아인식과 부정적 어조, 공격으로서의 전환이 이루어진다. 이는 궁극적으로 자신에게 가해진 억압과 굴종을 극복하기 위해 끊임없이 시도하는 자기 갱신의 노력이며 조화로운 세상 질서에 적응하려는 실존적 자아인식의 방법이다.

2) 자아성찰의 반성적 자기인식 – 윤동주, 윤곤강의 「자화상」

그리스 신화에 나오는 나르시스(Narcissus)는 샘물 위에 비친 자신의 아름다운 모습에 도취되어 요정의 사랑을 받아주지 않고 자신의 세계를 떠나기를 거부하다 꽃이 된 인물이다. 나르시스는 샘물에 비친 자신의 모습에 도취되어 대상의 현실적인 면을 보지 못하고 이상적 이미지만 보게 된다. 따라서 나르시시스트는 외부세계와 교섭할 때 대상의 실체와 관계하는 것이 아니라 대상의 거울에 비친 자신의 또 다른 자아와 관계한다. 이런 나르시시스트적 태도는 의식의 내면화를 통한 자기성찰의 방법으로 일상적 자아와 이상적 자아의 갈등 속에서 자아의 성숙 과정을 보여준다.

> 산모퉁이를 돌아 논가 외딴우물을 홀로 찾아가선
> 가만히 들여다 봅니다.
>
> 우물속에는 달이 밝고 구름이 흐르고 하늘이
> 펼치고 파아란 바람이 불고 가을이 있습니다.
>
> 그리고 한 사나이가 있습니다.
> 어쩐지 그 사나이가 미워져 돌아갑니다.
>
> 돌아가다 생각하니 그 사나이가 가엾어집니다.
> 도로가 들여다 보니 사나이는 그대로 있습니다.
>
> 다시 그 사나이가 미워져 돌아갑니다.
> 돌아가다 생각하니 그 사나이가 그리워집니다.
>
> 우물속에는 달이 밝고 구름이 흐르고 하늘이
> 펼치고 파아란 바람이 불고 가을이 있고
> 追憶처럼 사나이가 있습니다.
>
> － 윤동주의 「자화상」(1939) －

이 시는 전체적으로 2연과 6연, 보고 돌아가는 행위, 산문체의 서술구조, 존칭 서술형 어미 등이 반복되는 단조로운 형태이다. 그리고 자연적 배경은 하늘, 구름, 달, 가을에 나(사나이)라는 주인공이 우물을 들여다보고 다시 돌아오는 행동을 보여주는 상황이다. 물과 거울은 어떤 대상이나 사물을 반영한다는 점에서 공통점을 지닌다. 우물은 자연의 거울이다. 우물 속의 물은 흐르는 시냇물과 같은 역동성이 없기에 정지된 상태에서 자기응시가 가능하다. 이런 자기응시는 치열한 고뇌와 몸부림이 없이 정적이고 수동적이다. '외딴 우물'은 상상에 의한 동경의 세계일 수도, 유년기의 추억 속에 내재하는 순수의 세계일 수도 있는[11] 현실과 상반된 순수성의 지향 공간이다. 화자가 이곳을 찾아가는 것은 현실에 합류할 수 없는 부정인식에서 기인한 것으로 내면의식을 표상하는 자의식적 여행이다. '외딴 우물' 속에는 소우주와 같은 평화로운 자연환경과 '한 사나이'가 있다. 이 곳은 현실과 전혀 상반된 달과 구름과 하늘과 파아란 바람이 조화롭게 어우러져 있는 화해로운 공간이다.[12] 우물 속에 있는 자연과 평화로운 '한 사나이'는 자아 분리 이전의 합일된 상태이다.

  화자가 우물을 들여다보고 자신의 모습을 발견하는 것은 내면의식을 비추는 자아 성찰의 과정이다. '가만히' 보는 행위는 추억의 깊이로 침잠하게 되는 무의식적 행위로서 신중하면서도 섬세함이 담겨 있다. 우물 밖의 '나'가 들여다보고 생각하는 우물 속의 '사나이'는 시적 화자이면서 동시에 거울에 비쳐진 대상물이기도 하다. 우물 속에서 자신을 보았다는 것은 실상은 자기가 아니라 자기의 의식에 의해 객체화된 자아의 거울 이미지이다. 우물 밖의 '나'는 아직 자아성찰을 경험하지 않은 일상적 자아이다. 이 일상적 자아는 이제 우물 속에 자신을 비쳐봄으로써 진정한 자아를 발견하게 된다.

---

11) 박경수, 『한국 현대시의 정체성 탐구』, 국학자료원, 214쪽.
12) 이상호, 「윤동주론」, 『한국 현대 시인 연구』, 태학사, 1989, 566쪽.

우물 속의 '사나이'는 자아와 분리되어 타자로서 자신을 인식하게 되는 '거울 단계'의 전형적인 현상을 보여준다. 자아 개념의 의식을 지닌 주체 확립은 라캉의 '거울 단계'(the mirror stage)라 불리는 신화적 순간에 이루어진다.13) '거울 단계'는 프로이드가 말한 나르시시즘의 초기 단계에 해당한다고 볼 수 있다. 이 단계는 언어 습득 이전으로 자신과 타자를 구분하지 못하는 자아가 거울에 비친 자신의 이미지를 완전한 것으로 가정하고 동일시에 의해 자아를 형성하기 때문에 자기를 인식하지 못하고 허구적인 자아 개념의 의미만 나타난다. 이 단계에서 원숭이는 거울 속에 비친 대로 자신의 모습을 찾다가 싫증을 느끼지만, 아이는 거울 속에 비친 영상의 움직임에 따라 자신의 신체와 주변 환경 사이의 관계를 인식하며 더 호기심을 갖는다. 이때 아이는 거울 속에 비친 가상적인 자아와 동일시함으로써 상상적인 영역에 들어선다. 아이는 이 상상계 차원을 벗어나지 못하고 영상에 본능적 힘을 쏟는다. 따라서 엄마는 아이가 원하는 욕구를 거울처럼 반사시켜 충족시켜 주어야 한다. 이것은 아이가 상호 체계 관계 속에서 타자로부터 자아 개념이 정립되기 이전, 즉 언어를 통해 나라는 주체가 부여되기 이전에, 혹은 자신에 대해 반성하기 이전에 미숙한 자아가 형성되기 때문이다. 이 상상계는 자아와 어머니, 세계(대상)와의 분리가 이루어지지 않는 전오이디푸스 콤플렉스 시기로 성별 정체성이 확립되기 이전이다. 이후 오이디푸스 콤플렉스와 거세 콤플렉스를 극복한 후 상징계에 진입한 자아는 자신의 밖에 존재하는 타자를 인식하면서 거울 속의 '나'를 주위 환경과 사회적 상황에 관련시켜 주체를 형성하게 된다. 아이가 하나의 주체로서 말을 한다는 것은 억압된 욕망을 표현하는 것으로 '상징계'에 들어섰다는 것을 의미한다. 인간은 언어를 통해 주체성이 형성되고 세상

---

13) Samuel Weber, Return to Freud, Cambridge University Press, 1991, 12~13쪽 참조.

을 인식하며 소통한다. 아이는 영상의 모습과 현실과의 관계를 인식하므로 '보는 나'와 '보여지는 나'로 자아가 분열된다. 이 단계는 어머니와 분리되는 시기로서 아버지(남근) 세계와 연계가 이루어진다. 이 과정에서 아이는 개인의 성별, 분화된 욕망이나 심리, 무의식·법·언어·사회 등에 자아를 개방한다.

　이런 분열 현상은 3연에서 '한 사나이가 있습니다'는 간접적 서술 형태로 자신을 타자화하는 데서 나타난다. 이 타자화한 시선은 즉자적인 모습이 아니라 자기 학대와 자기 연민이라는 이율배반적인 모습을 띠고 있는 분열적인 자아의 모습으로[14] 실존적 자기 확인의 태도를 드러내는 장치이다. '나'를 비추는 거울의 반사적 이미지는 '사나이'를 보기 위해 우물 속을 들여다보는 나의 적극적 행위로 이루어진다. 이 '사나이'는 평소에 인식하지 못했던 본질적 자아이다. '나'는 이 '사나이'가 자신이 바라는 도덕적·신앙적·사회적으로 이상화된 인물이 되기를 집착한다. 이 대상을 통한 자아 확대는 현실아인 우물 밖 '나'의 결핍된 부분을 충족시키려는 데에 기인한다. 그런데 우물 속에 비쳐진 '사나이'의 모습은 나르시스 신화와 달리 미움과 가엾음, 그리움 등의 실망, 연민, 동경하는 복잡 미묘한 심리적 반응을 불러일으킨다. 어쩐지 그 '사나이'가 미운 것은 우물 밖의 자아가 현실세계와 화해하지 못하는 것에서 기인한다. '어쩐지'라는 불명확한 부사어는 대상에 대한 덧없음과 측은한 감정을 동반하여 화자의 상충하는 갈등 양상을 반영한다. 따라서 우물 속의 '사나이'는 부정적 자아의 모습이다. 그러나 화자는 '사나이'가 밉지만 그를 버릴 수 없음을 깨닫고 다시 돌아와 들여다본다. 이 반복적인 행위와 무의식과 의식의 순환성에서 나타나는 연민의 감정이 우물 속의 '사나이'를 수용하게 된다.

---

14) 윤지영, 『한국 현대시의 주체와 담론』, 태학사, 2006, 122쪽.

　이처럼 들여다보기와 돌아서기를 반복하는 주체는 동일성의 환상과 분리 불안에 처해 있는 자기 확인 과정[15]으로 자아성찰이 끊임없이 되풀이되고 있음을 의미한다. 이 분리되어 있는 자아를 직시하는 자기 성찰 과정에서 부끄러움이 탄생한다. 이 '부끄러움'은 도덕적·윤리적 차원이 아닌 인간 존재 성찰의 차원으로서 진실을 추구하는 의식 세계와 현실적 삶 사이의 갈등과 괴리감에서 야기된다. 3·4·5연에서 감정이 '미움-가엾음-미움-그리움'으로 변하는 것은 자아를 성찰하면서 '나'의 정체성을 발견하고 자아를 확립해 가는 과정을 뜻한다. 즉 자기 확장적인 시행착오를 반복해 자아정체성을 정립하는 것이다. 이런 감정 변화는 '1연(들여다 봄)-3연(돌아감)-4연(들여다 봄)-5연(돌아감)'의 반복 행위와, 2·6연의 합일되고 평화로운 이상적 세계 추구로 뒷받침된다. 3연의 미움은 연민을 느끼기 전 포기하려는 데서, 5연의 미움은 연민을 느낀 후 수용하려는 데서 오는 애증이 교차된 상태이다. 이렇게 자신을 거부하면서 받아들이려는 것은 우물 속의 '사나이'에게서 '나'의 정체성을 찾을 수밖에 없기 때문이다.

　자아에 대한 끝없는 탐색은 깊은 무의식 속에서부터 현실세계로 돌아와 정착한다. 이 때 '우물'은 화자가 외딴 곳에 홀로 가서 가만히 들여다보는 격리된 공간이 아니라, '나'의 마음속에 그리움으로 자리잡고, 이곳에 아름다운 자연 대상과 추억의 사나이가 조화를 이루는 곳이다. 추억은 인간에게 과거의 모든 것을 아름답게 변형하여 각인시키므로 현실의 탈출구로서 자유스럽게 비상할 수 있는 유일한 방법이다. '추억처럼 사나이'를 그리워하는 것은 현실적 자아로부터 추억 속의 자아로 돌아가고픈 퇴행의식이며, 한편으로는 조화로운 세상을 갈망하고 싶은 의지의 반영이

---

15) 이혜원, 『현대시 깊이 읽기』, 월인, 2002, 137쪽.

276 현대시의 구조와 정신

다. 화자는 현실의 어둠과 치열하게 대결하지 못하는 무기력한 모습이 없지 않지만, 자아 분열을 통한 그의 갈등과 고뇌는 자아의 통합된 정체성을 확립해 인격적 성숙과 신념을 갖게 함으로써 시인이 미래를 향해 나아가도록 하는 힘의 원동력이 되었다. 이 긴 고투의 내면적 갈등은 화해할수 없는 세계를 마음속에 받아들이는 철저한 자기 탐색 과정으로 생산적이다. 분리된 자아의 합일 과정이 내가 하나로 인식되는 진정한 의미의 자기응시를 할 수 있는 것이다. 윤동주 시는 현실에 대한 부정적 인식과 더불어 그것에 대한 회의와 갈등, 고뇌를 통해 긍정적 깨달음과 절대적 가치 지향으로 귀결된다. 그런데 이 대립 축에서 화해의 매개항이 유년시대의 추억이나 친구, 고향의 그리움이다.

　　　　텅〇 비인 방안에 누어
　　　　쪽 거울을 본다

　　　　거울 속에 나타난
　　　　무서운 눈초리

　　　　코가 높아 양반이래도 소용없고
　　　　잎센처럼 이마가 넓대도 자랑일게 없다

　　　　아름다운 꿈이 뭉그러지면
　　　　성가신 슬픔은 바위처럼 가슴을 덮고

　　　　등뒤에는 항상 또하나 다른 내가 있어
　　　　서슬이 시퍼런 눈초리로 나를 노려보고
　　　　하하하 코웃음치며 비웃는 말—
　　　　한낱 버러지처럼 살다가 죽으라

　　　　　　　　　　　　　　　－ 윤곤강의 「자화상」(1939) －

윤곤강 시에서 자의식화된 정서는 강렬한 자기 부정 의식을 수반한다는 점에서 시적 주체가 현실과의 대립적 긴장 관계를 나타낸다. 대상과의 거리두기식 관찰자 태도와 반성적 어조를 자아내는 시적 화자는 내면화 성향을 통해 현실을 결핍된 것으로 인식하면서 시대 상황에 대한 대응력을 보여준다. 「자화상」이 실려 있는 『氷華』는 어두운 밤과 찬바람 부는 겨울 이미지가 주류를 이루며 다소 어둡고 병적인 분위기이지만, 그가 꾸준히 모색해 온 내면세계에 대한 진지한 탐색과 타자와의 관계 속에서 자아 정체성에 대한 인식이 정립되어 있다. 그의 작품은 초기의 강렬한 현실인식이나 시대적 고뇌, 이념적 태도에 생경한 어휘가 지배적이다가 점차 감각의 내면화와 언어의 육화로 화해로운 삶을 지향하는 서정적 경향으로 회귀한 느낌이다.

J. 라캉은 자아정체성 형성에 있어 '실재의 나', '이상화된 자아(ideal ego)' '자아 이상형(ego ideal)' 등 세 가지 범주로 나눈다.[16] '이상화된 자아'는 주체가 자신을 대상들에 투사해 그것과 동일시하는 경우에 형성되는 것으로 주체가 마음속에서 자신을 기쁘게 해주고 싶어하는 지점에서 나타난다. 이에 반해 '자아 이상형'은 외부 대상들이 내향 투사될 때 나타나는 것으로, 타인들이 그를 보듯이 주체가 자신을 바라보는 지점에서 나타난다. '실재적 자아'는 바로 '나'이다. 이 시에는 두 개의 '나'가 등장한다. 즉 현실적 자아인 '나'와 내면적 자아인 '또 다른 나'이다. 현실적 자아는 수면 위의 의식 상태에서 작용하는 '거울 밖의 나'이고, 내면적 자아는 수면 위에 떠오르지 않는 무의식 상태의 '거울 속의 나'이다. 이 '거울 속의 나'는 의식 속의 자신을 감시하는 자기 분신이다. 따라서 '거울 밖의 나'는 타인이 자신을 바라보듯이 '거울 속의 나'에 의해 관찰되고 감시받기

---

16) Easthope, A, 이미선 역, 『무의식』, 한나래, 2000, 107~112쪽 참조.

때문에 행동에 제한을 받을 수밖에 없다. 현실 생활에서 인간은 의식에 의해 지배되는 것 같지만 사실은 눈에 보이지 않는 무의식에 의해 행동이 결정된다. 즉 무의식이 행동을 지배하는 것이다.

화자인 현실아는 방안에 누워 '거울'을 통해 자신의 모습을 바라보면서 새로운 탈출구를 찾고자 한다. 이 '방안'은 화자가 처한 시대적·정치적인 현실 상황으로 답답한 상태이다. 그는 어떠한 대처 능력도 발휘하지 못하는 무기력한 상태에서 자아 각성과 주체의 상황들을 총체적으로 인식할 수 있는 계기를 갖는데, 이는 전적으로 내면세계를 향한 시선을 통해서이다. '거울'은 자의식 세계로서 안과 밖의 속성상 나의 타자성을 객관적으로 인식하기 위한 매개체이다. 화자는 자신을 살펴보는 성찰의 수단으로 '거울'을 택한다. '거울'은 투명성에 의해 자아의 모든 경험의 통일성을 동시적인 시·공간 속에서 총체적으로 보여준다.

이 작품에는 두 개의 자아가 구분되어 나타나는데, 평상시에 묻혀 있던 '거울 속의 나'는 '거울 밖의 나'가 바라보는 행위를 통해 의식의 수면으로 떠오른다. '거울 속의 나'는 순수 본래적 자아로서 의식 속에서 자신을 감시하는 자기의 분신으로 객체이다. '거울 밖의 나'는 일상적·현실적 자아로서 주체이다. 이 일상적 자아는 현실의 나이며 사회적 자아로서 '탈'(persona)과 같다. '거울 속의 나'와 '거울 밖의 나' 사이에는 일치할 수 없는 절대적 거리가 가로 놓여 있다. '거울 밖의 나'가 역사의 현장에서 비껴난 위선자라면, '거울 속의 나'는 이런 모습을 야유하고 조롱하며 자조하는 자아이다. 등 뒤에서 '서슬이 시퍼런 눈초리로' 나를 노려보는 '또 다른 나'는 거울 속 자아와 동격이다. 그가 '한낱 버러지처럼 살다가 죽으라'고 냉소적인 언급을 해도 '나'는 그것을 부정할 수가 없다.[17] '거울 속의

---

17) 송기한, 「윤곤강 시의 욕망의 지형도」, 『윤곤강 시전집 1』, 다운샘, 2005, 437쪽.

나'는 '거울 밖의 나'로 하여금 자신을 합리화하거나 변명할 것을 허용치 않는다. 화자는 '거울'을 통해 진솔한 삶을 살아가라는 순수한 자아의 목소리를 들으며 내적 갈등을 겪는다. 그리고 자기이면서 자기가 아닌 탈로서의 이중적인 삶에 자책하며 부끄러움을 느낀다. 이처럼 식민지 현실 속에서 자신의 신념이나 양심을 지키고 산다는 것이 얼마나 어려운가를 느낄 수 있다.

3) 자전적·고백적인 자아 - 노천명, 박용래, 한하운의 「자화상」

인간은 사회생활을 하면서 처지와 상황에 따라 숱한 가면(탈)이 필요하다. 어떻게 보면 삶은 가면 준비하기와 가면쓰기의 연속이고, 이렇게 가면을 갖추는 것을 사회화라 일컫는다. 가면은 인간이 생존을 위해 필요한 것으로 개인에게 도움을 주는 것은 물론 사회생활과 공동생활의 기반이 된다. 그래서 1인칭을 지향하는 시문학도 허구화된 화자의 목소리를 통해 주관적 감정과 거리를 두고 시인의 내면을 객관화해 관찰한다. 이런 점에서 시인은 가면을 쓰고서 인간의 가면을 벗겨 그 안을 들여다보는 것을 전문으로 하는 아이러니컬한 존재이다. 그런데 노천명, 한하운의 「자화상」에는 현대 몰개성론의 시관이 나타내는 탈(persona) 이론과는 걸맞지 않다. 이들 시 속의 화자는 상상적인 자아, 분열된 자아가 아니라 자전적·고백적인 자아로서 그들의 삶 자체이자 체험적인 고백을 하는 것이다.

> 오 척 일 촌 오 푼 키에 이 촌이 부족한 불만이 있다. 부얼부얼한 맛은
> 전혀 잊어버린 얼굴이다 몹시 차 보여서 좀체로 가까이하기 어려워한다.
> 그린 듯 숱한 눈썹도 큼직한 눈에는 어울리는 듯도 싶다마는⋯⋯
> 전시대 같으면 환영을 받았을 삼단 같은 머리는 클럼지한 손에 예술품
> 답지 않게 얹혀져 가냘픈 몸에 무게를 준다. 조그마한 거리낌에도 밤잠을

못 자고 괴로워하는 성격은 살이 머물지 못하게 학대를 했을 게다.

　꼭 다문 입은 괴로움을 내뿜기보다 흔히는 혼자 삼켜버리는 서글픈
버릇이 있다 세 온스의 '살'만 더 있어도 무척 생색나게 내 얼굴에 쓸데가
있는 것을 잘 알 건만 무디지 못한 성격과는 타협하기가 어렵다
　처신을 하는 데는 산도야지처럼 대담하지 못하고 조그만 유언비어에
도 비겁하게 삼간다 대처럼 꺾어는 질망정
　구리처럼 휘어지며 구부러지기가 어려운 성격은 가끔 자신을 괴롭힌다.

— 노천명의 「자화상」(1938) —

　이 시는 그의 처녀시집 『산호림』(1938)의 서두에 실린 작품으로 자신을
대상으로 사물화해 객관적인 탐색을 함으로써 대담하게 자신의 외모와
성격을 솔직히 고백하고 있다. 마치 「사슴」에서 물 속의 그림자를 들여다
보며 나르시스적 자기 탐구와 자기 탐닉에 젖는 것처럼 내·외부를 관찰
하는 시선을 보여준다. 표현 과정의 수사적 특징은 상투적인 직유법 남용
으로 진부한 면이 있고, 구체적·사실적인 서술체로 이어져 시적 긴장감
이나 전체적인 시상의 긴밀도가 떨어져 이완된 느낌이다. 전반부는 자신
의 외모에 대한 인상 묘사이고, 후반부는 성격에 대한 묘사이다. 그 외모
는 구체적으로 작은 키, 찬 얼굴, 숱한 눈썹, 큼직한 눈, 삼단 같은 머리,
가냘픈 몸, 어색한 손, 꼭 다문 입 등이다. 그런데 화자는 이런 외모에
대해 불만으로 가득 차 있다. 자신의 키는 대략 1미터 55센티미터인데
1미터 60센티미터가 되지 못해 불만이다.[18] 얼굴은 부드럽고 온화한 맛
이 전혀 없어 차가운 인상을 지녔기 때문에 주위에서 가까이 하기 어렵다
고 고백한다. 성격은 조그만 거리낌에도 잠 못 이루고 괴로워하여 살이

---

18) 척(尺)은 '자', 촌은 '치'와 같은 개념이고, '촌'은 자의 10/1, '푼'은 치의 10/1로 1자가
　30,303cm이니 대략 그의 키는 155cm 정도가 된다.

찌지 않고, 괴로움을 토로하기보다 혼자 참는 버릇이 있다. 처신에는 대담하지 못하고 조그만 유언비어에도 몸을 도사리는 소심증이 있어 주어진 상황에 유연하게 대처하지 못해 가끔 자신을 괴롭힌다.

화자는 이처럼 자아 탐구의 탐색을 통해 불만이나 부족함을 토로하며 자학적·자기부정적 인식의 단계에 이른다. 그러나 표면적으로 자신을 비하시킴으로써 겸손과 겸양의 미덕으로 비칠지 모르지만 은연중 자존심과 자만의 교만함이 내포되어 있다. '눈썹도'에서 '도'는 반복을 의미하는 조사이기 때문에 불만스러운 것처럼 묘사한 1·2·3행 모두 사실은 '어울린다'고 생각하고 있음을 드러내고 있다.[19] 특수조사 '도'는 동격의 의미로 둘 이상의 사물이나 개념을 동시에 열거할 때 사용하며 '역시', '또한' 등의 의미를 갖는다. 그것은 화장한 것처럼 보이는 짙은 눈썹이 큰 눈에 어울릴 듯 싶고, 옛날 같으면 환영받았을 삼단 같은 머리털이 자긍적 만족감을 은폐시키고 있기 때문이다. '학대하고' '괴롭힌다'도 자기학대로 보이나 오히려 자신을 자랑하고 사랑한다는 반어적 의미를 내포한다. 특히 '조그마한 거리낌에도 밤잠을 못하고 괴로워하는 성격'과 '대처럼 꺾어는 질망정 구리처럼 휘어지며 구부러지기가 어려운 성격'에서는 불의와 타협하지 않는 대쪽 같은 강직성을 엿볼 수 있다. 이 '대'로 비유되는 올곧은 강직성은 전통 유교사회에서 남성에게는 선비정신으로, 여성에게는 정절관으로 요구되었던 산물이다. 조그만 거리낌도 가지고 싶지 않은 완벽주의적 결벽성, 대처럼 꺾어질지언정 휘지 않는 강직성, 괴로움을 혼자 삭이고 견디는 강인성은 자기애의 장점이지 자학할 정도의 단점이 될 수 없는 것이다. 이렇듯 자기를 사랑하는 극치의 경지에서 자기 인식의 심화는 필연적으로 과거 세계, 과거 경험에 대한 반추 작용으로 나타나게 된다.[20]

---

19) 정순진, 『여성의 현실과 문학』, 푸른사상, 2001, 38쪽.
20) 이인복, 『문학과 구원의 문제』, 숙명여대출판부, 1983, 216쪽.

그의 성격은 남들이 가까이하기 어렵다든지, 처신에 대담하지 못하고 하찮은 유언비어에 신경 쓰는 것으로 보아 원만한 대인 관계를 갖지 못한 것을 알 수 있다. 그만큼 깐깐하고 소심한 탓으로 자존심이 강하면서도 예민한 것이다. 이런 성격의 소유자는 대체로 원만한 대인 관계를 유지하기보다 자기 탐닉에 몰입하는 고독한 일면이 있다. '부얼부얼'한 후덕한 외모와 대조되는 '찬얼굴'은 쉽게 접근하기 어려운 단점이 있지만 은연중 '사슴'과 같은 고고한 일면이 있다. 이 차가운 인상은 반어적으로 세속으로부터 탈피하고픈 고고한 순수성을 대변한다. 이런 성격은 가부장적 유교사회에서 여성으로서 사회생활을 하는 데 장애요인이 될 수밖에 없다. 유교적 사회의 미덕은 자신의 신념이나 성격을 온전히 드러내기보다 신중하게 처신하고 삼가는 겸양의 태도이다. 따라서 이런 사회적 분위기에 적응해야 하는 화자도 분노와 울분을 밖으로 분출하지 못하고 안으로 삭이고 삼켜버려야 한다. 이렇게 외부로 표출하지 못한 울분은 결국 자신에게 돌아와 '살이 머물지 못하게' 학대하는 것이다. 여기서 왜곡된 질서와 억압된 여성의 삶은 특수한 개인의 성격 문제로 희석되어 버린다.[21] 외형적인 용모와 여성스러움의 성격을 일치시키려는 유교문화의 가부장적 제도와 굴레가 한 엘리트 여성에게 개인의 기질적인 고통으로 인식되는 것이다.

　　　한오라기 지풀일레

　　　아이들이 놀다 간
　　　모래城
　　　무덤을
　　　쓰을고 쓰는

---

21) 문혜원, 앞의 책, 204쪽.

江둑의 버들꽃
버들꽃 사이
누비는
햇제비
입에 문
한오라기 지푸일레

새알,
흙으로
빚은 경단에
묻은 지푸일레

窓을 내린
下行列車
곳간에 실린

한 마리 눈(雪)속 羊일레.

— 박용래의 「자화상 2」(1973) —

   일반적으로 박용래의 시 경향은 현대도시 감각을 외면하고 일상적 삶 속에서 잊혀져가는 하찮은 사물이나 자연에 대한 관심과 깊은 통찰을 통해 향토미에 발붙여 살아온 토착인의 삶을 순수하게 묘사한다. 그의 자연관은 의식적으로 찾아가는 이상향의 공간이나 유유자적하는 고답적 명상물도 아니고 평범한 일상사에서 무심결에 만나는 생활 속의 자연이다. 이런 자연 속에서 더불어 살아가는 주체는 소외된 인간 군상으로 가까운 우리의 이웃이나 민중이다. 이런 민중의 기층 정서에 뿌리내린 그의 향토적 서정성은 恨이나 슬픔이다. 따라서 독자들은 과거적 상상력과 퇴행의식에 젖어 유년 회상에 잠김으로써 잊어버린 시간을 그리워하는 인간의 보편적 향수감을 자아낸다. 그의 시에는 인간의 근원적 고통이나 부조리한 사회 구조, 역사의 치열성 등이 나타나지 않는다. 그는 생활 속의 자연이나 소외된 대상을 조용히 응시할 뿐 해석하지 않는다.

박용래 시인은 동일한 작품명으로 발표한 연작 형태의 작품이 몇 편 있다. 이 연작들은 주로 70년대에 2, 3년의 시차 간격을 두고 발표되었는데, 그 내용은 시제(詩題)에 따라 연계성이 있는 것도 있고 포괄적인 경우도 있다. 「물기 머금은 풍경」「제비꽃」「面壁」「流寓」등은 각각 1·2 연작으로 쓰였는데, 「자화상」은 1·2·3 연작으로 1971년부터 1974년까지 3년 간의 시차 간격을 두고 발표되었다. 「자화상 1」에서는 '파초'를, 「자화상 2」에서는 '지풀'을, 「자화상 3」에서는 '꽝꽝나무'를 각각 서정적 자아의 모습으로 표현하였다. 이 작품들은 공통적으로 추운 겨울과 밀폐된 곳의 시·공간을 통해 서정적 자아의 현실 상황을 반영하면서 궁극적으로 그러한 처지를 극복하려는 형태를 취하고 있다. 남국에서 옮겨와 심어진 '파초'는 이국 땅에 적응하는 데 쉽지 않기에 일상적 삶에서 느끼는 화자의 정신적 외로움과 추위를 나타내는 객관적 상관물이다. 「자화상 3」에서는 허무주의의 비극적 인생관을 바탕으로 추위 속에서 가출하고 싶은 욕구를 표현하였다.

「자화상 2」는 시적 자아를 '한오라기 지풀'과 '눈속 羊'으로 비유하고 있다. '지풀'과 '양'은 서두와 말미에 대칭을 이루고 있는데, 1연의 '지풀'의 존재를 2·3연에서, 5연의 '양'의 존재 상황을 4연에서 각각 상세히 부연 설명하고 있다. 그의 시는 사물의 토착성과 간결한 민요조 리듬의 반복과 병렬, 구조의 단순성과 소박한 시상 전개가 특징을 이루듯이, 이 시도 이러한 분위기를 바탕으로 구체적인 시제가 소거된 부정 시제의 공간에서 각 연 말미에 '~일레'의 각운법이 반복되고 있다. '지풀'은 '지푸라기'에 대한 시인의 조어이고, '~일레'는 감탄형 종결어미로서 '~이도다(~이구나)'의 의미를 지닌다. '경단'은 수수나 찹쌀가루로 둥글게 빚어 삶아 고물을 묻힌 떡을 뜻한다. 제비가 집을 지을 때 '경단'처럼 흙과 지푸라기로 빚어 만들 듯이 '지풀'은 그 자체로 있을 때는 보잘 것 없고 하찮을지라도 흙으로 빚어 튼튼한 집을 지을 때는 꼭 필요한 재료가 된다. 이 '지풀'은 아이들이 놀다간 자리에 쓰레기처럼 널브러져 있는 보잘 것 없는 자취이고 무덤을 쓸고 지나간 빗자루처럼 '강둑의 버들꽃' 사이에 흩어진 비천한 존재이다. 그러나 이런 보잘 것 없는 것도 제비가 알을 품기 위해 집을 지을 때는 없어서는 안될 재료가 되듯이 모든 존재는 적재적소의 쓰임에 따라 고유한 존재 가치가 있다. 그런데도 이렇게 작고 약한 것에 자신을 비유한 것은 사회인, 혹은 가장으로서 무기력하게 보이는 자신의 초라함과 위축된 모습을 반영한 것이다.

'양'은 눈(자연) 속에서 살아야 하지만 인간에게 붙잡혀 창 내린 '하행열차 곳간'에 실려가는 부자유스러운 모습이다. '양'이 처한 공간은 부자유스럽지만, '눈속 양'이란 구체적인 상황 지시는 차가운 현실의 불안과 어둠에 처해 있어도 순수성과 희망을 잃지 않는 모습이다. 그러나 절망적인 상황은 아니지만 전체적인 정조는 비관적인 분위기이다. 이 존재성은 어떤 강인한 의지나 미래지향적인 희망이 없다. 단지 창 내린 '하행열차'의 하강과 퇴행의 연속 속에서 '폐쇄된 곳간'에 실린 '한 마리 양'처럼 구속된 채 무작정 떠나가는 비천한 존재('한 오라기 지풀')이다. '양'은 인간에게 붙잡혀 어딘가로 실려가는 불안한 상황이지만 생명력을 지니고 있다.

이 시는 표면에 '나'를 소멸시킨 채 사물로 대상화해 객관화시켰다. 주관적인 감정은 철저히 차단된 채 타자화된 시선으로 객관적 거리를 유지하면서 서경적인 미세한 점묘법을 통해 응시의 시선으로 일관하고 있다. 군더더기 없이 절제된 언어의 압축미와 단가적 형태의 향토적 서정성을 바탕으로 정치하게 여과된 감정 표출이 특징을 이룬다. 시 속에서 주체의 소멸로 인해 시적 대상인 사물을 그 자체로 인식하면서 응시의 시선으로

이미지를 병치시켰다. 병치은유란 사물이나 단절된 이미지들의 병렬과
조합으로 의미를 창조한다. 이 기법은 유사성을 바탕으로 한 상호 모방
인자가 없이 독립적으로 여러 사물이 병치되어 존재의 의미 구현보다 표
상 자체에 의미를 부여한다. 따라서 시적 대상 자체만으로 형상화하려
하기 때문에 이미지 중심의 소묘법이 자주 사용된다.

> 한 번도 웃어 본 일이 없다
> 한 번도 울어 본 일이 없다.
>
> 웃음도 울음도 아닌 슬픔
> 그러한 슬픔에 굳어버린 나의 얼굴.
>
> 도대체 웃음이란 얼마나
> 가볍게 스쳐가는 시장끼냐.
>
> 도대체 울음이란 얼마나
> 짓궂게 왔다가는 포만증이냐.
>
> 한 때 나의 푸른 이마 밑
> 검은 눈썹 언저리에 메워 본 덧없음을 이어
>
> 오늘 꼭 가야 할 아무데도 없는 낯선 이 길 머리에
> 쩔름쩔름 다섯 자보다 좀 더 큰 키로 나는 섰다.
>
> 어쩌면 나의 키가 끄는 나의 그림자는
> 이렇게도 우득히 온 땅을 덮는 것이냐.
>
> 지나는 거리마다 쇼우 윈도우 유리창마다
> 얼른 얼른 내가 나를 알아볼 수 없는 나의 얼굴.

— 한하운의 「자화상」 —

이북에서 부호의 장남으로 태어난 한하운은 십대의 나이에 문둥병이 발병해 요양과 자가 치료한 후 북경과 동경에 유학을 다녀온 뒤 잠시 직장생활을 한다. 그는 미군정하의 혼란기 때 자유로운 안식처를 찾아 월남하지만 해방과 분단이라는 역사의 격변기 속에서 정치적 혼란과 경제적 궁핍으로 육체적·정신적 고통을 벗어날 수 없었다. 그의 시는 대부분 시인의 경험적 자아와 시적 자아가 분리되지 않는다. 그는 어떤 주관적인 상황까지도 담담하게 객체지향적 태도로 진술해간다. 따라서 자신의 주관적인 감정을 억제할 뿐만 아니라 비유적인 수식도 배제한 채 사실적인 진술로써 자신의 고통을 초연한 듯 생생하게 전달한다. 그의 예명이면서 시 작품인 '何雲'처럼 그는 구름과 바람같이 정처 없이 떠돌다 사라지고픈 삶을 추구했고, 이런 삶을 소재로 시화한 작품집이 『전라도길』(1949)이다.

그는 젊은 나이에 발병한 천형의 병으로 절망의 늪에서 한 가닥 희망을 시로 달래보며 정처 없는 방랑을 하기도 한다. 그 후 새로운 의욕을 가지고 나환자를 위한 사회사업에 뛰어들지만 사회가 그를 외면하자 소외자의 처절한 비통과 몸부림의 절규를 시에 담아내었다. 「나」에서 분명 짐승이 아니고 인간이면서도 인간 대열에 끼지 못하고 하늘과 인간에게서 버림받은 독버섯처럼("하늘과 땅과/ 그 사이에 잘못 돋아난/ 버섯이올시다 버섯이올시다"), 그의 시는 나병이 안겨준 고통을 벗어나고 극복하기 위한 처절한 몸부림이다. 정상적인 인간으로 살아갈 수 없다는 절망에도 불구하고 정상인으로 살고 싶다는 그의 본능적인 몸부림은 보편적 인간이 겪는 갈등과 고통을 환기시킨다. 그는 자신의 고통을 회피하거나 거기에 함몰되는 것이 아니라 그 고통과 절망에 대면하여 인간다운 삶을 견지하고자 하는 강인한 모습을 나타낸다. 그는 자신의 시가 '문둥이의 인권선언이며 인간해방의 노래'가 되기를 갈망하듯이 인간성 회복을 위해 인간 사회에 대해 반항적인 투쟁을 보여준다. 그가 바라는 인간이란 정치적・이념적 목적성을 갖춘 존재라기보다 정신적 건강성을 지닌 최소한의 휴머니틱한 존재이다. 따라서 육체적으로는 건강하지만 정신적으로 참다운 인간성을 상실한 채 같은 인간을 차별화하고 학대하는 자를 정신적 불구자로 낙인찍고 인간성 회복을 위해 앞장서는 것이다.

'문둥이'는 얼굴이 일그러지고 손발이 문드러져 썩어가는 육체로 인해 인간으로서 최소한의 대우도 받지 못하고 격리된다. 인간 사회에서 단절된 그의 고독감은 육체적 고통 못지 않게 정신적 고통이 뒤따라 정상인으로서의 삶이 불가능하다. 그는 이러한 비인간적 상황을 자학과 절망, 울분으로써 가능한 한 감정을 억제한 채 매우 담담하고 사실적인 진술로 표현하였다. 그가 만약 자학으로만 그치고 있다면 그의 시는 '문둥이'의 고통에 대한 주관적인 연민과 호소 이상으로 읽히기 어려웠을 것이다. 그러나 자학과 절망의 밑바닥에 존재하는 강한 의지와 인간다움을 향한 열망은 '문둥이'의 자학과 절망을 좀 더 보편적인 상황에 놓인 인간의 것으로 끌어올리게 된다.[22] 이런 '문둥이'의 처절한 고통은 개인사적으로 국한되지 않고 1950년대 남북분단의 시대적인 고통으로 보편화된다. 그의 자학적 태도는 인간으로서 최소한의 권리와 대우를 받지 못하는 문둥이의 고통을 반어적으로 드러내는 방법이다. 그는 '문둥이'처럼 사회에서 철저히 소외된 사람에 대한 주위의 관심을 환기시키기 위해 비극적 상황에 처한 인간의 단면을 꾸밈없이 묘사함으로써 사랑으로 감싸는 진정한 삶의 가치를 강조하였다.

---

22) 김신정, 「고통의 객관화와 '인간'을 향한 희구」, 『1950년대 남북한 시인 연구』, 국학자료원, 1996, 250쪽.

4) 불안과 죽음의 자의식－박세영의 「자화상」, 이상의 「자상」

1930년대 후기시에 나타나는 주체의 불안이나 죽음 의식은 서구의 문예사적 사조의 영향도 있겠지만, 일반적으로 일제 파시즘의 폭압 아래서 국권 상실에 따른 시대적 절망감이 주조를 이룬다. 시적 주체가 살고 있는 현실에 어떠한 대처 능력도 발휘하지 못하는 굴욕감과 화석처럼 굳어가는 무기력증에서 죽음과도 같은 절망적인 상황을 엿볼 수 있다. 이런 비관적 상황에서 박세영은 한층 구체화된 현실 인식의 시선으로 우울한 자기 성찰 및 소극적인 응전력의 내면화 경향을 통해 시적 대응을 했고, 이상은 유년기의 가족 환경에서 기인한 정신 외상과 지병, 식민지의 시대적 환경 등 복합적 요인이 체질화되어 합리적 현실 세계를 부정적 절망으로 나타내었다.

　　　지나간 내 삶이란,
　　　종이쪽 한 장이면 다 쓰겠거늘,
　　　몇 짐의 원고를 쓰려는 내 마음,
　　　오늘은 내일, 내일은 모레, 빚진 者와 같이
　　　나는 때의 破産者다,
　　　나는 다만 때를 좀먹은 자다.

　　　언제나 찡그린 내 얼굴은 펼 날이 없는가?
　　　낡은 백랍같이 야윈 내 얼굴,
　　　나는 내 소유를 모조리 나누어주었다.

　　　오랫동안 쓰라린 현실은 내 눈을 달팽이 눈같이 만들었고,
　　　자유스런 사나이 소리와 모든 환희는 나에게서 빼앗아갔다,
　　　오 나는 동기호－테요 불구자다.

허나 세상에 지은 죄란 없는 것 같으되
손톱만한 재주와 날카로운 인식에
나는 가면서도 갈 곳을 잊는 건망증을 그릇 천재로 알았고,
북두칠성이 얼굴에 박히어 영웅이 될 줄 믿었던 것이
지금은 罪가 되었네,
그러나 七星中의 미쟈(開陽星)가 코 옆에 숨었음은 도피자와 같네.

해밝은 거리언만, 왜 이리 침울하며
끝없는 하늘이 왜 이리 답답만 하냐.

먼지 날리는 끓는 거리로
나는 로보트 같이
거리의 상인이 웃고, 왜곡된 철학자와 문인이 웃는데도,
나는 실 같은 희망을 안고,
세기말의 포스타를 걸고 나간다.

— 박세영의 「자화상」(1935) —

　　박세영은 1920년대 후반 '조선프롤레타리아 예술동맹'에 관여하면서 사회주의 이념에 따른 작품활동과 사회주의 운동에 참여한다. 그의 초기 작품에는 단편적으로 중국기행의 흔적이 엿보이나, 그가 본격적으로 작품활동을 한 1930년대 중반부터 해방기까지는 이야기 구조와 사건을 도입한 서술시 형태로써 의식의 내면화 경향에 치중한 느낌이다. 이 작품은 청자를 전제하지 않고 시종일관 독백 투의 어조로써 지나온 삶을 돌이켜 생각하며 고백하는 서술시 형태로 비관적 현실 인식이 자리 잡고 있다. 화자인 '나'는 자신의 단점과 처지를 구체적으로 담담하게 술회하는데, 메시지 전달 위주로 상투적인 비유가 반복되다 보니 시적 구조의 탄력성과 긴밀도가 떨어져 전체적으로 산만하고 거친 느낌이다. 수사적 기법으로는 치환은유 형태로 '나'를 '파산자' '좀 먹은 자' '동키호테' '불구자'로,

직유법 형태로 '내 얼굴'을 '낡은 백랍', '내 눈'을 '달팽이 눈', '나'를 '로보트' 등으로 각각 비유하였다. 이처럼 '나'의 존재성은 물론 구체적인 외모까지도 자학적·자조적인 시선으로 비쳐진다. 그만큼 '나'라는 인물은 현실에서 있으나마나한 부적합한 존재인 것이다.

전반부 3연까지는 '나'에 대한 부정적인 자화상이다. '나'의 지나온 삶은 물리적인 시간 개념으로 볼 때 '종이 한 장'에 채울 수 있는 간단한 자취이지만, 그 세월 동안 내면적인 생각과 고뇌는 '몇 짐'의 원고로도 다 쓸 수 없는 분량이다. 그만큼 시간에 쫓기면서 '빚진 자'와 같이 앞만 보고 살아온 '나'는 당대에 떳떳하지 못한 부끄러운 모습으로 '때의 파산자'이고 '좀 먹은 자'이다. 그가 활발히 작품활동하던 1930년대 후반은 일제 군국주의가 대륙 침략의 마수를 뻗치기 위해 한반도를 병참기지화하려 획책을 시도하던 때이다. 이런 시도의 일환으로 냉혹한 수탈과 폭압적인 통치 체제 강화가 민족운동이나 사회주의 운동을 철저히 탄압하고 봉쇄하였다. 따라서 많은 문인들은 사상적인 전향을 하거나 현실로부터 도피와 은둔의 변신을 할 수밖에 없었다. 이런 시대 상황에서 박세영도 어쩔 수 없이 현실을 수용할 수밖에 없었지만 맹목적으로 굴종하지 않고 독자적인 시적 변모를 모색해 자신의 이념과 그것의 문학적 실천을 견지한 태도를 취한다. 그는 현실적인 요구와 제재를 개인적 주관화와 낭만화의 방향으로, 그러면서도 객관적 세계의 정황을 리얼하게 보여주고자 했던 노력의 흔적을 보여준다.23) 이렇게 위축될 수밖에 없는 상황에서 그의 시적 대응은 우울한 자기 성찰 및 소극적인 응전력의 내성화 경향으로 나타난다. 이런 내면적 갈등은 자신이 하나도 가진 것 없는 무소유의 상태이지만 마음도 편안하지 못하고 '백랍'같이 창백한 모습으로 나타난다. 그리고

---

23) 윤여탁·오성호 편, 『한국 현대리얼리즘 시인론』, 태학사, 1990, 36쪽.

모든 자유와 환희를 빼앗기고 '달팽이 눈'처럼 현실을 직시하지 못한 채 신념과 용기를 상실한 왜소하고 무기력한 모습이다. 이런 '나'의 모습은 '동기호테'요 '불구자'일 수밖에 없다. 중세 시대 기사인 동키호테는 허황된 영웅심과 과대망상적 행위로써 현실 인식이 결핍된 허풍쟁이로 보일지 모르지만 근대시민사회를 형성하는 데는 만용의 용기로도 비쳐질 수 있다. 그런데 '나'는 신념에 찬 행동을 동반하지 못하는 허풍쟁이이면서, 한편으로는 현 시대에 처해 '동기호테'와 같이 허황된 용기도 갖지 못하는 무기력자이므로 '불구자'라고 자학하는 것이다.

4연은 '나'의 무기력한 자만심에 대해 스스로 자괴감에 젖는 모습이다. '나'는 '북두칠성'처럼 세상에 빛을 밝히고 앞서가는 길잡이로서 자신의 재주와 예리한 판단력을 영웅적인 천재로 생각했지만 현실에서는 한낱 보잘 것 없는 '도피자'와 같은 왜소한 모습이다. 그가 세상에 지은 죄가 없다고 자신했던 그 '죄'란 허황된 자만심과 신념 있게 행동하지 못한 무기력함이다. 마지막 5・6연은 무한대한 자연에 대해 내가 처한 현실의 우울하고 암담한 처지를 비유함으로써 '로보트'같이 무기력한 자신을 조롱하고 비웃는 반어적 상황이다. 그렇지만 '실 같은 희망'을 안고 '세기말의 포스터'를 걸고 나가듯이, 모든 세기말의 암담함과 절망을 피하지 않고 한 가닥의 희망을 갖고 나아가겠다는 최소한의 용기가 나타난다. 이처럼 1930년대 중반 이후 박세영이 침잠해 들어간 자아 성찰의 내성적 톤과 시적 내면화는 현실 지향과 진보적 이념의 포기나 퇴행이 아닌 적극적인 변용적 대응임을 이해할 수 있다.[24] 이런 태도는 「산제비」나 「오후의 摩天嶺」 등에서 생생하게 엿볼 수 있는데, 「산제비」는 당대의 피폐한 농촌 현실과 그 척박한 현실을 벗어나고 싶은 초극 의지와 자유에의 열망

---

24) 유성호, 『한국 현대시의 형상과 논리』, 국학자료원, 1997, 120쪽.

을 '산제비'로, 「오후의 마천령」은 한 시대의 이념적 정당성과 그 이념
지향이 궁극적으로 승리한다는 자기 확신을 여정과 산정에서의 조망에
투영시켜 형상화했다. 민족의 아픔과 절규를 내면화시켜 형상화했던 그
의 삶은 해방 후 적극적인 정치 투쟁과 이념 지향적인 행적으로 이어진다.

> 여기는어느나라의떼드마스크다. 떼드마스크는盜賊맞았다는소문도있
> 다. 풀이極北에서破瓜하지않던이수염은絶望을알아차리고生殖하지않
> 는다.千古로蒼天이허방빠져있는陷穽에遺言이石碑처럼은근히沈沒되
> 어있다. 그러면이곁을生疎한손짓발짓의信號가지나가면서無事히스스
> 로워한다. 점잖던內容이이래저래구기기시작이다.

> ― 이상의 「自像」(1936)[25] ―

이상은 그의 전기에서 볼 수 있듯이 부모 곁을 떠나 백부의 양자가
되어 백모의 학대 속에 성장하면서 분리 불안으로 내적 갈등을 겪는다.
그는 양부모 밑에서 부모에 대한 자기동일화의 결핍에 따른 자아정체성
혼란으로 자폐적인 성격으로 발전한다. 그의 성격 형성기의 내적 갈등은
아이러니와 독설, 조롱투의 어조로써 내면적인 불안감을 해소하려는 반동
심리로 나타난다. 이런 분열증적 성격 형성은 자학(masochism)과 무기력증,
대상에 대한 파괴적 공격성을 가하는 사도―마조키즘(sado- masochism)적
인 일면을 보여준다.

  화자는 '떼드마스크(死面)'나 '유언' 등의 시어를 사용함으로써 사후 자신
의 모습을 형상화한 듯하다. 설령 살아 있는 자신의 얼굴을 '떼드마스크'
로 표현했다 하더라도 그 의식 속에는 죽은 상태와 하등 다를 바 없다.

---

25) 「自像」(1936)과 유사한 내용인 「自畵像」이 유작으로 『조광』(1939)과 〈평화신
    문〉(1956)에 각각 발표되었다. 이 유작들은 내용상 거의 차이가 없지만 謵作이라
    표기되어 있어 본고에서는 「自像」을 텍스트로 삼았다.

아무 기억도 유언되어 있지 않은 데드마스크, 그것은 역사의식이 단절된 자의식일 따름이다.[26] '破瓜'는 '破瓜之年'의 준말로 여자 나이 16세, 남자 나이 64세를 뜻한다. 과자(瓜字)를 종횡으로 깨뜨리면 팔자(八字)가 두 개 곧, 이팔(二八)이면 십육이고, 팔팔(八八)이면 육십사이다.[27] 여성에게 이 나이는 초경의 시기로 생식력의 상징적 의미를 지닌다. 그런데 '破瓜하지 않는다'라는 것은 생식력의 상실을 뜻한다. 이런 상실은 동토인 북극에서 풀이 제대로 자라지 못하고, 또한 '수염'이 자신의 죽은 얼굴에서 '절망을 알아차리고' 자라지 못하는 거와 같다. '수염'이 얼굴에 자라지 않는다는 것은 생명력을 상실한 죽음의 상태이다. 이처럼 죽음을 북극 혹한의 절망적 상황으로 인식하는 것은 '나'라는 존재가 죽음의 굴레에서 벗어나지 못하는 숙명성을 지닌다.

천고 이래 존재하는 '푸른 하늘'(蒼天)은 유언의 문자가 닳아 없어진 '石碑'처럼 죽어 구멍 난 두 눈에 응고되어 침전되어 있다. 이 동공에 '함정'처럼 빠져 있는 영원불멸의 자연물(하늘)도 죽음 상태에 놓인 '나'에게는 어떠한 의미를 갖지 못한다. 이처럼 '유언'이 침몰되어 있는 죽음의 세계에서는 생존 세계에서 존재자들의 소통 역할을 하는 기호도 아무런 기능을 하지 못한다. 따라서 소통구조로서 기호가 상실된 상황에서의 '손짓발짓'은 언어 기호 체계를 대신하지만 죽은 '나'에게는 단절되거나 생소한 것에 불과하다. 이런 상태에서 "점잖던내용이이래저래구기기시작이다"처럼 죽음을 담보한 '유언' 내용은 권위를 지니지 못한다. '손짓발짓'의 신호는 언어 실험에 다름 아닌 위트와 아이러니컬한 표현이다. 이 작품은 유한적인 인간 존재를 무한적인 자연 현상과 비교하여 자신의 죽음 의식 상태를 부각시켰다고 할 수 있다.

---

26) 박인기, 「이상의 자아인식」, 『한국 현대시사 연구』, 일지사, 1983, 310쪽.
27) 조해옥, 『이상 시의 근대성 연구』, 소명출판, 2001, 163쪽.

3 결론

　시인은 어떤 형태로든 외부세계와 관계를 맺으면서 다양한 형태로 대응양식을 나타낸다. 이 대응양식이 화해든 불화의 양상이든 모든 대상과의 관계는 궁극적으로 동일성의 문제와 관련된다. 인간이 진정한 자아상을 확립하기까지는 많은 의문과 대립, 갈등의 양상을 거친다. 이 과정에서 정신적 고통과 시련을 겪음으로써 심리적 변화를 가져와 성숙한 자아를 형성하게 된다. '자화상'은 지금까지 살아온 자신의 삶과 그것에 대응해온 삶의 태도를 바탕으로 자신이 정립한 자아정체성을 총체적으로 보여준다. 오늘날 많은 시인들이 '자화상'을 남기고 있는데, 본고에서 다룬 시인들의 자화상을 정리하면 다음과 같다.

　① 서정주의 「자화상」은 실존적 고뇌와 초월적 자의식의 양태를 나타낸다. 그는 존재론적·근원적인 생의 문제들과 부딪치며 고뇌하고, 그 원죄적 숙명성의 심연으로부터 벗어나기 위해 처절한 몸부림을 동물적 상상력을 통해 나타낸다.

　② 윤동주, 윤곤강의 「자화상」은 자아성찰의 반성적 자기 인식을 나르시스 신화의 원형성을 통해 보여준다. 이런 나르시스적 태도는 의식의 내면화를 통한 자기 성찰의 방법으로 현실적 자아와 내면적 자아의 갈등 속에서 자아의 성숙 과정을 가져온다.

　③ 노천명, 박용래, 한하운의 「자화상」은 자전적·고백적 자아로서 현대 몰개성론의 시관이 나타내는 '탈'(persona) 이론과는 걸맞지 않다. 이들 시 속의 화자는 상상적·분열적 자아가 아니라 자전적·고백적인 자아로서 그들의 삶 자체이자 체험적인 고백으로 생생한 현장감을 느끼게 한다.

　④ 박세영의 「자화상」과 이상의 「자상」은 시대적 상황에 따른 불안과 죽음의 자의식을 반영한다. 박세영은 감상어린 비애 정서를 극복해 구체

화된 현실 인식으로써 우울한 자기 성찰 및 소극적인 응전력의 내면화 경향으로, 이상은 유년기의 가족 환경에 기인한 정신 외상과 오랜 지병, 시대적 환경 등 복합적 요인에 따른 비관적·부정적 현실 인식을 나타 낸다.

10 현대시에 나타난 선비정신
─충남·대전 지역 시인을 중심으로─

1 ▋ 서론 ▋

옛날부터 우리 사회는 士農工商 중 벼슬에 오르는 자를 '士', 농사를
지어 곡식을 생산하는 자를 '農', 재능이 있어 기구를 만드는 자를 '工',
재화 유통으로 곡식을 사고 파는 자를 '商'이라 하였다. 박지원은 『양반전』
에서 선비를 양반에 포함되는 계층으로 보면서, 글만 읽는 이는 '士', 벼슬
길에 나가 정사에 참여하면 '大夫', 덕을 갖춘 이는 '君子'라 칭했다. 우리
민족에게 전통적으로 계승되는 정신적 문화유산의 핵심은 선비정신[1]이
다. 이 정신은 유교의 성리학이 연구되던 고려 후기 이후 조선시대에 전
형적인 가치기준으로 설정되어 이상화된 지식인의 인품으로 작용하였다.

---

1) 한영우, 『한국선비지성사』, 지식산업사, 2010, 35~38쪽 참조.
   선비는 고조선 때부터 사용된 고유 언어로 仙人, 先人으로 기록되었다. 고대에는
   종교적·정치적 지도자격을 대변하는 巫에서 출발했으나, 삼국시대에는 유불무가
   융합된 국선·화랑 등의 종교적 무사집단으로 진화해 고려시대에는 강력한 국가
   공동체로서 외침을 물리치는 원동력이 되었다. 조선시대에는 성리학과 융합해 유
   학자를 연상하는 文士로 사용되었다.

선비정신의 요체인 도덕과 의리는 도학적 학문에 바탕을 두고 있다. 선비는 도학에 바탕하여 수신하고 치인(治人)하는 데까지 나아가는 것을 이상으로 삼고 있다.

선비의 한자어인 '士'나 '儒'는 학문을 익혀 벼슬하는 자, 孔孟의 도를 지켜 현실사회에 구현하는 자를 뜻한다. 선비는 양반(士族)에 포함될 수 있어도 사족이 다 선비가 되는 것은 아니다. 선비는 '六藝'나 '六經' 중 一藝 혹은 一經을 통달하고 전문으로 할 수 있는 자를 뜻한다.2) 선비는 전통적인 유교사회에서 이상적인 지식인으로 경전에 대한 깊은 지식과 예술에 대한 조예를 갖고 꿋꿋이 자신의 삶을 지켜가며 자연의 이치를 궁구하면서 풍류를 즐기는 자이다.

선비는 禮·義·廉·恥, 즉 四維3)를 숭상하였다. 四維는 『管子』에 나오는 것으로 나라를 지키기 위한 네 가지 수칙이다. 행동할 때는 타인의 모범이 되어야 하므로 함부로 처신하지 않고 '예'를 갖추어 거동하고, 어떤 일을 행동으로 옮기면 '의'에 합당한지 아닌지를 생각해야 한다. '의'는 '도'를 추구하는 데 기본 인자로서 자신에게 엄격한 절제와 행동하는 실천력을 필요로 한다. 따라서 사리사욕을 탐하지 않고 언제나 의로운 입장에서 정사를 펼치며, 절개와 지조를 중히 여겨 의리를 존중하고 때로는 이것을 지키기 위해 목숨을 바치기도 한다. 염치는 청렴하고 깨끗하여 부끄러움을 아는 마음으로, 물욕을 방지하고 비위를 억제케 해 崇儉과 일맥상통하며 여인의 정절과도 동일시된다.

이상 포괄적인 선비정신을 간략히 정리해 보면, 인격 수양과 곧은 마음

---

2) 이장희, 『조선시대 선비연구』, 박영사, 2007, 24~25쪽 참조.
　　六藝는 禮·樂·射·御·書·數 등을 지칭하기도 하지만, 詩·書·禮·樂·易·春秋 등 六經을 뜻하기도 한다.
3) 위의 책, 36쪽.

으로 수신제가에 힘쓰는 도덕정신, 절개와 의리를 존중히 여기고 강직 청렴한 성품을 갖는 절의정신, 부지런히 학문에 힘쓰고 무예를 닦으며 후진 교육에 힘쓰는 학문 탐구정신, 국가와 사회에 봉사하며 선정을 펼치는 훈업성취 정신 등으로 요약할 수 있다. 선비정신의 근간인 도덕정신은 사랑을 바탕으로 한 인간 존중과 충효에 뿌리를 두고 있다. '효'는 '인'을 실천하는 기초로 모든 행동의 근원이고 덕의 근본이다. 부모에 대한 '효'는 국가에 적용하면 '충'이 되는 것이니, 이렇게 형성된 '충'은 국가가 위기에 처할 때 지조와 절개를 지키는 선비의 구국정신으로 발전한다.

선비는 벼슬길에 나가지 못하더라도 초야에서 안빈낙도의 삶을 즐기며 가난해도 비굴하거나 부끄러워하지 않고 옛 성인의 말씀에 따라 도를 강론하여 밝히고 유교적 도덕 규범을 몸소 실천함으로써 대중을 교화한다. 그리고 임금이 정사를 잘 펴지 못할 때는 곧은 말로 상소를 올려 간하고 국가가 위기에 처해 있을 때는 목숨을 아끼지 않고 충심을 다한다. 선비는 지식과 인격의 표상으로 부단히 자신을 수양하고 교양과 미의식을 지녀야 한다. 수준 높은 지식과 교양을 위해 문학·철학·사학 등 폭넓은 서적을 탐독하고 서예·음악 등 예술적 감각도 지닌다.

그런데 18세기에 이르러 선비정신은 현실 문제에 관심 갖는 실학의 영향으로 국가 사회체제에 대한 비판이 전제되었다. 그 후 현대 과학문명의 발달과 물질 중심의 자본주의 영향으로 이미 시대에 뒤떨어진 낡은 정신적 산물로 치부되는 감이 없지 않았다. 그러나 선비정신은 이런 시대 속에서 항상 새롭게 재해석되고 변하는 시대에 맞는 정신으로 발전해야 한다. 현대적 의미로, 선비는 무엇보다도 도덕적으로 훌륭한 인품을 지녀 악에 휩싸이지 않고 항상 올바른 마음으로 업무 수행에도 공평무사하게 처리할 뿐만 아니라 곧게 행동하여 국가 발전에 공헌하는 자이다. 신분 계급이 사라진 오늘날 비록 하찮은 위치에 있다 하더라도 식견이 바르고

대의를 위해 힘쓰는 지식인이라면 그 역시 선비라 할 수 있다.

오늘날 선비정신은 사상적인 면에서는 깊이 있게 연구되었지만, 문학 특히 고전문학을 제외한 현대문학사에서는 충분히 다뤄지지 않고 있다. 단지 현대시사에서 조지훈이나 이육사의 시를 선비정신의 관점에서 부분적으로 접근한 글은 있으나 광범위하게 개념을 정립해 포괄적으로 다루고 있다. 더구나 지역문학의 현대시 속에서 선비정신을 구체적으로 세분화해 체계적으로 다룬 논문은 전무한 실정이다. 따라서 문학작품 속에서 선비정신을 탐구하는 것은 식민사관에 따른 전통 단절론과 서구 지향성에 따른 문학 이식론을 불식시키고 우리의 전통 계승의 정신사적 흐름을 점검하는 계기가 될 것이다. 선비정신은 과거 세대에만 존재해 역사 속에서 희석화된 것이 아니라 지금도 우리의 의식 속에 면면히 계승되어 문학작품 속에 투영되어 나타난다.

이런 점에서 본고는 선비정신이 현대문학, 특히 지역문학의 현대시 속에 하나의 정신적 원천으로 어떻게 작용하고 있는가를 살핌으로써 지역문학의 특성과 주체성을 세우는 데 의미있는 작업이 될 것이다. 청풍명월의 고장 충청도는 옛날부터 충절의 정신이 어느 곳보다도 높아 많은 애국지사가 나왔을 뿐만 아니라 지역문화에 선비정신이 면면히 흐르고 있다. 이런 지역 정서에 맞게끔 이 지역문학의 현대시 속에 선비정신이 어떻게 투영되었는지를 살펴보는 일도 의미있는 일이다. 따라서 본고에서는 이 지역에서 출생해 활동했던 작고시인이나 원로시인들의 작품을 대상으로 선비정신을 우국애민의 구국정신, 안분자족의 삶과 탐욕스런 현실비판, 지사적 면모와 강인한 생명력 등의 관점에서 세분화해 접근할 것이다.

2 ▌ 우국애민의 구국정신 ▌

충절이란 충성스런 절개로서 굳은 지조와 의리를 뜻한다. 절개란 옳은
일을 지키기 위해 뜻을 굽히지 않는 기개이고, 의리란 인간으로서 마땅히
행해야 할 올바른 이치를 뜻한다. 이 정신은 언제나 공명정대하게 처신하
며, 주변 상황이 변해도 결코 마음을 바꾸지 않고 의를 위해서는 두려움
없이 목숨을 바칠 수 있는 결단과 실천력을 동반한다. 절의지사는 불의에
직면하면 목숨을 아끼지 않았는데, 가장 큰 불의로는 외적의 부당한 침략
이요, 조정의 파행적인 정치 상황에 직면할 때이다.[4] 국가가 위기에 처할
때는 죽음을 두려워하지 않고 나가 싸워 외적을 물리치고, 조정에서는
간신을 물리치고 왕에게 충간하여 국정을 바로 잡는다. 선비는 정의를
위해 싸우다 죽을지언정 몸을 욕되게 하지 않고 비굴한 삶보다는 영광된
죽음을 택하였던 것이다. 뜻을 굽히지 않고 몸을 욕되게 하지 않는 것은
선비가 지켜야 할 철칙이다. 따라서 정몽주가 천명과 인심이 태조에게
기운 것을 알고도 따르지 않은 것, 사육신이 멸족의 화를 당할 것을 알면
서도 단종 복위를 꾀한 것, 병자호란 때 심양에 끌려간 三學士가 절개를
굽히지 않고 죽어간 것은 그 단적인 예라 할 수 있다.

> 나는 네 사랑
> 너는 내 사랑
> 두 사랑 사이 칼로 써 베면
> 고우나 고운 핏덩이가
> 줄줄줄 흘러내려 오리니
> 한 주먹 덥썩 그 피를 쥐어

---

4) 김문준, 「대전지방의 절의정신」, 『대전문화』 12호, 대전광역시사편찬위원회, 2003,
   98쪽.

한 나라 땅에 고루 뿌리리
떨어지는 곳마다 꽃이 피어서
봄맞이 하리.

　　　　　　　　　　－ 신채호의 「한나라 생각」 전문 －

　단재 신채호(1880~1936)의 시는 몇 편(국문시 6편 정도) 안 되지만 남성다운
기개를 통해 투철한 구국정신의 민족사상과(「너의 것」 「1월 28일」 「새벽의 별」
등) 오랜 망명 생활 중에 느끼는 향수와 혈연에 대한 그리움이 주조를
이루고 있다. 그는 역사를 我와 非我의 투쟁으로써 민족과 외세를 대립
개념으로 보는데, 문학은 이런 투쟁에서 내・외적 관계에 맞서 자아의지
를 관찰할 수 있도록 하는 역할을 담당하는 것이라 보았다. 그에게 문학
은 반드시 현실적인 투쟁을 위하여 복무하여야 하며, 대중의 애국투쟁을
고무하고 민족적 자각을 불러일으켜야만 비로소 자기의 사명을 다하게
되는 것이다.5) 그리고 국어를 사용하는 민족 모두가 공감하여 단합함으
로써 그 사회가 지니고 있는 문제점을 해결하는 효과를 지닌다고 보았다.
　이 시는 민족의 독립을 위해 싸우던 상해 망명지에서 쓴 것으로 더욱
간절한 나라 사랑이 드러나 있다. 간결한 자유시 형태이지만 2・3・4
음수율과 4음보를 바탕으로 우리의 전통적 리듬을 느낄 수 있다. 1・2행
만 '나'와 '너'의 사랑이 현재형으로 표현되고 나머지는 가정적 상황에서
예언적으로 서술되었다. '나'와 '너'는 도저히 헤어질 수 없는 사랑으로
떨어져 있는데도 이별이라는 가정 하에서 출발한다. 이 헤어짐은 '칼로써
베는 것'으로 표현되었다. 이 비유는 칼로 베어야만 떨어질 수 있을 만큼
강한 사랑이라든가, 두 사람의 헤어짐은 칼로 베는 아픔처럼 쓰리다는
것, 그 헤어짐은 두 사람의 의사와는 관계없는 외부의 힘 때문이라는 뜻이

───────────

5) 김병민, 『신채호 문학연구』, 아침, 1989, 39쪽.

기도 하다.[6] 어쨌든 칼로 베어져 강요당하는 헤어짐은 비극적 상황이다. 따라서 '칼로 써 베면'은 사랑하는 사이를 강제로 떼어 놓는 것을 연상하듯이 강제로 합병된 일제 때문에 나라를 떠날 수밖에 없었던 당시 상황과 처지를 잘 대변한다. 그들의 이별은 사랑하는 사이인데도 강제로 이루어졌기에 눈물 흐르는 정도가 아니라 핏덩이가 줄줄 흘러내리는 상태인데, 그 아픔과 고통이 '꽃'으로 승화되었다. '피' 한방울까지 나라에 뿌리리라는 장엄한 결의와 그 '피'가 '꽃'이 되어 '봄'을 맞으리라는 기대에는 시인의 예언자적 모습이 잘 나타나 있다.

> 그 날이 오면 그 날이 오면은
> 三角山이 일어나 더덩실 춤이라도 추고
> 漢江물이 뒤집혀 용솟음칠 그 날이
> 이 목숨이 끊어지기 전에 와주기만 하량이면,
> 나는 밤 하늘에 날으는 까마귀와 같이
> 鐘路의 人磬을 머리로 드리받아 울리오리다.
> 頭蓋骨은 깨어져 散散 조각이 나도
> 기뻐서 죽사오매 오히려 무슨 恨이 남으오리까.
>
> 그 날이 와서 오오 그 날이 와서
> 六曹 앞 넓은 길을 울며 뛰며 딩굴어도
> 그래도 넘치는 기쁨에 가슴이 미어질 듯 하거든
> 드는 칼로 이 몸의 가죽이라도 벗겨서
> 커다란 북(鼓)을 만들어 들쳐메고는
> 여러분의 行列에 앞장을 서오리다.
> 우렁찬 그 소리를 한 번이라도 듣기만 하면
> 그 자리에 꺼꾸러져도 눈을 감겠소이다.

　　　　　　　　　　　　　　－ 심훈의 「그날이 오면」 전문 －

---

6) 송재소, 「단재의 시에 대하여」, 『신채호의 사상과 민족독립운동』, 형설출판사, 1986, 577쪽.

영화인·소설가·시인으로 활동한 심훈(심대섭, 1901~1936)은 3·1운동에 가담했다가 투옥된 후 풀려나 중국에서 2년여 망명생활을 하면서 나라 잃은 울분의 저항의식을 불태우게 된다. 그의 혁명가적 기질은 시위 사건에 관련된 것뿐만 아니라 焰群社에 가담해 카프의 일원으로 활동한 사실에서도 엿볼 수 있다. 이 시는 조국이 해방되는 '그 날'에 자신을 제물로 삼아 종로의 인경을 머리로 두드리고 뱃가죽으로 북을 만들어 행렬에 앞장서겠다는 환희의 격정을 토로하는 내용이다. 서두부터 초월적 상황과 사건이 제시되어 '그 날'이 오면 산천초목까지도 감격과 환희로 들끓는 환각적 현상이 나타난다. 그 환상은 인간과 자연이 함께 어우러져 공동체 전체가 공유하는 역사적 순간이다. 죽음이란 '그 날'이 와서 맛보게 되는 환희에 비한다면 대수롭지 않을 수도 있는 일이다. 그것은 이런 '그 날'이 무수한 죽음을 넘어서야 실현 가능성이 있기 때문이다.

'그 날'은 온 민족의 시련과 저항 끝에 죽음을 넘어서서 비로소 맞게 되는 조국 광복으로 무생물인 산과 강이 살아 춤추고 용솟음칠 만큼 기쁨의 순간이다. 이 순간은 죽음의 극한 상황을 넘어선 곳에서 다가온 것이기에 더욱 감동적이고 환희적이다. 그러므로 '인경을 머리로 드리받고' '두개골이 깨어지는' 비현실적 환상 체험이 자연스럽게 받아들여진다. 이처럼 '그 날'이란 죽음을 넘어서라도 꼭 와야 할 민족의 지상 명제일 수밖에 없다는 당위적 깨달음과, 꼭 오고야 말리라는 전민족적인 신념이 이러한 논리적 모순과 초논리를 오히려 자연스러운 것으로 수긍하게 만드는 것이다.[7] 이런 현상은 후반부에 이르면 더 극에 달해 충격적이며 언어도 단으로 비쳐진다. '그 날'을 알리는 소리를 한 번이라도 듣기만 한다면 죽어도 기쁨으로 눈을 감듯이 여한이 없는 것이다. 주체할 수 없을 정도

---

7) 김재홍, 『한국 현대시인 연구』, 일지사, 1986, 128쪽.

의 환희를 처절하면서도 극단적인 비극으로 표현하였다.

그럼에도 불구하고 그렇게 하겠다는 의지는 그 시대의 삶이 얼마나 고통스럽고 절망적인 상황이었나를 반어적으로 나타낸 것이다. '그 날'은 현실적으로 쉽게 다가올 수 없다는 것을 인식하기에 환각적인 체험으로 미래의 열망을 제시한 것으로 볼 수 있다. 자아의 전존재를 내던져 비장미의 황홀경에 빠져드는 시인의 지사적 육성은 그의 역사의식과 저항의식을 생생히 드러내면서, 상상 공간 속에서 체험케 되는 예언자적 지성인의 육성이 호소력을 지닌다.[8] 작품 도처에 감정 과다로 시적 균형을 놓치고 있지만 본능에 가까운 처절한 절규는 한층 긴장미를 더해준다.

> 껍데기는 가라.
> 4월도 알맹이만 남고
> 껍데기는 가라.
>
> 껍데기는 가라.
> 동학년 곰나루의, 그 아우성만 살고
> 껍데기는 가라.
>
> 그리하여, 다시
> 껍데기는 가라.
> 이곳에선, 두 가슴과 그 곳까지 내논
> 아사달 아사녀가
> 중립의 초례청 앞에 서서
> 부끄럼 빛내며
> 맞절할지니
>
> 껍데기는 가라.

---

8) 김시태 · 박철희 편, 『현대시의 이해』, 문학과 비평사, 1990, 152쪽.

한라에서 백두까지
향그러운 흙가슴만 남고
그, 모오든 쇠붙이는 가라.

─ 신동엽의 「껍데기는 가라」 전문 ─

신동엽(1930~1969)은 1960년대 참여시인으로서 민족의 역사 현실과 민중의식을 주요 시적 주제로 다루었다. 근대사에서 우리 민족은 모순된 역사의 질곡 속에서 외세와 반민중 세력의 야합에 의해 짓밟히고 시련을 당해왔다. 이런 와중 속에서 동학농민 봉기와 4 · 19의거는 외세와 반민중 세력을 물리치기 위해 피로써 항거한 숭고한 사건이다. 그는 이런 상황 속에서 역사적 통찰을 직시하며 순수한 민족정신을 회복하기 위해 강경한 어조로 반민족 · 반민중 세력이 물러가도록 항변하고 있다.

이 시는 수사적 기교나 군더더기가 없이 지사적인 어조와 기승전결의 구조로써 대립적 이미지인 '알맹이'와 '껍데기', '흙가슴'과 '쇠붙이'를 통해 강력한 메시지를 전달하고 있다. '알맹이'는 순수한 민족정신의 정수를, '껍데기'는 혁명을 짓밟는 불의로운 자, 순수한 민중의 삶과 정신을 훼손시키는 허위 세력, 외세 등을, '흙가슴'은 자유와 정의의 표상인 민중을, '쇠붙이'는 권력의 횡포, 위선적인 문화, 전쟁 등을 각각 비유한다. 특히 '알맹이'가 뿌리내릴 수 있는 '향그러운 흙가슴'은 대지에 뿌리박은 전경인의 순수성과 생명력에 바탕을 두고 있다. 이 절대적 순수성은 귀수성의 차원으로 동학의 민중 봉기와 4 · 19혁명의 민중의식을 싹트게 했다. 매 연 서두에 반복되는 '껍데기는 가라'의 시행은 위선적인 기만세력은 물러가고 순수한 민족 정신만이 남기를 갈망하는 강인함이 담겨 있다.

신동엽은 생명의 근원인 대지를 '원수성의 세계', 현대 물질문명에 의해 야기된 혼돈과 갈등을 '차수성의 세계', 다시 전경인적 인간 회복을 거쳐 대지로 회귀하고자 하는 세계관을 '귀수성의 세계'로 각각 설명하고 있다. 결국 대지에의 회귀는 새로운 생명력의 탄생으로서 가장 본질적이며 순수한 주체성의 회복이라 할 수 있다. 그런 공간이 궁극적으로 인간을 구원시키며 영원한 삶의 터전으로 자리잡는 것이다.

'中立'은 모든 사물의 본질이며 근원으로 영원한 생명력을 뜻한다. 이곳은 중립지대로서 어느 강대국에도 관련되지 않는 우리 민족의 화해와 자주사상을 내포하며, '중립의 초례청'은 초역사적·초이데올로기적인 인류의 시원적 공간이다. 순수한 민족의 알맹이인 '아사달'과 '아사녀'의 만남은 민족 화해의 결정체로서 역사의 질곡을 넘어 생명체로 도약하려는 의지의 표상으로 외세의 기만과 반민중적인 위선을 벗어던지는 순간이다. '껍데기' 같은 온갖 외세와 위선이 물러가고 순수한 민족정신이 자리잡는 세상은 순결 속에서 희망을 갖고 출발하는 신랑 신부의 '부끄럼'이 빛나는 맞절과 같은 것이다. '알맹이'와 '흙가슴'은 인간과 대지의 순결한 만남을 의미하는데, 그의 시적 상상력은 대지와 식물에 의해 매개된다. 대지는 '향그러운 흙가슴'으로 모태의 원형이다. 식물적 이미지인 '알맹이'는 씨앗으로 대지 위에 뿌려질 때 새로운 역사의 시작을 의미한다. '알맹이' 정신은 역사 밭에 뿌려지는 씨앗처럼 우리 민족의 정신 속에 내재하는 전통적·사상적 가치를 지닌다.

> 옛 싸움터에서
> 역사는 파묻혀 빛나고 있었다.
> 유난히도 붉은 해의 얼굴
> 이제는 나라도 겨레도
> 앳된 아이의 부끄럼을 타고 있었다.
>
> 풀들은 쓰러져 잠들고

무겁게 우는
땅의 신음에
우리들의 피
맨발로 달리고 있었다.

머언 지평선
壬辰年의 끝의
어룽진 노을 속
역사는 아직도 활활 불타고 있었다.

－ 조남익의 「七百義塚」 전문 －

조남익(1935~)의 시는 군더더기 없는 구조의 탄탄함과 탈기교의 구체적
인 언어 조형 속에 전통적 서정과 향토성, 민족혼을 일깨우기 위한 역사의
식의 반영이 주조를 이룬다. '칠백의총'은 임진왜란 때 조헌 의병장, 영규
대사 등 칠백 명의 의병이 왜적과 싸우다 순절해 묻혀 있는 무덤으로
충남 금산에 위치해 있다. 의병은 국가가 위태로운 상황에 처해 있을 때
백성들이 스스로 군사를 일으켜 침략 세력에 대항한 항전 세력이다. 의병
의 주도자들은 대개 관인유자나 초야의 선비들이었다. 조선사회에서는
유교적 도덕 규범과 의리 정신이 의병의 정신적 기반에 큰 영향을 주고
있다는 점이나 척사위정론의 도학자들이 매우 강경하고 광범위하게 의병
을 일으킨 사실에서 의병운동의 중심은 도학자들이라 할 수 있다.9) 도학
이념의 중추인 '의리론'은 인격적 수양이나 삶의 가치관에서 모든 평가와
판단의 척도가 되어 이념적 측면에서 위정척사론(斥洋·倭), 실천적 측면
에서 항일의병운동으로 나타났다. '의'의 실천은 나라를 구하고 임금에게
충성하는 것이다. 따라서 임진왜란이나 병자호란, 그리고 구한말에 나라

---

9) 금장태, 『한국 근대의 유학사상』, 서울대출판부, 1999, 53쪽.

를 구하기 위해 선비들이 앞장서 의병을 일으킨 것도 일신보다는 의의 실천이 위국진충의 길임을 알았기 때문이다. 이들은 무인이라기보다 전·현직 관료의 선비였거나, 혹은 아직 벼슬길에 나가지 않은 재야 선비들이었다.

시적 화자는 왜군과 싸우다 순절한 의병들의 무덤을 바라보며 잊혀져 가는 역사의 자취를 더듬는다. 그들의 거룩한 애국충정은 '붉은 해'로 떠오르고, 오늘날 후손들인 우리의 삶은 '앳된 아이'의 부끄러움으로 위축된 모습이다. 이 부끄러움은 의병들의 우국충정에 비할바 못 되는 우리들의 양심적 자책감이며, 더 나아가서는 선조들의 애국심에 대한 경외감이자 그 정신을 이어받겠다는 다짐의 결단이다. 이러한 결단은 온 주위가 잠들고 고통스런 신음에 젖어 있지만 우리들의 끓는 '피'는 맨발로 질주한다는 과단성에서 엿볼 수 있다. 특히 3연에서는 임진왜란이라는 과거의 역사적 상황을 현재에 재현시켜 '칠백의총'의 충혼이 살아 있는 한 끝나지 않았음을, 오늘날 우리의 기억 속에 면면히 계승되는 역사의 정신으로 활활 불타고 있음을 확신하는 것이다. 그들의 강렬한 충절의식이 '해' '피' '붉은' '활활' 등의 시어에 잘 나타나 있다.

> 찢어진 임의 눈초리
> 말을 몰아 구름밭으로 떠나신 뒤
>
> 제 屍身에 덮인
> 장부의 호곡을 나는 들었습니다.
>
> 이윽고 임이
> 머언 忠魂의 나라로 가신 뒤
>
> 저의 屍身은

아녀자의 통곡으로 들끓었습니다.

비 오는 어느 밤
잠에서 문득 깨이듯

죽음을 넘어 선
찬란한 아침이 왔습니다.

　　　　　　　　 － 조남익의 「階伯의 아내」 전문 －

　계백장군은 660년 나당연합군에 의해 백제가 멸망 직전에 이르렀을 때 오천 명의 결사대를 이끌고 황산벌에서 장렬한 죽음을 맞이한 충신이다. 서두에서부터 처자식을 죽인 후 최후의 결전에 나가는 그의 비장한 결의가 나타난다. 백제 멸망의 애환이 서린 이 시는 시종일관 지아비에 의해 죽게 된 아내의 시점에서 리얼하게 묘사됨으로써 지아비의 충절을 따르는 강인한 모습이다. 아내는 처자식이 전쟁의 포로가 되어 굴욕스럽게 살기보다 차라리 죽음을 택하는 게 낫다는 지아비의 뜻을 순순히 받아들인다. 그러므로 아버지요 지아비로서 용서를 비는 '장부의 호곡'을 환청으로 듣는 것이다.

　3·4연은 죽어서까지도 지아비의 죽음을 듣고 통곡하는 아내의 모습이 나타난다. 아내가 죽어서도 저승에 가지 않고 구천을 맴도는 것은 지아비의 안위를 지키기 위한 것이다. 그러나 남편이 '충혼의 나라'로 간 것을 알고 그 슬픔을 참지 못해 통곡한다. 죽어서도 영면하지 못하고 남편의 안위를 지킨 아내의 의리야말로 조국 백제를 위해 충절을 지킨 계백 못지 않은 절개라 할 수 있다.[10] 이처럼 계백장군이 조국 백제를 위해 충절을 지켰다면, 아내는 지아비를 위해 죽어서까지도 절개를 지킨 정절의 표상

---

10) 홍희표, 「조남익 시 연구」, 『어문연구』 64, 어문연구회, 2010, 427쪽.

이다.

5 · 6연은 1400여년 전의 과거적 사건이 시 · 공간을 초월해 현재에 재현되고 있다. 그 역사적 사건이나 상황이 우리의 기억 속에 흔적으로 머물지 않고 현상학적 의식으로 투영되어 현재화되는 것이다. 비 오는 어느 날 밤 잠에서 깨듯 판단중지 상태에서 그 역사적 사건이 문득 우리에게 새롭게 의식화되어 현실의 역사적 · 시대적 상황을 직시하게 만든다. 여기서 시대의식을 당대의 시국적인 상황이나 사건에서보다는 오히려 역사 깊은 뿌리의식에서 추출하여 이를 토대로 현대적 감각의 배합과 미의식을 구축하려고 했음을 엿볼 수 있다.[11]

3 ▌ 안분자족의 삶과 탐욕스런 현실 비판 ▌

조선시대는 유교가 통치이념으로 작용했기 때문에 국가를 다스리는 지배계층은 유학을 몸에 익힌 선비들이었다. 이 당시 학문과 관직은 불가분의 관계로 선비가 관직에 나가는 것을 당연시하였다. 그러나 태평성대의 성현의 정치가 없어지고 권력자에 의해 정치가 농단되면서부터 유학자들은 오히려 정치 현실에 대한 비판 세력으로 물러나게 되었고, 인륜도의를 지켜 밝히고 전하는 데 더 큰 비중을 두기 시작했다.[12] 이 때부터 벼슬길에 나아가 현실정치에 참여함으로써 관직을 맡는 선비와 초야에 묻혀 고매한 인격 수양과 학문을 쌓고 후학을 가르치며 현실정치를 비판하는 재야선비로 구분되었다. 후자 쪽은 현실정치에 직접 영향을 미칠 수 없다 하더라도 높은 지조와 맑고 고결한 인품이 후학에게 투영되어 훗날에 이

---

11) 정진석 편저, 『조남익의 시와 삶』, 오늘의문학사, 2003, 116쪽.
12) 김충열, 『남명 조식의 학문과 선비정신』, 예문서원, 2008, 100쪽.

르기까지 교훈을 주는 것이다. 바로 '처사'란 벼슬하지 않고 재야에 있는 선비를 통칭하는 것이다. 이들은 벼슬을 구걸하지 아니하고 아무리 궁색해도 세속에 영합하지 아니한 채 당당한 자세로 세상을 살아갔다. 그러나 한편으로는 세상에 담을 쌓고 초탈한 은둔자로서 자연 속에서 안분자족하는 삶을 영위하기도 하였다.

① 山을 그리다 말고
　茶를 재촉한다

　그윽한 墨香은
　안개처럼 이는데

　쪼로로
　차 따르는 소리
　새도 귀를 기울여

　　－ 정훈의 「靜」 전문 －

② 깊은 山허리에
　자그만 집을 짓자

　텃밭엘랑
　파
　꼬초
　둘레에는 돔보도 심자

　박꽃이
　희게 핀 黃昏이면
　먼 구름을 바라보자

　　　　－ 정훈의 「머얼리」 전문 －

　정훈(1911~1992)은 1930년대 『자오선』 『가톨릭문학』 등에 작품을 발표하면서 지역문단에서 본격적으로 활동한다. 그는 해방 후 이 지역에서 젊은이들을 가르치고 민족의식을 고취시킨 민족운동가로서 호서중학교를 설립하고, '조선민족청년단' 충남지역단장으로 새나라 건설에 참여하기도 하였다. 그의 작품 밑바탕에는 자연의 서정 속에 개인사적 삶의 아픔과 시대 상황에 기인한 서러움과 상실감의 정조가 깔려 있다.

　①은 참선의 세계에서 수도승의 모습을 엿볼 수 있는 선의 경지이다. 인위적인 기교나 재치보다 자연의 섭리에 따른 은은한 멋과 여유를 느낄

수 있다. 산사의 고요한 정경은 후각·시각·청각 등 다양한 감각을 통해 나타난다. 특히 2연의 '묵향' 냄새는 '안개'처럼 시각을 공유하여 공감각 현상으로 나타난다. 또한 '쪼로로/ 차 따르는 소리'에 '새도 귀를 기울일' 만큼 고요한 탈속의 경지에서 구도자적 선비정신과 멋을 느낄 수 있다. 이러한 '山'의 공간은 영혼을 정화시키고 탈속의 자아의식을 합리화시킬 수 있는 장치이다. 따라서 인간의 속세적 모습이 여과된 정신적 달관의 경지로서 정치적·사회적 불안이 가신 고요한 공간이다. 그리고 고고한 자세로 현실의 속세를 초월하려는 모습이다.

②는 엄격한 정형시조인데 행가름을 불규칙하게 배열하여 자유시인지 시조인지 구분하기 어려울 정도로 자유스런 분위기를 자아낸다. 특히 2연은 '파' '꼬초' '돔보' 등을 나열하여 여러가지 채소를 심은 것을 시각적으로 선명히 나타내고 있다. 초장과 중장에서 '깊은 산허리'와 '텃밭', '자그만 집'과 '돔보'는 각각 대구와 대조를 이루고, 각 장 말미의 '짓자' '심자' '보자'의 청유형 종결어미의 반복은 운율의 효과를 내면서 시적 정서와 의미가 전통적인 분위기로 고조된다. 전체적으로 선명한 이미지 속에 평화롭고 아름다운 시골집이 펼쳐진다. '흰 박꽃'과 붉은 '황혼녘'의 자연 조화 속에서 '먼 구름'을 바라보는 행위는 단지 유유자적하는 모습보다 인생을 관조하고 삶의 의미를 되새기는 여유 있는 태도이다. 이것은 마치 우리 고대시가 중 탈속의 경지에서 자연과 물아일체된 경지를 즐기는 강호사상과 일맥상통하는 분위기이다.

① 밥만 먹으면
　　사람들은 논에나 밭에 가 있었다.

　　밥만 먹으면
　　사람들은 거기서 하늘이 길러주는

② 바다에 와서
　　낚시는 않고
　　바다에 취해 있다
　　바다에 와서
　　하루도 잊지 않은 것은

穀食의 아랫도리를 조금씩 거들어 주고
있었다.

산에서 살면서 내가 본 것은
무엇인가 시중 드는 사람들의 모습이다.
여기 저기에 허리를 굽히고
鶴처럼 서 있는
사람들의 모습

山에서 살면서 내가 본 것은
바꾸어 말하면
엄청나게 커다란 눈부신 空間인지도
모른다.

— 한성기의 「산에서 · 2」 부분 —

山이다.
내가 한 여인을
이토록 사모했던들
아서라
아서라
어쩔 수 없잖아
내게 주어진 分福
이 짓 밖에는

—한성기의 「아서라」 전문—

한성기(1923~1984)의 시는 자연친화적인 서정성을 바탕으로 명징한 이미지와 간결한 시행으로 오랜 관조와 사유의 과정을 통해 자연에 귀의해 동화되는 경향을 나타낸다. ①처럼 '산'을 소재로 한 연작시는 그가 추풍령 소재 기도원에서 쓴 것으로, 이 시기의 작품은 암울하고 부정적인 이미지로 내면의 시선에 고착시킨 초기시에 비해 사실적 진술과 안정된 어조로써 외부세계에 눈을 돌려 자연의 섭리에 순응하는 모습이다.

수공업시대를 벗어난 현대 산업사회는 수요와 공급의 균형을 위해 대량으로 상품을 생산해내는 시대이다. ①에서 화자는 농부가 곡식 가꾸는 일을 이런 산업사회의 산물로 보지 않고 하늘이 길러주는 '곡식의 아랫도리'를 조금씩 거들어 도와주는, 즉 자연이 하는 일을 단지 돕는 조연자의 역할만을 한다는 겸양의 자세를 보인다. 사소한 일상사에서 발견하는 이런 삶의 성찰력은 물질적 삶보다 정신적 삶을 즐기는 놀라운 혜안이라 할 수 있다. 이처럼 화자가 느끼는 정신적 풍요로움은 조화된 자연과 인간이 협력하는 '엄청나게 눈부신 공간'에서 가능한 일이다. 하늘은 '아랫도리'를 길러주고, 사람들은 밥만 먹으면 논밭에 가 열심히 일하는 것이다. 산에 사는 사람들은 이런 자연의 섭리에 순응하기 때문에 기꺼이 허리 굽혀 시중들 줄 아는 '학' 같은 모습이다.

화자는 무심결에 지나쳐버릴 수 있는 자연의 변화 속에서 '엄청나게 커다란 눈부심' 정도로 신비적이면서도 강인한 생명력을 직접 체감하는 것이다. 산은 현실공간(도시)과 대립되는 곳으로 자연과 인간이 합일되는 우주의 근원적 질서를 이룰 뿐만 아니라 생명의 구원자로서 초월적 의미를 지닌다. 이런 점에서 한성기 시인이 처음 대면한 자연은 산으로 대표되는데, 이곳은 그의 처절한 고독을 감싸준 자비와 위로의 절대자와 다름 없다.[13] 산을 통해 체험한 자연의 섭리는 그에게 안분자족하는 무욕의 삶과 생에 대한 외경심을 느끼게 하고, 더 나아가서는 세속에서 흩어지는 삶을 바로 잡아주는 지주 역할을 한다. 자연은 그에게 관조의 대상으로 머물지 않고 자신의 일부가 되어 생활 속 깊이 작용하고 운명을 결정지워주는 인자가 되는 것이다.

②에서 시적 화자는 물고기를 낚지 않고 바다에 취해 있는 것으로 보아 물질적 삶보다 정신적 삶에 더 가치를 두고 있다. 산과 바다는 생명의 근원이라는 점에서 일치한다. 산이 정적으로 무위와 허정의 공간으로서 무한한 평안과 안식을 준다면, 바다는 변화무쌍한 동적 공간으로 생명·정화·재생·죽음 등 모든 것을 총체적으로 포용할 수 있는 곳이다. 특히 '아서라'라는 감탄사형 시구는 체념적 자기 위안의 결연한 의지와 현실을 초연하는 태도를, 마지막 3행은 안분자족하는 정신적 차원, 즉 물질적

---

13) 윤지영, 「실향인의 외로운 '산책'」, 『한국 전후 문제시인 연구 01』, 예림기획, 2005, 437쪽.

속세를 탈피해 형이상학적인 삶의 방식을 체득한 자로서의 면모와 더불어 자기 구원의 정신적 편력을 충분히 엿볼 수 있다.

그가 이처럼 현세적 욕망으로부터 초연할 수 있었던 정신적 밑바탕에는 오랜 투병기간을 통해 무엇보다도 가장 소중하고 고귀한 것이 생명이라는 것을 체득한 데에서 비롯된 듯하다. 그리고 젊은 나이에 부인과의 사별을 통해 내면적인 성숙을 경험하게 된다. 그것은 인생살이에서 처절한 고통과 비애를 통해 빈손으로 왔다 빈손으로 가는 평범한 진리를 깨달았기 때문이다. 특히 후기시에 오면 햇살·바다·바람과 같은 자연물을 벗삼아 육화시킴으로써 초연물외적인 삶을 향유하고 있다. 이는 물질로부터 자유로움을 의미하며 동시에 자기 구원임을 뜻한다.

> 箕山의 햇볕 들어 밝은 陽地편.
> 날짐승처럼 낡이 위에 둥우릴 얽어 매고 깃들인 巢父라는 사람은
> 그 親舊인 許由가 堯임금게 불리어 가서 天下를 辭讓하는 말씀을 들었노라
> 돌아와서는 潁川水 맑은 물에 귀를 씻은즉 主人이 나와 어찌하여 내 못물을
> 더럽혔냐고 굉장 노여움을 터뜨리더라는데
> 巢父가 소를 몰고 그 옆을 지내다가 그 말을 듣고
> 더러운 소리 들은 더러운 귀를 씻은 더러운 물을 나의 소에겐들 차마 어이
> 먹이랴고 그리하여 마침내
> 어느 上流로 이끌고 갔다드라
>   ……(중략)……
> 나도 오늘은 巢父許由와 같이
> 慾心없는 나라의 百姓이 되어
> 흰 무명옷을 정갈히 갈아 입고
> 목이 마를 때 명감잎을 뜯어 石澗水를 한모금 떠서 마시고 農事짓는 일밖에

아무것도 모르는 淳朴한 大古적으로 저만치 썩 물러나 어리석게 살
리라.
是非 없는 세상에 是非 없이 태어나 是非 없이 살다가 是非 없이
가는 것이
所願이어니.

    － 김관식의 「巢父許由 伝」 부분 －

김관식(1934~1970)은 가난하면서도 고독한, 그러면서도 괴팍하고 돌발적인 기인 시인으로 알려졌다. 그의 시는 한문투의 시어와 지사적 어조로써 자연친화의 노장사상을 바탕으로 순수한 정신세계를 추구하는 내용이 주조를 이루는데, 이는 충동적인 감정의 혼란으로부터 소박하고 순진한 세계에의 관심과 결부되어 지사적인 매서움으로 나아가는 것이라고 할 수 있다.14) 이런 시적 태도는 경제적 궁핍과 좌절감에 대한 우회적 장치로 그의 자존의식이 작용한 산물이다. 이 자존성은 안분자족하는 안빈낙도의 삶, 역사적 인물에 대한 외경심, 현실을 비꼬는 우회적 태도로 나타난다.

이 시는 중반부까지 '소부·허유'의 고사를 설화적으로 기술한 후 마지막 연에서 자신의 삶의 태도를 고백하고 있다. 소부는 요 임금으로부터 九州을 맡아달라는 얘기를 듣고 자신의 귀가 더러워졌다고 흐르는 시냇물에 귀를 씻고, 허유는 소부가 은자라는 소문을 퍼트려 그런 더러운 말을 들었다며 그가 귀를 씻은 물에 자신의 소를 먹일 수 없다며 상류로 올라간다. 이 고사는 부귀영화와 권세가 헛되다는 극단적 결벽성을 나타낸다. 화자는 무욕과 안빈낙도에 자족하는 소부·허유의 삶을 추구하며 불합리하고 탐욕스런 현실을 비꼰다. 이런 갈망은 '살리라' '소원이어니'의 어조와 허유와 소부 고사의 패러디로 표현하고 있는데, 결국 이는 시인의 이상

---

14) 김종철, 『시의 역사적 상상력』, 문학과지성사, 1975, 97쪽.

을 추구하기 위한 것으로 현실적 욕망의 극복과 진정한 정신의 자유, 안정
과 화평을 얻기 위한 자구책이 되기도 한다.[15] 그가 현실과 거리를 두고
순박한 원시세계를 추구하는 것은 자아의 존재 방식에 대한 정신적 가치
를 부여하는 장치이다.

　전반부가 이상향의 유토피아 세계라면, 현실사회는 소부와 허유가 서
로 문답하면서 영천수에서 귀를 씻을 만큼 깨끗하지 못하다. 그가 시비
없는 세상에서 조용히 살고자 하는 것은 그만큼 그 시대적 상황이 각박하
고 어둡기 때문이다. 그러므로 시적 화자는 현실사회를 '흰 무명옷' 입고,
'명감잎을 뜯어 석간수를 한 모금' 마시고, 농사 지으며 태고적 시대로
물러나 어리석게 살고자 한다. 이는 물질로부터 초탈하는 안빈낙도의 삶
으로서 이상향을 추구하며 자연 공동체의 삶을 지향하는 태도이다. 그러
나 이런 청빈한 삶의 가치를 부단히 추구하는 그의 태도는 자신이 처해
있는 현실상황과 생명력 있는 관계를 맺지 못하고 복고적이면서도 자아
도취적인 경향으로 흐른 감이 없지 않다.

　이 청빈과 안빈낙도의 삶은 유교적 이상사회를 추구하는 데 필요한
가장 근본적인 수양 덕목인데, 이런 정신적 밑바탕은 전통적인 유교 가문
에서 출생, 성장하여 유교 경전을 접한 그의 이력에서 엿볼 수 있다. 그는
동양적 전통정신을 통해 그의 시적 실존의 세계가 형이상학적 종교의 경
지에까지 다다르기를 바란다. 그의 유교적 가치관과 윤리관은 가장 기본
적인 삶의 척도로 작용하였다. 그는 동양적 예지의 깊은 사유와 섬세함
속에서 끈질기게 현실에 침잠하여 비판하는 시선을 갖고 있다. 그의 자연
은 주요한 삶의 공간으로서 결합된 욕망을 충족시키고 상처난 마음을 치
유하는 곳으로 자리 잡는다.

---

15) 배영애, 「자존의 욕망과 갈등의 시학」, 『한국전후 문제시인 연구 01』, 예림기획,
　　2005, 269쪽.

허리 굽신거려
帝王의 문턱 절하고 드나들며
밑구멍 핥는 舐痔莊들은
감히 여기에 들어오지 못하리니
市井의 비린내야 절로 멀밖에.
洞口 밖엔
두루미 흰똥 깔긴 赤葛의 늙은 솔이
투굴 제켜쓰고 푸른 수염 떨뜨려
갑옷을 입고 把守를 본다.
그 위에 遮日 두른 구름 한 닢
瀑布 새로 울어 山은 다시 귀먹었다.

― 김관식의 「舐痔莊에게」 부분 ―

　이 시는 1960년대 말 우리나라의 정치 현실을 신랄히 비꼬며 풍자한 것으로 속물적인 삶을 거부하는 내용이다. '舐痔莊'이란 진시황의 치질을 핥고 높은 벼슬과 상을 받았다는 고사에서 비롯한 것으로, 온갖 비열한 방법으로 권력에 아첨하며 향유하는 자를 뜻한다. 이런 고사성어의 시적 분위기는 장중하면서도 단아한 어조로 확고한 자기주장이 나타나지만 때로는 생경하면서도 현학적인 느낌을 자아낸다.

　화자는 무욕의 안분자족한 삶을 강조하며 탐욕에 젖어 염치없이 살아가는 속물적인 군상들을 야유함으로써 정신적 여유를 나타낸다. 자신은 끼니때마다 열무김치에 햇보리밥과 감자를 삶아 먹고 띠뿌리를 씹을 정도로 가난하지만 '홀가분'하면서도 '영롱한' 마음의 여유를 가질 수 있다고 한다. 그리고 자신을 지조 있는 '늙은 솔'과 탐욕적인 현실을 감시하는 '파수꾼'으로 비유하면서 타자들을 비린내 나는 무리, 즉 '지치장'으로 평가절하시키는데, 이런 태도는 가난에 대한 자위적 합리화와 자신의 삶에 가치성을 부여하기 위한 장치이다. 이것은 가난을 초월하는 방법이며 탐

욕을 제어하면서 또한 탐욕을 초월하여 무심한 樂의 경지에 도달하고자
하는 일이기도 하다.16) 이런 무욕의 경지와 지사적 면모는「居山好」「山
中宰相」「撫劍의 書」「饔飧志」「竹林賦」 등에서 엿볼 수 있다.

　김관식의 상고주의적 정신편향성은 다분히 동양적 유교관과 가치관을
거부하고 억압하는 현실의 외적 요인에 대한 저항의 한 방법으로 볼 수
있다. 그것은 이상향을 추구하기 위한 내적 갈망과 현세의 부귀 권력에
집착하는 사람들에 대한 비판에서 비롯된다. 선비는 백성의 편에 서서
불의로운 권력자나 통치자를 비판하고, 깨끗하고 정의로운 사회 언론을
일깨우는 것이 본연의 임무이다. 그러므로 선비는 한 사회 국가 속에서
국외자의 안목과 주체적 입장에서 정의와 합리에 기초한 가치 기준으로
현실을 비판하고 이상을 제시해야 한다.17) 그의 초기시에 나타나는 내면
화의 갈등이 점차 시간이 지나며 지사적 정신편향으로 상승하는 것은 현
실의 고통에 대한 탈출이 공동체적 이상향의 갈망으로 변화되는 것을 뜻
한다. 이런 지사적 정신은 현실의 부조리한 상황을 통렬히 비판하며 냉소
적으로 바라본다.

　　　서슬 퍼런 칼날이
　　　울어야 할 때다.
　　　똑바로 뼈를 세우고
　　　무어가 옳은 건지
　　　바로 말해야 할 때다.
　　　머리맡에 난(蘭)을 바라보며
　　　차 끓는 소리에 젖을 때가
　　　아니다.
　　　썩은 것들의 하인이 되어

16) 정효구,『20세기 한국시와 비평정신』, 새미, 1997, 135쪽.
17) 김충열, 앞의 책, 98쪽.

　　잘 포장된 아편을 받아먹을 때가
　　아니다. 아니다.
　　비굴하게 살지 않기 위하여
　　맨발로 일어나야 한다.
　　쓸데없는 눈물을 버리고
　　힘차게 솟아야 한다.
　　한 사람을 위한 만 사람의 희생이 아니라
　　만 사람을 위한 만 사람의
　　함께 나누는 기쁨을 위하여
　　튼튼해야 할 때다.
　　신나게 양심의 화살이 하늘에
　　날아가야 할 때다.
　　뜨거운 돌이 적(敵)의 이마에
　　날아가야 할 때다.

　　　　　　　　　　　　－ 조재훈 「입동」 전문 －

　　조재훈(1937~)의 시는 무의미시와 실험시, 전통적 서정성, 비판적 참여시 등 다양한 색채를 띠고 있는데, 그 중 이 작품은 비판적 민중의식의 지사정신을 반영하고 있다. 이 시의 형태는 긍정적인 '~할 때(이)다.', 부정적인 '~(할)ㄹ 때가 아니다.', 당위적인 '~(해)야 한다.' 등의 반복구조이다. 전체적으로 이런 반복을 통한 강한 의지적 행위의 변별성을 강조하기 위해 마침표를 찍어 나타내고 있다.

　　도덕적 양심을 지닌 지식인으로서 책무를 수행해야 할 상황은, ① 억압과 불의 앞에 서슬퍼런 칼날이 울 듯 강력하게 저항하고, ② 무엇이 옳은 것인지 당당히 말하고, ③ 한 사람의 독재자나 권력자를 위해 많은 사람이 희생당하지 않으며 서로를 위해 같이 기쁨을 나누고, ④ 양심에 따라 행동으로 옮기고, ⑤ 독재자나 불의로운 대상을 직접 무너뜨리는 때이다.

　　이에 반해 하지 말아야 할 상황은, ① 현실을 직시하며 적극적으로 참여해야 할 때 난을 감상하며 차 끓는 소리에 젖듯 방관하는 태도, ② 권력의 단맛에 길들여지듯 하수인이 되어 아편을 받아먹는 때이다. 시적 화자는 여기에 그치지 않고 더 적극적인 행동을 옮기기 위해 '~ 해야 한다.'는 필연적인 당위성을 강조한다. 그 당위성은, ① 비굴하게 살지 않기 위해 어떤 억압에도 굴복하지 않고, ② 감상적인 눈물이나 동정에 젖지 않고 냉정하면서도 강인한 의지를 지니는 것 등이다. 이 긍정적·부정적·당위적인 정반합의 구조 속에 신동엽 시를 연상시키는 시적 화자의 직정적 언사는 자신을 향한 도덕적 책무의 채찍이면서 모든 청자를 향해 토해내는 사자후(獅子吼)이다. 그리고 '칼날' '뼈' '난' '아편' '화살' '돌' 등 다양하면서도 평이한 이미지는 비유적 알레고리로써 의미 해석에 어려움이 없을 뿐만 아니라 시적 긴장감이 이완된 느낌을 준다.

4 지사적 면모와 강인한 생명력

옛말에 '날선비'란 덜익은 선비란 뜻이 아니라, 어떤 상황에서도 세속적인 기회주의자처럼 여기저기에 휩싸이지 않고 확고한 신념에 따라 행동하는 순수한 선비를 뜻한다. 선비는 도를 행함에 있어서는 타인이 비웃든 말든 자기의 뜻이 옳다고 생각되면 소신을 굽히지 않고 행동에 옮겨야 한다. 그런 결단이 받아들여지지 않게 되면 현실에 도를 반영할 명분마저 잃게 되므로 스스로 물러나는 것이 정도이다. 선비란 벼슬이 없어 빈궁한 생활을 해도 겸양의 예로써 내면의 자아 완성을 위해 자기 절제의 수양과 극기에 매진해야 한다. 주변 여건이 결핍과 부자유스러운 상황으로 치달을 때 오히려 극기 정신을 북돋우는 역설적 배경이 되어 인간은 자신에게 눈을 돌림으로써 진정한 자아를 찾고자 한다. 끊임없는 자기 정화를 통해 인격 완성을 도모하면서 실천궁행하는 삶이 참된 선비의 모습이다.

1
댓순은 단연코
― 땅을 뚫었다
둥실한
하늘
힘찬 호흡!

2
啄木鳥에 헐고
찬서리에 굽힐진정
마음은
그래도
옛날의 횃불

3
아득히 오래된 老松이라기보다
한결 씩씩히 피어날
어린 소나무의
靑史.

― 김대현의 「靑史」 전문 ―

김대현(1920~2003)의 시 경향은 불교적 사유와 신앙적 체험을 시화한 신앙시가 시적 주조를 이룬다. 그의 초기 불교시는 감각적·환상적인 가운데 끈끈한 민족의식과 역사의식이 깔려 있는데, 그것은 그가 한국불교를 민족적·역사적 차원에서 수렴하고 있다는 증거이기도 하다.[18] 이 작품은 시인 스스로 고백하듯, 만주에서 몇 해 동안 고초를 겪다 해방이 되어

18) 송재영, 『문학과 초언어』, 민음사, 1987, 187쪽.

압록강을 건너 조국 땅에 돌아왔을 때의 감동과 회상을 형상화한 것이다. 고뇌하는 시인의 자화상은 식민지 시대의 치욕의 역사를 청산하고 새로운 역사의 도래를 갈망하는 희망찬 포부를 밝히고 있다. 시집 제목이기도 한 「靑史」(1954)는 옛날부터 지절의 표상인 '소나무'와 '대나무'가 중심 이미지로 작용해 강렬한 어조로써 젊은 청년의 혈기와 감성을 잘 나타내고 있다.

옛날부터 소나무와 대나무는 매화와 같이 君子三友로서 선비가 가까이 하는 벗으로 상징되었다. 군자는 지절이 생명이다. 대나무의 곧음과 소나무의 푸르름은 어떠한 시련과 억압에도 견디어 자신을 지키는 강인한 생명력을 지닌다. 연약한 댓순의 싹이 단단한 땅을 뚫고 나오는 힘찬 기상은 '찬서리'라는 시련과 아픔을 극복하고 '횃불'처럼 타오르는 초지일관의 마음 상태이다. 이 땅에서 삶의 원동력인 '죽순 뿌리'는 우리 민족의 굳건한 기반을 뿌리내린다("거룩터라 겨레의 땅 뿌리의 눈 흙 속에서 더 밝음인지 / 오늘은 내 마음에도 竹筍뿌리를 일구며 하늘을 받드네." 「뿌리의 눈」). 이런 강인한 기상은 어떤 상황에서도 변하거나 꺾이지 않고 씩씩하게 자라나는 '어린 소나무'의 생명력으로 반복된다.

이 시는 차분한 언어와 절제 속에서 일체의 주관적 정서를 배제하고 자연을 있는 그대로 직관, 관조하여 단아한 한 폭의 동양화를 대하는 듯하다. 청초한 생명력과 섬세하고 유장한 선의 표현은 자연에서 삶의 원리를 찾는 전통적인 동양의 자연관에 바탕을 두고 있다. 치열한 현실인식은 나타나지 않으나 어떠한 외부의 억압이나 굴레에서 벗어나 자신의 의지를 펼치고 주인의식으로 살아가려는 강인함이 담겨 있다. 마치 불교의 선의 경지처럼 철저히 자신을 숨기고 시적 대상인 사물의 본질에 침잠한다. 그는 순연한 마음으로 사물을 보고 자연에 흡수되어버리므로 그 시적 대상은 존재 의미로 맑게 빛난다.

　　바위야 바위야 눌러라.
　　황소 같은 바위야
　　千斤 같은 무게로
　　네가 아무리 눌러도
　　竹筍은 뾰죽뾰죽
　　자꾸만 자꾸만 솟더라.

─ 김관식의 「諷謠調」 전문 ─

　이 시도 '죽순'을 소재화해 모순어법으로 현실을 냉소하는 간결한 소품이지만, 제목이 뜻하는 '입으로 전파되어 불려지는 노래'처럼 3·4음절과 2·3음보를 바탕으로 하는 반복적 리듬이 특징을 이룬다. '죽순'은 힘차고 곧게 뻗은 신념과 지조의 존재이다. 그런데 이 가냘픈 죽순은 대나무로 성장하기도 전에 여린 싹의 상태에서 '황소 같은 바위'에 짓눌려 있다. 그런데도 연약한 죽순은 굴복하지 않고 '뾰죽뾰죽' 솟아난다. 이처럼 거대한 '바위'에 짓눌려 자신의 의지와 신념이 위협받고 있는 처지가 시적 화자가 처한 현실 상황이다. 그러나 그는 천근의 무게로 짓눌린 현실의 불가항력적 상황에서도 포기하지 않고 '죽순'을 통해 생명의지를 불태운다.

　　한 뿌리에서 자란
　　나뭇가지
　　그 가지와
　　가지 사이에 생긴 間隔
　　겨울엔 너무 빤히
　　그것이 보인다.
　　바람 끝에
　　멈추는 寂寞이
　　내 뼈마디를 흔들어주곤 한다.
　　줄곧 나는

왜 한 나무만을 보아왔을까.
한 뿌리에서 자라
그 가지와
가지 사이에 생긴 間隔.
그 사이로
하루를 오르내리는
비탈길이 보인다.
밤을 한층 춥게 하는
별이 보인다.

― 임강빈의 「冬木」 전문 ―

　　임강빈(1931~)의 시는 정제된 단아함과 간결한 여백에다 언어의 명징성
을 통해 일상사의 시적 제재 속에서 존재론적 자신을 발견하는 태도를
취한다. 그리고 선비적인 겸양과 기품으로 평범 속에서 조화와 균형을
이루는 절제미를 보인다. 두 번째 시집 제목이기도 한 이 작품은 앙상한
나뭇가지의 나목을 통해 인간의 존재론적 근원과 통렬한 자기 반성을 통
한 삶의 가치를 제시하고 있다. 한 뿌리에서 자란 나뭇가지들은 그 나름
대로 존재 가치가 있지만 잎이 무성할 때는 서로 가리우고 어우러져 각각
의 실체를 볼 수 없다. 그러나 겨울에 나뭇잎이 떨어져 나목이 되었을
때 그 실체가 드러남으로써 존재성을 나타낸다. 나무는 비로소 더 이상
가릴 것 없는 나목이 되었을 때 그 존재 가치가 명확히 드러나는 것이다.
이 때 화자는 평소에 보지 못했던 나뭇가지 사이에 생긴 '간격'을 발견하
면서 자신이 '왜 한 나무만을 보아왔을까' 라고 자문하며 통렬하게 자책을
한다. 빈가지에 이는 바람 끝의 적막이 뼈마디를 흔들 듯 자기 성찰에
따른 아픔을 인식하는 것이다. 세속에 휘둘리거나 일상에 함몰되면서 선
택해갈 수 있는 안일한 타협의 길이 있을 수도 있겠지만 외곬수로 살아온

선택의 의미를 성찰해 내고 있는 것이다.[19] 나뭇가지 사이의 간격에 보이는 '비탈길'은 삶의 여정으로서 고달프고 괴로울지라도, 또는 '밤을 한층 춥게 하는' 것이라 할지라도 그는 언제나 별이 보이는 희망을 갖는다.

이 작품 속의 자연 공간은 제목이 암시하는 고적하고 삭막한 이미지라기보다 의지적이고 고고한 인고의 강인함을 엿볼 수 있다. 이 자연은 유유자적하며 관조하는 정적 공간으로 머물지 않고 추운 겨울 속의 벌거벗은 나뭇가지를 통해 처절한 고독과 강인한 생명력을 나타낸다. 이런 분위기는 '뿌리' '뼈마디' '비탈길' 등 된소리와 거센소리의 낱말에 의해 한층 뒷받침될 뿐만 아니라, '간격' '적막' 등 관념적 한자어가 시사하는 어감과 시각적인 차원의 강인함에서 엿볼 수 있다.[20] '보인다'는 반복적인 서술어는 '비탈길'과 병치시킨 '별'의 이미지를 통해 미래지향적인 희망을 암시한다. 이런 지사적 강인함은 다사다난한 삶의 경험과 축적에서 체득한 결과라 할 수 있다.

> 꺾이지 마라
> 늘어진 가지야
> 全琫準의
> 혁명처럼 꺾이지 마라.
> 춥고 어두운 겨울을
> 견딘 버들아
> 봄 추위가
> 아직은 골목에 남아 있지만
> 맨 먼저 눈뜨거라
> 춤추거라
>
> — 임강빈의 「버들」 부분 —

---

19) 이건청, 『한국 현대시인 연구』, 새미, 2004, 309쪽.
20) 하현식, 『한국시인론』, 백산출판사, 1990, 610쪽.

'버들'에 투영된 시적 화자의 명령투 어조는 타자를 향한 것이 아니라 스스로를 향한 자아 의지의 강직한 목소리이다. 비록 늘어질지언정 꺾일 수 없다는 자아 의지는 춥고 매서운 바람을 거뜬히 견뎌낸 버들의 모습이다. 화자는 동학의 함성이 하늘에 치닫듯이, 버들을 향해 '맨 먼저 눈뜨거라'고 재촉하지만 벌써 '전봉준'의 푸른 눈매는 눈망울을 터뜨릴 준비를 하고, 더 나아가서는 맨 먼저 초록의 춤을 추는 자태를 보이는 것이다.

> 芭蕉는 춥다
> 창호지 한 겹으로
>
> 왕골자리 두르고
> 三冬을 난다.
>
> 받쳐올린 天井이
> 갈매빛 하늘만큼 하랴만
>
> 잔솔가지 사근사근
> 눈뜨는 밤이면
>
> 웃방에 앉아
> 거문고 줄 고르다.
>
> 芭蕉는 역시 춥다.
> 시렁 아래 小盤머리.

— 박용래의 「自畵像」 전문 —

박용래(1925~1980)의 시 경향은 현대 도시문명을 떠나 일상적 삶 속에서 잊혀지고 사라져가는 하찮은 사물이나 자연에 대한 관심과 통찰을 통해 향토미에 발붙여 살아온 토착인의 삶을 소묘적 기법의 간결한 이미지, 반복과 병렬의 리듬으로 묘사한다. 이육사의 「파초」를 연상시키는 이 작품은 일체의 화자의 주관적 감정이 배제된 채 객관적인 상황묘사로 추운 겨울과 밀폐된 시·공간을 통해 서정적 자아의 현실상황을 반영하고 있다. 남국에서 옮겨 심어진 '파초'는 이국 땅에서 적응하는 데 쉽지 않기에 일상적 삶에서 느끼는 화자의 정신적 외로움과 추위를 나타내는 객관적 상관물이다.

더운 곳에 있어야 할 아열대산의 파초가 엷은 '창호지 한 겹'과 왕골을 굵게 쪼개어 엮어 만든 '왕골자리'를 두르고 한겨울을 지낸다는 자체가 이국적 우수의 숙명성을 지닐 수밖에 없다. 매서운 추위에 처한 파초와 동반자격인 시적 화자가 차가운 방에 앉아 거문고를 타기 위해 줄 고르는 모습 또한 한 치의 흔들림 없는 고고한 모습이다. 추위뿐만 아니라 화자가 처한 현실공간의 '받쳐올린 天井', '시렁 아래 小盤'에서 궁색하고 가난한 삶을 연상할 수 있다. 그러나 그는 이런 삶에 대해 어떤 불편이나 불만을 토로하지 않을 뿐만 아니라, 물질적 욕망을 추구하지 않고 안분자족하는 마음비움의 태도를 보인다.

옛날부터 廉恥는 재물로부터 자신을 완벽하게 소외시키는 것으로 중요한 선비의 조건이 되었다. 그것은 재물이 선비가 이상으로 삼는 삼강오륜을 해치는 직접적인 요인으로 보았기 때문이다. 선비가 염치를 모르면 부귀영달을 구하는 데 부끄러움을 모르게 되고 풍속은 날로 훼손되어 나라의 기강이 흩트러진다. 선비의 궁극적 삶의 가치는 따뜻히 입고 배부르게 먹는 것이 아니며, 세상을 올바르게 가르치고 풍속을 두텁게 하는 것이다. 때로는 비타산성(非打算性)이 비생산성과 가난의 요인으로 지탄받기도 했지만, 생산이 물질적 차원인 반면에 선비사상의 비타산성은 정신적 차원이므로 꼭 정신적 가치가 물질적 손해를 가져왔다고 단정할 수 없는 것이다.

5 ▌ 결론 ▌

선비는 한 시대의 이념적 기준을 밝혀 정치·사회·문화를 선도하는 인격자로서 그 사회가 지향하는 올바른 방향과 이상을 구현하는 데 중추적인 역할을 담당하였다. 그들은 백성들을 가르치고 다스리기 위해 문물제도를 확립하고 학문과 교육을 발전시켰다. 선비가 대의명분을 지킨다는 것은 지조나 의리뿐만 아니라 탐욕에 젖지 않고 안분자족하는 마음자세로 고고한 정신과 부끄럽지 않은 삶을 살고자 노력하는 것이다. 본고에서 다룬 선비정신이 지역 시인들의 작품 속에 어떻게 투영되었는지 정리해 보면,

첫째, 우국애민의 구국정신으로, 나라가 외침으로 위기에 처하거나 식민지 하에 있을 때 충절로써 조국의 안위와 독립을 위해 희생하며 헌신하는 것이다. 이런 사상은 「한나라 생각」, 「그 날이 오면」, 「껍데기는 가라」, 「칠백의총」, 「계백의 아내」 등에서 엿볼 수 있다.

둘째, 안분자족의 삶과 탐욕스런 현실비판으로, 세속에 영합하지 아니하고 초탈한 자세로 자연 속에서 안빈낙도의 삶을 영위하거나 왜곡되고 탐욕스런 현실사회와 정치를 비판하는 내용이다. 이런 경향은 「정」, 「머얼리」, 「산에서·2」, 「소부허유전」, 「지치장」, 「입동」 등에서 엿볼 수 있다.

셋째, 지사적 면모와 강인한 생명력으로, 어떤 상황에서도 기대거나 굴복하지 아니하고 확고한 신념에 따라 행동으로 옮기는 것이다. 그리고 끊임없는 자기 절제와 수양을 통해 인격 완성을 도모하며 실천궁행하는 것이다. 이런 경향은 「靑史」, 「동목」, 「풍요조」, 「자화상」 등에서 엿볼 수 있다.

생태시의 현황과 전망

1 ▌ 생태 시문학의 현황 ▌

자연과학의 한 분야였던 생태학(ecology)은 고대 그리스의 자연과학이나 18세기 뷔퐁에 의한 박물학, 다윈의 진화론적 생물학 등에서 관련을 찾을 수 있다. 19세기 중엽 헤겔에 의해 처음 사용된 이 용어는 초기에는 동·식물 같은 생명 유기체가 물리적 환경과 맺고 있는 총체적 상관 관계를 연구하는 학문 분야였다. 그러나 1970년대 이후 환경 문제가 본격적으로 거론되면서 인문 사회과학의 성격까지 포괄하는 종합학문으로 자리 잡아 생태철학, 생태윤리, 생태문학으로 확산되었다. 이 생태학은 현재의 환경 위기를 극복하고 미래의 인류와 지구를 건강하게 보존할 수 있도록 모색한다는 점에서 일종의 미래학이라 할 수 있다. 오늘날의 환경 위기는 20세기를 주도해온 서구의 근대적 패러다임의 영향인 과학 발달에 따른 '기술중심주의', 기독교 세계관에서 기초한 '인간중심주의', 경제 성장 위주의 '산업주의' 지향에 따른 결과이다. 그 중에서도 물질만능 추구를 우선시하는 인간 중심의 과학적 세계관은 자연을 하나의 도구 대상으로 보아 무자

비한 착취를 야기시켰다. 특히 생태학이 환경 문제를 본격적으로 다루게 된 것은 1960년대 미국 사회에서 시민운동으로서의 환경운동이 결정적 계기가 되었다. 당시 미국 사회는 2차대전 이후 동서냉전체제의 이데올로기 대립에 따른 거부감이 팽배해 있었고, 시민의식의 성장에 따라 월남전 반대, 뉴에이지 운동 등 다양한 시민운동이 활발히 일어난 시기였다. 그후 유럽에서도 70년대에 들어 지구 생태계의 생존을 위해 노력하는 '녹색당' 출현과 '그린피스' 활동이 활발히 전개되었다. 이러한 분위기에 편승해 생태환경운동이 점차 싹을 트기 시작했다.

한편, 우리나라에서 환경문제가 관심사로 대두된 것은 70년대에 들어서이다. 이 무렵 후기산업사회에 접어들어 산업 발달에 따른 자연 파괴가 가속화되면서 다양한 사회문제가 표출되었다. 인간의 자연 파괴는 또다른 인간의 희생을 야기시켰다. 생태환경은 대기와 토양 오염뿐만 아니라 대기권의 오존층 파괴, 핵방출로 인한 위험이 뒤따르고 있었다. 그러나 이 시기는 경제개발 정책과 산업화 추진의 논리에 밀려 공해나 환경 파괴는 큰 문제가 될 수 없었다. 이 당시 정치적 상황에서 우리의 삶을 지배하던 문제는 3선 개헌, 유신헌법, 5·18 민주화, 6월 항쟁 등으로 이어지는 독재정권과의 싸움이었다. 이런 일련의 사건은 권력층에게는 독재정권 체제를 유지하기 위한 이데올로기 형성으로 작용해 북한과의 대결의식을 바탕으로 한 성장 이데올로기와 같이 응집력을 이루게 되었다. 따라서 환경 문제는 경제성장과 국가 안보에 방해가 되는 인자로 작용하여 무시될 수밖에 없었다. 이런 상황 속에서 문학도 자연 환경보다 계층 간의 갈등, 사회 부조리나 인간의 실존적 삶에 대한 문제가 첨예한 쟁점으로 부각되어 민중문학 쪽에 무게를 두었다. 단지 산업화 시대의 문명 비판적 작품 속에서 환경오염 문제는 부분적으로 다뤄졌다.

그러나 80년대 말에 문민정부가 들어서면서 정치적 상황 변화는 많은 사회 분위기와 여건을 바꾸어 놓았다. 군부독재가 끝나고 민주화가 정착 되면서 사람들은 삶의 질을 고양시키는 데 관심을 두자 정치 이데올로기 는 영향력이 약화되고 경제적 성장에 힘입어 환경 문제가 지대한 관심사 로 떠올랐다. 하천 오염과 잇따른 기름 유출 사건으로 환경오염과 공해 문제가 삶의 절박한 위기로 다가와 정치적인 문제에서 삶의 질에 관한 관심으로 전환이 이루어졌다. 환경 파괴가 인간의 삶에 직접적으로 폐해 를 주는 사건으로 나타나자 환경오염이나 생태계 파괴에 대한 문제가 점 차 중요한 문제로 대두된 것이다. 당시 낙동강 페놀 유출사건이 상수도 식수원의 오염이란 점에서 큰 충격을 주어 생태환경 운동으로 공론화되 었고, 안면도 핵폐기물 처리장 건설 반대 운동이 민중의 승리로 끝나 시민 운동으로 자리잡았다. 그 후 환경보호나 공해추방 운동을 위한 민간단체 들이 생겨나게 되었고, 그런 운동이 일상적 삶에 스며들게 됨으로써 환경 에 대한 일반인들의 의식이 새롭게 인식되었다. 환경운동이 1980년대는 민주화 운동의 일환으로, 1990년대는 중요한 사회운동으로 전개되었다.

90년대 들어 신문·방송의 대중매체들이 환경운동에 관심을 가지면서 환경문제는 대중성을 지니게 된다. 이때부터 문학 분야에서도 생태 환경 에 대한 관심과 글쓰기가 본격적으로 시작되어 이동승의 "독일의 생태시" (『외국문학』, 1990), 창비 주최 "생태계의 위기와 민족 민주 운동의 사상" (1990) 좌담회, "생태환경 시와 녹색운동"(『현대시』, 1992. 6.), "생태환경과 오늘의 시"(『현대시학』, 1992. 8.) 등 다양한 특집기획이 구체화되었다. 그리 고 격월간 환경전문지 『녹색평론』(1991. 10.), 고형렬의 환경시집 『서울은 안녕한가』(1991), 고진하·이경호 편 사화집 『새들은 왜 녹색별을 떠나는 가』(1991) 등이 발간되어 우리 문학에 생태환경 문제를 구체화하는 데 큰 활력소가 되었다. 이 외 김성곤·이경호·이광호·송희복·이건청·최 동호 등이 평론에서, 이남호·정현기 등이 소설에서 생태환경 문제를 본격적으로 거론했다.

  '문학생태학'이란 용어는 미국의 조셉 미커(Joseph W. Meeker)가 1970년대에 처음 사용한 후 생태시·생태소설·생태페미니즘·생태미학 등 다양한 개념으로 분화되었다. 이 생태문학은 1990년대 이후 토론회·학술대회·강좌 등이 활발히 전개되면서 본격적으로 자리 잡은 가운데 오늘날은 환경문학·녹색문학·자연문학·생명주의 문학 등이 광의의 개념과 혼용해서, 하위 개념으로 환경시·자연시·생태시·생명시·생태환경시 등 다양하게 사용되고 있다. 이처럼 개념 정의가 포괄적이고 다양한 것은 환경 문제가 워낙 광범위하고 생태학이란 학문 자체의 성격이 다양하기 때문이다.

  생태학이란 모든 생물 상호간의 관계 및 생물과 환경과의 관계성을 구명하는 학문이다. 모든 우주 존재는 서로 유기적인 관련을 맺고 있기 때문에 어느 하나가 파괴되면 계속해서 연쇄반응을 일으켜 전체가 불완전한 상태에 이른다. 따라서 모든 존재는 생성에서부터 고유한 가치성을 지니며 서로 평등한 것이다. '생태문학'은 생태학적 문제의식을 다룬 것으로 근대문명과 과학 기술에 따른 부작용에 비판적 태도를 취하면서 인간과 자연의 총체성을 지향하여 생명에 대한 환희와 희망, 대상의 본질을 투시할 수 있는 안목을 나타낸 것이다. '환경'은 인간중심주의 사고로서 자연과 우주 생명체를 인간을 위해 존재하는 종속적·주변적 객체 대상으로 파악하는 것으로서 생물을 둘러싼 외적 조건을 뜻한다. 따라서 '환경문학'은 주변의 환경오염이나 파괴 문제를 넘어서서 궁극적으로 인간의 생활 방식 및 욕망의 문제까지 포함한다. '녹색문학'은 환경문학·생태문학·자연문학 등을 포함시키는 포괄적 개념으로 극단적인 심층생태학적 입장을 지닌다. '자연문학'은 생태 환경에 대한 인식이 없이 단지 자연을 대상으로 한 문학이라는 개념으로 소박하고 포괄적인 의미로 정의된다.

대상물로서의 자연은 생태 환경의 위기 표출에 한계가 있다. '생명주의 문학'은 우주의 순환성, 관계성, 신비성 등 우주 생명적 세계관의 관점에서 생명의 본질과 가치를 추구하는 명칭으로, 김지하의 생명사상에 의해 보편화·이론화되었지만 그 개념이 너무 광의적이다. 환경문학이나 생태문학은 자연과 인간, 인간과 문명의 관계에서 인간이 강조된 입장이다.

그러나 오늘날 생태계 파괴로 인한 삶의 위기가 인간에게만 국한되지 않고 모든 생명체의 존폐에 관련된다는 점에서 생명문학·생명시의 명칭을 사용하기도 한다. 특히 이 '생명' 개념은 김지하 시인이 '생명문학론' '생명시학'이라는 용어를 사용하듯이 그의 생명사상에 바탕을 둔 것으로, 인간은 물론 광물까지 포함해서 우주를 생명이 충만해 있다는 커다란 유기체적 통일로 보는 것이다. 그는 환경 위기의 시대에 동학사상을 밑바탕으로 생명 존중의 논리로써 위기를 극복하고 바람직한 가치관을 세울 수 있다고 본다. 따라서 '환경'은 인간중심적이라는 점에서, '생태'는 생태학이 무기물의 생명성을 인정하지 않는다는 점에서 각각 한계가 있으므로 '생명'이라는 용어 사용을 주장한다. 그러나 이 생명론은 인간 외 모든 존재에까지 사랑과 존중으로 이어지지만 어느 정도까지 존재의 생명성을 인정할 것인지의 한계가 있다. '녹색'은 생태나 환경에 비해 참신하지만 너무 포괄적인 영역에까지 확대되어 정치적·상업적(녹색당, 녹색운동연합) 성격을 지닌 느낌이 든다.

1990년대 이후 생태학은 다양한 철학적 기반을 바탕으로 심층생태론, 사회생태론, 생태페미니즘 등으로 다양하게 발전하였다. '심층생태학'은 자연 현상이란 생명체의 상호의존성을 바탕으로 모든 생물의 본질적인 가치를 인정하는 데에서 출발한다. 인간도 자연의 일부이기 때문에 인간 중심주의의 경제 발전이나 성장에 치중하기보다 생태 환경 보존에 관심을 갖자는 것이다. '사회생태론'은 사회학과 생태학을 접목시킨 이론으로 머레이 북친(M. Bookchin)이 체계화하였다. 심층생태론이 생태 위기를 인간 중심의 탓으로 돌린 데 비해, 사회생태론은 더 나아가 인간에 대한 인간의 억압이나 착취와 같은 지배나 경쟁적인 시장 이데올로기에서 그 원인을 찾고 있다. '생태페미니즘'은 마르크시즘의 영향을 받아 사회의 지배가 자본과 계급에 의해 이루어진다는 전제하에 남성의 가부장적 억압이 모든 지배와 착취의 원형이라는 것이다. 따라서 생태계의 파괴를 가져온 지배와 피지배의 구조를 해체함으로써 자연의 조화와 균형을 회복하자는 것이다.

생태학적 세계관은 서양의 근대주의적·인간중심적인 것이 아니라 동양적·자연중심적인 가치관에 바탕을 두는 것이다. 인간은 지구 생태계의 한 부분으로서 그 생태계의 유기체계적인 법칙에 종속된 존재이다. 이 가치관은 동양의 일원론적 세계관으로서 인간과 자연의 조화와 공생의 합일을 지향한다. 이런 태도는 문학에서 서정시가 지향하는 자아와 세계의 동일성, 즉 인간과 자연의 합일 상태를 추구하는 면과 일치한다. 이런 조화와 합일의 원시적 사고가 과학 문명이 발전하고 이성주의와 합리주의적 가치관이 자리 잡으면서 개체론적 입장으로 변했다. 개체론적 사유란 나와 대상을 분리해 파악하는 인식 태도로서, 인간과 자연, 인간과 사회, 인간과 인간의 소외와 단절감을 가져왔다. 그러므로 같은 인간을 경쟁의 대상으로, 자연을 도구나 목적 가치의 대상으로 인식한다. 그러나 관계론적 사유는 자연을 비롯한 모든 생명체가 인간의 가치 평가와는 다르게 그 존재 자체의 고유한 내재적 가치를 지니므로 서로의 관계 속에서 생명력이 발현된다. 자연을 구성하는 모든 존재는 부분과 전체, 전체와 부분의 유기체적 관계 속에서 각각 고유한 가치를 지니며 함께 참여하는 것이다.

생태환경은 인간의 물리적 자연 환경뿐만 아니라 심리적·사회적 환경까지 포함한다. 인간은 사회적 동물이므로 물리적 환경 요소만으로 행복을 추구할 수 없고 사회적 환경 속에서 다양한 구성원 간의 유기적인 관계를 통해 심리적·경제적 만족감을 느끼며 자아실현을 추구하는 것이다. 그런데 오늘날 생태환경 파괴는 인간 중심의 오만과 탐욕, 소비 지향적 삶에서 기인한 것으로 인간의 존재 자체를 부정하는 심각한 현실 문제로 다가왔다. 이런 심각한 위기의 현실에서 우리의 생명이 파멸로 침식당하고 있는데도 남의 일인 양 방관하고 있다. 그러나 환경오염과 생태계 파괴 문제는 더 이상 회피하거나 간과해 버릴 수 없는 현안으로 대두되고 있으므로 문학인에게 중요한 관심사가 아닐 수 없다. 이제 환경 문제는 인류의 미래를 가늠하는 심각한 논의의 대상이 되고 있다.

따라서 환경 회복의 대안으로서 무엇보다 중요한 것은 인간중심주의에서 벗어나 수평적인 관계로서 인간과 자연 사이를 재정립해야 한다. 그리고 생태계 위기에 대한 근본적인 원인과 문제의식의 반성 위에서 인간의 삶을 발전시켜야 한다. 단지 미시적 차원에서 눈앞의 공해나 오염 문제를 고발, 비판하는 차원에 그치지 않고 모든 생명 현상과 사물들 사이의 근본적 관계에 대한 깊이 있는 탐구가 이뤄져야 한다. 단지 전원문학, 자연친화적이라는 표피적인 소재주의에 국한시키지 않고 오늘의 생태위기 현상에 대한 의식이 전제조건이 되고 우주의 섭리를 순환의 정서로 인식해야 한다. 이 생태학적 문제의식이란 환경 위기의 심각성을 인식하고 그 원인에 대한 근본적인 분석과 반성이 뒤따르며, 더 나아가서는 인류뿐만 아니라 지구의 건강한 미래를 모색해야 할 것이다.

2 ▌ 생태시의 유형 ▌

생태시는 현대문명 사회에서 모든 유기체 간의 관계를 바탕으로 생태 환경의 파괴에 대한 위기의식을 다루거나 바람직한 생명의식 중심의 생태 환경에 대한 지향점에 초점을 두어야 한다. 그렇다고 생태 환경 문제의 목적의식에 치우쳐 현실 상황을 그대로 노출시키거나 고발과 비판이 앞서다 보면 시적 형상화 측면에서 문학성이 떨어질 수 있다. 따라서 즉흥적 감흥이나 직관에 의존하지 않고 고도의 심미적 상징 기법이나 참신한 비유적 표현, 구어적인 일상성을 과감히 활용하여 다양한 제재를 적절히 변형시켜 표현해야 한다. 아울러 생태학적 관점에서 인간과 자연의 관계, 생명의 신비에 대해 탐구하며 과학적 사고와 시적 사유를 통해 생명 현상을 이해해야 한다. 오늘날 생태시 유형은 주관적 관점에 따라 다양하게 나눌 수 있겠지만, 본고에서는 편의상 네 가지 유형으로 나누어 변별성을 천착할 것이다. 즉 ① 문명 비판적 입장에서 환경오염과 생태계 파괴 고발, ② 건강한 생명력의 뿌리와 자연조화의 균형미, ③ 자연의 섭리와 생명사상, ④ 가부장적 사고 극복의 생태 페미니즘 등이다.

1) 문명 비판적 입장에서 환경오염과 생태계 파괴 고발

오늘날 급속도의 경제 개발과 문명화에 따른 환경 파괴 현상은 전인류의 위기로 다가오고 있다. 이산화탄소에 의한 지구 온난화, 오존층 파괴, 산성비와 사막화 현상, 에너지 고갈 등은 전지구적 차원에서 절박한 환경 위기의 봉착이라 할 수 있다. 이런 원인은 궁극적으로 인간 중심적인 이기적 사고가 자연을 무분별하게 개발하고 착취하면서 야기되었다. 그러다보니 인간들 사이의 관계뿐만 아니라 인간과 세계, 자연이 대립적 관계로 변모해 일체감이 사라졌다.

> 무뇌아를 낳고 보니 산모는
> 몸 안에 공장지대가 들어선 느낌이다.
> 젖을 짜면 흘러내리는 허연 폐수와
> 아이 배꼽에 매달린 비닐끈들.
> 저 굴뚝들과 나는 간통한 게 분명해!
> 자궁 속에 고무인형 키워온 듯
> 무뇌아를 낳고 산모는
> 머릿속에 뇌가 있는지 의심스러워
> 정수리 털들을 하루종일 뽑아낸다.

— 최승호의 「공장지대」 전문 —

이 시는 전체적으로 원관념과 비유적 이미지가 유사한 형태로서 인간의 생명성과 문명의 이기인 무생명성이 대조를 이루고 있다. '젖'과 '폐수'는 액체로, '탯줄'과 '비닐끈'은 긴 끈으로, 남성과 '굴뚝'은 돌출의 속성으로, '태아'와 '고무인형'은 인간의 형상으로 각각 유사하다. 이것은 공장지대로 상징되는 산업문명의 폐단으로 인해 젖, 탯줄, 남성, 태아 등의 생명적 이미지가 폐수, 비닐끈, 굴뚝, 고무인형과 같은 산업사회의 생산물이나 폐기물처럼 변화되었음을 뜻한다. 환경과 생태계를 생각하지 않은 외형적 발전은 물질적 풍요와 안락한 생활을 누리지만 불행과 고통을 가져올 수 있다. 각종 산업폐기물과 화학물질 배출에 따른 환경 호르몬의 부작용은 자연 생명체에 각종 기형적인 현상을 야기시켰다. 공장지대에서 '무뇌아' 출생은 현대산업사회의 폐해로 인해 인간의 생명이 위협받고 있음을 뜻한다. 산모가 자신의 몸 안에 공장지대가 들어서서 '고무인형'을 생산해 낸다는 사물화된 인식은 더 이상 인격체로서의 가치를 상실한 것이다.

산모의 유방에는 생명의 양식인 우유 대신 '폐수'가 흐르고, 영양분을 공급하는 '탯줄'은 '비닐끈'으로 비유되어 환경오염의 심각성을 보여준다. 게다가 산모가 공장의 '굴뚝'과 간통했다는 괴기적 표현은 종말론적 파멸의 이미지를, '정수리 털들을 하루종일 뽑아'내는 산모의 처절함은 비극적인 현실 앞에 절망할 수밖에 없는 우리의 처지를 극명하게 보여준다. 공장지대에서의 모태는 정상적이 아닌 기형적인 문명과 죽음의 세계이다. 대량생산을 통해 풍족하고 안락한 생활을 영위하기 위한 인간의 욕망이 결국 우리 자신을 문명의 노예로 만들어 스스로 파멸의 길을 걷게 만들었다.

> 등이 굽은 물고기들
> 한강에 산다
> 등이 굽은 새끼들 낳고
> 숨막혀 헐떡이며 그래도
> 서울의 시궁창 떠나지 못한다
> 바다로 가지 않는다
> 떠나갈 수 없는 곳
> 그리고 이젠 돌아갈 수 없는 곳
> 고향은 그런 곳인가

─ 김광규의 「고향」 전문 ─

생태계가 파괴된 심각한 상황이 간결하면서도 담담하게 직설적으로 묘사되었다. 한강에 사는 등 굽은 물고기는 기형 상태의 새끼들을 낳으며 비참하게 살면서도 보금자리를 떠나지 못한다. 이런 기형어들의 모습은 이미 우리 삶의 터전이 오염되어 있고 불확실한 인류의 미래가 위험에 직면해 있음을 뜻한다. 떠날 수 없는 '고향'은 모든 생명체가 뿌리내리는 존재의 근원이자 영원한 안식처이다. 물의 원형성은 생명의 탄생과 죽음이며 정화의 의미가 있다. 이 죽음은 생태계의 순환 질서로서 새로운 탄생을 내포한다. 그러나 오염된 물은 죽음과 파멸의 의미를 지닌다. 따라서 이 '한강'은 생명력을 상실한 죽음의 공간이다. 물고기는 본래 깨끗한 물 속에서 생명력과 신성, 풍요를 상징하는 생물이다. 그러나 폐수에 오염된 물고기는 이 모든 것을 상실한 상태이다. 물고기는 '시궁창' 같은 폐수로 오염된 공간에서 기형으로 '등이 굽은' 새끼들과 같이 죽어가고 있다. 그런데 이 '고향'은 '떠나갈 수 없는 곳'이지만 동시에 돌아가고 싶어도 돌아갈 수 없는 곳으로 안식처를 상실한 현대인의 비극적 인식을 반영한다. '고향'은 떠날 수 없지만, 또한 현재 존재하지도, 돌아갈 수도 없는 곳으로 변해버렸다. 따라서 상상력을 통해 고향과 일체감을 느낄 수 있었던 과거의 회복 의지는 비극적인 소망에 그치고 있을 뿐이다. "물고기는 죽거나 말거나/ 중금속 폐수에 맹독성 농약과 개숫물/ 지천으로 흘러들거나 말거나/ 비오디 피피엠은 끄덕없이 버틴다"(이형기의 「비오디 피피엠」)처럼 합성세제의 다량 유입, 공장에서 배출되는 폐기물, 토양에 사용된 화학비료 등으로 인한 비오디(생물화학적 산소 요구량) 수치의 상승은 물고기가 제대로 숨 쉴 수 없는 죽음의 공간을 만든다.

> 얼음 우에 댓잎자리 보아
> 님과 나와 얼어죽으려고
> 한 겨울 이 밤 더디 새라 했더니
> 그리하여 가슴저미는 사랑 노래
> 애절한 꿈으로 하나 남기려 했더니
> 아서라 말아라
> 대는 바야흐로 지구 온난화 시대
> 거대한 그 온실 안에서는
> 아무데도 얼음이 얼지 않는구나
> 아희야 댓잎자리 치워라
> 님과 나와 택시 잡아타고

> 포근한 러브 호텔
> 침대로 가리라

                                        ─ 이형기의 「신만전춘」 전문 ─

  이 시는 고려속요인 「만전춘」을 패러디해 오늘날의 가치관의 변화를
대비시켜 나타내고 있다. 「만전춘」은 고려시대인의 진솔한 사랑을 적나
라하게 표현한 작품으로 어떤 시련과 역경도 감수하겠다는 절대적 사랑
의 의지를 표현하였다. 그런데 이 작품에서 화자는 그런 사랑의 가치가
오늘날에는 더 이상 존재할 수 없이 변화되었음을 보여준다. 그 주된 이
유는 우리 삶의 가치관과 인성의 변화 때문인데, 작품 속에서 "아무데도
얼음이 얼지 않"는 것은 지구온난화에 따른 결과이다. 공장이나 자동차에
서 배출되는 이산화탄소나 메탄가스 등은 대기오염을 일으켜 생명체에
호흡기 질환이나 성장장애의 원인이 되고 있다. 문명의 이기로 인한 환경
오염은 지구온난화 현상을 가져와 오존층이 파괴되고, 그로 인해 온도
상승으로 빙하가 녹아 해수면 상승이라는 엄청난 재앙을 가져왔다. 이런
위기의식의 불안감은 현대인의 삶 속에서 영원한 가치성을 지향하기보다
이해 타산적이고 순간적·감각적 욕망이 지배를 한다. 따라서 사랑의 가
치도 영원한 정신적 가치보다 육체적·쾌락적 감각이 만연되는 현상을
가져왔다. 이런 원인은 물질문명의 발달에 따른 물질적 가치관과 물질
지상주의의 환경 파괴가 인간의 생물학적 조건이나 정신적 가치의 훼손
으로 이어진 것이다.

2) 건강한 생명력의 뿌리와 자연조화의 균형미

  초기 생태시 경향은 환경 파괴에 따른 고발적 성격이 강했으나, 점차

생태의식의 변화로 인간의 소외의식 극복이 무엇보다도 중요하다는 점을 강조하게 되었다. 따라서 인간으로서 세계를 지배하고 소유하려는 이기적인 욕망을 버리고 순수한 자연의 부분으로 돌아갈 때만이 세계와의 조화와 화해가 가능하다. 이런 유기체적 세계관이 적용될 때 각 개체는 존재 가치와 존엄성을 보장받아 생태계는 회복되고, 인간과 세계와 자연은 갈등과 소외를 극복해 조화의 관계를 유지할 것이다. 70년대 이후 정현종·정진규의 작품에서 현대문명이나 사회제도, 모순된 이념의 폭력에 의해 왜곡된 인간성 회복에 중점을 두는 것도 이런 경향의 연장선이라 할 수 있다.

> 너 들어 보았니
> 저 동구 밖 느티나무의
> 푸르른 울음소리
>
> 날이면 날마다 삭풍 되게는 치고
> 우듬지 끝에 별 하나 매달지 못하던
> 지난 겨울
> 온 몸 상처투성이인 저 나무
> 제 상처마디에서 뽑아내던
> 푸르른 울음소리
> 너 들어 보았니
> 다 청산하고 떠나버리는 마을에
> 잔치는 아직 끝나지 않았다고
> 그래도 지킬 것은 지켜야 한다고
> 소리 죽여 흐느끼던 소리
> 가지 팽팽히 후리던 소리
>
> — 고재종의 「綿綿함에 대하여」 부분 —

오늘날 농촌 현실은 60년대 이후 근대화 물결에 밀려 갈수록 피폐화되고 있다. 젊은이들이 모두 도시로 떠나버린 농촌은 공동화 현상으로 적막하고 쓸쓸한 분위기이다. 그러나 화자는 절망적인 상황 속에서도 식물적 이미지의 원초적 생명력을 통해 농촌에서의 삶의 부활을 꿈꾸고 있다. 이 생명력은 눈보라와 매서운 삭풍을 이겨내고 푸르른 싹을 틔우는 '울음소리'로 대변된다. 매서운 겨울바람이 '느티나무'에 상처를 남긴다 해도 나무의 생명력은 상처마저 싱싱한 초록빛으로 변화시킨다. 오늘날 산업화·도시화로 '다 청산하고 떠나버리는 마을'처럼 농촌의 공동체는 무너져 버린 상태이지만, 그래도 지켜야 한다는 농민의 의지를 '느티나무'의 생명력에서 찾을 수 있다. 마을 사람들은 위안과 희망을 주는 '느티나무'에서 현실의 삶을 꿋꿋하게 견디며 살아간다. 그들은 물질적으로 풍요로운 삶을 찾아 고향을 등지는 사람들에 비해 오히려 마을을 지키는 느티나무에서 깊은 애정을 느낀다. 이 '느티나무'의 면면함은 초록빛의 시각적 이미지를 통해 의연한 자태로 보이지만 사람들의 가슴을 움직이는 북소리와 울음소리의 공감각적 현상으로 전이되어 마을에 대한 깊은 애정으로 상징화된다. 이 '느티나무'는 이농현상을 노인들만큼이나 안타까워해 '흐느끼며' 마을을 지키는 것이다. 따라서 이 '울음소리'는 느티나무의 고통뿐만 아니라 이 마을의 상처와 아픔이라 할 수 있다.

> 양탄자처럼 부드럽고
> 아름다운 잔디밭 갖고 싶어
> 봄부터 좁은 마당에
> 물을 뿌리고
> 풀을 뽑았다
> 모처럼 애써 가꾸었지만
> 심지도 않은

> 토끼풀 강아지풀 쐐기풀
> 저절로 돋아나고
> … (중략) …
> 그러나 한여름 접어들자
> 잔디와 잡풀이 한데 어울려
> 길고 짧은 잎들이 들쭉날쭉
> 울긋불긋한 꽃들 멋대로 피어나
> 벌과 나비 날아들고
> 메뚜기와 방아깨비 뛰노는
> 짙푸른 풀밭이 되었다.

— 김광규의 「풀밭」 부분 —

‘잔디'와 ‘잡초'는 인간적 가치 기준에 다라 대립적인 개념으로 작용하지만 자연 상태에서 바라보면 똑같이 생명을 지닌 개체로서 그 존재 가치가 있다. 화자는 잔디밭을 가꾸기 위해 풀 뽑는 일에 열중하지만 계속 돋아나는 잡초의 생명력에 지쳐 그만 포기하게 된다. 처음에는 아름다운 잔디밭을 가꾸기 위해 노력하다 지쳐 그대로 잡초밭이 되는 것을 감수했으나, 그것은 잡초밭이 아니라 같이 어우러져 조화를 이루는 ‘풀밭'임을 깨닫고, 그 가치를 인정하게 된다. 화자가 애시당초 생각한 대로 잔디밭만 가꾸었다면 벌·나비는 날아들지 않았을 것이다. 그러나 ‘잔디'와 무수한 ‘잡초'가 어우러져 조화를 이룰 때 울긋불긋한 꽃들이 피고 벌·나비가 날아드는 자연의 섭리를 깨닫게 된다. 잔디만 살아야 하는 밭이란 인위적인 인간적 가치관이 만들어낸 산물이다. 이 잔디는 사람에 의해 가꿔지고 아름답게 치장되는 특권을 얻지만 어느 정도 자라면 잘리는 운명을 감내해야 한다. 따라서 인간이 느끼는 아름다움과 만족도를 인위적인 가치 기준에 국한시키기보다 자연의 섭리에 따라 모든 존재가 어우러진 조화로 볼 때 생태계 파괴 행위는 어느 정도 극복될 수 있을 것이다.

가을 햇볕에 공기에
익은 벼에
눈부신 것 천지인데,
그런데,
아, 들판이 적막하다 ……
메뚜기가 없다!

오 이 불길한 고요 ……
생명의 황금고리가 끊어졌느니 ……

— 정현종의「들판이 적막하다」전문 —

가을 햇볕에 펼쳐진 황금들판은 전통적인 농경사회에서 느끼는 풍요로
움과 아름다움이다. 그런데 이런 공간에서 풍족함을 향유하며 축복받아
야 할 생명체가 빠져 있음은 불완전한 결실의 상태이다. 사람들은 많은
수확을 올리기 위해 맹독성 농약을 사용하므로 메뚜기가 없다. 더 나아가
서는 메뚜기뿐만 아니라 농약을 견디지 못하는 생물은 죽거나 추방당하
지 않을 수 없다. 따라서 인위적인 결실 과정에 나타나는 '메뚜기'의 부재
는 '불길한 고요'를 불러오고, 더 나아가서는 '생명의 황금고리'가 끊어졌
다는 사실로 인식된다. '생명의 황금고리'가 개체성의 존재 사슬에 대한
비유라면, 존재 사슬이 끊어짐은 모든 생태계의 순환고리가 파괴되어 지
구의 안락을 위협하게 된다. 자연의 균형 상태가 인간의 인위성과 농약
살포로 인해 깨어진 것이다. 생태계의 순환고리가 한 단계 끊어지게 되는
것은 결국 총체적 붕괴를 가져올 수 있다. '황금'이란 소중한 것의 대표적
존재성을 뜻한다. 이 황금녘의 풍년 농사와 생명고리를 동일 시선에서
바라보는 화자의 시점은 생명고리가 지닌 가치성을 효율적으로 강조하는
장치이다. 따라서 화자는 메뚜기가 함께 뛰노는 들녘을 꿈꾸면서 생태계
의 조화와 생명성의 소중함을 강조한다.

3) 자연의 섭리와 생명사상

동학사상에 바탕을 둔 김지하의 생명사상은 변화하고 진화하는 우주의 섭리 속에서 생명 현상의 근원적인 실체와 원리를 탐구함으로써 상생의 세계로 나아가는 동적 인자가 되었다. 동학의 養天思想은 모든 만물을 하나의 유기적 생명체로 보는 사유로서, 인간의 삶을 자연의 삼라만상과의 관계망 속에서 바라본다. 이 사상의 생명윤리에서 인간은 주체나 중심이 아닌 권리와 의무, 조건을 가진 존재 공동체의 개별적인 개체 생명으로 인식된다. 인간을 비롯한 모든 개체적 생명은 공동체의 구성원으로서 그 나름대로 보편적 생명력에 따르는 존재 가치를 지니고 있다. 따라서 인간과 자연은 내재적 가치인 도덕성을 각자 부여받았기 때문에 사랑과 공경을 받아야 하는 평등한 존재이다.

생명
한 줄기 희망이다

캄캄한 벼랑에 걸린 이 목숨
한 줄기 희망이다

돌이킬 수도
밀어붙일 수도 없는 이 자리

노랗게 쓰러져 버릴 수도
뿌리쳐 솟구칠 수도 없는
이 마지막 자리

어미가
새끼를 껴안고 울고 있다

　　　생명의 슬픔

　　　한 줄기 희망이다.

- 김지하의 「생명」 전문 -

　　김지하의 생명사상은 동학사상을 바탕으로 모든 존재의 생명을 존중함과 더불어 우주 차원의 섭리에 순응하는 것이다. 그는 인간과 자연을 대립적 관계로 보지 않고 우주 전체 속의 일부로 생각하므로 모든 존재가 종속관계를 탈피해 상호 관련된 관계로 인식한다. 이런 만물에 대한 사랑과 조화의 인식태도는 현실의 갈등과 단절을 아우르는 힘을 지니므로 환경 위기를 극복할 수 있을 뿐만 아니라 올바른 삶의 가치를 가질 수 있다. 우주 전체를 구성하는 각 개체의 존재는 그 생명 질서에 따라 움직이는 것에서 정당성을 얻게 된다.

　　그는 수형생활을 할 때 풀씨 하나가 바람에 날려와 감방 내 벽 틈에 뿌리내리는 것을 보고서 생명의식을 갖기 시작한다. 대수롭지 않게 여겼던 풀씨가 꿋꿋이 싹 트는 자연의 섭리를 통해 모든 생명체가 지닌 생명의 숭고함을 다시 한 번 깨닫는다. 풀씨를 바라보는 것은 한 생명과 생명의 만남으로서 그가 자연의 질서에 순응하는 생명의 원리를 접하는 계기가 된다. 화자는 싹 트는 풀씨의 생명력을 접하면서 떨고 있는 새끼를 품에 안은 어미새와 같은 존재를 인식한다. 풀씨를 바라보는 생명의 떨림은 바로 존재의 떨림으로 살아 있음을 확인하는 것이다. 화자는 고귀한 생명 인식을 슬픔이면서 희망이라고 역설하며, 즉 '캄캄한 벼랑' '마지막 자리'와 같은 절망적 상황에서 한 줄기 희망을 발견한다. 따라서 생명의식은 극한 상황 속에서도 희망을 잃지 않고 절망을 극복하려는 역동성을 지닌다. 희망을 갖지 않는다는 것은 말할 수 없는 존재의 부끄러움이다.

겨우내
외로웠지요
새봄이 와
풀과 말하고
새순과 얘기하며
외로움이란 없다고
그래
흙도 물도 공기도 바람도
모두 다 형제라고
형제보다 더 높은
어른이라고
그리 생각하게 되었지요
마음 편해졌어요
축복처럼
새가 머리 위에서 노래합니다.

― 김지하의 「새봄3」 전문 ―

　겨울동안 외로움을 이겨낸 화자는 우주 만물과 교감하면서 그 속에서
자신의 존재를 인식한다. 그는 외로움을 잊기 위해 인간 관계에 국한하지
않고 '풀' 새순과 대화를 하면서 점차 '흙, 물, 공기, 바람' 등의 존재를
발견하여 그들과 유기적 관계를 맺는다. 이런 관계를 통해 서로 간의 사
랑과 신뢰가 형성되어 화자는 형제애를 느끼고, 더 나아가서는 어른이라
는 공경 대상을 생각하자 마음의 평화를 얻어 외로움을 점차 극복하는
것이다. 이런 상황을 축복하는 양 '새'가 머리 위에서 노래한다. 나와 새가
하나됨은 인간 우월성의 수직적 관계가 아니라 인간과 자연의 수평적 구
조로의 변화를 뜻한다. 이처럼 화자는 인간사에서 느꼈던 외로움을 자연
과의 만남과 교감을 통해 극복하고 있는 것이다.

흔들리는 나무 그림자들과 겹쳐지며
숲길을 걷다 보면,
바람이 애기솔 도래솔들의 파르스름한 머리를
빗질하고 있는 곁을 기분 좋게
지난다

푸른 솔과 내 숨결이, 때로 솔 아래
묻힌 이와 내가
바람의 정다운 끈으로
하나로 이어져 있음을 느낄 때

나는 그이들이 내뿜는
숨결보다 훨씬 더
큰 숨결에 닿아 있는 것이 아닐까

더러, 상처 입은 솔의 벗겨진 밑둥을
벌건 진흙 붕대로 싸매고 있는 손과 악수를 나누고
무심코 하늘을 올려다 볼 때

— 고진하의 「진흙 붕대」 전문 —

생태신학은 기존의 전통신학이 오늘의 생태 위기에 일말의 책임이 있
다는 인식하에서 자연을 어떻게 바라볼 것인가의 문제를 다루기 위해 성
서에 나타난 창조의 의미를 논의하는 데 초점을 맞추고 있다. 이 신학은
자연에 관련된 애니미즘적 종교관이 기독교의 유일신 사상의 영향으로
그 외경심이 점차 사라지자 자연을 창조주의 섭리로서 인식하며 그 의미
를 찾자는 데서 출발한다. 우주만물은 창조주의 의지가 반영된 존재로서
그 나름대로 존재 의미를 지닌다. 인간은 단지 창조주의 피조물로서 청지
기의 역할을 부여받았다. 청지기는 마음대로 자연을 다스리는 것이 아니
라 하나님으로부터 관리 의무를 부여받은 존재이다. 그런데 인간은 이런

역할을 망각하여 자연을 보호 유지하는 것이 아니라 자신의 욕망에 따라 마음대로 착취하고 남용해온 것이다. 이런 태도가 결과적으로 생태계의 위기를 야기시켰다고 볼 수 있다. 이런 점에서 고진하 시인은 자연에 존재하는 하나님의 섭리를 찾고자 노력하면서 기존의 전통신학의 교리에 얽매이지 않고 애니미즘적 시선으로 자연에 존재하는 생명체의 의의를 긍정적으로 수용하고 있다. 위 시에서 화자는 상처 입은 나무의 '밑둥'을 감싸고 있는 '진흙 붕대'를 보면서 생명의 숨결에 동참하는 존재 사이의 관계를 인식한다. 이 '바람'은 숲의 숨결과 자신의 숨결을 이어주는 매개체로서 수평적 관계에서 개체 상호간의 생명을 존중하고 포용하는 유기체적 관계를 반영한다.

4) 가부장적 사고 극복의 생태페미니즘

전통적인 페미니즘이 가부장제사회를 비판하는 데 초점을 둔 여성운동이나 문학이론 중심의 활동이었는데 비해, 생태페미니즘은 생태학적 상상력을 통해 환경 문제를 해결하려고 한다. 문명의 발전으로 인한 생태환경의 파괴는 자연의 일부인 인간의 삶을 파괴시켰는데, 이런 현상에서 가부장제의 여성 억압처럼 자연이 지배와 억압의 대상이었음을 환기시킨다. 따라서 생태페미니즘은 여성성이 남성성보다 우위를 차지하기 위한 것이 아니라, 여성의 삶의 형태가 자연의 생명력과 풍요로움, 조화와 합일이라는 점에서 공동체적 삶을 추구하는 데 초점을 두고 있다.

> 포롯 포롯 움트는
> 저 새싹들
> 산기슭을 온통 불그레 칠해 오는
> 살구꽃 복사꽃이 이 어미다

네 가슴속의 말
네 아들딸들의 해맑은 눈빛
흰구름 둥실 떠가는 저 높푸른 하늘
쉬임없이 흘러가는 강물
네가 딛고 있는 발밑의 흙덩이가
바로 이 어미다
아, 그 말씀 듣고 새겨보니
이 세상에 나를 둘러싸고 있는 모든 것이
내 어머니 아닌 것이 없어라
진작 어머니 품에 안겨서도
그걸 몰랐으니
나는 얼마나 바보 천치인가

— 이동순의 「어머니의 품」 전문 —

 생태주의는 생태계를 그리스 신화의 '가이아'라는 대지의 여신으로 비유한다는 점에서 페미니즘과 관련이 있을 뿐만 아니라 이분법적이고 이성 중심적인 이념에 대해 적대적이라는 공통점을 지닌다. '가이아'는 지구 환경을 물리적·화학적으로 스스로 조절함으로써 건강하게 유지시켜 주는 자기 능력의 기능을 지니고 있다. 페미니즘이나 생태주의는 모두 억압받는 대상, 즉 노동자·여성·자연의 지배 권력에 대항한다는 점에서 공통점이 있다. 생태페미니즘은 전통적 페미니즘이 가부장적 질서를 비판하고 무너뜨리는 데에는 큰 공헌을 했지만 생태계의 문제 해결에는 거의 무관심했으므로 이제는 환경 문제 해결에 앞장서야 한다고 주장한다. 파괴된 자연은 억압받고 착취당한 피지배 계층으로 여성과 동격을 이룬다. 자연과 여성은 똑같이 남성성으로 상징되는 이성 중심의 학문 체계와 근대 개발에 의해 억압받고 희생되었다. 여성이 남성 중심의 가부장제, 유교사상, 각종 사회제도에 의해 억압받았다면, 자연 역시 현대 과학문명과 이성 중심의 개발 논리에 의해 파괴되었다고 할 수 있다. 그러나 자연과 여성성은 조화로운 세계의 화합을 위해 회복·치유되어야 할 대상이므로 지배자와 피지배자라는 이분법적 대립을 극복하여 상호 지속 가능한 실천 방법을 강구해야 할 것이다.

두 인물로 등장하는 시적 화자는 '어머니'와 아들딸인 '나'이다. 어머니의 형태는 인간의 형상이 아니므로 나는 미처 알아보지 못하다 어머니의 외침을 통해 알게 된다. 어머니는 화자에게 '새싹' '꽃들' '가슴속의 말' '아들딸들의 눈빛' '하늘' '강물' '흙' 등 모든 삼라만상이 자신이라고 말한다. 모든 자연현상이 '어미'처럼 생명을 잉태하고 기른다는 합일의 상태이다. 아이들 역시 어머니의 후손으로서 생명의 창조에 일정 역할을 하므로 생명의 끈이 되고 있다. 화자의 어머니는 실제로 현장에 보이지 않지만 그의 세계에 대한 새로운 인식이 자의식적으로 현존성을 자각하게 만든다. 그동안 세상에 존재하는 모든 것이 어머니였음을 모르고 있다가 '어머니의 말씀'을 듣고서야 세상 만물이 어머니라는 것을 깨닫게 된다. 화자가 자연이나 자신의 내면의 소리에 귀 기울이지 않았다면 이런 깨달음을 새삼스럽게 느끼지 못했을 것이다. 따라서 우주만물이 생명의 창조자인 '어미'와 같고, 인간 자신도 그 자연의 일부라는 진리를 깨닫는 것이다.

> 사랑으로 나는 죽어가는 세계의 모든 생명들과 이제 막 태어나는 어린 생명들과 하나가 되고 싶다, 될 것이라고 믿는다, 될 것이다. 사랑으로 나는 나이며 너이며 그들이다. 사랑으로 나는 중심이며 주변이다. 사랑으로 나는 나의 상처의 노예이며 주인이다. 사랑으로 나는 나의 상처를 세계의 상처 위에 겸손하게 포개놓는다. 세계, 나의 아들이며 나의 지아비인 세계의 상처 위에, 나처럼 아프고 불행한 세계의 상처 위에, 가만히, 다만 가만히.
>
> — 김정란의 「사랑으로 나는」 부분 —

시적 화자는 사랑을 통해 살아 있는 것뿐만 아니라 죽어가는 것들까지도 껴안아 하나가 되고 싶어 하고, 더 나아가서는 하나가 되리라 확신한다. 이런 태도는 근본적으로 변화 생성하는 우주의 섭리 속에서 생명의 소멸과 탄생이 순환 반복되는 통합적 세계관에 바탕을 두고 있다. 이 통합적 세계관은 대립과 분리의 역사를 살아온 인간에게 사랑으로 분열과 갈등을 극복함으로써 이해와 화합이 가능하다는 것이다. 사랑만이 상처의 치유가 가능한데, 작품 속에서 상처의 원인은, ① '나'와 '너'의 구분, ② '중심과 주변'의 분리, ③ '노예와 주인' 등의 이분법적인 차별화에 따른다. 이렇게 야기된 상처에 손을 대는 '나'는 아들과 지아비의 관계로 보아 아이 낳은 여성임을 알 수 있다. 어머니로 대변되는 모성성은 일상적 삶 속에서 자신의 아픔도 있겠지만 '가만히' 가족의 불행한 상처 위에 자신을 '포개놓는다'. 그럼으로써 아들과 지아비의 상처가 나의 상처가 되고, 상처가 하나로 될 때 결국 서로 든든한 버팀목이 되고 치유의 희망을 가질 수 있다.

이 외 생태소설로서 70년대 작품으로는 60년대 근대화가 진행되면서 농촌공동체 파괴와 정신적 황폐화 문제를 다룬 이문구의 「관촌수필」, 노동자의 열악한 삶 속에서 환경 파괴가 인간성 파괴로 이어지는 모습을 그린 조세희의 「기계도시」, 인간성 상실 과정을 아이들의 놀이문화 변화 과정을 통해 섬세하게 묘사한 한수산의 「침묵」, 죽은 바다와 황폐화된 마을에서 손자와 외롭게 살아가는 노인의 삶을 다룬 김용성의 「사해 위에서」, 인간의 내면적 가치 파괴가 무엇에 기인하는가의 관점에서 접근한 김원일의 「도요새에 관한 명상」 등이 있다. 특히 「도요새에 관한 명상」은 한 가족 구성원의 구체적인 삶을 통해 공업화·산업화로 인한 환경과 생태계 파괴, 인간성 파괴의 실상을 적나라하게 보여준다. 가족 구성원은

6·25 참전 용사였던 실향민인 아버지, 물질에만 집착하는 어머니, 학생 운동하다 제적당해 고향에서 공해 문제에 관심을 갖는 병국, 용돈을 벌기 위해 죄의식 없이 독극물로 철새를 잡아 파는 재수생 병석 등이다. 당시 지도층이나 기업주는 경제 성장에 따른 물질적 풍요만을 최대 가치로 두기 때문에 공해나 환경 파괴 문제에는 무관심하다. 이런 상황에서 어떠한 파행적인 삶도 받아들여야 한다는 사실에 아버지와 병국의 비극이 존재한다. 실향민인 아버지의 삶이 동족상잔의 분단으로 훼손되었다면, 큰아들 병국의 삶은 공장 폐수로 인해 죽어가는 철새처럼 개발 독재의 폭력에 희생당한다. 어머니는 유일한 가치 척도가 물질이기 때문에 남편이나 아들의 도덕적 신념이나 이상은 무의미하고 사치스러울 뿐이다.

80년대 이후 작품으로는 열악한 작업 환경으로 인해 자신의 건강과 삶이 파괴되는 모습을 다룬 김원일의 「따뜻한 돌」, 정찬의 「산다화」가 있고, 환경 위기와 그 피해로 인해 가족공동체가 파괴되는 문제를 다룬 정도상의 「겨울꽃」, 우한용의 「불바람」, 문순태의 「낯선 귀향」, 최성각의 「약사여래는 오지 않는다」, 한정희의 「불타는 폐선」, 한승원의 「누이와 늑대」 등이 있다. 「따뜻한 돌」은 열악한 작업장에서 독극물 중독에 따른 임신 중독증으로 기형아 출산과 생명 위독의 경고를, 「산다화」는 도금공장에서 일하다 카드뮴 중독으로 죽기까지의 고통스러운 삶을 다루었다. 「겨울꽃」과 「낯선 귀향」은 핵 오염으로 인한 기형아 출산과 파괴된 가정의 모습을, 「불바람」은 방사능 오염으로 인한 부부간의 불신을, 「약사여래는 오지 않는다」는 수질 오염 문제를, 「불타는 폐선」은 환경 오염과 황폐화된 삶의 문제를 각각 다루고 있다.

12 샤머니즘과 현대시

1 ▌ 무속의 가치관과 전통성 ▌

무속에서 삶과 죽음은 무엇인가. 그리고 神은 무엇이며 우주라는 것은 어떻게 이해되고 있는가. 그런 것이 나름대로 체계와 이론을 갖추고 있다면 무속이 과연 무교(巫敎)라는 말처럼 종교가 될 수 있는가.

무속에서는 인간의 근원을 영혼으로 본다. 그런데 이 영혼은 영원불멸하므로 인간은 영원한 존재이다. 인간의 육체는 유한적이므로 이승에서 잠시 머물다 죽게 되면 내세인 카오스 세계에 회귀한다는 것이다. 카오스(chaos)는 하늘과 땅의 우주공간이 열리기 이전의 무시공간이므로 존재의 생멸이 없는 무시간의 근원이다. 따라서 무속은 일정한 신앙이 없이 내세를 갖는 것이 일반 고등종교와 다르다.

무속에는 흔히 내세관이 없거나 희미하다고 말한다. 무속은 지나치게 현세 구복적이어서 종교로서의 자격이 미흡하다는 것이다. 여기에는 다분히 서구적인 관점이 개재해 있다. 내세와 구원이 종교의 절대조건이라는 입장에서 보면 무속은 많은 미비점을 지니고 있다. 그렇다고 무속을 미신으로 치부할 것이 아니라 '살아 있는 종교현상'으로서 많은 한국인 사이에 행해지고 있는 구원의 역할을 인정하자는 것이다. 무속은 종교의 속성인 초월성·신성성·궁극성을 갖추고 있다. 그리고 무당이 신령을 모시며 사제노릇을 담당하고, 신도되는 단골은 굿·치성 등의 종교의례를 통해 신에게 간구한다.

일반적으로 종교를 신과의 관계 축으로 보면, 신의 절대적 권위 계율을 인정하고 이원적 사고와 배타적 성향이 강한 '神顯의 종교(theophany)', 절대적이고 영원한 이념이나 어떤 초월적 실재를 믿고 그것과의 조화를 추구하면서 일원론적 사유의 관용성을 강조하는 '聖顯의 종교(hierophany)', 사람보다 월등한 힘을 믿고 그에 대해 복종하고 의존하며 이용하려는 '力顯의 종교(kraphany)'로 나눌 수 있는데, 무속은 바로 역현의 종교라 할 수 있다. 기독교나 이슬람교, 불교가 종교이듯 인간보다 월등한 힘을 가진 여러 유형의 신에 의지해 복을 빌고 액을 쫓는 형태의 신앙도 종교인 것이다. 무속이 미신이라는 매도에도 불구하고 많은 사람들에게 구원의 역할을 행하고 있는 종교 현상으로 인정해야 한다는 것이다.

무속에 나타난 우주는 천상·지상·지하로 구분되는데, 천상이나 지하에도 지상과 같은 세계가 있다는 것이다. 천상에는 天神을 비롯한 日神·月神·星神들이 살면서 우주 삼라만상을 지배한다. 지상에는 인간과 금수 그리고 山神을 비롯한 일반 자연신이 살고, 지하에는 인간의 死靈과 그 사령을 지배하는 冥府神(지옥의 세계)들이 살고 있다. 천상계는 인간이 늘 동경하는 낙원으로 의식주가 풍부하고 병과 고통이 없는 세계이고, 지하계는 사람이 죽어서 가는 곳으로 생전 선악의 공과에 따라 지옥과 낙원으로 구분된다. 지옥은 지하에 있는 암흑계로서 고통과 형벌이 계속된다. 낙원은 살기 좋은 영생의 세계로서 그 위치는 명확하지 않지만 인간이 막연히 동경하는 극락 또는 저승이라는 관념적 공간으로 심상화된다.

　무속에서는 인간의 생사·길흉·화복·질병 등 모든 운명 일체가 신의 뜻에 따라 결정된다고 본다. 이 신은 正神과 잡귀 귀신으로 나눌 수 있다. 正神은 우주의 자연신령, 조상신, 영웅신, 巫祖神(무당의 신당에 모셔지는 신령) 등 인간을 수호해주는 善靈으로 사당이나 굿당의 신당에 모셔진다. 이런 신령들은 이승에서 행복하게 살다가 승천한 영혼으로 선령이 된다. 그러나 악령인 잡귀는 현세에서 고통 속에 살다가 억울하고 원통하게 죽게 된 인간의 혼으로 승천하지 못한 채 악한 귀신이 되어 후손이나 이웃들에게 온갖 불행과 재난의 고통을 끼친다. 조상신은 준비 과장(굿판의 준비단계)에서 친가, 외가의 조상까지 넓게 모셔진다.

　正神에는 우리나라의 하늘, 땅, 산, 바다, 물의 신령을 비롯해 영웅신과 시조신뿐만 아니라 중국의 도교 및 불교신령까지 포함된다. 즉 옥황상제, 일월성신, 산신, 사해용왕 등과 중국에서 유래된 신령인 관운장, 장비, 와룡선생 등과 한국의 토착신이 그 밑에 포함된다. 외부에서 온 신령이라도 우리나라를 돌봐주고 덕을 끼친 신령은 모두 경배의 대상으로 모셔진다. 한국무의 신령은 모든 자연, 나라를 지켜준 영웅, 우리에게 덕을 끼친 외국의 신령, 조상들뿐만 아니라 잡귀마저 포함된다. 이처럼 무당에게 신 내려 모셔지는 신령(몸주신)과 굿의 거리 과장(본격적인 굿판)에서 놀려지는 신령은 무수히 많다. 무속은 많은 신들을 부담 없이 신앙 체계 속에 끌어들일 수 있기에 무속의 신들은 범신론적이고 무소부재한 것이다.

　대다수의 巫人들은 특별한 기준으로 서열을 매기며 자신에게 영험을 주는 데 따라 神位를 써 붙일 뿐만 아니라 형상을 그린 巫人圖를 붙이고 조형물(巫神像)까지 모신다. 원시적 샤머니즘 신앙이 그러하듯, 우리나라의 무인들은 갖가지 자연물과 인간의 상상과 사고에 의해 형성된 대상물에도 영혼이 있다고 믿는다. 무인들은 강신체험에서 보았던 신을 돈독하게 섬기는 경향이 강하다. 어떤 무인은 신내림을 받아 몸이 아플 때 꿈에 동진보살이 나타났다. 그는 도사의 말대로 어느 곳에 가서 선생을 찾아 내림굿을 하고 무당이 되었는데, 그때부터 지금껏 동진보살이 그에게 갖 가지 신통력을 주고 있다는 것이다. 이처럼 대개 무인들은 자신의 무병을 치유할 때 엑스터시(황홀경) 상태에서 보았던 신을 지극히 숭상한다.

무인들은 대체로 자신에게 굿과 점치는 능력을 주는 신을 우선시하는 것이 통례이다. 그런데도 수많은 신을 섬기는 것은 여러 신들이 각자 특 유의 직능을 갖고 있다고 믿기 때문이다. 즉 産神은 아이 출산, 성주신은 가정의 행복과 평안, 당산신은 마을의 안녕, 용신은 해상 안전과 풍어에 각각 고유한 능력을 발휘한다고 믿는다. 무신은 특정한 분야에서 무한한 능력을 갖고 전지전능한 존재로 군림한다. 그래서 무인들은 자신들이 가 장 미더워하는 '몸주신' 외에도 많은 신을 섬긴다. 만일 소홀히 하면 무서 운 고통과 대가를 치르기 때문에 무신들은 공포의 대상이 된다. 무인들이 타지역에 가서 굿을 할 때 그곳의 산신에게 먼저 제사를 드린다거나 굿의 끝무렵 잡귀에게 먹거리를 제공하고 가무로 즐겁게 해주는 것도 이런 까 닭에서이다.

무속세계에서 우주는 원래 혼돈 상태였다가 천지가 개벽되면서 지상에 인간과 갖가지 자연물이 생겨났고, 이를 바로 다스리기 위해 신이 생겨났 다. 찰나적 존재인 사람 위에 갖가지 능력을 지닌 신이 내려다보고 있는 것이다. 무속에서는 인간을 육신과 영혼의 이원적 결합체로 본다. 영혼은 무형의 기운으로 생명의 연원인바 영혼이 육체와 결합될 때 인간 생명체 가 되고 분리되면 죽음인 것이다. 그래서 무속에서는 죽음이 닥치더라도 크게 두려워하거나 걱정하지 않는다. 죽음이란 단지 한 모퉁이로 사라지 는 것처럼 영혼이 분리되어 제자리로 돌아가는 것이다. 기독교의 천당이 나 불교의 극락처럼 위치도 명확히 제시되어 있지 않다. 현세가 이승이고,

그곳에서 조금 떨어진 내세가 저승이다. 삶과 죽음의 거리가 여타 종교에 비해 매우 가까이 있다. '돌아가셨다'는 표현대로 본래의 제자리로 돌아가는 것에 불과하다.

그러나 불교 유입 후 내세에도 극락과 지옥이 있고, 죽으면 일단 영혼의 명부에 가서 十大王에게 생전의 선악과 공과를 심판받는다는 식의 이데올로기가 만연되기 시작했다. 무속은 불교와 기독교처럼 믿음을 통해 구원을 받거나 공과에 따라 극락과 지옥을 가는 것과는 근본적으로 다르다. 고등종교의 경우 생전의 믿음이 내세를 결정하는데, 무속에서는 별다른 믿음이 없어도 자연적으로 저승에 가고, 그것이 안 되면 후손들의 도움으로 가능하다. 망자가 객사를 하거나 억울한 죽음으로 제자리로 돌아가지 못할 때는 망인의 후손들이 굿을 하여 저승에 다다르게 한다. 그만큼 인간적이고 원시적이라 할 수 있다. 그런 면에서 사제의 역할도 무속이 훨씬 강한 편이다. 사제인 무당은 신을 부르고 신과 교통하며 망자를 저승에 보낼 수도 있다. 이런 면은 고등종교의 사제가 단지 인간을 절대자에게 안내하는 매개자 역할을 하는 것과는 큰 차이가 난다.

굿이란 제재괴복(除災拐福)을 신에게 기원하는 것으로, 한 가정이나 마을에 위험한 일이나 어려운 일이 생겼을 때 행해진다. 이런 굿은 치유적이면서도 예방적인 측면이 있다. 이 치유적 의미는 집안의 평안과 복리를 위한 굿, 병을 치유하기 위한 병굿, 망자의 극락왕생을 비는 家祭와 마을의 안녕과 복을 비는 부락제, 무당이 되기 위한 내림굿인 강신제 등으로 나눌 수 있다. 굿을 하는 데에는 반드시 노래와 춤과 음악이 따른다. 특히 춤은 무당이 엑스터시(ecstasy, 탈혼, 忘我) 상태에 몰입하여 접신하는 데 주된 역할을 하는데, 그런 경우는 대개 질병·재난·치병 등과 같은 절박한 상태에 한한다. 굿은 살아 있는 내가 잘되자는 것이다. 망자를 제자리로 보내는 것도 중요하지만, 그 바탕에는 살아 있는 내가 복을 받고 부귀영화도 누리며 오래 살자는 바람이 깔려 있다. 그만큼 현세적이다. 따라서 죽은 자를 위해 행하는 굿은 해원의 기능이 있으면서도, 한편으로는 죽은 자에게 가지고 있던 산 자들의 어떤 앙금과 갈등을 씻어줌으로써 화해와 융합을 꾀하는 것이다. 그럼으로써 살아 있는 자들의 마음에 평안과 안정을 가져다 준다.

일반적으로 무당이 될 때는 신령의 소명을 받아 神病을 앓는다. 신병은 몸이 시름시름 아프면서 신의 꿈을 꾸거나 신의 환상을 보기도 한다. 그리고 식사를 제대로 하지 못하고 냉수만 마시며 정신착란 증세로 집을 뛰쳐나가 배회하기도 한다. 이러한 증상에는 의약 치료가 불가능하다. 이것은 정신의학에서 다루는 병과는 달리 일종의 신비적인 종교 체험이다. 이런 증상은 지금까지 살아온 현실의 모든 질서와 가치 체계를 거부하는 현상이다. 무당은 신병을 통해 신의 능력을 강렬히 체험할 수 있고, 여기서 체험한 신의 능력이 일생동안 그 신을 신봉할 수 있는 계기가 된다. 이런 체험이 신령과 관계 있는 것으로 확인되면 한 무당을 구하고, 그 무당은 그를 위해 내림굿(강신굿)을 주관한다. 그 후 무당은 이제 갓 태어난 애기무당의 神아버지 또는 神어머니가 되며, 애기무당은 그에게서 무의 제관습을 포함하여 굿하는 법을 배우게 된다.

한편, 내림굿 중에 몇몇 신령이 무당 후보자의 입을 통해 확인되는데, 이들은 애기무당의 몸주로서 모셔진다. 애기무당은 내림굿 다음에 자신이 살고 있는 집의 방이나 어느 모퉁이에다 그의 몸주를 위해 神堂을 꾸민다. 그러면 내림굿에서의 인연, 애기무당의 유명한 神占, 기타 다른 기회를 통해 이 무당의 단골이 형성된다. 애기무당은 몸주를 모시며 神父母로부터 굿하는 법을 배움으로써 신접할 수 있는 전문가가 된다. 그래서 무당은 사제, 치병자, 예언자로서 일정한 법도를 지키며 역할을 담당한다. 그는 아침에 일어나면 목욕재계하고 신당에 들어가 무신도 앞에서 신령께 향을 올린다.

무당은 사회와 신도들의 태평안덕과 소원 성취를 위해 중재적인 역할을 담당한다. 그 역할은 사제, 점복자, 재판관, 치병자로서의 기능이다. 신도는 정기적으로 이들 신령들에게 제를 지내고, 문제가 발생하면 무당을 통해 신령을 만나 문제를 예방하거나 해결한다. 무당은 巫의 분화와 더불어 한쪽에서는 왕권에 복속되어 국가를 위한 제의를 담당하였다. 그러나 민중의 사제가 된 무당은 신도들의 종교적 욕구를 충족시키면서 그들 삶의 애환에 위로자가 되었다.

단골의 종교적 행사로는, 집안의 안녕을 위해 단골무당이 행하는 정기적인 것이 있고, 그 밖에 문제가 있을 때는 무당과 상의하여 부적, 치성, 굿 등의 처방을 결정하는 것이다. 단골은 신도로서 집안에다 신령을 모시고 개인적인 종교의식을 행한다. 이들 신령은 무당이 그의 신당에 모시는 신령과는 성격이 다르다. 무당은 그의 수호신인 몸주신(무당이 주로 받드는 신)굿에 등장하는 신령들, 그리고 신부모에게서 물려받은 신령들을 모신다. 반면 단골은 무(巫)의 신령들 가운데 집안과 관련된 신, 즉 祖靈·성주·터주·門神 등을 집안 곳곳에 모셔두고 때와 상황에 따라 의례를 행한다. 단골무당은 단골집에 와서 그 신령들을 일일이 받들어 즐겁게 해주고 공수를 내리는 경우가 있는가 하면, 무당의 처방에 의해 단골이 집에서 홀로 치성을 드리는 경우도 있다. 공수(神託)는 무당이 망인의 넋이 하는 말이라면서 전하는 말이다.

일반적으로 퍼져 있는 巫 신앙의 요소로 점복·부적·세시풍속·통과의례·고사 등을 들 수 있다. 무속이란 인간과 신령과 무당이 함께 굿이라는 제의에서 만나 인간의 문제를 푸는 것이다. 무당은 의식이 진행되는 동안 온갖 신령들을 모셔 받들고 그들을 춤과 노래와 제물로써 기쁘게 해주며, 단골에게 신령의 말을 전해준 다음 신령을 돌려보낸다. 굿은 바로 이들의 만남이다. 굿에는 병굿이 있고, 그것의 약식인 치성의 규모로 치러지는 푸닥거리가 있다. 무속에는 온갖 병에 대한 처방이 있는데 제대로 전승되지 않고 있다. 치병의 병굿은 서양의학과는 달리 무당이 신령의 힘을 빌어 그 병의 원인으로 여겨지는 잡귀를 몰아내고 환자와의 조화를 회복시켜 준다. 무당은 항상 신과 교제하기에 신령의 힘을 통해 인간의 일을 소상히 알아내고 그 앞일을 예측한다.

무속의 종합적 의례 형식인 굿의 목적은 단골이 무당의 도움으로써 신령을 만나 일그러진 집안의 조화를 회복시키는 데 있다. 무당은 굿을 할 때 먼저 제상, 음악, 춤으로 신령을 청한다. 신령이 무당에게 내리면 무당은 단골에게 영험한 계시를 주어 신의 뜻을 전달하고, 그것이 끝나면 다시 감사의 뜻으로 신령을 환대하여 돌려보낸다. 이렇듯 굿은 제의장소의 정화, 조상과 신령을 차례로 모셔 노는 것, 그리고 잡귀잡신마저 배불리 먹여 탈 없이 보내는 3부(준비과장－거리과장(신령 환대와 신탁 내림)－종결과장)의 짜임새로 구성되어 있다. 이런 제의는 현세인 코스모스 세계에서 일어나는 불행한 요소들을 시공을 초월한 카오스 상태에 회귀시켜 전능자인 신으로부터 불행 인자들의 해소를 보장받기 위해 펼쳐진다. 굿의 궁극적 기능은, ①집안 및 국가, 마을의 태평, ②치병, ③영혼 천도, ④조상, 신령 접대라 할 수 있다. 굿에 참여했던 신과 모든 인간은 대립 갈등을 해소함으로써 화합의 상태에 이른다. 무속은 현세의 인간적 행복을 포기하면서 내세의 구원과 복락을 추구하는 것은 의미없다고 본다.

2 ▌ 무속과 현대시 ▌

고대적 제의에 뿌리를 둔 무속은 오랜 세월을 지속해 오면서 수난을

당하고 변모를 거듭하면서 현재에 이르기까지 우리의 내면의식을 지배해
왔다. 이처럼 무속이 오랫동안 우리의 삶에 영향을 미치고 있는 것은 문
화적 현상 및 사회적 기능 때문이라 할 수 있다. 이러한 제요소는 매우
독특하게 인식되어 현대시 속에 주제적·소재적으로 다양하게 나타난다.
따라서 문명화된 현대사회 속에서 무속이 어떤 실체로 살아 있으며, 어떤
기능을 하고 있나를 현대시를 통해 고찰해 보는 것도 의미있는 작업이라
할 수 있다.

> 나는 이 마을에 태어나기가 잘못이다
> 마을은 맨천구신이 돼서
> 나는 무서워 오력을 펼 수 없다
> 자 방안에는 성주님
> 나는 성주님이 무서워 토방으로 나오면 토방에는 디운구신
> 나는 무서워 부엌으로 들어가면 부엌에는 부뜨막에 조앙님
> 나는 뛰쳐나와 얼른 고방으로 숨어 버리면 고방에는 또 시렁에 데석님
> 나는 이번에는 굴통 모통이로 달아가는데 굴통에는 굴대장군
> 얼혼이 나서 뒤울안으로 가면 뒤울안에는 곱새녕 아래 털능구신
> 나는 이제는 할 수 없이 대문을 열고 나가려는데
> 대문간에는 근력 세인 수문장
> 나는 겨우 대문을 삐쳐나 바깥으로 나와서
> 밭 마당귀 연자간 앞을 지나가는데 연자간에는 또 연자당구신
> 나는 고만 디겁을 하여 큰 행길로 나서서
> 마음 놓고 화리서리 걸어가다 보니
> 아아 말 마라 내 발뒤축에는 오나가나 묻어 다니는 달걀구신
> 마을은 온데간데 구신이 돼서 나는 아무데도 갈 수 없다
>
>   ― 백석의 「마을은 맨천 구신이 돼서」 전문 ―

이 시에서 귀신은 온 마을뿐만 아니라 집안 도처에 산재해 있다. 시적

화자는 주위에 귀신이 너무 많기에 공포에 떨며 이 마을에 태어난 것이 잘못이라고 생각한다. 이처럼 귀신이 도처에 자리잡고 있는 것은 만물에 영혼이 있다는 토속신앙의 애니미즘 사상에서 유래하는데, 이것은 자연친화적인 상황과 밀접한 관련이 있다. 다양한 토속신은 공동체 의식 속에서 삶의 공간에 원형적으로 자리잡아 민간의 관습이나 생활 속에 자연히 흡수된 생활 양식이다. 이런 민간신앙은 조직적인 교단이나 교리, 계시, 윤리성이 없으나 민족의 유구한 역사성과 민중의 삶을 동질적으로 담고 있기에 현실을 도외시할 수 없는 것이다.

이 무신들은 무한한 전능의 능력자로 나타나 인간에게 계시를 통해 능력을 인도, 행사한다기보다 고통을 주는 벌로써 신의 뜻을 전달하기에 인간을 보호해주는 선신이라도 공포의 대상이 된다. 따라서 신을 믿고 숭배하는 것은 거룩한 마음보다 신의 의사에 어긋나면 무서운 벌을 받는다는 공포감이 언제나 앞서고 있다. 그런데 누구나 이런 무신들을 쉽게 모실 수 있는 것이 아니다. 무당이 그의 수호신인 몸주신과 굿에서 등장하는 신령들, 그리고 신부모에게서 물려받은 신령들을 모신다면, 단골은 단지 무의 신령들 가운데 집안과 관련된 신, 즉 祖靈·성주·터주·竈王 등을 집에 모셔두고 의례를 행하는 것이다.

이 시에서 "성주님 - 디운구신 - 조앙님 - 굴대장군 - 털능구신 - 수문장 - 연자당구신 - 달걀 구신" 등으로 반복해 이어지는 귀신 이름은 무미건조한 열거 형태로 보이지만 주술적인 주문이나 판소리의 사설조와 같은 리듬감을 자아낸다. 흔히 白石 시에서 서사구조의 이야기시는 유사 내용의 열거와 반복 형태로 민요조, 판소리 사설조의 리듬감을 자아내는데, 이런 기법은 그 당시 김억이나 김소월 시의 민요조와는 다른 실험적 리듬 기법이다.

집안에 거하는 가택신 중 '성주'는 가장 높은 위치에 있으며 집안의 모든 신을 통솔한다. 이 '성주'는 天神이라 지칭하는 '上帝, 玉皇上帝, 上主'에서 온 것으로 추측할 수 있으며, 이것이 가택신으로 변형된 것이라 볼 수 있다. 이 성주신은 가정의 안녕과 재복을 기원하는 신으로 집의 가장 중앙부인 기둥이나 대들보에 모셔진다. 그 형체는 아무런 표시가 없거나 백지를 오려 달아매기도 한다. '데석(제석)'은 재래의 천신이 불교 전래 후 불교 용어가 되어 帝釋으로 부르게 된 것으로 추측하는데, 이 신은 집주인의 운세를 기려 만사형통하게 하므로 매년 2월 집안을 깨끗이 청소한 후 햇곡식을 신접한 단지에 담아 다락이나 창고 안에 모셔둔다. '터주'는 가장 밑바탕을 이루는 地神을 뜻하는데, 土主宅神이라 부르기도 한다. 토지에는 제각기 토지신이 있지만 택지만을 담당하는 신을 '터주'라 부른다. 집을 지을 때 '지신밟기'를 하는 것은 터주에게 복받기 위한 행사이다. '조왕'은 아궁이를 맡은 재산신인데, 아궁이에 불을 땔 때는 생활이 제대로 이루어지나 가난할 때는 불을 때지 못하기 때문이다. 그래서 아궁이에 앉는 것은 조왕 불경에 해당하므로 함부로 아궁이에 걸터앉거나 수리하지 못한다. 이외 악취나는 뒷간을 담당하는 厠神, 우물의 井神, 문간의 守門神, 광의 업신, 장독대의 철융신, 안방 아랫목의 삼神, 윗목에는 조상신 등이 있다.

우리 조상들은 민속신앙이 삶의 일부가 되어 집안에는 家神, 집밖에는 洞神이 있어 가정과 마을을 잘 보살펴 준다고 믿었기에 명절 때 별식을 바쳐 극진히 모셨다. 그리고 집안이 잘되고 못되는 것은 모두 家神에게 달려 있다고 믿었다. 우리 조상들은 이 신들이 서로 뜻이 맞으면 집안일이 잘되고 뜻이 맞지 않으면 알력이 생겨 집안일이 안 된다고 믿으며, 이들 신이 우리를 보살필 때 인간이 편히 산다고 생각했다. 이런 신앙은 인간과 자연이 미분화 상태에 있음을 뜻한다. 자연 속에 살고 있는 인간은 온 마을이 자연 그대로 한 덩어리가 되어 너와 나의 구별이 없이 공동체의 일체감 속에서 협동단결력을 갖는 것이다.

> 산산이 부서진 이름이여!
> 허공 중에 헤어진 이름이여!
> 불러도 주인 없는 이름이여!
> 부르다가 내가 죽을 이름이여!
>
> 심중에 남아 있는 말 한 마디는
> 끝끝내 마저 하지 못하였구나.
> 사랑하던 그 사람이여!
> 사랑하던 그 사람이여!
>
> 붉은 해는 서산 마루에 걸리었다.
> 사슴이의 무리도 슬피 운다.
> 떨어져 나가 앉은 산 위에서
> 나는 그대의 이름을 부르노라.
>
> 설움에 겹도록 부르노라.
> 설움에 겹도록 부르노라.
> 부르는 소리 비껴가지만
> 하늘과 땅 사이가 너무 넓구나.
>
> 선 채로 이 자리에 돌이 되어도
> 부르다가 내가 죽을 이름이여!
> 사랑하던 그 사람이여!
> 사랑하던 그 사람이여!

- 김소월의 「초혼」 전문 -

소월 시에서 죽음은 「옛 님을 따라가다가 꿈깨여 탄식함이라」, 「무덤」 「찬저녁」 「금잔디」 등에서 시적 주제나 소재로 다뤄지고 있다. '사랑하던 그 사람'의 죽음을 모티프로 한 이 시는 형태상 1·2연, 3·4연, 5연 등 3단락, 매연 4행, 매행 3음보 중심으로 구성되어 있다. 전체적인 어조는 영탄과 반복을 통한 절규와 흐느낌의 호곡으로 점철되어 있다. 이 '부서지고 헤어지고 주인없는' 이름은 무속에서 정상적인 사자의 영혼이 될 수 없는 怨靈으로 볼 수 있다. 원령(원귀)은 이승에 남긴 한이 많아 차마 눈을 감지 못해 저승에도 가지 못하고 주위에서 떠돌며 방황한다. 이런 죽음은 무속에서 금기시하는 부정한 상태이다. 그런데 원령이 될 수밖에 없었던 필연적인 이유는 화자가 심중에 남아 있는 그 마지막 말을 하지 못했기 때문이다. 서두부터 시적 화자는 임의 죽음에 대한 충격과 절망을 점층적인 언사와 탄식조의 부호로 반영하면서 비탄과 허무 속에서 점차 그리움으로 향하고 있다. 그는 죽음에 가까운 '산마루'에서 절박한 심회를 애절하게 표현함으로써 엑스터시 상태에서 망자에 대한 상상적 접신 과정을 갈망한다. '떨어져 나가 앉은 산'은 임에게 가장 가까이 갈 수 있는 이승의 마지막 극점으로 이승과 저승의 양극적 공간의 중간지대이다.

원래 '초혼'이란 『禮記』에 따르면, 사람이 죽으면 지붕 위에 올라가 북쪽을 향해 죽은 사람의 이름을 세 번 부르며 '돌아오라'고 하는 皐復儀式이다. 이런 의식은 죽은 사람의 혼을 불러들여 다시 소생시키려거나, 또는 이승과 저승 사이를 이어주며 망자의 혼을 달래주는 진혼의 의도가 깔려 있다. 이 시에서 '혼'의 부름은 영적 세계와의 교통을 통해 죽은 임을 만날 수 있고, 그럴 때 내가 살아갈 수 있다. 그러나 영적 세계의 진입은 쉽게 이루어지지 않는다. 그것은 부르는 소리가 비껴가고 하늘과 땅 사이가 너무 넓기 때문이다. "하늘과 땅 사이가 너무 넓구나"는 죽은 임에 대한 강렬한 그리움을 초혼 형식을 빌어 표현한 것이다. 하늘과 땅 사이의 무한대한 공간은 시적 화자와 죽은 임 사이의 단절감을 나타내는 거리이다. 그런데도 '돌'이 될 정도로 애통한 마음으로 올 수 없는 세계에 있는 임을 부르며 죽음을 초월한 존재에로의 회귀를 꾀하고 있다.

시적 화자는 임에 대한 강렬한 사랑이 현실 벽을 뛰어넘어 자신의 마음 속에 있지만 냉정한 이성이 자리잡음으로써 현실적으로 불가능하다는 것을 인식한다. 그래서 임의 죽음으로 도저히 만날 수 없는 슬픔을 느끼기에 직정적이면서도 격렬한 어조로 임에 대한 그리움을 처절하게 부르짖는다. 이러한 행위는 죽음 속에서 영혼을 불러내어 산 자와 죽은자가 상호 소통하려는 혼교의 주술적 엑스터시 상태를 나타낸다. 이런 혼의 소통이라는 신화적·무속적 상상의 열망은 그리움의 차원에 머물지 않고 불가항력적인 단절의 상황 제시로 인간 존재의 비극성을 부각시킨다. 단지 죽음 자체보다 영적 세계 안에서의 단절감이 더욱 절규의 원인이 되고 있는 것이다.

> 그 누가 나를 헤내는 부르는 소리
> 붉으스럼한 언덕, 여기저기
> 돌무더기도 움직이며, 달빛에,
> 소리만 남은 노래 서러워 엉겨라,
> 옛 조상들의 기록을 묻어둔 그곳!
> 나는 두루 찾노라, 그곳에서,
> 형적 없는 노래 흘러퍼져,
> 그림자 가득한 언덕으로 여기저기,
> 그 누구가 나를 헤내는 부르는 소리
> 부르는 소리, 부르는 소리,
> 내 넋을 잡아 끌어 헤내는 부르는 소리.

- 김소월의 「무덤」 전문 -

영혼은 生靈과 死靈으로 구분된다. 생령은 살아 있는 사람에게 깃들어 있는 영혼이고, 사령은 사람이 죽은 뒤에 가는 영혼이다. 사령은 순조롭게 삶을 살다 저승에 간 祖靈과 객사나 사고로 죽어 저승에 가지 못하고 사람을 괴롭히는 원귀로 나눈다. 조령은 후손들을 위해 좋은 일을 하지만, 원귀는 허공을 떠다니며 끊임없이 후손들을 괴롭힌다. 흔히 살이 낀다고 한다. 그래서 원귀들의 원한을 풀어주기 위해 굿을 하게 된다. 진오귀굿, 오구굿, 씻김굿 등이 바로 사령을 위한 굿이다.

「초혼」이 망자에 대한 구체적 언급이 없이 일방적으로 자신이 부르는 행위만을 보여준 데 비해, 이 「무덤」은 나와 사자(조상) 양쪽의 소통을 전제로 하고 있다. 이 시는 전체적으로 어눌한 어조로서 리듬감은 떨어지지만 의도적으로 쉼표를 자주 사용해 호흡을 조절하면서 단절된 시행 간의 복합적 연결을 꾀하고 있다. 시적 화자는 누군가 자신을 부르는 소리를 듣고 있지만 그 존재는 살아 있는 대상이 아니다. 분명히 자신(나)을 '헤내어 부르는' '서러운 노래'가 들리는데, 돌무더기 속에 울려퍼지는 그 소리는 찾아 볼 수도 없는 '형적 없는' 상태로 주위만 맴돌 뿐이다. 그 소리는 돌무더기를 움직이고 내 넋을 잡아끌어 헤어낼 강렬한 힘을 지니고 있지만 정작 '조상들의 기록'을 찾아내지는 못한다. 그런데도 시적 화자가 환청 현상을 자각하는 것은 옛 조상들의 기록이 묻힌 '무덤'이라는 공간에 처해 있기 때문이다. 精靈의 거주지인 무덤은 삶과 죽음, 즉 이승과 저승의 교차점으로서 조상들의 혼령이 깃든 곳으로 '내 넋'을 부르는 곳이다. 조상은 죽고 없으나 그들이 묻힌 무덤이 있기에 그들의 넋이 나의 넋을 끌어낼 수 있다. 이런 소통은 영적 세계 속에서 영매를 통해 가능한 것이다. 그러나 '옛 조상들의 기록'이란 추상적 관념으로 머물러 화자는 무엇을 두루 찾고 있다.

시적 화자는 무덤에서 시·공간을 초월해 산 자와 죽은 자의 만남을 열망하지만 그리 수월하지 않다. 마치 이승과 저승의 거리만큼이나 소통의 단절이 가로 놓여 있다. 그래서 '부르는 소리'를 주술적으로 반복해 환기시키면서 망자와의 혼교를 시도하며 무덤에서 서성이고 있다. 소리가 들려오는 그곳은 음산하면서도 두려움을 자아내는 불길한 공간이다. 그러나 부정한 속(俗)의 낮 시간이 아니라 속으로부터 성화된 정결한 밤 시간이다. 이 때 신령이 강림할 수 있고, 인간과 소통 화합할 수 있는 것이다. 마치 접신 과정의 샤먼의 모습을 환기시키지만, 화자는 조령으로부터 공수(신탁) 받을 수 있는 무당이라는 중재자가 없기 때문에 조상의 말을 들을 수가 없다. 이런 점은 소월이 幽明의 세계를 넘나들며 소통하려 하지만 언제나 죽음의 벽을 넘지 못하는 한계성에 머물고 만다.

> 그 때에는 왜 그러시는지 나는 아직 미처 몰랐읍니다만, 그분이 돌아가신 인제는 그 이유를 간신히 알긴 알 것 같습니다. 우리 외할아버지는 배를 타고 먼 바다로 고기잡이 다니시던 漁夫로, 내가 생겨나기 전 어느해 겨울의 모진 바람에 어느 바다에선지 휘말려 빠져 버리곤 영영 돌아오지 못한 채로 있는 것이라 하니, 아마 외할머니는 그 남편의 바닷물이 자기집 마당에 몰려 들어오는 것을 보고 그렇게 말도 못하고 얼굴만 붉어져 있었던 것이겠지요.
>
> — 서정주의 「海溢」 부분 —

무속의 死靈祭에서는 祖靈과 같은 死靈이 강신무에게 빙의(憑依)되어, 즉 인간의 소리를 빌어 사자의 말을 한다. 이 시에서는 외할머니에게 외조부의 사령이 빙의되어 나타난다. 빙의는 민속학에서 '씨웠다, 드렸다, 살이 끼었다' 등의 말로 표현한다. 무당은 빙의 상태에서 신의 성격에 따라 역할을 다양하게 한다. 이 때 행하는 것으로 공수라는 신탁이 있다. 환자나 가족은 신탁내릴 때 쌓인 울분과 서러움을 토해내며 눈물을 흘린다. 그러면 무당은 그들의 괴로움을 함께 함으로써 그들이 카타르시스에 이르게 하는 것이다.

　이 시에서 외할머니는 마치 강신무처럼 降神과 靈界를 넘나드는 신비적 체험 속에서 엑스터시 상태에 접하고 있다. 외조부에게 생명의 원천지였던 '바다'는 외할머니에게는 남편의 생명을 앗아간 공포와 증오의 공간이지만 그리운 남편의 혼이 머무는 곳이다. 외할아버지가 바닷가에 살다 이승을 떠나간 바다는 무속의 내세관적인 저승에 가깝다. 이런 자연스러운 내세관은 윤리적·종교적 선악과는 무관하게 외경시, 신성시하는 관념으로 인해 영혼이 왕생하는 곳으로 믿기 때문이다. 외할머니가 '해일'을 남편으로 인식하는 것은 양가적 감정 속에서 모순된 우주원리를 수용함으로써 화해와 포용의 신화적 사고를 지니는 것이다. 이런 태도는 불합리한 현실의 고통과 좌절을 극복할 수 있는 원동력이 되는 것이다.

참 고 문 헌

〈단행본〉

『聖書百科大事典 7』, 성서교재간행사, 1980.

감태준, 『이용악 시 연구』, 문학세계사, 1991.

강영계, 『정신분석 이야기』, 건국대출판부, 2001

강영기, 『한국 현대시의 대비적 인식』, 푸른사상, 2005

강홍기, 『현대시 운율구조론』, 태학사, 1999.

구중서 편, 『신동엽』, 온누리, 1983.

권영민 편저, 『월북 문인 연구』, 문학사상사, 1989.

금장태, 『한국 근대의 유학사상』, 서울대출판부, 1999.

김관식, 『다시 曠野에』(김관식시전집), 창작과 비평사, 1992.

김기종, 『시 운율론』, 한국문화사, 1999.

김달수, 『신약신학과 묵시문학』, 나눔사, 1994.

김대행, 『한국시의 전통연구』, 개문사, 1980.

김대행, 『한국시가 구조연구』, 삼영사, 1979.

김병민, 『신채호 문학연구』, 아침, 1989.

김수경·정끝별, 『한국시의 미학적 패러다임과 시학적 전통』, 소명출판, 2004.

김수영, 『김수영 전집-김수영의 문학』, 민음사, 1997.

김수영, 『김수영 전집-詩』, 민음사, 1997.

김수영, 『김수영 시전집』, 민음사, 1981.

김시태·박철희, 『현대시의 이해』, 문학과비평사, 1990.

김완진 외, 『문학과 언어의 만남』, 신구문화사, 1996.

김욱동, 『은유와 환유』, 민음사, 2007.

김윤식·김현, 『한국문학사』, 민음사, 1989.

김윤태, 『한국 현대시와 리얼리티』, 소명출판, 2001.

김재용 편, 『오장환 전집』, 실천문학사, 2002.

김재홍, 『시와 진실』, 이우출판사, 1984.

＿＿＿, 『한국 현대시인 연구』, 일지사, 1986.

김정용, 『미당 서정주의 시적 환상과 미의식』, 국학자료원, 2003.

김종만, 『나』, 한림미디어, 1999.

김종철, 『시의 역사적 상상력』, 문학과 지성사, 1975.

김충열, 『남명 조식의 학문과 선비정신』, 예문서원, 2008.

김태옥·이현호 역,『담화·텍스트 언어학 입문』, 양영각, 1991.

김현정,『한국현대문학의 고향담론과 탈식민성』, 역락, 2005.

김형효,『노장사상의 해체적 독법』, 청계출판사, 1999.

老子·莊子, 이원섭 역,『中國思想大系 2』, 新華社, 1983.

단재 신채호 선생 기념사업회,『신채호의 사상과 민족독립운동』, 형설출판사, 1986.

도날드 E·고완, 홍찬혁 역,『구약성경의 종말론』, 기독교문서선교회, 1999.

문덕수 외,『한국 현대 시인연구 上』, 푸른사상사, 2001.

문혜원,『한국 현대시와 전통』, 태학사, 2003.

문흥술,『시원의 울림』, 청동거울, 1998.

밀라드 J·에릭슨, 나용화·박성민 역,『인죄론』, 기독교문서선교회, 1993.

밀라드 J·에릭슨, 이은수 역,『종말론』, 기독교문서선교회, 1994.

밀라드 J·에릭슨, 홍찬혁 역,『기독론』, 기독교문서선교회, 1994.

박경수,『한국현대시의 정체성 연구』, 국학자료원, 2000.

박명용 외,『작고 문인 연구』, 대훈사, 1995.

박명용편,『한성기시전집』, 푸른사상, 2003.

박목월,『박목월시전집』, 서문당, 1986

박용래 시전집,『먼바다』, 창작과비평사, 2005.

박용찬,『해방기 시의 현실인식과 논리』, 역락, 2004.

박윤우,『한국 현대시와 비판 정신』, 국학자료원, 1999.

박이문,『노장사상』, 문학과지성사, 1994.

박종호 역,『莊子哲學』, 일지사, 1985.

배영애,『현대시연구』, 국학자료원, 2001.

부르스 핑크, 맹정현 역,『라캉과 정신의학』, 민음사, 2004.

서우석,『시와 리듬』, 문학과 지성사, 1981.

서정주,『미당 서정주 시전집』, 민음사, 1984.

_____,『서정주 문학 앨범』, 웅진출판사, 1993.

성광수,『국어조사에 대한 연구』, 형설출판사, 1980.

송기섭,『한국 현대문학의 도정』, 새미, 1999.

송재영,『문학과 초언어』, 민음사, 1987.

심재휘,『한국 현대시와 시간』, 월인, 1998.

여태천,『김수영의 시와 언어』, 월인, 2005.

오세영,『현대시와 실천비평』, 이우출판사, 1983.

_____,『20세기 한국시인론』, 월인, 2005

_____,『한국 낭만주의시 연구』, 일지사, 1980.

왕대일, 『묵시문학 연구』, 대한기독교서회, 1994.

유성호, 『한국 현대시의 형상과 논리』, 국학자료원, 1997.

윤여탁, 『리얼리즘시의 이론과 실제』, 태학사, 1994.

윤여탁·오성호 편, 『한국현대리얼리즘 시인론』, 태학사, 1990.

윤영천 편, 『이용악시전집』, 창작과 비평사, 1988.

윤지영, 『한국 현대시의 주체와 담론』, 태학사, 2006.

이건청, 『한국 현대시인 연구』, 새미, 2004.

이기서, 『한국 현대시의 구조와 심상』, 고려대학교한국학연구소, 2003.

이명찬, 『1930년대 한국시의 근대성』, 소명출판, 2000.

이상오, 『한국 현대시의 상상력과 자연』, 역락, 2006.

이숭원, 『20세기 한국시인론』, 국학자료원, 1997.

_____, 『노천명』, 건국대출판부, 2000.

_____, 『詩의 아포리아를 넘어서』, 이룸, 2001.

_____, 『한국 현대시 감상론』, 집문당, 1996.

이승복, 『우리 시의 운율 체계와 기능』, 보고사, 1995.

이승하 외, 『한국현대시학사』, 소명출판사, 2005.

이승훈, 『한국 현대시 새롭게 읽기』, 세계사, 1996.

이어령, 『詩 다시 읽기』, 문학사상사, 1995.

이운룡, 『존재인식과 역사의식의 시』, 신아출판사, 1986.

이은봉, 『한국현대시의 현실인식』, 국학자료원, 1993.

이인복, 『문학과 구원의 문제』, 숙명여대출판부, 1983

_____, 『한국 문학과 기독교사상』, 우신사, 1987.

이장희, 『조선시대 선비연구』, 박영사, 2007.

이정민외 2인편, 『언어과학이란 무엇인가』, 문학과 지성사, 1977.

이철수, 『국어형태론』, 인하대출판부, 1994.

이혜원, 『현대시 깊이 읽기』, 월인, 2002.

자크라깡, 권택영 역, 『욕망이론』, 문예출판사, 1994.

장도준, 『한국 현대시의 전통과 새로움』, 새미, 1998.

정끝별, 『패러디 시학』, 문학세계사, 1997.

정순진, 『여성의 현실과 문학』, 푸른사상, 2001.

정영자, 『한국여성시인 연구』, 평민사, 1996.

정진석 편저, 『조남익의 시와 삶』, 오늘의 문학사, 2003.

정한모·김용직, 『한국 현대시 요람』, 박영사, 1974.

정희성, 『踏靑』, 문학동네, 1997.

_____,『돌아다보면 문득』, 창작과 비평사, 2008.

_____,『詩를 찾아서』, 창작과 비평사, 2008.

_____,『저문 강에 삽을 씻고』, 창작과 비평사, 2004.

_____,『한 그리움이 다른 그리움에게』, 창작과 비평사, 2003.

조셉 스미스, 김종주 역,『라강과 자아 심리학』, 하나의학사, 2008.

조셉 캠벨, 이윤기 역,『세계의 영웅 신화』, 대원사, 1989.

조재훈,『오두막 황제』, 푸른사상사, 2010.

조창환,『한국현대시의 운율론적 연구』, 일지사, 1986.

조해옥,『이상 시의 근대성 연구』, 소명출판, 2001

종교교육위원회 편,『현대인과 기독교』, 연세대출판부, 1991.

진순애,『한국 현대시와 정체성』, 국학자료원, 2001.

최현식,『서정주 시의 근대와 반근대』, 소명출판사, 2003.

하현식,『한국시인론』, 백산출판사, 1990.

한명희,『김수영 정신분석으로 읽기』, 월인, 2002.

한영우,『한국선비지성사』, 지식산업사, 2010

홍창표,『하나님 나라와 비유』, 합동신학대학원출판부, 2004.

홍희표 편저,『임강빈의 시와 삶』, 오늘의 문학사, 2003.

Charles I. Glicksberg,『*Literature and Religion*』, Southern Methodist University Press, 1960.

Easthope, A. 이미선 역,『무의식』, 한나래, 2000.

J・예레미아스, 허혁 역,『예수의 비유』, 분도출판사, 1984.

Samuel Weber, *Return to Freud,* Cambridge University Press, 1991.

〈논문・평론〉

고형진,「박용래 시의 형식미학」,『현대문학이론연구』13집, 현대문학이론학회, 2000.

권혁웅,「한국 현대시의 시작방법 연구」, 고려대학교 박사학위논문, 2004.

김동선,「헨리 나우웰의 '탕자의 귀향'을 통해 본 선교의 영성」,『신학이론』27, 호남신학교, 2004.

김문준,「대전지방의 절의정신」,『대전문화』12호, 대전광역시사편찬위원회, 2003.

김봉군,「시와 믿음과 삶의 일치」,『木瓜 옹두리에도 사연이』시집 해설, 현대문학사, 1984.

김시태,「정한모와 휴머니즘」,『한국 현대시사 연구』, 일지사, 1983.

김신정,「고통의 객관화와 '인간'을 향한 희구」,『1950년대 남북한 시인 연구』, 국학자료원, 1996.

김영희, 「김수영 시의 리듬 연구」, 『우리어문연구』31집, 우리어문학회, 2008.

김용희, 「김수영 시에 나타난 분열된 남성의식」, 『한국시학연구』제4호, 한국시학회, 2001.

김종철, 「김수영론」, 『작가・작품론』, 문학과 비평사, 1990.

_____, 「용악-민중시의 내면적 진실」, 『창작과 비평』, 1988 가을호.

김현, 「자유의 꿈」, 『거대한 뿌리』, 민음사, 1978.

김현정, 「서정주 시에 나타난 아버지의 의미」, 『어문연구』 55호, 2007.

나희덕, 「김수영 시의 리듬구조에 나타난 행과 연의 문제」, 『현대문학의 연구』37, 한국문학연구회, 09.

남기택, 「김수영과 신동엽 시의 모더니티 연구」충남대학교 박사학위논문, 2002.

박영우, 「박용래 시 연구」, 중앙대 문예창작과 박사논문, 2001.

박유미, 「박용래 시 연구」, 『한국시학연구』1집, 한국시학회, 1998.

박인기, 「이상의 자아인식」, 『한국 현대시사 연구』, 일지사, 1983.

박주택, 「박용래 시에 나타난 응시와 욕망 연구」, 『한국언어문화』32집, 한국언어문화학회, 2007.

박지영, 「김수영 시 연구」, 성균관대학교 박사학위논문, 2002.

서정학, 「박용래 시의 특질에 대한 고찰」, 『비평문학』25호, 한국비평문학회, 2007.

송기한, 「윤곤강 시의 욕망의 지형도」, 『윤곤강 시전집 1』, 다운샘, 2005.

송재소, 「단재의 시에 대하여」, 『신채호의 사상과 민족독립운동』, 형설출판사, 1986.

신익호, 「이용악 시의 형태구조 연구」, 『한남어문학』 제 26집, 한남대 국어국문학과, 2002.

심재기, 「'영산홍'의 시문법적 구성분석」, 『언어』제1권, 제2호, 한국언어문학회, 1996.

심재휘, 「박용래 시 연구」, 『현대문학 이론연구』23호, 현대문학이론학회, 2004.

오세영, 「설화적 모티프와 그 비극적 진실」, 『한국대표시평설』, 문학세계사, 1983.

유병관, 「육사의 시와 유교적 전통」, 『한국시학연구』 제11호, 한국시학회, 2004.

윤지관, 「영혼의 노래와 기교의 시-이용악론」, 『세계의 문학』, 1988년 가을호.

윤지영, 「실향인의 외로운 '산책'」, 『한국 전후 문제시인 연구 01』, 예림기획, 2005.

윤호병, 「박용래 시의 구조 분석」, 『시와시학』, 1991, 시와 시학사, 봄호.

이경교, 「선비정신의 비극적 정화」, 『동국어문학』제6집, 1994, 동국대학교 국어교육과.

이경희, 「시적 언술에 나타난 한국 현대시의 병렬법 연구」, 이대 박사학위논문,

1989.

이병헌, 「경계인, 그 고뇌의 시적 역정 - 이용악론」, 『현대시학』통권248호, 1989. 11.

이상호, 「윤동주론」, 『한국 현대시인 연구』, 태학사, 1989.

이승규, 「김수영 시의 리듬 의식 연구」, 『어문론총』46호, 한국문학언어학회, 2007.

이혜원, 「박용래 시의 미적 특질과 생태학적 의미」, 『어문연구』49권, 어문연구학회, 2005.

장석원, 「김수영 시의 '반복' 연구」, 『한국근대문학연구』, 2권 2호, 한국근대문학회, 2004.

_____, 「김수영 시의 수사적 특성 연구」, 고려대학교 박사학위논문, 2004.

정끝별, 「현대시에 나타난 시적 구조로서의 병렬법」, 『한국시학연구』제9호, 한국시학회, 2003.

정수자, 「박목월 시의 산에 나타난 미학적 특성」, 『한국시학연구』 제16호, 한국시학회, 2006.

정효구, 「박용래 시의 기호론적 분석」, 『시와시학』, 시와 시학사, 1991, 봄호.

조창환, 「박용래 시의 운율론적 접근」, 『시와시학』, 시와 시학사, 1991. 봄호.

최동호, 「북의 시인 이용악론」, 『현대문학』, 1984.

최종수, 「Eliot 문학의 종교성」, 『神學指南』40권 1집, 1973.

한승억, 「한국시와 기독교 성찰, 그 창조적 비전」, 『문학과 종교』제9권 1호, 한국문학과종교학회, 2004.

허영자, 「독자를 위하여」『아름다운 삶을 향하여』, 문학세계사, 1980.

홍희표, 「조남익 시 연구」, 『어문연구』64, 어문연구회, 2010.

황인교, 「이용악 시의 언술분석」, 이대 박사학위 논문, 1991.

황정산, 「김수영 시의 리듬」, 『김수영』, 새미, 2003.

황혜경, 「김수영 시의 아이러니 연구」, 이화여자대학교 박사학위논문, 1997.

신익호 약력

한남대 국문과, 전북대 대학원 국문과(문학박사)
University of Alabama, University of the Philippines 교환 교수 역임
현) 한남대 국문과 교수

저서 『기독교와 한국 현대시』『기독교와 현대소설』『문학과 종교의 만남』
　　『한국 현대시 연구』『현대문학과 패러디』등
역서 『일본 문학 속의 성서』

현대시의 구조와 정신

초판인쇄　2010년 12월 21일
초판발행　2010년 12월 30일

저　　자　신익호

발 행 처　도서출판 박문사
발 행 인　윤석현
책임편집　조성희
등록번호　제2009-11호

우편주소　(132-702) 서울시 도봉구 창동 624-1 현대홈시티 102-1206
대표전화　(02) 992 / 3253
전　　송　(02) 991 / 1285
홈페이지　http://jncbms.co.kr
전자우편　bakmunsa@hanmail.net

ISBN 978-89-94024-52-3 93810　　　　　　　정가 23,000원

* 이 책의 내용을 사전 허가없이 전재하거나 복제할 경우 법적인 제재를 받게 됨을 알려드립니다.
** 잘못된 책은 구입하신 서점이나 본사에서 교환해 드립니다.